I0817863

Ex Cathedra

Stories by Machado de Assis

Ex Cathedra

Stories by Machado de Assis

A Bilingual Edition

Translators

Laura Cade Brown •Krista Brune •Glenn Cheney
David George •Linda Ledford-Miller •Ana Lessa-Schmidt
Nelson López Rojas •John Maddox •Adam Morris
Rex P. Nielson •Leila Osman •Marissel Hernández Romero
Steven K. Smith •Lisandra Sousa •Luciana Tanure •Nelson Vieira

Editors

Glenn Alan Cheney   Luciana Tanure   Rachel Kopit

Illustrated by Angelo Abu

New London Librarium
Fogão de Lenda

Ex Cathedra: Stories by Machado de Assis
Bilingual Edition

Glenn Alan Cheney, Luciana Tanure, Rachel Kopit, editors
Angelo Abu, illustrator

ISBN
Paperback: 978-0-9856284-8-2
eBook: 978-0-9856284-9-9

Published by
New London Librarium
18 Parkwood Rd.
P.O. Box 284
Hanover, CT 06350
USA
NLLibrarium.com

Brazilian Affiliate
Ed. Fogão de Lenda
Rua Ipe Roxo 880
Retiro das Pedras
CP: 34000.000
Brasil
FogaoDeLenda.com

Obra publicada com o apoio do Ministério da Cultura do Brasil
Fundação Biblioteca Nacional.
Published with the support of the Ministry of Culture of Brazil
National Library Foundation.

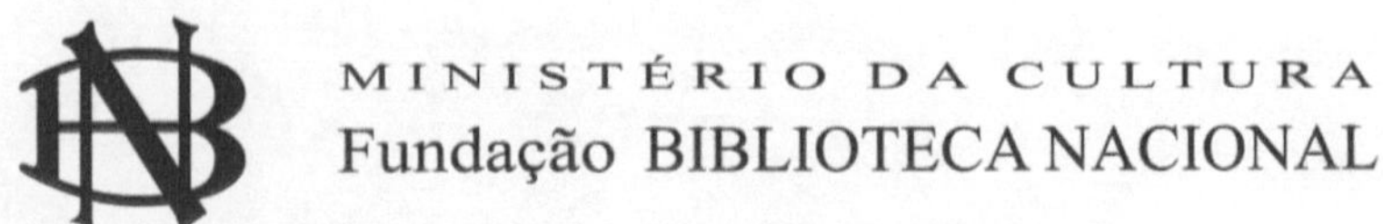

Translators

Laura Cade Brown
Krista Brune
Glenn Alan Cheney
David George
Linda Ledford-Miller
Ana Lessa-Schmidt
Nelson López Rojas
John Maddox
Adam Morris
Rex P. Nielson
Leila Osman
Marissel Hernández Romero
Steven K. Smith
Lisandra Sousa
Luciana Tanure
Nelson H. Vieira

Contents

Prefácio

Este volume de contos de Machado de Assis é o produto de um esforço notável de dezesseis tradutores e três editores em quatro países. Eles enfrentaram um desafio intimidante - interpretar o estilo linguístico único de um escritor brasileiro do século XIX e expressar sentimentos paralelos na língua inglesa. Interpretação perfeita e tradução são quase impossíveis, mesmo no mais simples dos casos, e Machado de Assis não é nada simples. Mesmo literatos brasileiros têm dificuldade para entender algumas das frases de Assis, e traduzi-las para a língua inglesa é inevitavelmente carregadas de incertezas.

Embora Machado de Assis seja considerado um dos escritores mais importantes da civilização ocidental e amplamente considerado o mais importante da América Latina, a maioria das histórias deste volume nunca haviam sido traduzidas para a língua inglesa. Os editores escolheram histórias escritas em ou depois de 1880, um ano crucial para o autor, quando de repente saiu de um mero estilo romântico para entrar no reino da literatura. Os tradutores foram escolhidos por suas habilitações acadêmicas, experiência, idiomas nativos e desejo. Vieram do Brasil, Estados Unidos, Inglaterra e Portugal. Os editores ofereceram-lhes a lista de histórias e lhes permitiram escolher. Alguns pegaram suas favoritas, enquanto outros ficaram satisfeitos com qualquer coisa escrita pelo mestre que eles muito respeitam. Todo mundo tinha uma joia, e ninguém reclamou.

Acadêmicos ão frequentemente acusados de defender seus egos, duelando com espadas de certeza, lutando por um chão em um campo muito competitivo. Nada disso se mostrou verdadeiro neste projeto. Os editores

Preface

This volume of stories by Machado de Assis is the product of a remarkable effort by sixteen literary translators and three editors in four countries. They faced an intimidating challenge — to interpret the unique linguistic style of a 19th century Brazilian writer and express parallel sentiments in English. Perfect interpretation and translation are nearly impossible in even the simplest of cases, and Machado de Assis is anything but simple. Even native Brazilian littérateurs have trouble understanding some of Assis's phrases, and rendering them into English is unavoidably fraught with uncertainty.

Though Machado de Assis is considered one of the most important writers in Western civilization and widely considered the most prominent in Latin America, most of the stories in this volume had never been translated to English. The editors chose stories written in or after 1880, a pivotal year when the writer suddenly rose up from mere romantic style to enter the realm of literature. Translators were chosen for their academic qualifications, experience, native languages, and desire. They came from Brazil, the United States, England, and Portugal. The editors offered them the list of stories and allowed them to choose. Some snatched up their favorites while others were content with anything written by the master they respected so much. Everyone had a jewel, and no one complained.

Academics are often accused of defending their egos, dueling with swords of certainty, struggling for professional high ground in a very competitive field. None of this proved true in this project. Editors never noted defensiveness, egoism, or vanity. Everyone was open to correction and

não notaram atitudes defensivas, egoísmo ou vaidade. Todos se mostraram abertos para correções e sugestões. A maioria dos tradutores procurou conselho ou compartilhou seu trabalho com outras pessoas envolvidas no projeto. Cada tradução foi revista por um editor nativo americano e um brasileiro. Os tradutores deram a devida consideração aos comentários dos editores, mas, em última instância, a versão final de sua tradução foi sua própria decisão.

Os editores não fizeram nenhum esforço para criar um estilo comum para todas as histórias. Muito pelo contrário, cada tradutor foi incentivado a usar a sua própria voz interpretativa. Um ponto de discussão, por exemplo, era como adotar a pontuação de Assis, bem diferente do que é considerado normal hoje nos Estados Unidos e Inglaterra. Alguns tradutores mantiveram o uso particular de ponto e vírgula e vírgulas, enquanto outros optaram por uma pontuação que parece mais natural e significativa para o leitor moderno anglófono.

Os tradutores manifestaram gratidão às muitas pessoas consultadas por eles em seus esforços para entender o texto de Machado e expressá-lo da melhor forma possível. Em vez de tentar detalhar quem fez o quê para quem, os editores decidiram, com a autorização dos tradutores, listá-los como parte da equipe: Diego Abras Emily Butler, Solange Aurora Cheney, Moisés Ferber, Earl Fitz, Bernard McGuirk, Marina Milagre, J. Llewellyn Miller, Fred Paulino, Nathan Miller Radcliffe, Natasha, Elisabete dos Santos, Helmut Schmidt, Stephen, Madara Vieira Tyler, Edla van Steen, and Jonathan Wickens.

Os editores agradecem às pessoas que contribuírem na redação e produção desta obra. Angelo Abu contribuiu ilustrações. Denise Ethier Dembinski fez revisão final. Thais Mol contribuiu substancialmente para a edição. Kathleen Z. Boushee contribuiu para a arte da capa. A publicação foi facilitada pelo apoio do Ministério da Cultura da Fundação Biblioteca Nacional do Brasil.

suggestion. Most translators shared their work with or sought advice from others involved in the project. Every translation was reviewed by native American and Brazilian editors. Translators gave all due consideration to comments, but ultimately, their wording was their own decision.

The editors made no attempt to create a common style for all stories. Quite to the contrary, each translator was encouraged to use his or her own interpretive voice. One point of particularly detailed discussion, for example, explored how best to adopt Assis's punctuation, which was quite different from what is considered standard today. Some translators retained his unique use of semi-colons and commas, while others attempted to shift them to punctuation that would seem more natural and meaningful to the modern anglophone reader.

Translators have expressed thanks to the many people they consulted in their efforts to understand what they were reading and to express it as well as possible. Rather than try to detail who did what for whom, the editors have decided, with the permission of the translators, to merely list them as part of the team: Diego Abras, Emily Butler, Solange Aurora Cheney, Moises Ferber, Earl Fitz J. Bernard McGuirk, Marina Milagre Llewellyn Miller, Natasha, Fred Paulino, Nathan Miller Radcliffe, Elisabete dos Santos, Helmut Schmidt, Stephen, Madara Vieira Tyler, Edla van Steen, and Jonathan Wickens.

The editors would like to thank the people who contributed to the editing and production of this work. Angelo Abu contributed illustrations. Thais Mol contributed substantially to the editing. Denise Ethier Deminski applied her sharp eye to the task of proofreading. Kathleen Z. Boushee contributed to the artwork for the cover. Publication was facilitated with the support of the Ministry of Culture of Brazil's National Library Foundation.

Introdução

De vez em quando, a humanidade, a natureza e o destino conspiram para produzir um improvável gênio em um lugar inverossímil. Se Joaquim Maria Machado de Assis tivesse escrito a história de sua própria vida, teria com certeza construído o enredo em torno de tal conspiração - sociedade em transição, natureza cercada por ciência, pura sorte introduzindo um menino pobre na língua e literatura, e iniciativa própria inspirando-o a escalar os degraus da escada social.

Ele se viu diante de um emaranhado: Nasceu um ano antes de Dom Pedro II tornar-se o segundo e último imperador do Brasil. O próprio Brasil parecia à margem da civilização ocidental, do lado errado da linha do Equador, com uma língua pouco falada no resto do mundo. Durante sua vida, a sociedade passou por considerável transição, movendo-se da monarquia para a república, de escravista para libertária, de agrária para industrial, de cavalo e carruagem para a liderança na aviação.

Machado de Assis, como ele veio a identificar-se, nasceu em 1839 nos arredores do Rio de Janeiro. Seu pai, um filho de ex-escravos, era um pintor de paredes de raça africana e europeia, sua mãe, uma lavadeira portuguesa dos Açores. O jovem Joaquim frequentou a escola pública, mas não se saiu bem. Sua mãe morreu quando ele tinha dez anos. Seu pai se casou com uma mulata, uma doceira de uma escola de meninas. Lá, o menino recebeu o que poderia ser chamado de educação informal - lições

Introduction

Now and then, man, nature, fate, and free will conspire to produce an unlikely genius in an unlikely place. If Joaquim Maria Machado de Assis had written the story of his own life, he may well have built the plot around such a conspiracy — a society in transition, nature besieged by science, dumb luck introducing a poor boy to language and literature, and self-generated gumption thrusting him up the rungs of the social ladder.

Machado de Assis, as he came to identify himself, was born on the outskirts of Rio de Janeiro in 1839. His father, a son of former slaves, was a housepainter of African and European race, his mother a Portuguese washerwoman from the Azores. Young Joaquim attended public school but did not do well. His mother died when he was ten. His father later married a woman of his own racial brackground, a candy-maker at a girls school. There the boy received what could be called informal education — lessons overheard from other rooms.

But a priest with whom he served mass taught him Latin, and then a local baker, an immigrant, taught him French. As a polyglot adolescent, he was later able to teach himself English and German. Words became important to him. He befriended a man who owned a bookstore, newspaper, and printing business who would publish one of the fifteen-year-old's poems in his newspaper. A year later the young man landed an apprenticeship as a typesetter at the government's official publication agency. From

ouvidas de outras salas.

Mas um padre a quem ele auxiliou na missa lhe ensinou latim, e em seguida um padeiro local, um imigrante, lhe ensinou francês. Como um adolescente poliglota, ele mais tarde foi capaz de aprender sozinho inglês e alemão. Palavras tornaram-se importantes para ele. Ele fez amizade com um homem que era dono de uma livraria, um jornal e uma gráfica, que publicaria um dos seus poemas de quinze anos de idade em seu jornal. Um ano depois, o jovem conseguiu um estágio como tipógrafo na agência de publicação oficial do governo. À margem da indústria editorial, escrever era um passo natural a dar, que ele tomou com uma bagagem variada de tragédia pessoal, do catolicismo, da língua, da burocracia do governo e tudo que seus olhos curiosos tinham observado ao redor.

Uma das transições mais significativas - uma ainda em andamento - tornou-se a tensão subjacente à ficção de Assis: a mudança de restrições hierárquicas da tradição portuguesa para uma sociedade liberta, moderna, e com sua própria identidade cultural. Em quase todas as histórias que ele escreveu, as personagens estão se agarrando à âncora cultural da qual sua natureza humana está tentando se libertar. Tradição e valores ancestrais puxam para um lado, enquanto, ao mesmo tempo, paixão e independência puxam para o outro. Foi uma feijoada cultural que abrangia o cangaceiro - tanto quanto o carioca.

Diz-se que Machado de Assis nunca viajou mais de um dia de distância de onde ele nasceu. Seu mundo foi o Rio, mas esse era um mundo completo com todos os fuxicos sociais, os conflitos políticos, os choques de valores, as marés da história, os esforços das pessoas para se erguerem acima de si mesmas e da sujeira que as mantinham tão juntas.

Quem melhor para observar e interpretar essa reviravolta que um homem nascido pobre e que trabalhava para sua ascenção até a confusa classe média? Um liberal que aderira à antiga monarquia, Machado de Assis questionou a capacidade do povo para organizar suas próprias vidas, sem mencionar o próprio governo . Seus personagens foram anti-heróis, criadores de seus próprios problemas, pessoas mergulhadas em fofocas, suas perseguições mesquinhas confundidas com suas próprias falhas -

the fringes of the publishing industry, writing was a natural next step, one he took with the motley baggage of personal tragedy, Catholicism, language, government bureacracy, and all his eager eyes had observed around him.

He found himself on a lot of fringes. He was born a year before Dom Pedro II became the second and last emperor of Brazil. Brazil itself seemed on the fringe of western civilization, on the wrong side of the equator, with a language not widely spoken in the rest of the world. Its society went through considerable transition during his lifetime, moving from monarchy to republic, from slave-holding to free, from agrarian to industrial, from horse and carriage to leadership in aviation.

One of the most significant transitions — one still underway — became the underlying tension of Assis's fiction: the shift from the hierarchical strictures of Portuguese tradition to a society liberating itself into modernity and its own cultural identity. In almost every story he wrote, people are clinging to the cultural anchor from which their human nature is trying to free itself. Tradition and ancient values pull them one way while passion and indepence pull them another. It was a cultural feijoada that encompasssed the cangaceiro as much as the carioca.

It is said that Machado de Assis never traveled more than a day from where he was born. His world was Rio, but it was a world complete with all the social squirmings, the political conflicts, the clashing of values, the tides of history, people's efforts to rise above themselves and the muck they held so dearly.

Who better to observe and interpret this upheaval than a man born at the bottom and working his way into the muddle of the middle class? A liberal who adhered to the old monarchy, Machado de Assis questioned the ability of the hoi polloi to organize their own lives, let alone their own government. His characters were anti-heroes creating their own problems, people steeped in gossip, their petty pursuits befuddled by their own flaws — vanity, jealousy, hypocrisy, passion, pride, greed, envy, shame, fear, anxiety, and others we have yet to define. Twenty-five years before Freud's pronouncements, he depicted the rumble of ego, superego, and the un-

vaidade, inveja, hipocrisia, paixão, orgulho, ganância, inveja, vergonha, medo, ansiedade e outras definições ainda por inventar. Vinte e cinco anos antes dos pronunciamentos de Freud, ele descreveu os estrondosos ego, superego e o id subjacente, forças que encontrou em paralelo a personalidades, sociedade e política.

Ele era mais do que um Freud prematuro. Os críticos literários o compararam a Tchekhov, Dickens, Voltaire, Shakespeare, Tolstoi, Barthelme, Beckett, Gogol, Flaubert, Dostoievski, Victor Hugo, Henry James, Vladimir Nabokov, Mark Twain, Jonathan Swift e Laurence Sterne. Phillip Roth comparou-o a Beckett. Allen Ginsburg comparou-o a Kafka. Susan Sontag, John Barth, Salman Rushdie, Carlos Fuentes e José Saramago expressaram sua admiração. Harold Bloom chamou-o de "uma espécie de milagre, mais uma demonstração da autonomia do gênio literário em relação ao seu tempo e lugar, política e religião". Woody Allen classificou seu romance Memórias Póstumas de Brás Cubas um dos cinco livros mais influentes que já lera. Uma vez que consideramos que cada vez que o narrador de uma história de Assis de repente se dirige ao leitor, podemos ver Woody Allen, como ator, voltando-se para a câmera para dizer ao público o que realmente está acontecendo.

Críticos rotularam Machado de Assis "um realista", por suas descrições da vida como ela é e por sua rejeição dos conceitos-padrão (ou seja, ex-realistas) de beleza e decoro. Eles também rotularam-no "anti--realista" pelas alucinantes aparições de insetos expressando opiniões, deuses lutando com seus próprios mitos, um rei e uma rainha trocando almas, ícones de santos discutindo a perda da fé nos homens e Alcibíades retornando à Terra para contar a um historiador que, em Atenas, também havia idiotas.

Ao mesmo tempo, suas histórias muitas vezes estão mergulhadas no mundano. O leitor entra numa história como se estivesse andando num argumento em curso, um jogo que começou antes de a cortina ser aberta, personagens com bagagem que o leitor só pode supor. Talvez não muito esteja acontecendo, mas está acontecendo muito rápido. Um velho lê muito , em seguida, seu afilhado órfão chega numa mula alugada. Um pretendente

derlying id, forces he found parallel in personalites, society, and politics.

He was more than a prefrontal Freud. Literary critics have compared him to Chekhov, Dickens, Voltaire, Shakespeare, Tolstoy, Barthelme, Beckett, Gogol, Flaubert, Dostoevsky, Victor Hugo, Henry James, Vladimir Nabokov, Mark Twain, Jonathan Swift, and Laurence Sterne. Phillip Roth compared him to Beckett. Allen Ginsburg compared him to Kafka. Susan Sontag, John Barth, Salman Rushdie, Carlos Fuentes, and José Saramago expressed their admiration. Harold Bloom called him "a kind of miracle, another demonstration of the autonomy of literary genius in regard to time and place, politics and religion." Woody Allen ranked the novel Memórias Póstumas de Brás Cubas as one of the five most influential books he'd ever read. Once one considers that, every time the narrator of an Assis story suddenly addresses the reader, one can see Woody Allen, as actor, turning to the camera to tell the audience what's really going on.

Critics have labeled Machado de Assis a realist for his descriptions of life as it is and for his rejection of standard (i.e. formerly realistic) concepts of beauty and propriety. They have also labeled him an anti-realist for his stories' hallucinant appearances of insects expressing opinions, gods wrestling with their own myths, a king and queen exchanging souls, the icons of saints discussing their loss of belief in men, and Alcibiades returning to Earth to tell a historian that Athens, too, had idiots.

At the same time, his stories often blaze with mundanity. The reader comes into a story as if walking in on an argument in progress, a play that started before the curtain rose, characters with baggage the reader can only assume. Maybe not much is happening, but it's happening very fast. An old man reads too much, and then his orphaned godson arrives on a rented mule. A romantic suitor suddenly joins the army and goes off to war. A shy man gets a taste of popularity. A priest compulsively researches the stories of his flock. Through characters engrossed in the banal we delve into the depths of the human experience where souls, by definition, cannot be mundane.

One of literature's mysterious ironies is the common tendency for writers to be a bit removed from the humanity they explore so deeply. Machado

romântico de repente se alista e vai para a guerra. Um homem tímido adquire um gosto pela popularidade. Um padre compulsivamente pesquisa as histórias de seu rebanho. Por meio de personagens absortos no banal, mergulhamos nas profundezas da experiência humana, onde as almas, por definição, não podem ser mundanas.

Uma das misteriosas ironias da literatura é a tendência, comum para escritores, de se manterem um pouco afastados, às margens da humanidade que exploram tão profundamente. Machado de Assis não foi exceção. Embora imerso no mar social do final do século XIX no Rio, ele era, em muitos aspectos, incomunicável. Era tímido, baixo, leve e frágil. Gaguejava. Sua visão piorava com a idade. Era da cor errada em uma época de escravidão, que não foi senão em 1888. E de vez em quando sua epilepsia o levava em incursões até um lugar escuro e secreto, uma petite mort metaforicamente semelhante ao que Roland Barthes chamou de o objetivo de ler literatura. Na verdade, o seu momento epifânico, quando ele abandonou o seu romantismo bobo e adotou uma visão literária mais séria, veio a ele enquanto se recuperava de uma doença num sanatório nas redondezas do Rio, em 1880. Embora muito fraco para segurar uma caneta, foi capaz de gaguejar para sua esposa a sua obra-prima definitiva, Brás Cubas, um conto narrado a partir da perspectiva dos mortos.

Nem dez anos após o fim da escravidão no Brasil, este neto de escravos ajudou a fundar a Academia Brasileira de Letras, e serviu como seu primeiro presidente, enquanto o século XIX mudava para o século XX. Seus companheiros fundadores eram monarquistas intelectuais que compartilhavam o medo de que os brasileiros não fossem capazes de governar a si mesmos. Seus temores eram tão previdentes quanto suas ideias sobre a sociedade e a alma. Os brasileiros o valorizaram durante um século tumultuado e no seguinte. E ainda o têm caro. Ele ainda vive, e, para que se saiba, o Brasil também.

de Assis was no exception. Though immersed in the social sea of late 19th century Rio, he was, in ways, incommunicado. He was shy, short, slight, fragile. He stuttered. His eyesight failed with age. He was the wrong color in a time of slavery, which wasn't abolished until 1888. And once in a while his epilepsy took him on forays to a dark and secret place, a petite mort metaphorically akin to the one Roland Barthes called the objective of reading literature. In fact, his epiphanic moment, when he abandoned his silly romanticism and adopted a more serious literary vision, came to him as he recovered from a devastating illness at a sanitarium outside of Rio in 1880. Though too weak to hold a pen, he was able to stutter to his wife his defining masterpiece, Brás Cubas, a tale told from the perspective of the dead.

Not ten years after the end of slavery in Brazil, this grandson of slaves helped found the Brazilian Academy of Letters, and he served as its first president as the 19th century turned into the 20th. His fellow founders were intellectual monarchists who shared his fear that Brazilians were not capable of governing themselves. Their fears were as prescient as his insights into society and the soul. Brazilians would treasure him through a tumultuous century and then into the next. They still hold him dear. He still lives, and for that matter, so does Brazil.

Glenn Alan Cheney

Uma Visita de Alcibíades

by Machado de Assis
from *Papéis Avulsos,* 1882

Carta do desembargador X . . . ao chefe de polícia da Corte, 20 de setembro de 1875.

Desculpe V. Ex.a o tremido da letra e o desgrenhado do estilo; entendê-los-á daqui a pouco. Hoje, à tardinha, acabado o jantar, enquanto esperava a hora do Cassino, estirei-me no sofá e abri um tomo de Plutarco. V. Ex.a, que foi meu companheiro de estudos, há de lembrar-se que eu, desde rapaz, padeci esta devoção do grego; devoção ou mania, que era o nome que V. Ex.a lhe dava, e tão intensa que me ia fazendo reprovar em outras disciplinas. Abri o tomo, e sucedeu o que sempre se dá comigo quando leio alguma coisa antiga: transporto– me ao tempo e ao meio da ação ou da obra. Depois de jantar é excelente. Dentro de pouco acha-se a gente numa via romana, ao pé de um pórtico grego ou na loja de um gramático. Desaparecem os tempos modernos, a insurreição da Herzegovina, a guerra dos carlistas, a rua do Ouvidor, o circo Chiarini. Quinze

A Visit from Alcibiades

translated by John Maddox

A letter from Appellate Judge X to the Royal Chief of Police Court, September 20, 1875.

I hope Your Excellency will forgive my shaky hand and sloppy writing. You will soon understand them. Late this afternoon, after finishing dinner, while I was waiting to go to the Casino, I stretched out on the sofa and opened a tome of Plutarch. Your Excellency, who was a colleague of mine in school, must remember that since I was a young man I have had a severe devotion to Greek. "Devotion" or "bad habit": that was the name Your Excellency gave it, and it was so intense that it was causing me to fail in other disciplines. I opened the tome and the same thing happened that always does when I read something ancient: I am transported to those times, into the midst of the action or the work of art. It is excellent after dinner. Soon one finds oneself on a Roman road, at the foot of a Greek portico, or in the store of a grammarian. Modern times – the Herzegovina Insurrection, the

ou vinte minutos de vida antiga, e de graça. Uma verdadeira digestão literária.

Foi o que se deu hoje. A página aberta acertou de ser a vida de Alcibíades. Deixei-me ir ao sabor da loqüela ática; daí a nada entrava nos jogos olímpicos, admirava o mais guapo dos atenienses, guiando magnificamente o carro, com a mesma firmeza e donaire com que sabia reger as batalhas, os cidadãos e os próprios sentidos. Imagine V. Ex.a se vivi! Mas, o moleque entrou e acendeu o gás; não foi preciso mais para fazer voar toda a arqueologia da minha imaginação. Atenas volveu à história, enquanto os olhos me caíam das nuvens, isto é, nas calças de brim branco, no paletó de alpaca e nos sapatos de cordovão. E então refleti comigo:

– Que impressão daria ao ilustre ateniense o nosso vestuário moderno?

Sou espiritista desde alguns meses. Convencido de que todos os sistemas são puras niilidades, resolvi adotar o mais recreativo deles. Tempo virá em que este não seja só recreativo, mas também útil à solução dos problemas históricos; é mais sumário evocar o espírito dos mortos, do que gastar as forças críticas, e gastá-las em pura perda, porque não há raciocínio nem documento que nos explique melhor a intenção de um

Carlist War, the Rua do Ouvidor, the Chiarini Circus – all disappear.[1] Fifteen or twenty minutes of the ancient life and of grace. A true literary digestion.

That is what happened today. I opened the book and happened upon the life of Alcibiades.[2] I let myself go in the flavor of the Attic tongue. In no time I was going to the Olympic Games, I was admiring the handsomest of Athenian men driving his cart magnificently with the same steadiness and grace as he lead battles, citizens, and his own senses. Can Your Excellency imagine if I had lived then? But the boy came in and lit the gas lamp. I needed nothing more for all the archeology of my imagination to fly away. Athens returned to history as my eyes fell from the clouds–that is, to my white canvas pants, my alpaca coat, and my cordovan shoes. And then I reflected to myself: "What impression would modern clothing leave on an Athenian?"

I have been a Spiritist for a few months. Convinced that all systems are pure nihilisms, I decided to choose the most recreational of them. There will come a time when this is not only recreational but also useful for solving historical problems. It is more concise to evoke the spirit of the dead than to expend critical efforts, to expend them uselessly, because there is no reason or document that can better explain the intention of an act than the author of the act himself. Such was my case last night. Conjecturing about what Alcibiades's impression might be was a way to pass the time with no advantage other than to admire my own ability. So I determined I would invoke the Athenian. I asked him to appear at my house immediately, without delay.

[1] The Herzegovina Insurrection (1875–1878) was a Serbian uprising against the Ottoman Empire. The Carlist Wars (1833–1876) were Spanish civil wars regarding who had the rights to the throne. The Chiarini Circus (also Royal Spanish Circus, Royal Italian Circus) was led by Giuseppe Chiarini and traveled throughout the Americas, Asia, and Europe during the nineteenth century. The Rua do Ouvidor was the commercial, cultural, and fashion hub of Rio de Janeiro.

[2] Alcibiades, Son of Cleinias (450–404 BCE) was the last of the aristocratic Alcmeonidae family, which fell from prominence during the Peloponnesian War. He was a shrewd statesman, orator, and general. He died at the hands of the Spartans.

ato do que o próprio autor do ato. E tal era o meu caso desta noite. Conjeturar qual fosse a impressão de Alcibíades era despender o tempo, sem outra vantagem, além do gosto de admirar a minha própria habilidade. Determinei, portanto, evocar o ateniense; pedi-lhe que comparecesse em minha casa, logo, sem demora.

E aqui começa o extraordinário da aventura. Não se demorou Alcibíades em acudir ao chamado; dois minutos depois estava ali, na minha sala, perto da parede; mas não era a sombra impalpável que eu cuidara ter evocado pelos métodos da nossa escola; era o próprio Alcibíades, carne e osso, vero homem, grego autêntico, trajado à antiga, cheio daquela gentileza e desgarre com que usava arengar às grandes assembléias de Atenas, e também, um pouco, aos seus pataus. V. Ex.a, tão sabedor da história, não ignora que também houve pataus em Atenas; sim, Atenas também os possuiu, e esse precedente é uma desculpa. Juro a V. Ex.a que não acreditei; por mais fiel que fosse o testemunho dos sentidos, não podia acabar de crer que tivesse ali, em minha casa, não a sombra de Alcibíades, mas o próprio Alcibíades redivivo. Nutri ainda a esperança de que tudo aquilo não fosse mais do que o efeito de uma digestão mal rematada, um simples eflúvio do quilo, através da luneta de Plutarco; e então esfreguei os olhos, fitei-os, e . . .

– Que me queres? perguntou ele.

Ao ouvir isto, arrepiaram-se-me as carnes. O vulto falava e falava grego, o mais puro ático. Era ele, não havia duvidar que era ele mesmo, um morto de vinte séculos, restituído à vida, tão cabalmente como se viesse de cortar agora mesmo a famosa cauda do cão. Era claro que, sem o pensar, acabava eu de dar um grande passo na carreira do espiritismo; mas, ai de mim! não o entendi logo, e deixei-me ficar assombrado. Ele repetiu a pergunta, olhou em volta de si e sentou-se numa poltrona. Como eu estivesse frio e trêmulo (ainda o estou agora) ele que o percebeu, falou-me com muito carinho, e tratou de rir e gracejar para o fim de devolver-me o sossego e a confiança. Hábil como outrora! Que mais direi a V. Ex.a? No fim de poucos minutos conversávamos os dois, em grego

This is when the extraordinary part of the story starts. Alcibiades came without delay. Two minutes later, he was there, in the living room, by the wall. But he was not the impalpable shade that I expected to evoke through our school's methods; it was Alcibiades himself. He was flesh and blood, a real man, an authentic Greek, dressed in the old manner, full of that gentility and distinction that he used to harangue the great assemblies of Athens and, occasionally, its fools. Since Your Excellency knows so much about history, he cannot be unaware that there were idiots in Athens. Yes, Athens had them and that precedent was an excuse. I swear to Your Excellency that I did not believe it. No matter how true the testimony of my senses was, I could not fully believe that not the shadow of Alcibiades but Alcibiades himself was there, in my house, alive as can be. I entertained the hope that all of this was just the effect of poorly finished digestion, a simple effluvium of chyle, through Plutarch's magnifying glass. And then I rubbed my eyes, stared, and. . . .

"What do you want from me?" he asked.

Upon hearing this, the hair stood up all over my body. The figure spoke on and on in Greek, the purest Attic. It was him. There was no doubt it was really him, a man dead for twenty centuries, restored to life in such a cabalistic manner that it seemed he had just then come from cutting the famous tail off the dog. It was clear that, without thinking about it, I had just taken a huge step in my Spiritist career. But oh my! I did not understand it then and allowed myself to be caught by surprise. He repeated the question, looked around himself, and sat in an armchair. Since he realized I was cold and shaking (I still am now), he spoke to me quite tenderly, and he tried to laugh and make jokes to restore my peace and confidence. Deft as ever! What else can I tell Your Excellency? After a few minutes the two of us were talking, in ancient Greek–him reclining and natural, me asking all the saints that something would interrupt us: a servant, a visitor, a policeman, or, if necessary, a house fire. Your Excellency will forgive me for saying that I gave up on the idea of asking him about modern-day fashion. I had asked for a specter, not a "real-life man," as children say. I limited myself to answering what he asked. He requested news from Athens. I

antigo, ele repotreado e natural, eu pedindo a todos os santos do céu a presença de um criado, de uma visita, de uma patrulha, ou, se tanto fosse necessário, – de um incêndio.

Escusado é dizer a V. Ex.a que abri mão da idéia de o consultar acerca do vestuário moderno; pedira um espectro, não um homem "de verdade", como dizem as crianças. Limitei-me a responder ao que ele queria; pediu-me notícias de Atenas, dei-lhas; disse-lhe que ela era enfim a cabeça de uma só Grécia, narrei-lhe a dominação muçulmana, a independência, Botzaris, lord Byron. O grande homem tinha os olhos pendurados da minha boca; e, mostrando-me admirado de que os mortos lhe não houvessem contado nada, explicou-me que à porta do outro mundo afrouxavam muito os interesses deste. Não vira Botzaris nem lord Byron, – em primeiro lugar, porque é tanta e tantíssima a multidão de espíritos, que estes se fazem naturalmente desencontrados; em segundo lugar, porque eles lá congregam-se, não por nacionalidades ou outra ordem, senão por categorias de índole, costume e profissão: assim é que ele, Alcibíades, anda no grupo dos políticos elegantes e namorados, com o duque de Buckingham, o Garrett, o nosso Maciel Monteiro, etc. Em seguida pediu-me notícias atuais; relatei-lhe o que sabia, em resumo; falei-lhe do parlamento helênico e do método alternativo com que Bulgaris e Comondouros, estadistas seus patrícios, imitam Disraeli e Gladstone, revezando-se no poder, e, assim como estes, a golpes de discurso. Ele, que foi um magnífico orador, interrompeu-me:

– Bravo, atenienses!

Se entro nestas minúcias é para o fim de nada omitir do que possa dar a V. Ex.a o conhecimento exato do extraordinário caso que lhe vou narrando. Já disse que Alcibíades escutava-me com avidez; acrescentarei que era esperto e arguto; entendia as coisas sem largo dispêndio de palavras. Era também sarcástico; ao menos assim me pareceu em um ou dois pontos da nossa conversação; mas no geral dela, mostrava-se simples, atento, correto, sensível e digno. E gamenho, note V. Ex.a, tão gamenho como outrora; olhava de soslaio para o espelho, como fazem as nossas e

gave them to him. I told him that it was finally the head of a unified Greece. I recounted the Muslim invasion, independence, Botzaris, Lord Byron.[3] The great man could only stare at my mouth, and I could only feel shocked that the dead had not told him anything. He explained that at the threshold to that world, the interests of this one dwindled. He had not seen Botzaris or Lord Byron, in the first place because there are so, so many spirits that they naturally find themselves disoriented, and secondly because there they gather not by nationalities or another order, but by the categories of their nature, custom, and profession. So it is that he, Alcibiades, stays with the group of elegant politicians and lovers, with the Duke of Buckingham, Garrett, our own Maciel Monteiro, et cetera.[4] He immediately asked for recent news, and I told him what I knew. In sum, I told him about the Hellenic Parliament and about the alternative method in which Bulgaris and Comondouros, patrician statesmen of his land, imitate Disraeli and Gladstone, taking turns being in power, and, just like them, coming to blows in their speeches.[5] He, who was a magnificent orator, interrupted me: "Bravo, Athenians!"

If I enter into these minutiae it is with the purpose of omitting nothing that might grant Your Excellency exact knowledge of the extraordinary case I am telling him. I have already said that Alcibiades listened to

[3] The Turks invaded Greece in 1453. Greece gained its independence in 1832, though disputes over territory with the Ottomans continued throughout the nineteenth century. Marko Botsaris/Botzaris (1788–1823) was a celebrated general of the Greek War of Independence (1821–1832). Lord Byron (1788–1824) was a celebrated British Romantic poet who fought alongside the Greeks in the war of independence against the Ottomans.

[4] The Third British Duke of Buckingham, Richard Plantagenet Campbell Temple (1823–1889), was a friend and subordinate of Prime Minister Benjamin Disraeli who governed the Madras Presidency of British India. Sir Robert Garrett (1794–1869) was a decorated British Lieutenant General who led troops in the Peninsular War (1811), Crimean War (1854), China (1858), and Madras (1864). Tomás Antônio Maciel Moneiro, First Baron of Itamaracá (1780–1847), was a lawyer, doctor, journalist, politician, and poet from Pernambuco. He was the twenty-seventh chair of the Brazilian Academy of Letters, which Machado de Assis founded.

[5] Dimitrios Bulgaris Vulgaris (1802–1878) was a revolutionary who became a politician after the Greek War of Independence in 1821. His contemporary, Comondouros, was also a politician who became Premier of Greece. Benjamin Disraeli (1804–1881) was a Conservative British politician who twice served as Prime Minister. William Ewart Gladstone (1809–1898) was Prime Minister of Great Britain four times.

outras damas deste século, mirava os borzeguins, compunha o manto, não saía de certas atitudes esculturais.

– Vá, continua, dizia-me ele, quando eu parava de lhe dar notícias.

Mas eu não podia mais. Entrado no inextricável, no maravilhoso, achava tudo possível, não atinava por que razão, assim, como ele vinha ter comigo ao tempo, não iria eu ter com ele à eternidade. Esta idéia gelou-me. Para um homem que acabou de digerir o jantar e aguarda a hora do Cassino, a morte é o último dos sarcasmos. Se pudesse fugir . . . Animei-me: disse– lhe que ia a um baile.

– Um baile? Que coisa é um baile?

Expliquei-lho.

– Ah! ver dançar a pírrica!

– Não, emendei eu, a pírrica já lá vai. Cada século, meu caro Alcibíades, muda de danças como muda de idéias. Nós já não dançamos as mesmas coisas do século passado; provavelmente o século XX não dançará as deste. A pírrica foi-se, com os homens de Plutarco e os numes de Hesíodo.

– Com os numes?

Repeti-lhe que sim, que o paganismo acabara, que as academias do século passado ainda lhe deram abrigo, mas sem convicção, nem alma, que as mesmas bebedeiras arcádicas, Evoé! padre Bassareu!

Evoé! etc. honesto passatempo de alguns desembargadores pacatos, essas mesmas estavam curadas, radicalmente curadas. De longe em longe, acrescentei, um ou outro poeta, um ou outro prosador alude aos restos da teogonia pagã, mas só o faz por gala ou brinco, ao passo que a ciência reduziu todo o Olimpo a uma simbólica. Morto, tudo morto.

– Morto Zeus?

– Morto.

– Dionisos, Afrodita? . . .

– Tudo morto.

O homem de Plutarco levantou-se, andou um pouco, contendo a indignação, como se dissesse consigo, imitando o outro: – Ah! se lá estou

me avidly. I will add that he was clever and quick-witted; he understood things without the use of too many words. He was also sarcastic; at least that is how he seemed at one or two points during our conversation. But for most of it, he showed himself to be modest, attentive, correct, sensitive, and dignified. And well-dressed–know this, Your Excellency–just as well-dressed as in the old days. He would glance at the mirror, just as our women and others do in our times. He would look at his boots, arrange his robe. He always carried himself in a certain sculptural way.

"Go on, continue," he would say to me when I stopped telling the news.

But I could not go on. Having entered into the indecipherable, the marvelous, I thought anything was possible. He saw no reason why, since he had come to the temporal world to talk with me, I could not go visit him in eternity. Hearing this idea, I froze. For a man who had just digested dinner and was waiting for Casino time, death is the ultimate sarcasm. If I could run away. . . . All of a sudden, I got excited. I told him I was going to a ball.

"A ball? What is a ball?"

I explained it to him.

"Oh! To see the pyrrhic dance!"

"No," I added, "the pyrrhic has gone away. Every age, my dear Alcibiades, changes dances like it changes its ideas. We no longer do the dances of the last century; the twentieth century will probably not dance those from this age. The pyrrhic is no more, along with Plutarch's men and the numens of Hesiod."[6]

"With the numens?"

I repeated that yes, paganism was over, that the academies of last century still gave it shelter, but without conviction or spirit, that even Arcadian binge drinking–Evoe, father Bassareus!

[6] The pyrrhic dance was associated in Ancient times with war as well as the god Dionysus. Hesiod, who wrote between 750 and 650 BCE, was a poet, among the first to record Greek myths, and contemporary of Homer. The numens were spirits or divinities of Greek antiquity.

com os meus atenienses! – Zeus, Dionisos, Afrodita . . . murmurava de quando em quando. Lembrou-me então que ele fora uma vez acusado de desacato aos deuses e perguntei a mim mesmo donde vinha aquela indignação póstuma, e naturalmente postiça. Esquecia-me, – um devoto do grego! – esquecia-me que ele era também um refinado hipócrita, um ilustre dissimulado. E quase não tive tempo de fazer esse reparo, porque Alcibíades, detendo-se repentinamente, declarou-me que iria ao baile comigo.

– Ao baile? repeti atônito.

– Ao baile, vamos ao baile.

Fiquei aterrado, disse-lhe que não, que não era possível, que não o admitiriam, com aquele trajo; pareceria doido; salvo se ele queria ir lá representar alguma comédia de Aristófanes, acrescentei rindo, para disfarçar o medo. O que eu queria era deixá-lo, entregar-lhe a casa, e uma vez na rua, não iria ao Cassino, iria ter com V. Ex.a. Mas o diabo do homem não se movia; escutava-me com os olhos no chão, pensativo, deliberante. Calei-me; cheguei a cuidar que o pesadelo ia acabar, que o vulto ia desfazer-se, e que eu ficava ali com as minhas calças, os meus sapatos e o meu século.

– Quero ir ao baile, repetiu ele. Já agora não vou sem comparar as danças.

– Meu caro Alcibíades, não acho prudente um tal desejo. Eu teria certamente a maior honra, um grande desvanecimento em fazer entrar no Cassino, o mais gentil, o mais feiticeiro dos atenienses; mas os outros homens de hoje, os rapazes, as moças, os velhos . . . é impossível.

– Por quê?

– Já disse; imaginarão que és um doido ou um comediante, porque essa roupa . . .

– Que tem? A roupa muda-se. Irei à maneira do século. Não tens alguma roupa que me emprestes?

Evoe! et cetera–The honest pastime of certain mild-mannered appellate judges, even these were cured, radically cured. Few and far between, I said, are the allusions of a poet or writer of prose to pagan theogony, but they only do it to show off or in jest, while science has reduced all of Olympus to symbolism. Dead, all dead.

"Zeus, dead?"

"Yes."

"Dionysus, Aphrodite?"

"All dead."

Plutarch's man arose, walked around a little, containing his indignation, as if he were saying to himself, imitating the man: "Oh, I am there with my Athenians! Zeus, Dionysus, Aphrodite. . ." He would mumble every now and then. He reminded me that he was once accused of blaspheming the gods, and I asked myself where that posthumous and naturally fake indignation originated. I had forgotten–a devotee of Greek!–I had forgotten that he was also a refined hypocrite, an illustrious faker. And I almost did not have time to notice this, because Alcibiades, stopping suddenly, declared that he would go to the ball with me.

"To the ball?" I replied, speechless.

"Yes, let us go to the ball."

I was terrified. I told him no, that it was impossible, that they would not let him in–not with those clothes. He would look like a madman – unless he was going there to perform a comedy by Aristophanes! – I added, laughing and trying to cover up my fear. What I wanted to do was get away from him, leave the house to him, and once outside, I would not go to the Casino but instead come see Your Excellency. But the devil would not move. He listened to me as he looked at the floor, pensive, deliberative. I stopped talking. I started to wonder if the nightmare had ended, if the figure would disappear, and if I would be left there with my pants, my shoes, and my century.

"I want to go to the ball," he repeated. "Now I cannot leave without comparing dances."

Ia a dizer que não; mas ocorreu-me logo que o mais urgente era sair, e que uma vez na rua, sobravam-me recursos para escapar-lhe, e então disse-lhe que sim.

– Pois bem, tornou ele levantando-se, irei à maneira do século. Só peço que te vistas primeiro, para eu aprender e imitar-te depois.

Levantei-me também, e pedi-lhe que me acompanhasse. Não se moveu logo; estava assombrado. Vi que só então reparara nas minhas calças brancas; olhava para elas com os olhos arregalados, a boca aberta; enfim, perguntou por que motivo trazia aqueles canudos de pano. Respondi que por maior comodidade; acrescentei que o nosso século, mais recatado e útil do que artista, determinara trajar de um modo compatível com o seu decoro e gravidade. Demais nem todos seriam Alcibíades. Creio que o lisonjeei com isto; ele sorriu e deu de ombros.

– Enfim!

Seguimos para o meu quarto de vestir, e comecei a mudar de roupa, às pressas. Alcibíades sentou-se molemente num divã, não sem elogiá-lo, não sem elogiar o espelho, a palhinha, os quadros. – Eu vestia-me, como digo, às pressas, ansioso por sair à rua, por meter-me no primeiro tílburi que passasse . . .

– Canudos pretos! exclamou ele.

Eram as calças pretas que eu acabava de vestir. Exclamou e riu, um risinho em que o espanto vinha mesclado de escárnio, o que ofendeu grandemente o meu melindre de homem moderno. Porque, note V. Ex.a ainda que o nosso tempo nos pareça digno de crítica, e até de execração, não gostamos de que um antigo venha mofar dele às nossas barbas. Não respondi ao ateniense; franzi um pouco o sobrolho e continuei a abotoar os suspensórios. Ele perguntou-me então por que motivo usava uma cor tão feia . . .

– Feia, mas séria, disse-lhe. Olha, entretanto, a graça do corte, vê como cai sobre o sapato, que é de verniz, embora preto, e trabalhado com muita perfeição.

E vendo que ele abanava a cabeça:

"My dear Alcibiades, I think this is an imprudent wish. It would certainly give me the greatest honor, so much pride to bring the most genteel, the most charming Athenian to the Casino, but the people of today, the young men and women, the old people . . . it is impossible."

"Why?"

"I already told you. They will think you are a madman or a comedian, because those clothes. . . ."

"So what? Clothing changes. I will go in this century's style. Do you have no clothes you can lend me?"

I was going to say no, but it occurred to me just then that what was most urgent was to get out of there, and once we were out of the house, there were ample resources to aid my escape, so I agreed.

"Very well, then," he responded, getting up, "I will go in the fashion of this century. I only ask that you get dressed first so that I learn and then imitate you."

I got up too and asked him to come with me. He did not move immediately. He was perplexed. I realized that only then he had noticed my white pants. He stared at them, wide-eyed and drop-jawed. He finally asked what the purpose of the cloth tubes. I responded that they were for greater comfort. I added that our century, more modest and practical than artistic, had decided to dress in a manner compatible with its decorum and seriousness. Furthermore, not everyone was Alcibiades. I believe I flattered him with that part. He smiled and shrugged.

"Well!"

We proceeded to my dressing room, and I started hurriedly changing clothes. Alcibiades reclined lazily on a divan, not without praising it, not without complimenting the mirror, the caned seats, the pictures. I got dressed in a hurry, as I said, and, anxious to get out of there, intended to hop on the first tilbury that passed by. . . .

"Black tubes!" he exclaimed.

They were the black pants I had just put on. He shouted and laughed, a little laugh in which the fear came mixed with derision, which greatly offended my sense of etiquette as a modern man. Because, Your Excellen-

– Meu caro, disse-lhe, tu podes certamente exigir que o Júpiter Olímpico seja o emblema eterno da majestade: é o domínio da arte ideal, desinteressada, superior aos tempos que passam e aos homens que os acompanham. Mas a arte de vestir é outra coisa. Isto que parece absurdo ou desgracioso é perfeitamente racional e belo, – belo à nossa maneira, que não andamos a ouvir na rua os rapsodos recitando os seus versos, nem os oradores os seus discursos, nem os filósofos as suas filosofias. Tu mesmo, se te acostumares a ver-nos, acabarás por gostar de nós, porque . . .

– Desgraçado! bradou ele atirando-se a mim.

Antes de entender a causa do grito e do gesto, fiquei sem pinga de sangue. A causa era uma ilusão. Como eu passasse a gravata à volta do pescoço e tratasse de dar o laço, Alcibíades supôs que ia enforcar-me, segundo confessou depois. E, na verdade, estava pálido, trêmulo, em suores frios. Agora quem se riu fui eu. Ri-me, e expliquei-lhe o uso da gravata e notei que era branca, não preta, posto usássemos também gravatas pretas. Só depois de tudo isso explicado é que ele consentiu em restituir-ma. Atei-a enfim, depois vesti o colete.

– Por Afrodita! exclamou ele. És a coisa mais singular que jamais vi na vida e na morte. Estás todo cor da noite – uma noite com três estrelas apenas – continuou apontando para os botões do peito. O mundo deve andar imensamente melancólico, se escolheu para uso uma cor tão morta e tão triste. Nós éramos mais alegres; vivíamos . . .

Não pôde concluir a frase; eu acabava de enfiar a casaca, e a consternação do ateniense foi indescritível. Caíram-lhe os braços, ficou sufocado, não podia articular nada, tinha os olhos cravados em mim, grandes, abertos. Creia V. Ex.a que fiquei com medo, e tratei de apressar ainda mais a saída.

– Estás completo? perguntou-me ele.

– Não: falta o chapéu.

– Oh! venha alguma coisa que possa corrigir o resto! tornou Alcibíades com voz suplicante. Venha, venha. Assim pois, toda a elegância

cy will note that, even though our era seems worthy of criticism and even execration, we don't like it when an ancient comes and laughs in our face. I did not answer the Athenian. I furrowed my brow a bit and continued buttoning my suspenders. He then asked me why I was wearing such an ugly color. . . .

"Ugly, but serious," I said. "But look at the graceful cut, see how it falls over the shoe, which has varnish, even if it is black, and made with great skill."

And I saw that he was shaking his head:

"My dear sir," I told him, "you can certainly demand that the Jupiter of Olympus be the eternal emblem of majesty: it is the domain of ideal, disinterested art, superior to the times that go by and the men who accompany them. But the art of fashion is different. That which seems absurd or clumsy is perfectly rational and beautiful–beautiful in our own way, since we do not go around hearing the music of the rhapsodes reciting their verses in the streets, or the speeches of the orators, or the philosophies of the philosophers. Even you, if you get used to looking at us, you will end up liking us, because . . ."

"Scoundrel!" he yelled, hurling himself upon me.

Before I could understand the shout and the gesture, every drop of blood left my body. The cause: an illusion. Since I had wrapped my tie around my neck and was tying the knot, Alcibiades supposed that I was going to hang myself, as he later confessed. And, actually, he was pallid, tremulous, in a cold sweat. I was the one who laughed then. I laughed and explained the use of a necktie to him, and I noted that it was white, not black, although we also used black ties. Only after I had explained all this did he return it to me. I finally tied it and put on my vest.

"By Aphrodite!" he exclaimed. "You are the most singular thing I have seen in my life and in death. You are entirely the color of night–a night with only three stars." He kept pointing at the buttons on my chest. "The world must be immensely melancholic, if it chose such a dead, sad color. We were more joyous. We lived . . . "

que vos legamos está reduzida a um par de canudos fechados e outro par de canudos abertos (e dizia isto levantando-me as abas da casaca), e tudo dessa cor enfadonha e negativa? Não, não posso crê-lo! Venha alguma coisa que corrija isso. O que é que, falta, dizes tu?

– O chapéu.

– Põe o que te falta, meu caro, põe o que te falta.

Obedeci; fui dali ao cabide, despendurei o chapéu, e pu-lo na cabeça. Alcibíades olhou para mim, cambaleou e caiu. Corri ao ilustre ateniense, para levantá-lo, mas (com dor o digo) era tarde; estava morto, morto pela segunda vez. Rogo a V. Ex.a se digne de expedir suas respeitáveis ordens para que o cadáver seja transportado ao necrotério, e se proceda ao corpo de delito, relevando-me de não ir pessoalmente à casa de V. Ex.a agora mesmo (dez da noite) em atenção ao profundo abalo por que acabo de passar, o que aliás farei amanhã de manhã, antes das oito.

He could not finish the sentence. I finished tucking in my dress-coat, and the consternation of the Athenian was indescribable. His arms fell. He stopped breathing. He could not speak. He had his big, open eyes fixed on me. Believe me, Your Excellency, I was scared, and I tried to hurry my exit.

"Are you done?" he asked me.

"No. I need my hat."

"Oh, I hope there is something that can make up for the rest!" Alcibiades replied in a supplicant voice. "I hope, I hope it does. As it is, the only elegance you will leave behind is reduced to a pair of closed tubes and a pair of open ones." (He said this holding up my coattails.) "And all of it in that irksome, negative color. No, I cannot believe it! Something should come along to make up for this. What is it that you say you lack?"

"The hat."

"Put on what you lack, good man, put on what you lack."

I obeyed. I went from there to the hatrack, grabbed the hat, and put it on my head. Alcibiades looked at me, wobbled and fell. I ran to the illustrious Athenian to pick him up, but (and I say this with great pain) it was too late. He was dead, dead for the second time. I request that Your Excellency find it fit to have the body be taken to the morgue, and proceed with the corpus delicti, relieving me from having to go to Your Excellency's house right now (ten at night) considering the profound fright I have just experienced, which incidentally I will do tomorrow morning before eight.

O Empréstimo

by Machado de Assis
From *Papéis Avulsos*, 1882

Vou divulgar uma anedota, mas uma anedota no genuíno sentido do vocábulo, que o vulgo ampliou às historietas de pura invenção. Esta é verdadeira; podia citar algumas pessoas que a sabem tão bem como eu. Nem ela andou recôndita, senão por falta de um espírito repousado, que lhe achasse a filosofia. Como deveis saber, há em todas as coisas um sentido filosófico. Carlyle descobriu o dos coletes, ou, mais propriamente, o do vestuário; e ninguém ignora que os números, muito antes da loteria do Ipiranga, formavam o sistema de Pitágoras. Pela minha parte creio ter decifrado este caso de empréstimo; ides ver se me engano.

E, para começar, emendemos Sêneca. Cada dia, ao parecer daquele moralista, é, em si mesmo, uma vida singular; por outros termos, uma vida dentro da vida. Não digo que não; mas por que não acrescentou ele que muitas vezes uma só hora é a representação de uma vida inteira? Vede este rapaz: entra no mundo com uma grande ambição, uma pasta de ministro, um Banco, uma coroa de visconde, um báculo pastoral. Aos cinqüenta anos, vamos achá-lo simples apontador de alfândega, ou

The Loan

translated by Nelson López Rojas

I'm going to tell you a story, but a story in the genuine sense of the word. A story that people augmented just for fun. This story is true, I could name a few other people who know it as well as I do. This story didn't go unnoticed since its soul was restless, full of philosophy. As you may know, there is in all things a philosophical sense. Carlyle discovered philosophy in vests, or, more properly said, in clothing. Also, nobody can deny that the numbers – long before the lottery of Ipiranga – were part of the system of Pythagoras. For my part I believe I have deciphered this case of a loan; you shall see if I am mistaken.

And to begin with, let's correct Seneca. Each day, in the opinion of that moralist, is in itself a singular life, a life within a life. I'm not saying it isn't, but why did he not add that, many times, one hour is the representation of a lifetime? You see this guy: he enters the world with a great ambition, responsibilities of a minister, a Bank, a Viscount's crown, a pastoral staff. At fifty, we could still find him working as a simple customs clerk, or as a sexton in the country. All this that happened in thirty years, any

sacristão da roça. Tudo isso que se passou em trinta anos, pode algum Balzac metê-lo em trezentas páginas; por que não há de a vida, que foi a mestra de Balzac, apertá-lo em trinta ou sessenta minutos?

Tinham batido quatro horas no cartório do tabelião Vaz Nunes, à Rua do Rosário. Os escreventes deram ainda as últimas penadas: depois limparam as penas de ganso na ponta de seda preta que pendia da gaveta ao lado; fecharam as gavetas, concertaram os papéis, arrumaram os livros, lavaram as mãos; alguns que mudavam de paletó à entrada, despiram o do trabalho e enfiaram o da rua; todos saíram. Vaz Nunes ficou só.

Este honesto tabelião era um dos homens mais perspicazes do século. Está morto: podemos elogiá-lo à vontade. Tinha um olhar de lanceta, cortante e agudo. Ele adivinhava o caráter das pessoas que o buscavam para escriturar os seus acordos e resoluções; conhecia a alma de um testador muito antes de acabar o testamento; farejava as manhas secretas e os pensamentos reservados. Usava óculos, como todos os tabeliães de teatro; mas, não sendo míope, olhava por cima deles, quando queria ver, e através deles, se pretendia não ser visto. Finório como ele só, diziam os escreventes. Em todo o caso, circunspecto. Tinha cinqüenta anos, era viúvo, sem filhos, e, para falar como alguns outros serventuários, roía muito caladinho os seus duzentos contos de réis.

— Quem é? perguntou ele de repente olhando para a porta da rua.

Estava à porta, parado na soleira, um homem que ele não conheceu logo, e mal pôde reconhecer daí a pouco. Vaz Nunes pediu-lhe o favor de entrar; ele obedeceu, cumprimentou-o, estendeu-lhe a mão, e sentou-se na cadeira ao pé da mesa. Não trazia o acanho natural a um pedinte; ao contrário, parecia que não vinha ali senão para dar ao tabelião alguma coisa preciosíssima e rara. E, não obstante, Vaz Nunes estremeceu e esperou.

— Não se lembra de mim?

— Não me lembro . . .

— Estivemos juntos uma noite, há alguns meses, na Tijuca . . . Não se lembra? Em casa do Teodorico, aquela grande ceia de Natal; por sinal que lhe fiz uma saúde . . . Veja se se lembra do Custódio.

Balzac could have put it in three hundred pages. Why couldn't life, which was the master of Balzac, squeeze it in thirty or sixty minutes?

It was four o'clock in the office of the notary Vaz Nunes, on Rua do Rosário. Scribes were wrapping up their work: they were cleaning up the goose at the tip of black silk that hung from one of the drawers to the side. They closed the drawers, picked up all the papers, packed up the books, washed their hands, and those who had changed their jackets when they came in, changed from their work clothes into street clothes and off they went. Everyone left. Vaz Nunes was left alone. This honest notary was one of the most insightful men of the century. He's dead: we can praise him at ease. He had a look like a lancet, sharp and acute. He was able to see through the people who sought to notarize their agreements and resolutions. He knew the very soul of a person before finalizing his will. He could smell the tricks and secret thoughts. He wore glasses, as all theater notaries, but since he wasn't shortsighted, he looked over them when he wanted to see, and through them when he didn't want to be seen. Sly as a fox, said the scribes. In any case, he was a cautious person. He was fifty years old, a widower without children, and to speak like some of the other clerks, he quietly gnawed on his two hundred *contos de réis*.

"Who is it?" he asked suddenly, looking at the front door.

At the door, standing in the doorway, there was a man he did not recognize at first, and hardly recognized shortly afterwards. Vaz Nunes asked him to please come in. He obeyed, greeted him, shook his hand, and sat in the chair at the foot of the table. He did not carry the shame natural to a beggar, quite the opposite. He looked like he had come there only to give the notary something precious and rare. And yet, Vaz Nunes shivered and waited.

"Do you not remember me?"

"No, I don't . . . "

"We were together one night a few months ago, in Tijuca . . . Don't you remember? At Teodorico's house, at that great Christmas dinner where you proposed a toast . . . See if you remember a guy named Custódio."

— Ah!

Custódio endireitou o busto, que até então inclinara um pouco. Era um homem de quarenta anos. Vestia pobremente, mas escovado, apertado, correto. Usava unhas longas, curadas com esmero, e tinha as mãos muito bem talhadas, macias, ao contrário da pele do rosto, que era agreste. Notícias mínimas, e aliás necessárias ao complemento de um certo ar duplo que distinguia este homem, um ar de pedinte e general. Na rua, andando, sem almoço e sem vintém, parecia levar após si um exército. A causa não era outra mais do que o contraste entre a natureza e a situação, entre a alma e a vida. Esse Custódio nascera com a vocação da riqueza, sem a vocação do trabalho. Tinha o instinto das elegâncias, o amor do supérfluo, da boa chira, das belas damas, dos tapetes finos, dos móveis raros, um voluptuoso, e, até certa ponto, um artista, capaz de reger a vila Torloni ou a galeria Hamilton. Mas não tinha dinheiro; nem dinheiro, nem aptidão ou pachorra de o ganhar; por outro lado, precisava viver. Il faut bien que je vive, dizia um pretendente ao ministro Talleyrand. Je n'en vois pas la nécessité, redargüiu friamente o ministro. Ninguém dava essa resposta ao Custódio; davam-lhe dinheiro, um dez, outro cinco, outro vinte mil-réis, e de tais espórtulas é que ele principalmente tirava o albergue e a comida.

Digo que principalmente vivia delas, porque o Custódio não recusava meter-se em alguns negócios, com a condição de os escolher, e escolhia sempre os que não prestavam para nada. Tinha o faro das catástrofes. Entre vinte empresas, adivinhava logo a insensata, e metia ombros a ela, com resolução. O caiporismo, que o perseguia, fazia com que as dezenove prosperassem, e a vigésima lhe estourasse nas mãos. Não importa; aparelhava-se para outra.

Agora, por exemplo, leu um anúncio de alguém que pedia um sócio, com cinco contos de réis, para entrar em certo negócio, que prometia dar, nos primeiros seis meses, oitenta a cem contos de lucro. Custódio foi ter com o anunciante. Era uma grande idéia, uma fábrica de agulhas, indústria nova, de imenso futuro. E os planos, os desenhos da fábrica, os relatórios de Birmingham, os mapas de importação, as respostas dos al-

"Oh!"

Custódio straightened his chest, which until then had tilted slightly. He was a man of about forty. Poorly dressed, but groomed, tight, correct. He had long, well-cared nails, and had his hands very well cared for, soft, unlike the harsh skin of his face. Although this is useless information, it is indeed necessary to add a certain double air that distinguished this man. He had the air of a beggar and that of a general. On the streets, wandering without having eaten lunch and without a penny in his pocket, he seemed to have an army following him. The cause was not anything more than the contrast between nature and situation, between soul and life. This Custódio was born with a calling for wealth without a calling for work. He had an instinct for elegance, a love for the superfluous, for good food, for beautiful ladies, for fine carpets, rare furniture… he was voluptuous, and, to some extent, an artist capable to run Torloni village or Hamilton gallery. But he had no money. No money, no aptitude nor patience to make money. On the other hand, he needed to survive. *Il faut bien que je vive,* said a candidate to minister Talleyrand. *Je n'en vois pas la nécessité*, the minister retorted coldly.[1] Nobody gave this reply to Custódio. People gave him money, some ten, some five, someone else twenty *mil-réis*, and from such alms is that he mostly paid for the hostel and food.

I say that he mainly lived from them, because Custódio did not refuse to get into some business deals, with the condition that he would choose them, and he always chose the ones that did not pay for anything. He was prone to disasters. Among twenty companies, soon he found the foolish one and put all his heart into it, with determination. The bad luck that chased him, made the first nineteen to prosper, and number twenty to burst in his hands. It didn't matter; he got ready for the next one.

Now, for example, he read an ad from someone who wanted a partner with some money, with five *contos de réis*, to get into a certain business, which promised to give a profit of, in the first six months, eighty to a hundred *contos*. Custódio went to the advertiser. It was a great idea: a factory of needles, a new industry of immense future. And all the plans,

[1] It is necessary that I live / I do not see the need.

faiates, dos donos de armarinho, etc., todos os documentos de um longo inquérito passavam diante dos olhos de Custódio, estrelados de algarismos, que ele não entendia, e que por isso mesmo lhe pareciam dogmáticos. Vinte e quatro horas; não pedia mais de vinte e quatro horas para trazer os cinco contos. E saiu dali, cortejado, animado pelo anunciante, que, ainda à porta, o afogou numa torrente de saldos. Mas os cinco contos, menos dóceis ou menos vagabundos que os cinco mil-réis, sacudiam incredulamente a cabeça, e deixavam-se estar nas arcas, tolhidos de medo e de sono. Nada. Oito ou dez amigos, a quem falou, disseram-lhe que nem dispunham agora da soma pedida, nem acreditavam na fábrica. Tinha perdido as esperanças, quando aconteceu subir a rua do Rosário e ler no portal de um cartório o nome de Vaz Nunes. Estremeceu de alegria; recordou a Tijuca, as maneiras do tabelião, as frases com que ele lhe respondeu ao brinde, e disse consigo que este era o salvador da situação.

— Venho pedir-lhe uma escritura . . .

Vaz Nunes, armado para outro começo, não respondeu: espiou para cima dos óculos e esperou.

— Uma escritura de gratidão, explicou o Custódio; venho pedir-lhe um grande favor, um favor indispensável, e conto que o meu amigo . . .

— Se estiver nas minhas mãos . . .

— O negócio é excelente, note-se bem; um negócio magnífico. Nem eu me metia a incomodar os outros sem certeza do resultado. A coisa está pronta; foram já encomendas para a Inglaterra; e é provável que dentro de dois meses esteja tudo montado, é uma indústria nova. Somos três sócios, a minha parte são cinco contos. Venho pedir-lhe esta quantia, a seis meses, - ou a três, com juro módico . . .

— Cinco contos?

— Sim, senhor.

— Mas, Sr. Custódio, não disponho de tão grande quantia. Os negócios andam mal; e ainda que andassem muito bem, não poderia dispor de tanto. Quem é que pode esperar cinco contos de um modesto tabelião de notas?

the drawings of the plant, the reports from Birmingham, the import maps, the responses from tailors, from haberdashery owners, etc., all documents that were of a lengthy analysis passed before the eyes of Custódio, like starry algorithms that he did not understand, and therefore they seemed dogmatic. Twenty-four hours. He'd asked not more than twenty-four hours to bring the money. And off he went, wooed, excited by the advertiser, who, even as he was leaving, was drowning him in a torrent of balances. But the five *contos*, less docile or less pathetic than the five *mil-réis*, were shaking their heads incredulously, and kept themselves in the coffer, hampered by fear and sleep. Nothing. Eight or ten friends, with whom he spoke, said that they neither had the money nor believed in the business. He had lost all hope when he decided to go up the Rua do Rosário. There, he came across the doorway of a notary named Vaz Nunes. He leaped with joy. He remembered Tijuca, how nice the notary had been, the phrases with which he responded to the toast, and said to himself that he was the savior of the situation.

"I must ask a favor of you, a deed of some size, I'm afraid."

Vaz Nunes, armed for a different beginning, didn't answer. He peered over his glasses and waited.

"A deed of gratitude," Custódio explained. "I've come to ask you this great favor, an indispensable favor, and I'm counting that you my friend . . . "

"If it is within my possibilities . . . "

"This is a great business. Mind you, a magnificent business. See, I wouldn't even bother others without certainty of the outcome. This is a done deal! We already have orders from England, and it is likely that within two months everything will be set up. This is a new industry. There's three of us, and my part is five *contos*. I come to ask you for this amount, six months –or three, with modest interest . . .

"Five *contos*?"

"Yes, sir."

— Ora, se o senhor quisesse . . .

— Quero, decerto; digo-lhe que se se tratasse de uma quantia pequena, acomodada aos meus recursos, não teria dúvida em adiantá-la. Mas cinco contos! Creia que é impossível.

A alma do Custódio caiu de bruços. Subira pela escada de Jacó até o céu; mas em vez de descer como os anjos no sonho bíblico, rolou abaixo e caiu de bruços. Era a última esperança; e justamente por ter sido inesperada, é que ele supôs que fosse certa, pois, como todos os corações que se entregam ao regime do eventual, o do Custódio era supersticioso. O pobre-diabo sentiu enterrarem-se-lhe no corpo os milhões de agulhas que a fábrica teria de produzir no primeiro semestre. Calado, com os olhos no chão, esperou que o tabelião continuasse, que se compadecesse, que lhe desse alguma aberta; mas o tabelião, que lia isso mesmo na alma do Custódio, estava também calado, girando entre os dedos a boceta de rapé, respirando grosso, com um certo chiado nasal e implicante. Custódio ensaiou todas as atitudes; ora pedinte, ora general. O tabelião não se mexia. Custódio ergueu-se.

— Bem, disse ele, com uma pontazinha de despeito, há de perdoar o incômodo. . .

— Não há que perdoar; eu é que lhe peço desculpa de não poder servi-lo, como desejava. Repito: se fosse alguma quantia menos avultada, não teria dúvida; mas . . .

Estendeu a mão ao Custódio, que com a esquerda pegara maquinalmente no chapéu. O olhar empanado do Custódio exprimia a absorção da alma dele, apenas convalescida da queda que lhe tirara as últimas energias. Nenhuma escada misteriosa, nenhum céu; tudo voara a um piparote do tabelião. Adeus, agulhas! A realidade veio tomá-lo outra vez com as suas unhas de bronze. Tinha de voltar ao precário, ao adventício, às velhas contas, com os grandes zeros arregalados e os cifrões retorcidos à laia de orelhas, que continuariam a fitá— lo e a ouvi-lo, a ouvi-lo e a fitá-lo, alongando para ele os algarismos implacáveis de fome. Que queda! e que abismo! Desenganado, olhou para o tabelião com um gesto de despedida; mas, uma idéia súbita clareou-lhe a noite do cérebro. Se a

"But, Mr. Custódio, I do not have such an amount. Business is bad here, and even if it were good, I could not be able to lend such amount. Who can expect five *contos* from a modest notary?"

"Well, if you really wanted . . . "

"I do. I'm telling you that if it were a small amount according to my resources, I would not hesitate. But five *contos*! Believe me, that's impossible."

Custódio's soul fell flat. He had climbed Jacob's ladder to heaven, but instead of coming down like the angels in the Biblical dream, he rolled down and fell flat. It was the last hope, and just because it was unexpected, he supposed that it was going to work out because, like all hearts that engage in any regime of possibilities, Custódio's was superstitious. The poor fellow felt as if someone had buried in his body the millions of needles that the plant would be producing in the first semester. Silent, with eyes on the ground, he waited for the notary to continue, to take pity on him, to give him some chance... but the notary, who could even see this in Custódio's soul, was also silent, rotating his tobacco tin in his fingers, breathing thickly, with a certain annoying nasal wheezing. Custódio rehearsed all attitudes: as a beggar, as a general. The notary did not move. Custódio rose.

"Well" He said with a bit of spite, "Please forgive the inconvenience..."

"There is nothing to forgive. It is I who must apologize for not being able to help you as you had wished. And I'll say it again, if it were any amount less hefty, I wouldn't hesitate, but . . . "

He reached out to Custódio, who mechanically tipped his hat with his left hand, in courtesy. Custódio's look expressed the absorption of his soul, just convalescent from the fall that had taken the last of his energies. No mysterious ladder, no heaven, all flown with the notary's snapping of his fingers. Goodbye, needles! Reality came to take him again with its claws of brass. He had to go back to poverty, to the adventitious, to the old accounts with large zeros making fun of him, and the currency symbols twisted like ears which would continue to stare at him and to hear him, to hear him and to stare at him, stretching those algorithms of relentless hunger. What a

quantia fosse menor, Vaz Nunes poderia servi-lo, e com prazer; por que não seria uma quantia menor? Já agora abria mão da empresa; mas não podia fazer o mesmo a uns aluguéis atrasados, a dois ou três credores, etc., e uma soma razoável, quinhentos mil-réis, por exemplo, uma vez que o tabelião tinha a boa vontade de emprestar-lhos, vinham a ponto. A alma do Custódio empertigou-se; vivia do presente, nada queria saber do passado, nem saudades, nem temores, nem remorsos. O presente era tudo. O presente eram os quinhentos mil-réis, que ele ia ver surdir da algibeira do tabelião, como um alvará de liberdade.

— Pois bem, disse ele, veja o que me pode dar, e eu irei ter com outros amigos . . . Quanto?

— Não posso dizer nada a este respeito, porque realmente só uma coisa muito modesta.

— Quinhentos mil-réis?

— Não; não posso.

— Nem quinhentos mil-réis?

— Nem isso, replicou firme o tabelião. De que se admira? Não lhe nego que tenho algumas propriedades; mas, meu amigo, não ando com elas no bolso; e tenho certas obrigações particulares . . . Diga-me, não está empregado?

— Não, senhor.

— Olhe; dou-lhe coisa melhor do que quinhentos mil-réis; falarei ao ministro da justiça, tenho relações com ele, e . . .

Custódio interrompeu-o, batendo uma palmada no joelho. Se foi um movimento natural, ou uma diversão astuciosa para não conversar do emprego, é o que totalmente ignoro; nem parece que seja essencial ao caso. O essencial é que ele teimou na súplica. Não podia dar quinhentos mil-réis? Aceitava duzentos; bastavam-lhe duzentos, não para a empresa, pois adotava o conselho dos amigos: ia recusá-la. Os duzentos mil-réis, visto que o tabelião estava disposto a ajudá-lo, eram para uma necessidade urgente, - "tapar um buraco". E então relatou tudo, respondeu à franqueza com franqueza: era a regra da sua vida. Confessou que, ao tratar da grande empresa, tivera em mente acudir também a um credor

fall! What an abyss! Disillusioned, he looked at the notary with a farewell gesture, but an idea suddenly ignited the light of the night in his brain. If the amount was smaller, Vaz Nunes could help him out, and with pleasure. Why not ask for a smaller amount? He had given up on the business, but he could not say the same about overdue rent, two or three lenders, etc. And a reasonable sum, five hundred *mil-réis*, for example, since the notary had the willingness to lend it to him, this amount would come in handy. Custódio's soul straightened; he lived off of the present. He wanted to know nothing of the past, or longing, or fear, or remorse. The present was everything. His present was the five hundred *mil-réis*, he would see sprout from the notary's pocket, as a charter of liberty.

"Well," he said, "I'll take whatever you can spare, and I'll get the rest with other friends . . . How much?"

"I cannot say anything about it, because it should really be a very modest amount."

"Five hundred *mil-réis*?"

"Sorry, I can't."

"Not even five hundred *mil-réis*?

"Not even," firmly replied the notary. "Why are you surprised? I can't deny that I have some properties, but, my friend, I don't walk with them in my pocket, and I have certain special obligations . . . Tell me, do you not have a job?"

"No, sir."

"Look, I'll give you something better than five hundred *mil-réis*; I'll talk to the minister of justice, I know him, and . . . "

Custódio interrupted him, slapping his own knee. If this was a natural move, or a tricky and entertaining move to not talk about employment, I totally do not know. Besides, I don't think it is essential to the case. The point is that he insisted on pleading. Could he not give him five hundred *mil-réis*? He would take two hundred, two hundred would suffice, not for the business, since he took the advice of friends: he was going to reject it. The two hundred *mil-réis*, since the notary was willing to help him out, were for an urgent need "to cover a hole." And then he said it all, an-

pertinaz, um diabo, um judeu, que rigorosamente ainda lhe devia, mas tivera a aleivosia de trocar de posição. Eram duzentos e poucos mil-réis; e dez, parece; mas aceitava duzentos . . . - Realmente, custa-me repetir-lhe o que disse; mas, enfim, nem os duzentos mil-réis posso dar. Cem mesmo, se o senhor os pedisse, estão acima das minhas forças nesta ocasião. Noutra pode ser, e não tenho dúvida, mas agora . . .

— Não imagina os apuros em que estou!

— Nem cem, repito. Tenho tido muitas dificuldades nestes últimos tempos. Sociedades, subscrições, maçonaria . . . Custa-lhe crer, não é? Naturalmente: um proprietário. Mas, meu amigo, é muito bom ter casas: o senhor é que não conta os estragos, os consertos, as penas-d'água, as décimas, o seguro, os calotes, etc. São os buracos do pote, por onde vai a maior parte da água . . .

— Tivesse eu um pote! suspirou Custódio.

— Não digo que não. O que digo é que não basta ter casas para não ter cuidados, despesas, e até credores . . . Creia o senhor que também eu tenho credores.

— Nem cem mil-réis!

— Nem cem mil-réis, pesa-me dizê-lo, mas é verdade. Nem cem mil-réis. Que horas são? Levantou-se, e veio ao meio da sala. Custódio veio também, arrastado, desesperado. Não podia acabar de crer que o tabelião não tivesse ao menos cem mil-réis. Quem é que não tem cem mil-réis consigo? Cogitou uma cena patética, mas o cartório abria para a rua; seria ridículo. Olhou para fora. Na loja fronteira, um sujeito apreçava uma sobrecasaca, à porta, porque entardecia depressa, e o interior era escuro. O caixeiro segurava a obra no ar; o freguês examinava o pano com a vista e com os dedos, depois as costuras, o forro . . . Este incidente rasgou-lhe um horizonte novo, embora modesto; era tempo de aposentar o paletó que trazia. Mas nem cinqüenta mil-réis podia dar-lhe o tabelião. Custódio sorriu; - não de desdém, não de raiva, mas de amargura e dúvida; era impossível que ele não tivesse cinqüenta mil-réis. Vinte, ao menos? Nem vinte. Nem vinte! Não; falso tudo, tudo mentira. Custódio tirou o lenço, alisou o chapéu devagarinho; depois guardou o

swering frankness frankly, it was the rule of his life. He confessed that, regarding the large business, he also had in mind to go to a shady creditor, a devil, a Jew, who still owed him rigorously, but had the treachery to switch sides. It was two hundred and a few mil-réis, and ten, it seems like, but he'd accept two hundred . . .

"Really, it pains me to repeat what I said, but anyway, I can't even give you two hundred *mil-réis*. Even if you would ask for a hundred, it's beyond my reach on this occasion. Maybe next time, I have no doubt, but now . . . "

"You cannot imagine the trouble I'm in!"

"Not even a hundred, sorry." I have had many difficulties in recent times. Memberships, subscriptions, masonry . . . it is hard to believe, isn't it? Of course, I have my possibilities. But, my friend, it's very good to have houses... but you don't count the damages, repairs, water pipes, tithes, insurance, defaults, etc. There are the pot holes, through which most of the water goes . . .

"If I had a pot!" Custódio sighed.

"I can't complain. What I'm saying is that it isn't enough to own houses in order to avoid care, costs, and even creditors . . . Believe you me I also have lenders."

"Not even one hundred *mil-réis*!"

"Not even one hundred *mil-réis*, it pains me to say it, but it's true. Not one hundred *mil-réis*. What time is it?"

He rose, and came to the middle of the room. Custódio also came dragging himself, miserable, desperate. He could not believe that the notary didn't have at least one hundred *mil-réis*. Who does not carry a hundred *mil-réis*? He wondered a pathetic scene, but the registry faced the street, it would be ridiculous. He looked out. In the store across from the office, a guy was appreciating a frock coat at the door because daylight was fading quickly, and the interior was dark. The clerk held the piece in the air, the customer examined the cloth with his eyes and with his fingers, then the seams, the lining . . . This incident marked him with a new horizon, albeit modest, it was time to retire the jacket he was wearing. But, could

lenço, concertou a gravata, com um ar misto de esperança e despeito. Viera cerceando as asas à ambição, pluma a pluma; restava ainda uma penugem curta e fina, que lhe metia umas veleidades de voar. Mas o outro, nada. Vaz Nunes cotejava o relógio da parede com o do bolso, chegava este ao ouvido, limpava o mostrador, calado, transpirando por todos os poros impaciência e fastio. Estavam a pingar as cinco, enfim, e o tabelião, que as esperava, desengatilhou a despedida. Era tarde; morava longe. Dizendo isto, despiu o paletó de alpaca, e vestiu o de casimira, mudou de um para outro a boceta de rapé, o lenço, a carteira . . . Oh! a carteira! Custódio viu esse utensílio problemático, apalpou-o com os olhos; invejou a alpaca, invejou a casimira, quis ser algibeira, quis ser o couro, a matéria mesma do precioso receptáculo. Lá vai ela; mergulhou de todo no bolso do peito esquerdo; o tabelião abotoou— se. Nem vinte mil-réis! Era impossível que não levasse ali vinte mil-réis, pensava ele; não diria duzentos, mas vinte, dez que fossem. . .

— Pronto! disse-lhe Vaz Nunes, com o chapéu na cabeça.

Era o fatal instante. Nenhuma palavra do tabelião, um convite ao menos, para jantar; nada; findara tudo. Mas os momentos supremos pedem energias supremas. Custódio sentiu toda a força deste lugar-comum, e, súbito, como um tiro, perguntou ao tabelião se não lhe podia dar ao menos dez mil-réis.

— Quer ver?

E o tabelião desabotoou o paletó, tirou a carteira, abriu-a, e mostrou-lhe duas notas de cinco mil-réis.

— Não tenho mais, disse ele; o que posso fazer é reparti-los com o senhor; dou-lhe uma de cinco, e fico com a outra; serve-lhe?

Custódio aceitou os cinco mil-réis, não triste, ou de má cara, mas risonho, palpitante, como se viesse de conquistar a Ásia Menor. Era o jantar certo. Estendeu a mão ao outro, agradeceu-lhe o obséquio, despediu-se até breve, - um até breve cheio de afirmações implícitas. Depois saiu; o pedinte esvaiu-se à porta do cartório; o general é que foi por ali abaixo, pisando rijo, encarando fraternalmente os ingleses do comércio que subiam a rua para se transportarem aos arrabaldes. Nunca o céu lhe

the notary not give fifty *mil-réis*? Custódio smiled, not with contempt, not with anger, but in sorrow and doubt, it was impossible that he didn't have fifty *mil-réis*. Twenty at least? Not even twenty. Not even twenty! No. All was false, all lies.

Custódio took out the handkerchief, caressed his hat slowly, to then put away his handkerchief, fix his tie with an air mixed with hope and spite. He was closing his wings to his dreams, his ambition, feather by feather, there still remained one, short and thin that gave him a lust to fly. But about the other thing, nothing. Vaz Nunes compared the clock on the wall with his pocket watch, raising it to his ear, and he cleaned the dial, silent, sweating off impatience and boredom from every pore. Time was melting, it was almost five, finally, and the notary, who waited for this time, bid farewell. It was late and he lived far away. Saying this, he took off his alpaca jacket, and put on the cashmere one. He switched his belongings from one jacket to the next: the tobacco tin, the scarf, the wallet . . . Oh! The wallet! Custódio saw this problematic utensil, felt it with his eyes. He envied the alpaca, the cashmere. He wanted to be his pocket, wanted to be leather, the precious receptacle of the same material. There it goes; plunged into the left pocket. The notary buttoned up. Not even twenty *mil-réis*! It was impossible that he wouldn't carry twenty *mil-réis* in his pocket, he thought, I would not say two hundred, but twenty, or even ten…

Ready! Vaz Nunes said, with his hat on.

It was the fatal moment. No word from the notary, or at least an invitation to dinner, nothing, and everything had ended. But supreme moments require supreme energies. Custódio felt the full force of this commonplace, and suddenly, like a shot, he asked the notary if he could give him at least ten *mil-réis*.

"Want to see?"

And the notary unbuttoned his jacket, took out his wallet, opened it, and showed him two bills of five *mil-réis*.

"No more," he said, "What I can do is share them with you. I'll give you a five, and I keep the other five, does it help you?"

pareceu tão azul, nem a tarde tão límpida; todos os homens traziam na retina a alma da hospitalidade. Com a mão esquerda no bolso das calças, ele apertava amorosamente os cinco mil-réis, resíduo de uma grande ambição, que ainda há pouco saíra contra o sol, num ímpeto de águia, e ora habita modestamente as asas de frango rasteiro.

Custódio accepted five *mil-réis*, not sad, not with a bad face, but laughing, throbbing, as if he was coming from his conquest of Asia Minor. It was the perfect dinner. They shook hands; he thanked him for the gift, said goodbye – a goodbye full of implied assertions. Then he left; the beggar evaporated outside the registry office. The general went over there, stomping hard looking straight at the English businessmen who were coming up the street to go to the suburbs. Heaven never seemed so blue to him, or the afternoon so clear. All men brought in their retinas the soul of hospitality. With his left hand in his pants pocket, he was lovingly holding onto the five thousand réis, the remnant of a great ambition, that even not long ago had come out against the sun, with the burst of an eagle, but who now lives humbly in his crawling chicken wings.

Cantiga de Esponsais

by Machado de Assis
from *Histórias Sem Data*, 1884

Imagine a leitora que está em 1813, na igreja do Carmo, ouvindo uma daquelas boas festas antigas, que eram todo o recreio público e toda a arte musical. Sabem o que é uma missa cantada; podem imaginar o que seria uma missa cantada daqueles anos remotos. Não lhe chamo a atenção para os padres e os sacristães, nem para o sermão, nem para os olhos das moças cariocas, que já eram bonitos nesse tempo, nem para as mantilhas das senhoras graves, os calções, as cabeleiras, as sanefas, as luzes, os incensos, nada. Não falo sequer da orquestra, que é excelente; limito-me a mostrar-lhes uma cabeça branca, a cabeça desse velho que rege a orquestra, com alma e devoção.

Chama-se Romão Pires; terá sessenta anos, não menos, nasceu no Valongo, ou por esses lados. É bom músico e bom homem; todos os músicos gostam dele. Mestre Romão é o nome familiar; e dizer familiar e público era a mesma coisa em tal matéria e naquele tempo. "Quem rege a missa é mestre Romão" - equivalia a esta outra forma de anúncio, anos depois: "Entra em cena o ator João Caetano"; - ou então: "O ator Martinho cantará

The Nuptial Song

translated by Steven K. Smith

Imagine, dear lady, that it is 1813 and you are in the Carmo church, listening to one of those grand old feast celebrations, which were the entirety of public recreation and the whole of musical art. You know what a Missa Cantata is; you can imagine what a sung mass would have been in those olden days. I do not call your attention to the priests or the sacristans, nor to the sermon, nor to the eyes of the *carioca* girls—which even then were beautiful, nor to the veils of the serious women, the knickers, the hairdos, the decorative borders, the lights, the incense, none of these. I am not even talking about the orchestra, which is excellent; I am limiting myself to showing you one white head, the head of this old man who conducts the orchestra with soul and devotion.

His name is Romão Pires; he must be about sixty years old, no less, born in Valongo, or that area. He is a good musician and a good man; all the musicians like him. Maestro Romão is his familiar name; and saying familiar and public was the same thing in this regard back then. "The mass is conducted by maestro Romão" was the equivalent to another kind

uma de suas melhores árias." Era o tempero certo, o chamariz delicado e popular. Mestre Romão rege a festa! Quem não conhecia mestre Romão, com o seu ar circunspecto, olhos no chão, riso triste, e passo demorado? Tudo isso desaparecia à frente da orquestra; então a vida derramava-se por todo o corpo e todos os gestos do mestre; o olhar acendia-se, o riso iluminava-se: era outro. Não que a missa fosse dele; esta, por exemplo, que ele rege agora no Carmo é de José Maurício; mas ele rege-a com o mesmo amor que empregaria, se a missa fosse sua.

Acabou a festa; é como se acabasse um clarão intenso, e deixasse o rosto apenas alumiado da luz ordinária. Ei-lo que desce do coro, apoiado na bengala; vai à sacristia beijar a mão aos padres e aceita um lugar à mesa do jantar. Tudo isso indiferente e calado. Jantou, saiu, caminhou para a rua da Mãe dos Homens, onde reside, com um preto velho, pai José, que é a sua verdadeira mãe, e que neste momento conversa com uma vizinha.

— Mestre Romão lá vem, pai José, disse a vizinha.

— Eh! eh! adeus, sinhá, até logo.

Pai José deu um salto, entrou em casa, e esperou o senhor, que daí a pouco entrava com o mesmo ar do costume. A casa não era rica naturalmente; nem alegre. Não tinha o menor vestígio de mulher, velha ou moça, nem passarinhos que cantassem, nem flores, nem cores vivas ou jocundas. Casa sombria e nua. O mais alegre era um cravo, onde o mestre Romão tocava algumas vezes, estudando. Sobre uma cadeira, ao pé, alguns papéis de música; nenhuma dele . . .

Ah! se mestre Romão pudesse seria um grande compositor. Parece que há duas sortes de vocação, as que têm língua e as que a não têm. As primeiras realizam-se; as últimas representam uma luta constante e estéril entre o impulso interior e a ausência de um modo de comunicação com os homens. Romão era destas. Tinha a vocação íntima da música; trazia dentro de si muitas óperas e missas, um mundo de harmonias novas e originais, que não alcançava exprimir e pôr no papel. Esta era a causa única da tristeza de mestre Romão. Naturalmente o vulgo não atinava com ela; uns diziam isto, outros aquilo: doença, falta de dinheiro, algum desgosto antigo; mas a verdade é esta: - a causa da melancolia de mestre Romão era

of announcement years later: "Taking the stage is the actor João Caetano" or even "The actor Martinho will sing one of his best arias." It was the right seasoning; the delicate and popular draw. Maestro Romão conducts the feast! Who did not know maestro Romão, with his circumspect way, eyes on the ground, sad laughter, and slow pace? All that disappeared in front of the orchestra; then life spilled out of his whole body and all the maestro's gestures; his eyes lit up, his smile illuminated; he was someone else. Not to say that the mass was his; this one, for example, that he is conducting now at Carmo is by José Maurício; but he directs it with the same love that he would use if the mass were his.

The feast is over; it's as if a bright light has ended and left his face illuminated only by ordinary light. Here he is descending from the choir loft, supported on his cane; he goes to the sacristy to kiss the hand of the priests and accepts a place at the dining table. All of this indifferent and taciturn. He dined, left, walked to Mãe dos Homens Street, where he lives with an old black man, Father Joe, who is his true mother, and who at this moment is talking to a neighbor.

"Maestro Romão is coming, Father Joe," says the neighbor.

"Ah! ah! Goodbye, ma'am, see you soon."

Father Joe jumped up, entered the house, and awaited the gentleman, who shortly thereafter entered with his usual air. The house was not rich, naturally, nor happy. There was not the slightest hint of a woman, young or old, nor birds that sang, nor flowers, nor lively or jocund colors. A sober and naked house. The happiest part was a clavichord, where maestro Romão sometimes played, studying. On a chair beside it, some sheets of music; none of his own . . .

Ah! if only maestro Romão could be a great composer. It seems like there are two sorts of vocation, those that can speak and those that cannot. The former become something; the latter represent a constant and sterile battle between an internal impulse and the absence of the means of communication with men. Romão was one of the latter. He had the intimate vocation of a musician; he carried within himself many operas and masses, a world of new and original harmonies, which he could not manage to

não poder compor, não possuir o meio de traduzir o que sentia. Não é que não rabiscasse muito papel e não interrogasse o cravo, durante horas; mas tudo lhe saía informe, sem idéia nem harmonia. Nos últimos tempos tinha até vergonha da vizinhança, e não tentava mais nada.

E, entretanto, se pudesse, acabaria ao menos uma certa peça, um canto esponsalício, começado três dias depois de casado, em 1779. A mulher, que tinha então vinte e um anos, e morreu com vinte e três, não era muito bonita, nem pouco, mas extremamente simpática, e amava-o tanto como ele a ela. Três dias depois de casado, mestre Romão sentiu em si alguma coisa parecida com inspiração. Ideou então o canto esponsalício, e quis compô-lo; mas a inspiração não pôde sair. Como um pássaro que acaba de ser preso, e forceja por transpor as paredes da gaiola, abaixo, acima, impaciente, aterrado, assim batia a inspiração do nosso músico, encerrada nele sem poder sair, sem achar uma porta, nada. Algumas notas chegaram a ligar-se; ele escreveu-as; obra de uma folha de papel, não mais. Teimou no dia seguinte, dez dias depois, vinte vezes durante o tempo de casado. Quando a mulher morreu, ele releu essas primeiras notas conjugais, e ficou ainda mais triste, por não ter podido fixar no papel a sensação de felicidade extinta.

— Pai José, disse ele ao entrar, sinto-me hoje adoentado. - Sinhô comeu alguma coisa que fez mal . . .

— Não; já de manhã não estava bom. Vai à botica . . .

O boticário mandou alguma coisa, que ele tomou à noite; no dia seguinte mestre Romão não se sentia melhor. É preciso dizer que ele padecia do coração: - moléstia grave e crônica. Pai José ficou aterrado, quando viu que o incômodo não cedera ao remédio, nem ao repouso, e quis chamar o médico.

— Para quê? disse o mestre. Isto passa.

O dia não acabou pior; e a noite suportou-a ele bem, não assim o preto, que mal pôde dormir duas horas. A vizinhança, apenas soube do incômodo, não quis outro motivo de palestra; os que entretinham relações com o mestre foram visitá-lo. E diziam-lhe que não era nada, que eram macacoas do tempo; um acrescentava graciosamente que era manha, para fugir aos

express and put on paper. This was the singular cause of maestro Romão's sadness. Obviously the masses could not guess this; some said one thing, others another: sickness, lack of money, some ancient displeasure; but the truth is this: the cause of maestro Romão's melancholy was not being able to compose, not having the means to translate what he felt. Not to say he did not scribble a lot on paper and did not fire away at the clavichord for hours; but everything came out unformed, without ideas or harmony. Lately he was even embarrassed around the neighbors and did not try anything more.

However, if he could, he would finish at least one specific piece, a nuptial song, begun three days after getting married, in 1779. The woman, who was then twenty-one and died at twenty-three, was not very pretty—not even a little, but extremely nice, and loved him as much as he loved her. Three days after they married, maestro Romão felt within himself something akin to inspiration. He came up with the idea for the spousal song and wanted to compose it; but the inspiration would not come out. Like a bird that has just been caught and strains to get through the walls of its cage, bottom, top, impatient, frightened, that is how inspiration hit our musician, caged inside him without being able to get out, finding no door, nothing. Some notes managed to connect themselves; he wrote them down; a work of one sheet of paper, no more. He persisted on the following day, ten days later, twenty times during his marriage. When his wife died, he reread the first conjugal notes and became even sadder for not having been able to capture on paper the extinguished sensation of happiness.

"Father Joe," he said as he entered, "I feel sick today."

"Master ate something that made him feel bad..."

"No; this morning I was already not well. Go to the pharmacy..."

The pharmacist sent something, which he took that evening. The following day, maestro Romão did not feel better. It should be said that he suffered from the heart: a serious and chronic malady. Father Joe, frightened when he saw that the discomfort did not ease with the medicine, nor with rest, wanted to call the doctor.

capotes que o boticário lhe dava no gamão, - outro que eram amores. Mestre Romão sorria, mas consigo mesmo dizia que era o final.

— Está acabado, pensava ele.

Um dia de manhã, cinco depois da festa, o médico achou-o realmente mal; e foi isso o que ele lhe viu na fisionomia por trás das palavras enganadoras: - Isto não é nada; é preciso não pensar em músicas . . .

Em músicas! justamente esta palavra do médico deu ao mestre um pensamento. Logo que ficou só, com o escravo, abriu a gaveta onde guardava desde 1779 o canto esponsalício começado. Releu essas notas arrancadas a custo e não concluídas. E então teve uma idéia singular: - rematar a obra agora, fosse como fosse; qualquer coisa servia, uma vez que deixasse um pouco de alma na terra.

— Quem sabe? Em 1880, talvez se toque isto, e se conte que um mestre Romão . . .

O princípio do canto rematava em um certo lá; este lá, que lhe caía bem no lugar, era a nota derradeiramente escrita. Mestre Romão ordenou que lhe levassem o cravo para a sala do fundo, que dava para o quintal: era-lhe preciso ar. Pela janela viu na janela dos fundos de outra casa dois casadinhos de oito dias, debruçados, com os braços por cima dos ombros, e duas mãos presas. Mestre Romão sorriu com tristeza.

— Aqueles chegam, disse ele, eu saio. Comporei ao menos este canto que eles poderão tocar . . .

Sentou-se ao cravo; reproduziu as notas e chegou ao *lá* . . . .

— *Lá, lá, lá* . . .

Nada, não passava adiante. E contudo, ele sabia música como gente.

— *Lá, dó* . . . *lá, mi* . . . *lá, si, dó, ré* . . . *ré* . . . *ré* . . .

Impossível! nenhuma inspiração. Não exigia uma peça profundamente original, mas enfim alguma coisa, que não fosse de outro e se ligasse ao pensamento começado. Voltava ao princípio, repetia as notas, buscava reaver um retalho da sensação extinta, lembrava-se da mulher, dos primeiros tempos. Para completar a ilusão, deitava os olhos pela janela para o lado dos casadinhos. Estes continuavam ali, com as mãos presas e os braços passados nos ombros um do outro; a diferença é que se miravam

"For what?" said the maestro. "This will pass."

The day did not end worse and he dealt well with the night, but not the slave, who could barely sleep two hours. The neighborhood, just finding out about the discomfort, wanted for no other topic of conversation; those who maintained a relationship with the maestro went to visit him. And they told him it was nothing, just a seasonal cold; another graciously added that it was whining, in order to get out of the losses the pharmacist gave him at backgammon; another that it was love. Maestro Romão smiled, but to himself he said it was the end.

"It's over," he thought.

One day in the morning, five days after the feast, the doctor thought he was really doing badly; this was what he saw on his features behind the misleading words: "This is nothing; you have to not think about music..."

About music! exactly that word from the doctor gave the maestro a thought. As soon as he was alone, with the slave, he opened the drawer where since 1779 he had kept the nuptial song that he had started. He re-read the notes that had been yanked out at such cost and never concluded. And then he had a singular idea: finish the work now, however he could; anything would do, as long as he left a little of his soul on earth.

"Who knows? In 1880, maybe they'll play this, and they'll say that a maestro Romão..."

The beginning of the song finished on a certain la; this la that fell right in place, was the last note written. Maestro Romão ordered the clavichord brought to the back room, which looked out on the garden: he needed air. Through the window he saw, through the back window of another house, a lovely couple married just a week, leaning together, each locking hands behind each other's neck. Maestro Romão smiled sadly.

"They arrive," he said, "I leave. I will compose at least this song that they can play..."

He sat at the clavichord; he reproduced the notes and arrived at the *la*...

"*La, la, la*..."

agora, em vez de olhar para baixo. Mestre Romão, ofegante da moléstia e de impaciência, tornava ao cravo; mas a vista do casal não lhe suprira a inspiração, e as notas seguintes não soavam.

— *Lá... lá... lá...*

Desesperado, deixou o cravo, pegou do papel escrito e rasgou-o. Nesse momento, a moça embebida no olhar do marido, começou a cantarolar à toa, inconscientemente, uma coisa nunca antes cantada nem sabida, na qual coisa um certo lá trazia após si uma linda frase musical, justamente a que mestre Romão procurara durante anos sem achar nunca. O mestre ouviu-a com tristeza, abanou a cabeça, e à noite expirou.

Nothing; it would go no further. And yet, he understood music like people.

"*La, do... la, mi... la, ti, do, re... re... re...*"

Impossible! no inspiration. He did not demand a profoundly original piece, but at least something, that did not belong to someone else and that connected to the already started thought. He went back to the beginning, repeated the notes, tried to recover a shred of the extinguished feeling; he remembered his wife, the early times. To complete the illusion, he directed his eyes out the window towards the newly married couple. They were still there, with their hands clasped and their arms passing around each other's shoulders; the difference was that now they were looking at each other, instead of looking down. Maestro Romão, breathless from the sickness and from impatience, returned to the clavichord; but the sight of the couple had not reanimated his inspiration, and the notes that followed did not soar.

"*La... la... la...*"

Desperate, he left the clavichord, grabbed the written sheet and ripped it. At that moment, the young lady, soaked in her husband's gaze, began to sing idly, unconsciously, something that never before had been sung or known, something in which a certain la brought after itself a beautiful musical phrase, exactly what maestro Romão had sought for years without ever finding. The maestro listened to it sadly, bowed his head, and that evening passed away.

As Academias de Sião

by Machado de Assis
from *Histórias Sem Data*, 1884

Conhecem as academias de Sião? Bem sei que em Sião nunca houve academias: mas suponhamos que sim, e que eram quatro, e escutem-me.

I

As estrelas, quando viam subir, através da noite, muitos vaga-lumes cor de leite, costumavam dizer que eram os suspiros do rei de Sião, que se divertia com as suas trezentas concubinas. E, piscando o olho umas às outras, perguntavam:

— Reais suspiros, em que é que se ocupa esta noite o lindo Kalaphangko?

Ao que os vaga-lumes respondiam com gravidade:

— Nós somos os pensamentos sublimes das quatro academias de Sião; trazemos conosco toda a sabedoria do universo.

The Academies of Siam

translated by John Maddox

Are you all familiar with the academies of Siam? I know very well that there were never any academies in Siam, but let us suppose there were, and that there were four, and just hear me out.

I

The stars, when they saw lots of fireflies the color of milk rising in the night sky, would often say that they were the sighs of the king of Siam, who was enjoying himself with his three hundred concubines. And, winking at one another, they would ask: "Royal sighs, what is the beautiful Kalaphangko doing tonight?"

To which the fireflies would respond gravely: "We are the sublime thoughts of the academies of Siam. We carry with us all the wisdom of the universe."

One night, there were so many fireflies that the stars, full of fear, ran and hid, and they took over part of outer space, where they stayed forever under the name of "The Milky Way."

Uma noite, foram em tal quantidade os vaga-lumes, que as estrelas, de medrosas, refugiaram-se nas alcovas, e eles tomaram conta de uma parte do espaço, onde se fixaram para sempre com o nome de via-láctea.

Deu lugar a essa enorme ascensão de pensamentos o fato de quererem as quatro academias de Sião resolver este singular problema: – por que é que há homens femininos e mulheres masculinas? E o que as induziu a isso foi a índole do jovem rei. Kalaphangko era virtualmente uma dama. Tudo nele respirava a mais esquisita feminidade: tinha os olhos doces, a voz argentina, atitudes moles e obedientes e um cordial horror às armas. Os guerreiros siameses gemiam, mas a nação vivia alegre, tudo eram danças, comédias e cantigas, à maneira do rei que não cuidava de outra coisa. Daí a ilusão das estrelas.

Vai senão quando, uma das academias achou esta solução ao problema:

— Umas almas são masculinas, outras femininas. A anomalia que se observa é uma questão de corpos errados.

— Nego, bradaram as outras três; a alma é neutra; nada tem com o contraste exterior.

Não foi preciso mais para que as vielas e águas de Bangkok se tingissem de sangue acadêmico. Veio primeiramente a controvérsia, depois a descompostura, e finalmente a pancada. No princípio da descompostura tudo andou menos mal; nenhuma das rivais arremessou um impropério que não fosse escrupulosamente derivado do sânscrito, que era a língua acadêmica, o latim de Sião. Mas dali em diante perderam a vergonha. A rivalidade desgrenhou-se, pôs as mãos na cintura, baixou à lama, à pedrada, ao murro, ao gesto vil, até que a academia sexual, exasperada, resolveu dar cabo das outras, e organizou um plano sinistro... Ventos que passais, se quisésseis levar convosco estas folhas de papel, para que eu não contasse a tragédia de Sião! Custa-me (ai de mim!), custa-me escrever a singular desforra. Os acadêmicos armaram-se em segredo, e foram ter com os outros, justamente quando estes, curvados sobre o famoso problema, faziam subir ao céu uma nuvem de vaga- lumes. Nem preâmbulo, nem piedade. Caíram-lhes em cima, espumando de raiva. Os que puderam

This enormous ascent of thoughts was caused by the fact that the four academies of Siam wanted to resolve this singular problem: why is it that there are feminine men and masculine women? And it was the young king's nature that induced them to do this. Kalaphangko was virtually a lady. Everything in him breathed the most exquisite femininity: he had sweet eyes; a voice like silver; an obedient, passive manner; and a heartfelt fear of battle. The Siamese warriors grumbled, but the nation was always happy. The only things that mattered were dances, plays, and songs. It was the same for the king himself, who did not care about anything else. Hence the stars' illusion.

That is, until one of the academies found this solution to the problem: "Some souls are masculine and others are feminine. The anomaly we are observing is a matter of mistaken bodies."

"I disagree!" shouted the other three, "the soul is neuter. It has nothing to do with exterior differences."

Nothing more was necessary for the alleys and rivers of Bangkok to be stained with academic blood. First came controversy, then discomposure, and lastly the beating. At the beginning of the discomposure, everything was not so bad. None of the rivals hurled an insult that was not scrupulously derived from Sanskrit. This was their academic language, the Latin of Siam. But from then on they lost all sense of shame. The rivalry got out of hand, put its hand to the hilt, and descended into flames, to stone throwing, to blows, to vile gestures, until the sexual academy, exasperated, decided to finish off the others. It organized a sinister plan . . . Oh gusting winds, if you would, take these leaves of paper so that I might not recount the tragedy of Siam! I can hardly—oh my!—I can hardly write of this singular retaliation. The academics armed themselves in secret and sought out the others right when the latter, bent over the famous problem, were making a cloud of fireflies rise to the heavens. No preamble, no pity. They fell upon them, frothing with rage. Those who succeeded in escaping could not run for long. Pursued and attacked, they died on the banks of the river, aboard the ferries, or in dark allies. There were thirty-eight bodies total. They cut the ears off their opponents' masters and made necklaces and

fugir, não fugiram por muitas horas; perseguidos e atacados, morreram na beira do rio, a bordo das lanchas, ou nas vielas escusas. Ao todo, trinta e oito cadáveres. Cortaram uma orelha aos principais, e fizeram delas colares e braceletes para o presidente vencedor, o sublime U-Tong. Ébrios da vitória, celebraram o feito com um grande festim, no qual cantaram este hino magnífico: "Glória a nós, que somos o arroz da ciência e a luminária do universo."

A cidade acordou estupefata. O terror apoderou-se da multidão. Nin-

guém podia absolver uma ação tão crua e feia; alguns chegavam mesmo a duvidar do que viam... Uma só pessoa aprovou tudo: foi a bela Kinnara, a flor das concubinas régias.

II

Molemente deitado aos pés da bela Kinnara, o jovem rei pedia-lhe uma cantiga. – Não dou outra cantiga que não seja esta: creio na alma sexual.

— Crês no absurdo, Kinnara.

— Vossa Majestade crê então na alma neutra?

bracelets for their own triumphant teacher, the sublime U-Tong. Drunk with victory, they celebrated the deed with great festivities, in which they sang this magnificent anthem: "Glory be to us, we who are the rice of science and the light of the universe."

The city awoke in a stupor. Terror took control of the masses. No one could absolve such a cruel, ugly act. Some even began to doubt what they were seeing . . . Only one person approved of it all. It was the beautiful Kinnara, the flower of the royal concubines.

II

Lazily lying at the feet of the beautiful Kinnara, the young king asked her for a song.

"I have no other song for you than this: I believe in the sexual soul."

"You believe in the absurd, Kinnara."

"Your Majesty believes in the neuter soul, then?"

"This too is absurd, Kinnara. No, I do not believe in the neuter soul, nor in the sexual soul."

"But then what does Your Majesty believe, if he believes in neither?"

"I believe in your eyes, Kinnara. They are the sun and the light of the universe."

"But Your Majesty must choose: either he must believe in a neuter soul and punish those of the academy who still live, or he must believe in a sexual soul and absolve them."

"Your mouth is so delicious, my sweet Kinnara! I believe in your mouth. It is the font of wisdom."

Kinnara arose, agitated. Just as the king was a feminine man, she was a masculine woman, a buffalo with the feathers of a swan. She was a buffalo that made her way to the back room just then, but a few minutes later it was the swan that stopped and, bending its neck, asked and received from the king, amidst her caresses, a decree in which the doctrine of the sexual soul was declared to be legitimate and orthodox, and the other one absurd and perverse. On that same day, the decree was sent to the trium-

— Outro absurdo, Kinnara. Não, não creio na alma neutra, nem na alma sexual.

— Mas então em que é que Vossa Majestade crê, se não crê em nenhuma delas?

— Creio nos teus olhos, Kinnara, que são o sol e a luz do universo.

— Mas cumpre-lhe escolher: – ou crer na alma neutra, e punir a academia viva, ou crer na alma sexual, e absolvê-la.

— Que deliciosa que é a tua boca, minha doce Kinnara! Creio na tua boca: é a fonte da sabedoria.

Kinnara levantou-se agitada. Assim como o rei era o homem feminino, ela era a mulher máscula – um búfalo com penas de cisne. Era o búfalo que andava agora no aposento, mas daí a pouco foi o cisne que parou, e, inclinando o pescoço, pediu e obteve do rei, entre duas carícias, um decreto em que a doutrina da alma sexual foi declarada legítima e ortodoxa, e a outra absurda e perversa. Nesse mesmo dia, foi o decreto mandado à academia triunfante, aos pagodes, aos mandarins, a todo o reino. A academia pôs luminárias; restabeleceu-se a paz pública.

III

Entretanto, a bela Kinnara tinha um plano engenhoso e secreto. Uma noite, como o rei examinasse alguns papéis do Estado, perguntou-lhe ela se os impostos eram pagos com pontualidade.

— Ohimé! exclamou ele, repetindo essa palavra que lhe ficara de um missionário italiano. Poucos impostos têm sido pagos. Eu não quisera mandar cortar a cabeça aos contribuintes... Não, isso nunca... Sangue? sangue? não, não quero sangue...

— E se eu lhe der um remédio a tudo?

— Qual?

— Vossa Majestade decretou que as almas eram femininas e masculinas, disse Kinnara depois de um beijo. Suponha que os nossos corpos estão trocados. Basta restituir cada alma ao corpo que lhe pertence. Troquemos os nossos...

phant academy, to the pagodas, the mandarins, to the entire kingdom. The academy set up lamps. Public order was restored.

III

However, the beautiful Kinnara had an ingenious secret plan. One night, as the king was examining some state papers, she asked him if the taxes were being paid punctually.

"Ohime!" he shouted, repeating a word left behind by an Italian missionary. "Not many taxes have been paid. I wouldn't want to have the taxpayers heads chopped off . . . No, not that. Never . . . Blood? Blood? No, I want no blood . . ."

"What if I could find a solution for it all?"

"What would that be?"

"Your majesty declared that souls were feminine and masculine," Kinnara said after a kiss. "Let us suppose that our bodies were switched. It is merely a matter of restoring each soul to the body it fits. Let us exchange ours . . ."

Kalaphangko laughed heartily at the idea and asked her how they would make the trade. She responded that they would use the method of Mukunda, king of the Hindus, who placed himself in the body of a Brahman, while a truant inhabited Mukunda. It was an old legend passed on to the Turks, the Persians, and the Christians. Yes, but the formula for such an invocation? Kinnara made known that she had it in her possession. An old Buddhist monk had found a copy of it in the ruins of a temple.

"Would that work?"

"I cannot believe my own decree," he responded, laughing, "but go ahead. If it is true, let us trade . . . but for a semester, no more. At the end of the semester we will return our souls to these bodies."

They agreed that it would take place that very night. While the entire city was asleep, they summoned the royal pirogue, embarked, and set themselves adrift. None of the rowers could see them. When the dawn first appeared, lashing the sparkling cows, Kinnara proffered the mysterious

Kalaphangko riu muito da idéia, e perguntou-lhe como é que fariam a troca. Ela respondeu que pelo método Mukunda, rei dos hindus, que se meteu no cadáver de um brâmane, enquanto um truão se metia no dele Mukunda, – velha lenda passada aos turcos, persas e cristãos. Sim, mas a fórmula da invocação? Kinnara declarou que a possuía; um velho bonzo achara cópia dela nas ruínas de um templo.

— Valeu?

— Não creio no meu próprio decreto, redargüiu ele rindo; mas vá lá, se for verdade, troquemos... mas por um semestre, não mais. No fim do semestre destroçaremos os corpos.

Ajustaram que seria nessa mesma noite. Quando toda a cidade dormia, eles mandaram vir a piroga real, meteram-se dentro e deixaram-se ir à toa. Nenhum dos remadores os via. Quando a aurora começou a aparecer, fustigando as vacas rútilas, Kinnara proferiu a misteriosa invocação; a alma desprendeu-se-lhe, e ficou pairando, à espera que o corpo do rei vagasse também. O dela caíra no tapete.

— Pronto? disse Kalaphangko.

— Pronto, aqui estou no ar, esperando. Desculpe Vossa Majestade a indignidade da minha pessoa...

Mas a alma do rei não ouviu o resto. Lépida e cintilante, deixou o seu vaso físico e penetrou no corpo de Kinnara, enquanto a desta se apoderava do despojo real. Ambos os corpos ergueram-se e olharam um para o outro, imagine-se com que assombro. Era a situação do Buoso e da cobra, segundo conta o velho Dante; mas vede aqui a minha audácia. O poeta manda calar Ovídio e Lucano, por achar que a sua metamorfose vale mais que a deles dois. Eu mando-os calar a todos três. Buoso e a cobra não se encontram mais, ao passo que os meus dois heróis, uma vez trocados, continuam a falar e a viver juntos – coisa evidentemente mais dantesca, em que me pese à modéstia.

— Realmente, disse Kalaphangko, isto de olhar para mim mesmo e dar-me majestade é esquisito. Vossa Majestade não sente a mesma coisa?

Um e outro estavam bem, como pessoas que acham finalmente uma casa adequada. Kalaphangko espreguiçava-se todo nas curvas femininas

incantation. Her soul came loose, and it hung in the air, waiting for the king's body to become available. Her body fell to the carpet.

"Ready?" asked Kalaphangko.

"Ready! Here I am in the air, just waiting. Your Majesty will pardon my indignity . . ."

But the king's soul did not hear the rest. Sprightly and sparkling, he left his physical vessel and penetrated Kinnara's body while she entered the royal remains. Both bodies looked one another in the eye. One can imagine their shock. It was the situation of Buoso[1] and the snake, as old Dante tells it—but just look at my audacity! The poet silences Ovid and Lucan because he thinks that his metamorphosis is worth more than both of theirs. I want all three to be quiet. Buoso and the snake are no longer to be found, while my two heroes, once switched, still talk and live together—evidently, a more Dantesque thing, all modesty aside.

"Really," asked Kalaphangko, "looking at myself and treating him with majesty is a very strange thing. Does Your Majesty not feel the same?"

They were both fine, like people who had finally found a suitable home. Kalaphangko stretched out in Kinnara's feminine curves. She felt complete in the rigid torso of Kalaphangko. Siam finally had a king.

IV

The first act of Kalaphangko (henceforth it must be understood that it is the king's body and Kinnara's soul, and the body of Kinnara the beautiful Siamese concubine has the soul of Kalaphangko) was to give nothing less than the highest honors to the sexual academy. He did not elevate its members to mandarins, since they were thinking men given to philosophy and literature more than men of action and administration, but he declared that all should fall prostrate before them, as was customary regarding mandarins. Additionally, he gave them great gifts, rare or valuable things, straw-stuffed crocodiles, ivory chairs, emerald tableware,

[1] Buoso was one of five Florentine thieves whose metamorphosis from and into serpent form are described in the Inferno. He exchanges appearances with a thief who has already taken the form of a serpent, gradually becoming a serpent himself as the other regains human body.

de Kinnara. Esta inteiriçava-se no tronco rijo de Kalaphangko. Sião tinha, finalmente, um rei.

IV

A primeira ação de Kalaphangko (daqui em diante entenda-se que é o corpo do rei com a alma de Kinnara, e Kinnara o corpo da bela siamesa com a alma do Kalaphangko) foi nada menos que dar as maiores honrarias à academia sexual. Não elevou os seus membros ao mandarinato, pois eram mais homens de pensamento que de ação e administração, dados à filosofia e à literatura, mas decretou que todos se prosternassem diante deles, como é de uso aos mandarins. Além disso, fez-lhes grandes presentes, coisas raras ou de valia, crocodilos empalhados, cadeiras de marfim, aparelhos de esmeralda para almoço, diamantes, relíquias. A academia, grata a tantos benefícios, pediu mais o direito de usar oficialmente o título de Claridade do Mundo, que lhe foi outorgado.

Feito isso, cuidou Kalaphangko da fazenda pública, da justiça, do culto e do cerimonial. A nação começou de sentir o peso grosso, para falar como o excelso Camões, pois nada menos de onze contribuintes remissos foram logo decapitados. Naturalmente os outros, preferindo a cabeça ao dinheiro, correram a pagar as taxas, e tudo se regularizou. A justiça e a legislação tiveram grandes melhoras. Construíram-se novos pagodes; e a religião pareceu até ganhar outro impulso, desde que Kalaphangko, copiando as antigas artes espanholas, mandou queimar uma dúzia de pobres missionários cristãos que por lá andavam; ação que os bonzos da terra chamaram a pérola do reinado.

Faltava uma guerra. Kalaphangko, com um pretexto mais ou menos diplomático, atacou a outro reino, e fez a campanha mais breve e gloriosa do século. Na volta a Bangkok, achou grandes festas esplêndidas. Trezentos barcos, forrados de seda escarlate e azul, foram recebê-lo. Cada um destes tinha na proa um cisne ou um dragão de ouro, e era tripulado pela mais fina gente da cidade; músicas e aclamações atroaram os ares. De noite, acabadas as festas, sussurrou ao ouvido a bela concubina:

diamonds, relics. The academy, grateful for so many gifts, further requested the right to officially use the title of "Light of the World," which was granted to it.

When this was done, Kalaphangko took care of the public treasury, the courts, worship, and ceremony. The nation began to feel the heavy weight, if I may speak like the great Camões, since no less than eleven tax evaders were decapitated on the spot.[2] Naturally, the others, preferring their heads over their money, scrambled to pay the taxes, and everything went back to normal. The courts and legislature saw great improvements. New pagodas were built, and religion seemed to gain a new impetus, since Kalaphangko, imitating the ancient Spanish arts, had a dozen pitiful Christian missionaries, who had been around those parts, burned alive. The Buddhist monks of the land called this the pearl of his reign.

The only thing left to do was to go to war. Kalaphangko, under a more or less diplomatic pretext, attacked another kingdom, and he launched the shortest, most glorious campaign of the century. Returning to Bangkok, he was greeted with splendid celebrations. Three hundred ships lined with scarlet and blue silk sailed out to greet him. Each of these had a golden swan or dragon on its bow and was crewed by the city's finest. Music and shouts filled the air. At night, when the festivities had ended, the beautiful concubine whispered in his ear:

"My young warrior, repay me for my longing loneliness while you were away. Tell me that your tender Kinnara is the finest fête."

Kalaphangko responded with a kiss.

"Your lips have the cold of death or disdain," she sighed.

It was true. The king was distracted and preoccupied; he was meditating on a tragedy. The end of the term was fast approaching, and they would soon return to their own bodies. The king was considering a way out of the clauses of the pact: he would kill the beautiful Siamese concubine. The king hesitated because he did not know if he would suffer when the concubine died, since the body was his own, or even if he would succumb

[2] Luís de Camões (1524–1580) is generally considered the greatest Portuguese poet. The allusion refers to Canto I, verse 15 of his masterpiece, the epic *Os Lusíadas* (1572).

— Meu jovem guerreiro, paga-me as saudades que curti na ausência; dize-me que a melhor das festas é a tua meiga Kinnara.

Kalaphangko respondeu com um beijo.

— Os teus beiços têm o frio da morte ou do desdém, suspirou ela.

Era verdade, o rei estava distraído e preocupado; meditava uma tragédia. Ia-se aproximando o termo do prazo em que deviam destrocar os corpos, e ele cuidava em iludir a cláusula, matando a linda siamesa. Hesitava por não saber se padeceria com a morte dela visto que o corpo era seu, ou mesmo se teria de sucumbir também. Era esta a dúvida de Kalaphangko; mas a idéia da morte sombreava-lhe a fronte, enquanto ele afagava ao peito um frasquinho com veneno, imitado dos Bórgias.

De repente, pensou na douta academia; podia consultá-la, não claramente, mas por hipótese. Mandou chamar os acadêmicos; vieram todos menos o presidente, o ilustre U- Tong, que estava enfermo. Eram treze; prosternaram-se e disseram ao modo de Sião:

— Nós, desprezíveis palhas, corremos ao chamado de Kalaphangko.

— Erguei-vos, disse benevolamente o rei.

— O lugar da poeira é o chão, teimaram eles com os cotovelos e joelhos em terra.

— Pois serei o vento que subleva a poeira, redargüiu Kalaphangko; e, com um gesto cheio de graça e tolerância, estendeu-lhes as mãos.

Em seguida, começou a falar de coisas diversas, para que o principal assunto viesse de si mesmo; falou nas últimas notícias do ocidente e nas leis de Manu. Referindo-se a U- Tong, perguntou-lhes se realmente era um grande sábio, como parecia; mas, vendo que mastigavam a resposta, ordenou-lhes que dissessem a verdade inteira. Com exemplar unanimidade, confessaram eles que U-Tong era um dos mais singulares estúpidos do reino, espírito raso, sem valor, nada sabendo e incapaz de aprender nada. Kalaphangko estava pasmado. Um estúpido?

— Custa-nos dizê-lo, mas não é outra coisa; é um espírito raso e chocho. O coração é excelente, caráter puro, elevado...

Kalaphangko, quando voltou a si do espanto, mandou embora os acadêmicos, sem lhes perguntar o que queria. Um estúpido? Era mister

to death as well. This was Kalaphangko's doubt, but the idea of death cast a shadow over his face as he caressed a tiny vial of poison, copied from the Borgias, on his chest.

All of a sudden, the king thought of the enlightened academy. He could consult it, not outright, but by hypothesis. He had the academics brought to him. All of them came except their teacher, the illustrious U-Tong, who was sick. There were thirteen. They fell prostrate and said to him in the Siamese way:

"We, despicable strands of straw, come running to Kalaphangko's call."

"Arise," said the king, benevolently.

"The place of dirt is the ground," they insisted, knees and elbows in the earth.

"Then I will be the wind that lifts the dirt," Kalaphangko replied. And with a gesture full of grace and tolerance, he extended his hands to them.

Immediately, he began to speak of disparate things, so that his main concern would come about on its own. He spoke of the latest news from the Occident and the laws of Manusmriti.[3] Referring to U-Tong, he asked them if he really was a great sage, which he seemed to be. But he saw them muddling their answer, so he ordered them to tell the whole truth. With exemplary unanimity, they confessed that U-Tong was one of the most singular idiots of the kingdom; he was a shallow, cowardly spirit who knew nothing and was incapable of learning anything. Kalaphangko was shocked. An idiot?

"We are sorry to say it, but that's exactly what he is. He is a shallow, disturbed soul. He has an excellent heart, pure character, elevated . . ."

Kalaphangko, when he awoke from his shock, sent the academics away without asking them what he had wanted to. An idiot? He had to unseat the master without disturbing him. Three days later U-Tong came to the summons of the king. The latter tenderly inquired about his health, then he said that he wanted to send someone to Japan to study some doc-

[3] The Manusmriti, or "Laws of Manu," are a foundational text of Hinduism. They include an explanation of the origin of the universe; laws regarding social classes, Brahmin priests, and kings; and the path to enlightenment.

tirá-lo da cadeira sem molestá-lo. Três dias depois, U-Tong compareceu ao chamado do rei. Este perguntou-lhe carinhosamente pela saúde; depois disse que queria mandar alguém ao Japão estudar uns documentos, negócio que só podia ser confiado a pessoa esclarecida. Qual dos seus colegas da academia lhe parecia idôneo para tal mister? Compreende-se o plano artificioso do rei: era ouvir dois ou três nomes, e concluir que a todos preferia o do próprio U-Tong; mas eis aqui o que este lhe respondeu:

— Real Senhor, perdoai a familiaridade da palavra: são treze camelos, com a diferença que os camelos são modestos, e eles não; comparam-se ao sol e à lua. Mas, na verdade, nunca a lua nem o sol cobriram mais singulares pulhas do que esses treze... Compreendo o assombro de Vossa Majestade; mas eu não seria digno de mim se não dissesse isto com lealdade, embora confidencialmente...

Kalaphangko tinha a boca aberta. Treze camelos? Treze, treze. U-Tong ressalvou tão-somente o coração de todos, que declarou excelente; nada superior a eles pelo lado do caráter. Kalaphangko, com um fino gesto de complacência, despediu o sublime U-Tong, e ficou pensativo. Quais fossem as suas reflexões, não o soube ninguém. Sabe-se que ele mandou chamar os outros acadêmicos, mas desta vez separadamente, a fim de não dar na vista, e para obter maior expansão. O primeiro que chegou, ignorando aliás a opinião de U- Tong, confirmou-a integralmente com a única emenda de serem doze os camelos, ou treze, contando o próprio U-Tong. O segundo não teve opinião diferente, nem o terceiro, nem os restantes acadêmicos. Diferiam no estilo; uns diziam camelos, outro usavam circunlóquios e metáforas, que vinham a dar na mesma coisa. E, entretanto, nenhuma injúria ao caráter moral das pessoas. Kalaphangko estava atônito.

Mas não foi esse o último espanto do rei. Não podendo consultar a academia, tratou de deliberar por si, no que gastou dois dias, até que a linda Kinnara lhe segredou que era mãe. Esta notícia fê-lo recuar do crime. Como destruir o vaso eleito da flor que tinha de vir com a primavera próxima? Jurou ao céu e à terra que o filho havia de nascer e viver. Chegou ao fim do semestre; chegou o momento de destroçar os corpos.

uments, an affair that could only be trusted to a very enlightened person. Which of his colleagues at the academy seemed most fitting for such a need? Let us clarify the king's plan: he was to hear two or three names and conclude that he preferred U-Tong over all of them. But just listen to what the master told him:

"Royal Lord, pardon my crude words. These men are thirteen camels, with the exception that camels are humble, and they are not. They compare themselves to the sun and the moon. But, in truth, neither the moon nor the sun has done so many singularly shameful things as those thirteen men. . . . I understand Your Majesty's amazement, but I would be worth nothing if I did not tell you this in all loyalty, although confidentially . . ."

Kalaphangko's jaw dropped. Thirteen camels? Thirteen, thirteen. U-Tong only redeemed all of their souls, which he declared to be excellent; nothing better than these men in terms of character. Kalaphangko, with an elegant gesture of complacency, dismissed the sublime U-Tong and remained pensive. No one ever learned what his reflections were. It is known that he called the other academics. But this time he called each one separately so that his intentions would not be blatant and so that he would have the greatest extent. The first who came, ignorant of U-Tong's opinion, confirmed it entirely, with the exception that there were twelve camels, or thirteen, if one counted U-Tong himself. The second did not have a different opinion, nor did the third, nor did the rest of the academics. They only differed in style: some said camels, others used circumlocutions and metaphors that always ended up saying the same thing. However, there were no insults to the individuals' moral character. Kalaphangko was speechless.

But that was not the king's last shock. Unable to consult the academy, he tried to deliberate for himself, which he spent two days doing, until the beautiful Kinnara told him in secret that she was a mother. This news made him give up on the crime. How could he destroy the chosen vase of the flower that would come next spring? He swore to heaven and earth that the child would live and grow. The end of the semester arrived. It was time to return the souls to their original bodies.

Como da primeira vez, meteram-se no barco real, à noite, e deixaram-se ir águas abaixo, ambos de má vontade, saudosos do corpo que iam restituir um ao outro. Quando as vacas cintilantes da madrugada começaram de pisar vagarosamente o céu, proferiram eles a fórmula misteriosa, e cada alma foi devolvida ao corpo anterior. Kinnara, tornando ao seu, teve a comoção materna, como tivera a paterna quando ocupava o corpo de Kalaphangko. Parecia-lhe até que era ao mesmo tempo mãe e pai da criança.

— Pai e mãe? repetiu o príncipe restituído à forma anterior.

Foram interrompidos por uma deleitosa música, ao longe. Era algum junco ou piroga que subia o rio, pois a música aproximava-se rapidamente. Já então o sol alagava de luz as águas e as margens verdes, dando ao quadro um tom de vida e renascença, que de algum modo fazia esquecer aos dois amantes a restituição física. E a música vinha chegando, agora mais distinta, até que, numa curva do rio, apareceu aos olhos de ambos um barco magnífico, adornado de plumas e flâmulas. Vinham dentro os quatorze membros da academia (contando U-Tong) e todos em coro mandavam aos ares o velho hino: "Glória a nós, que somos o arroz da ciência e a claridade do mundo!"

A bela Kinnara (antigo Kalaphangko) tinha os olhos esbugalhados de assombro. Não podia entender como é que quatorze varões reunidos em academia eram a claridade do mundo, e separadamente uma multidão de camelos. Kalaphangko, consultado por ela, não achou explicação. Se alguém descobrir alguma, pode obsequiar uma das mais graciosas damas do Oriente, mandando-lha em carta fechada, e, para maior segurança, sobrescrita ao nosso cônsul em Xangai, China.

Like the first time, they got into the royal boat at night and let themselves go downstream, both not really wanting to, already missing the bodies they would leave behind for one another. When the sparkling cows of the earliest morning began to wander the heavens, the couple offered them the mysterious formula and each soul was returned to its former body. Kinnara, returning to hers, had a maternal commotion, just as she had a paternal one when she occupied Kalaphangko's body. It even seemed to her that she was mother and father of the child at the same time.

"Father and mother?" repeated the king, restored to his previous form.

They were interrupted by a pleasant song in the distance. It was a junk or a pirogue that was coming up the river, since the music was rapidly approaching. By then the sun was filling the waters and green banks with light, giving the scene a tone of life and rebirth, which somehow made the two lovers forget their physical restoration. And the music got ever closer, now more distinct, until, at a curve of the river, there appeared to the eyes of them both a magnificent ship adorned with plumes and pennants. Inside there were the fourteen members of the academy (counting U-Tong) and they all shouted the old anthem into the wind: "Glory be to us, we who are the rice of science and the light of the world!"

The eyes of the beautiful Kinnara (the former Kalaphangko) bulged in surprise. She could not understand how fourteen men gathered in an academy were the light of the world, yet separately they were a multitude of camels. Kalaphangko, whom she consulted, found no explanation. If somebody finds one, he or she can provide it to one of the most elegant ladies of the Orient by sending it in a sealed letter and, for additional security, copying it to our consul in Shanghai, China.

A Segunda Vida

by Machado de Assis
from *Histórias Sem Data*, 1884

Monsenhor Caldas interrompeu a narração do desconhecido: – Dá licença? É só um instante.

Levantou-se, foi ao interior da casa, chamou o preto velho que o servia, e disse- lhe em voz baixa:

— João, vai ali à estação de urbanos, fala da minha parte ao comandante, e pede- lhe que venha cá com um ou dois homens, para livrar-me de um sujeito doido. Anda, vai depressa.

E, voltando à sala:

— Pronto, disse ele; podemos continuar.

— Como ia dizendo a Vossa Reverendíssima, morri no dia vinte de março de 1860, às cinco horas e quarenta e três minutos da manhã. Tinha então sessenta e oito anos de idade. Minha alma voou pelo espaço, até perder a terra de vista, deixando muito abaixo a lua, as estrelas e o sol; penetrou finalmente num espaço em que não havia mais nada, e era clareado tão-somente por uma luz difusa. Continuei a subir, e comecei a ver um pontinho mais luminoso ao longe, muito longe. O ponto cresceu,

The Second Life

translated by Luciana Tanure

Monsignor Caldas interrupted the stranger's narration: "Excuse me? For just a moment."

He got up, went into the house, called the old black man who served him, and said in a low voice: "John, go to the city station, speak on my behalf with the commandant and ask him to come here with one or two men to get rid of a crazy guy. Go on, quickly."

And, returning to the room: "Ready," he said. "We can continue."

"As I was saying to Your Excellency, I died on March 20, 1860, at five forty-three in the morning. I was then sixty-eight years old. My soul flew through space until it lost sight of the Earth, leaving the moon, the stars and the sun far below. It finally penetrated a place where there was nothing, and it was barely lighted by a diffuse light. I continued to rise, and I started to see a brighter dot far, far away. The dot grew and became a sun. I went through there without burning because souls are incombustible. Did yours ever catch on fire?"

"No, sir."

fez-se sol. Fui por ali dentro, sem arder, porque as almas são incombustíveis. A sua pegou fogo alguma vez?

— Não, senhor.

— São incombustíveis. Fui subindo, subindo; na distância de quarenta mil léguas, ouvi uma deliciosa música, e logo que cheguei a cinco mil léguas, desceu um enxame de almas, que me levaram num palanquim feito de éter e plumas. Entrei daí a pouco no novo sol, que é o planeta dos virtuosos da terra. Não sou poeta, monsenhor; não ouso descrever-lhe as magnificências daquela estância divina. Poeta que fosse, não poderia, usando a linguagem humana, transmitir-lhe a emoção da grandeza, do deslumbramento, da felicidade, os êxtases, as melodias, os arrojos de luz e cores, uma coisa indefinível e incompreensível. Só vendo. Lá dentro é que soube que completava mais um milheiro de almas; tal era o motivo das festas extraordinárias que me fizeram, e que duraram dois séculos, ou, pelas nossas contas, quarenta e oito horas. Afinal, concluídas as festas, convidaram-me a tornar à terra para cumprir uma vida nova; era o privilégio de cada alma que completava um milheiro. Respondi agradecendo e recusando, mas não havia recusar. Era uma lei eterna. A única liberdade que me deram foi a escolha do veículo; podia nascer príncipe ou condutor de ônibus. Que fazer? Que faria Vossa Reverendíssima no meu lugar?

— Não posso saber; depende . . .

— Tem razão; depende das circunstâncias. Mas imagine que as minhas eram tais que não me davam gosto a tornar cá. Fui vítima da inexperiência, monsenhor, tive uma velhice ruim, por essa razão. Então lembrou-me que sempre ouvira dizer a meu pai e outras pessoas mais velhas, quando viam algum rapaz: – "Quem me dera aquela idade, sabendo o que sei hoje!" Lembrou-me isto, e declarei que me era indiferente nascer mendigo ou potentado, com a condição de nascer experiente. Não imagina o riso universal com que me ouviram. Jó, que ali preside a província dos pacientes, disse-me que um tal desejo era disparate; mas eu teimei e venci. Daí a pouco escorreguei no espaço: gastei nove meses a atravessá-lo até cair nos braços de uma ama de leite, e chamei-me José Maria. Vossa Reverendíssima é Romualdo, não?

"They are incombustible. I went up, up and away, a distance of forty thousand leagues, and I heard a delightful music, and as soon as I got to five thousand leagues, a swarm of souls came down and took me to a little platform made of ether and feathers. I then went into the new sun, which is the planet of Earth's virtuous people. I'm not a poet, Monsignor, I dare not describe to you the magnificence of that divine place. If I were a poet, I could not, using human language, communicate the emotion of grandeur, awe, happiness, ecstasy, melodies, boldness of light and colors; something indefinable and incomprehensible. Just to look at it. Inside I learned that I completed another million souls. So that was the reason for the extraordinary celebrations they had for me, and which lasted two centuries, or, by our calendar, forty-eight hours. Finally, when the festivities concluded, they invited me to return to Earth for a new life. It was the privilege of every soul that completed a million. I responded by thanking them and refusing, but there was no refusing. It was an eternal law. The only freedom they gave me was the choice of the vehicle. I could be born a prince or a bus driver. What to do? What would your Excellency do in my place?"

"I cannot know, it depends . . . "

"You're right, it depends on the circumstances. But imagine mine were such that it gave me no desire to come back here. I was a victim of inexperience, Monsignor, that's the reason I had a lousy old age. So I remembered what I had heard from my father and other older people, when they saw a young man: 'I wish I was at your age, knowing what I know now!' I remembered that and stated that it made no difference to me to be born a beggar or a potentate, under the condition of being born experienced. You can not imagine the universal laughter with which they heard me. Job, who presides over the province of patients, told me that such a desire was nonsense, but I insisted and I won. Hence, in a bit, I slipped into space. I spent nine months crossing it until I fell into the arms of a wet nurse, and I was named José Maria. Your Excellency is Romualdo, right?"

"Yes, sir, Romualdo de Sousa Caldas."

— Sim, senhor; Romualdo de Sousa Caldas. – Será parente do padre Sousa Caldas?

— Não, senhor.

— Bom poeta o padre Caldas. Poesia é um dom; eu nunca pude compor uma décima. Mas, vamos ao que importa. Conto-lhe primeiro o que me sucedeu; depois lhe direi o que desejo de Vossa Reverendíssima. Entretanto, se me permitisse ir fumando . . .

Monsenhor Caldas fez um gesto de assentimento, sem perder de vista a bengala que José Maria conservava atravessada sobre as pernas. Este preparou vagarosamente um cigarro. Era um homem de trinta e poucos anos, pálido, com um olhar ora mole e apagado, ora inquieto e centelhante. Apareceu ali, tinha o padre acabado de almoçar, e pediu-lhe uma entrevista para negócio grave e urgente. Monsenhor fê-lo entrar e sentar-se; no fim de dez minutos, viu que estava com um lunático. Perdoava-lhe a incoerência das idéias ou o assombroso das invenções; pode ser até que lhe servissem de estudo. Mas o desconhecido teve um assomo de raiva, que meteu medo ao pacato clérigo. Que podiam fazer ele e o preto, ambos velhos, contra qualquer agressão de um homem forte e louco? Enquanto esperava o auxílio policial, Monsenhor Caldas desfazia-se em sorrisos e assentimentos de cabeça, espantava-se com ele, alegrava-se com ele, política útil com os loucos, as mulheres e os potentados.

José Maria acendeu finalmente o cigarro, e continuou:

— Renasci em cinco de janeiro de 1861. Não lhe digo nada da nova meninice, porque aí a experiência teve só uma forma instintiva. Mamava pouco; chorava o menos que podia para não apanhar pancada. Comecei a andar tarde, por medo de cair, e daí me ficou uma tal ou qual fraqueza nas pernas. Correr e rolar, trepar nas árvores, saltar paredões, trocar murros, coisas tão úteis, nada disso fiz, por medo de contusão e sangue. Para falar com franqueza, tive uma infância aborrecida, e a escola não o foi menos. Chamavam-me tolo e moleirão. Realmente, eu vivia fugindo de tudo. Creia que durante esse tempo não escorreguei, mas também não corria nunca. Palavra, foi um tempo de aborrecimento; e, comparando as cabeças quebradas de outro tempo com o tédio de hoje, antes as cabeças

"Are you a relative of Father Sousa Caldas?"

"No, sir."

"Good poet, Father Caldas. Poetry is a gift: I could never compose a ten-line poem. But let's get to what matters. I'll tell you first what happened to me, then I'll tell you what I wish from Your Excellency. However, if you would allow me to smoke . . . "

Monsignor Caldas made a gesture of assent without losing sight of the cane that José Maria kept crossed on his legs. He slowly prepared a cigarette. He was a man of thirty-something, pale, his eyes soft and either unassertive or restless and sparkling. When he appeared there, the priest had just finished his lunch, and the man asked him for an interview for a serious and urgent business. Monsignor had him come in and sit, and after ten minutes he saw he was with a lunatic. He forgave him the incoherence of ideas or the wonder of his inventions. He could even serve as a case study. But the stranger had a fit of anger, which caused fear in the quiet cleric. What could he and the black man do, both old, against any aggression of a strong madman? While he waited for police assistance, Monsignor Caldas pretended interest with smiles and nods, shared amazement with him, rejoiced with him, a policy useful with madmen, women and potentates. José Maria finally lit his cigarette, and continued:

"I was reborn on January 5, 1861. I won't tell you anything about my new childhood, because then the experience had just an instinctive form. I breastfed little; I cried as little as I could in order to not get hit. I started walking late for fear of falling, and then I got this weakness in my legs. Running and rolling around, climbing trees, jumping off cliffs, swapping punches, such useful things, I did none of these for fear of bruises and blood. Frankly, I had a boring childhood, and school was no better. They called me foolish and lazy. Actually, I lived fleeing everything. Believe me, during this time I didn't slip, but I never ran. My word, it was a time of hassle, and comparing the broken heads of another time with the boredom of today, better the broken heads. I grew up, became a young man, and entered the time of lovers . . . Do not be alarmed, I will be chaste,

quebradas. Cresci; fiz-me rapaz, entrei no período dos amores . . . Não se assuste; serei casto, como a primeira ceia. Vossa Reverendíssima sabe o que é uma ceia de rapazes e mulheres?

— Como quer que saiba? . . .

— Tinha dezenove anos, continuou José Maria, e não imagina o espanto dos meus amigos, quando me declarei pronto a ir a uma tal ceia . . . Ninguém esperava tal coisa de um rapaz tão cauteloso, que fugia de tudo, dos sonos atrasados, dos sonos excessivos, de andar sozinho a horas mortas, que vivia, por assim dizer, às apalpadelas. Fui à ceia; era no Jardim Botânico, obra esplêndida. Comidas, vinhos, luzes, flores, alegria dos rapazes, os olhos das damas, e, por cima de tudo, um apetite de vinte anos. Há de crer que não comi nada? A lembrança de três indigestões apanhadas quarenta anos antes, na primeira vida, fez-me recuar. Menti dizendo que estava indisposto. Uma das damas veio sentar-se à minha direita, para curar-me; outra levantou-se também, e veio para a minha esquerda, com o mesmo fim. Você cura de um lado, eu curo do outro, disseram elas. Eram lépidas, frescas, astuciosas, e tinham fama de devorar o coração e a vida dos rapazes. Confesso-lhe que fiquei com medo e retraí-me. Elas fizeram tudo, tudo; mas em vão. Vim de lá de manhã, apaixonado por ambas, sem nenhuma delas, e caindo de fome. Que lhe parece? concluiu José Maria pondo as mãos nos joelhos, e arqueando os braços para fora.

— Com efeito . . .

— Não lhe digo mais nada; Vossa Reverendíssima adivinhará o resto. A minha segunda vida é assim uma mocidade expansiva e impetuosa, enfreada por uma experiência virtual e tradicional. Vivo como Eurico, atado ao próprio cadáver . . . Não, a comparação não é boa. Como lhe parece que vivo?

— Sou pouco imaginoso. Suponho que vive assim como um pássaro, batendo as asas e amarrado pelos pés . . .

— Justamente. Pouco imaginoso? Achou a fórmula; é isso mesmo. Um pássaro, um grande pássaro, batendo as asas, assim . . .

like the first supper. Your Excellency knows what a supper of men and women is?"

"How would I know? . . . "

"I was nineteen years old," José Maria continued, "and you can't imagine the amazement of my friends when I declared myself ready to go to such a supper . . . Nobody expected such a thing from such a cautious guy who fled from everything, from postponed naps, from excessive naps, who walked alone in the dead hours of night, who lived, so to speak, groping around. I went to the supper; it was in the Botanical Garden, a splendid place. Food, wine, lights, flowers, the joy of the boys, the eyes of the ladies, and, above all, an appetite of twenty years. Would you believe I ate nothing? The memory of three stomach aches caught forty years before, in my first life, made me recoil. I lied, saying I wasn't well. One of the ladies came and sat on my right, to heal me, and another also got up and came to my left with the same purpose. 'You heal one side, I'll heal the other,' they said. They were happy, fresh, clever, and had a reputation for devouring the hearts and lives of young men. I confess I got scared and withdrew. They did everything, everything, but in vain. I came away from there in the morning in love with both, without either, and falling from hunger. What do you think?" concluded José Maria putting his hands on his knees and arching his arms out.

"Indeed . . . "

"I won't say anything else, Your Excellency; guess the rest. My second life is like an expansive and impetuous youth, pervaded by virtual and traditional experiences. I live like Eurico strapped to his own corpse . . . [1] No, the comparison is not good. How do you think I live?"

"I'm not very imaginative... I guess you live like a bird, flapping wings and tied by the feet . . . "

"Precisely. Not very imaginative? You found the formula, that's right. A bird, a large bird, flapping wings, like this . . . "

[1] The protagonist of Eurico, o Presbítero, a novel published in 1844 by the Portuguese writer, journalist, poet and historian Alexandre Herculano. After years away at war defending his native Spain against Islam in the 8th century, he returns to tell his lover that his time without her was like being bound to his own cadaver.

José Maria ergueu-se, agitando os braços, à maneira de asas. Ao erguer-se, caiu- lhe a bengala no chão; mas ele não deu por ela. Continuou a agitar os braços, em pé, defronte do padre, e a dizer que era isso mesmo, um pássaro, um grande pássaro . . . De cada vez que batia os braços nas coxas, levantava os calcanhares, dando ao corpo uma cadência de movimentos, e conservava os pés unidos, para mostrar que os tinha amarrados. Monsenhor aprovava de cabeça; ao mesmo tempo afiava as orelhas para ver se ouvia passos na escada. Tudo silêncio. Só lhe chegavam os rumores de fora: – carros e carroças que desciam, quitandeiras apregoando legumes, e um piano da vizinhança. José Maria sentou-se finalmente, depois de apanhar a bengala, e continuou nestes termos:

— Um pássaro, um grande pássaro. Para ver quanto é feliz a comparação, basta a aventura que me traz aqui, um caso de consciência, uma paixão, uma mulher, uma viúva, D. Clemência. Tem vinte e seis anos, uns olhos que não acabam mais, não digo no tamanho, mas na expressão, e duas pinceladas de buço, que lhe completam a fisionomia. É filha de um professor jubilado. Os vestidos pretos ficam-lhe tão bem que eu às vezes digo-lhe rindo que ela não enviuvou senão para andar de luto. Caçoadas! Conhecemo-nos há um ano, em casa de um fazendeiro de Cantagalo. Saímos namorados um do outro. Já sei o que me vai perguntar: por que é que não nos casamos, sendo ambos livres . . .

— Sim, senhor.

— Mas, homem de Deus! é essa justamente a matéria da minha aventura. Somos livres, gostamos um do outro, e não nos casamos: tal é a situação tenebrosa que venho expor a Vossa Reverendíssima, e que a sua teologia ou o que quer que seja, explicará, se puder. Voltamos para a Corte namorados. Clemência morava com o velho pai, e um irmão empregado no comércio; relacionei-me com ambos, e comecei a freqüentar a casa, em Mata-cavalos. Olhos, apertos de mão, palavras soltas, outras ligadas, uma frase, duas frases, e estávamos amados e confessados. Uma noite, no patamar da escada, trocamos o primeiro beijo . . . Perdoe estas coisas, monsenhor; faça de conta que me está ouvindo de confissão. Nem eu lhe digo isto senão para acrescentar que saí dali tonto, desvairado, com a im-

José Maria stood up, waving his arms like wings. As he got up, he dropped his cane on the floor, but he did not notice it. He continued to wave his arms, standing in front of the priest and saying that that's what it was, a bird, a large bird . . . Each time he hit his arms on his thighs he raised his heels, giving the body a cadence of movements and keeping both feet together, to show that they were tied. Monsignor approved with a nod while sharpening his ears to see if he heard footsteps on the stairs. Everything was in silence. He only heard the muffled sounds coming from outside – cars and carts coming down the street, greengrocers hawking vegetables, and a neighborhood piano. José Maria sat down, finally, after picking up his cane, and continued with these words:

"A bird, a large bird. To see how happy this comparison is, the adventure that brings me here is enough: a case of conscience, passion, a woman, a widow, D. Clemência. She is twenty-six, with endless eyes, not because of their size but because of their expression, and two strokes of fluff that complete her face. She is the daughter of an emeritus professor. Black dresses suit her so well that I sometimes laughingly tell her that she became a widow so she could walk in mourning. Teasing! We met a year ago in a farmer's house in Cantagalo. We left in love with one another. I know you will ask why we did not get married, both being free . . . "

"Yes, sir."

"But, man of God! This is just the matter of my adventure. We are free, we like each other, and we didn't get married: that is the dark situation that I come to expose to Your Excellency, and which your theology or whatever will explain, if you can. We returned to the Court engaged. Clemência lived with her elderly father and a brother employed in business. I got along with both and started visiting their home in Matacavallos. Eyes, handshakes, loose words, other connections, a sentence, two sentences, and we were in love and we announced it. One night, on the stairway, we exchanged our first kiss . . . Forgive these things, Monsignor; pretend you are listening to me for confession. I tell you this only to add that I came away dizzy, delirious, with the image of Clemência in my head and the taste of her kisses in my mouth. I wandered around lost for

agem de Clemência na cabeça e o sabor do beijo na boca. Errei cerca de duas horas, planeando uma vida única; determinei pedir-lhe a mão no fim da semana, e casar daí a um mês. Cheguei às derradeiras minúcias, cheguei a redigir e ornar de cabeça as cartas de participação. Entrei em casa depois de meia-noite, e toda essa fantasmagoria voou, como as mutações à vista nas antigas peças de teatro. Veja se adivinha como.

— Não alcanço . . .

— Considerei, no momento de despir o colete, que o amor podia acabar depressa; tem-se visto algumas vezes. Ao descalçar as botas, lembrou-me coisa pior: – podia ficar o fastio. Concluí a toilette de dormir, acendi um cigarro, e, reclinado no canapé, pensei que o costume, a convivência, podia salvar tudo; mas, logo depois, adverti que as duas índoles podiam ser incompatíveis; e que fazer com duas índoles incompatíveis e inseparáveis? Mas, enfim, dei de barato tudo isso, porque a paixão era grande, violenta; considerei-me casado, com uma linda criancinha . . . Uma? duas, seis, oito; podiam vir oito, podiam vir dez; algumas aleijadas. Também podia vir uma crise, duas crises, falta de dinheiro, penúria, doenças; podia vir alguma dessas afeições espúrias que perturbam a paz doméstica . . . Considerei tudo e concluí que o melhor era não casar. O que não lhe posso contar é o meu desespero; faltam-me expressões para lhe pintar o que padeci nessa noite . . . Deixa-me fumar outro cigarro?

Não esperou resposta, fez o cigarro, e acendeu-o. Monsenhor não podia deixar de admirar-lhe a bela cabeça, no meio do desalinho próprio do estado; ao mesmo tempo notou que ele falava em termos polidos, e, que apesar dos rompantes mórbidos, tinha maneiras. Quem diabo podia ser esse homem? José Maria continuou a história, dizendo que deixou de ir à casa de Clemência, durante seis dias, mas não resistiu às cartas e às lágrimas. No fim de uma semana correu para lá, e confessou-lhe tudo, tudo. Ela ouviu-o com muito interesse, e quis saber o que era preciso para acabar com tantas cismas, que prova de amor queria que ela lhe desse. – A resposta de José Maria foi uma pergunta.

— Está disposta a fazer-me um grande sacrifício? disse-lhe eu. Clemência jurou que sim. "Pois bem, rompa com tudo, família e sociedade;

about two hours, planning a unique life, determined to ask her hand at the end of the week, and then be married in a month. I got down to the very last details, carefully wrote and adorned the letters to her in my head. I got home after midnight and all this phantasmagoria flew away, like the changes in set that could be seen in the old theater plays. See if you can guess how."

"I can't."

"I considered, just as I took off my vest, that love could end quickly. This has been seen a few times. As I took off my boots, I was reminded of something worse – boredom could remain. I completed my toilette, lit a cigarette, and, reclining on the sofa, I thought how the usual custom, coexistence, could save everything. But soon after I warned myself that our two characters could be incompatible; and what to do with two incompatible and inseparable characters? But anyway, I ignored it because the passion was great, violent; I imagined myself married, with a beautiful baby . . . One? Two, six, eight; eight could come, ten could come, some crippled. A crisis could also come, two crises, lack of money, hardship, disease, any of these spurious affections disturbing domestic peace could come . . . I considered everything and concluded that it was better not to marry. What I can not tell you is my despair; I lack the words to paint you a picture of what I suffered that night . . . Let me smoke another cigarette?"

He did not wait for an answer. He rolled his cigarette and lit it. The Monsignor could not help admiring his beautiful head amid the disarray of his state. At the same time he noted that he spoke in polite terms and, despite his morbid outbursts, he had manners. Who the hell could this man be? José Maria continued the story, saying he stopped going to Clemência's house for six days, but he did not resist the letters and tears. At the end of a week, he ran there and confessed it all, everything. She listened to him with much interest and wondered what it would take to end so much brooding, what proof of love he wanted her to give him.

Jose Maria's response was a question.

"Are you willing to do me a great sacrifice?" I told her.

venha morar comigo; casamo-nos depois desse noviciado". Compreendo que Vossa Reverendíssima arregale os olhos. Os dela encheram-se de lágrimas; mas, apesar de humilhada, aceitou tudo. Vamos; confesse que sou um monstro.

— Não, senhor . . .

— Como não? Sou um monstro. Clemência veio para minha casa, e não imagina as festas com que a recebi. "Deixo tudo, disse-me ela; você é para mim o universo." Eu beijei-lhe os pés, beijei-lhe os tacões dos sapatos. Não imagina o meu contentamento. No dia seguinte, recebi uma carta tarjada de preto; era a notícia da morte de um tio meu, em Santa Ana do Livramento, deixando-me vinte mil contos. Fiquei fulminado. "Entendo, disse a Clemência, você sacrificou tudo, porque tinha notícia da herança". Desta vez, Clemência não chorou, pegou em si e saiu. Fui atrás dela, envergonhado, pedi-lhe perdão; ela resistiu. Um dia, dois dias, três dias, foi tudo vão; Clemência não cedia nada, não falava sequer. Então declarei-lhe que me mataria; comprei um revólver, fui ter com ela, e apresentei- lho: é este.

Monsenhor Caldas empalideceu. José Maria mostrou-lhe o revólver, durante alguns segundos, tornou a metê-lo na algibeira, e continuou:

— Cheguei a dar um tiro. Ela, assustada, desarmou-me e perdoou-me. Ajustamos precipitar o casamento, e, pela minha parte, impus uma condição: doar os vinte mil contos à Biblioteca Nacional. Clemência atirou-se-me aos braços, e aprovou- me com um beijo. Dei os vinte mil contos. Há de ter lido nos jornais . . . Três semanas depois casamo-nos. Vossa Reverendíssima respira como quem chegou ao fim. Qual! Agora é que chegamos ao trágico. O que posso fazer é abreviar umas particularidades e suprimir outras; restrinjo-me a Clemência. Não lhe falo de outras emoções truncadas, que são todas as minhas, abortos de prazer, planos que se esgarçam no ar, nem das ilusões de saia rota, nem do tal pássaro . . . plás . . . plás . . . plás . . .

E, de um salto, José Maria ficou outra vez de pé, agitando os braços, e dando ao corpo uma cadência. Monsenhor Caldas começou a suar frio.

Clemência swore she was.

"Well, break away from everything, family and society; come and live with me, we'll get married after this experiment." I can see Your Excellency's eyes bulging. Hers were filled with tears; but despite being humiliated, she accepted everything. Come on: admit that I am a monster.

"No, sir. . ."

"Why not? I am a monster. Clemência came to my house, and you cannot imagine the joy with which I received her."

"I am leaving everything," she told me. "You are the universe to me."

"I kissed her feet, kissed the heels of her shoes. You can not imagine my contentment. The next day, I received a letter bordered in black. It was the news of the death of an uncle of mine, in the town of Santana do Livramento, leaving me twenty thousand contos. I was thunderstruck. 'I understand,' I said to Clemência. 'You sacrificed everything because you had the news of the inheritance.' This time Clemência did not weep. She pulled herself together and went out. I went after her, embarrassed, asked for her forgiveness. She resisted. One day, two days, three days, it was all in vain; Clemência did not give up anything; she was not even talking. So I declared to her that I would kill myself, bought a revolver, went to her and showed it to her. This is it."

Monsignor Caldas paled. José Maria showed him the gun for a few seconds, put it back in his pocket, and continued:

"I even went so far as to shoot it once. She, frightened, disarmed me and forgave me. We arranged to move up the date of our marriage, and, for my part, I imposed a condition: to donate the twenty thousand contos to the National Library. Clemência threw herself up in my arms and gave me a kiss. I donated the twenty thousand. You must have read it in the papers . . . Three weeks later we got married. Your Excellency breathes as one who has reached the end. What! It is now that we come to the tragedy. What I can do is shorten some details and suppress others. I will restrict myself to Clemência. I won't tell you of other truncated emotions, which are all mine, the terminated pleasure, plans that fell apart in the

No fim de alguns segundos, José Maria parou, sentou-se, e reatou a narração, agora mais difusa, mais derramada, evidentemente mais delirante. Contava os sustos em que vivia, desgostos e desconfianças. Não podia comer um figo às dentadas, como outrora; o receio do bicho diminuía-lhe o sabor. Não cria nas caras alegres da gente que ia pela rua: preocupações, desejos, ódios, tristezas, outras coisas, iam dissimuladas por umas três quartas partes delas. Vivia a temer um filho cego ou surdo-mudo, ou tuberculoso, ou assassino, etc. Não conseguia dar um jantar que não ficasse triste logo depois da sopa, pela idéia de que uma palavra sua, um gesto da mulher, qualquer falta de serviço podia sugerir o epigrama digestivo, na rua, debaixo de um lampião. A experiência dera-lhe o terror de ser empulhado. Confessava ao padre que, realmente, não tinha até agora lucrado nada; ao contrário, perdera até, porque fora levado ao sangue . . . Ia contar-lhe o caso do sangue. Na véspera, deitara-se cedo, e sonhou . . . Com quem pensava o padre que ele sonhou?

— Não atino . . .

— Sonhei que o Diabo lia-me o Evangelho. Chegando ao ponto em que Jesus fala dos lírios do campo, o Diabo colheu alguns e deu-mos. "Toma, disse-me ele; são os lírios da Escritura; segundo ouviste, nem Salomão em toda a pompa, pode ombrear com eles. Salomão é a sapiência. Sabes o que são estes lírios, José? São os teus vinte anos". Fitei-os encantado; eram lindos como não imagina. O Diabo pegou deles, cheirou-os

air, or the illusions of a way out or about that bird and . . . *plas . . . plas . . . plas . . .* "

And in a jump Jose Maria was standing again, waving his arms and giving his body a cadence. Monsignor Caldas began to sweat cold. After a few seconds, José Maria stopped, sat down, and resumed his narration, now more diffuse, spilling forth, and evidently more delusional. He told of the fear in which he lived, his dislikes and distrusts. He could not bring a fig to his teeth. As before, the fear of a worm took away its taste. He did not believe the happy faces of people going down the street: concerns, desires, hatred, sadness, and other things were concealed by about three quarters of them. He lived in fear of a son who was blind or deaf and dumb, or tuberculous, or a murderer, etc. He could not give a dinner without becoming sad right after the soup, for the idea that a word of his, a little gesture of his wife, any shortcoming in the service, could cause the digestive epigram out on the street, under a streetlamp. The experience gave him the terror of being cheated. He confessed to the priest that, really, until now he had not profited anything by it; but instead, he had lost, because he was taken by violence. In the previous evening, he had gone to bed earlier and dreamed . . . Whom did the priest think he dreamed of?

" . . . I have no clue . . . "

"I dreamed the Devil read me the Gospel. Getting to the point where Jesus speaks of the lilies in the fields, the Devil picked some and gave them to us. 'Here,' he told me, 'these are the lilies of the Scripture; as you heard it, not even Solomon in all his pomp could rub shoulders with them. Solomon is wisdom. And do you know what these lilies are, José? They are your twenties.' I stared at them enthralled; you can not imagine how beautiful they were. The Devil took them, smelled them and told me to do so, too. I won't tell you anything; at the moment I got them near my nose I saw a reeking, filthy reptile coming out. I cried out and flung the flowers away. Then the Devil let out a formidable guffaw: 'Jose Maria, these are your twenties.' It was a laugh like this: - *ká, ká, ká, ká, ká, ká...*"

José Maria laughed loosely, shrilly, diabolically. Suddenly he stopped, stood up, and said that as soon as he opened his eyes, he saw his

e disse-me que os cheirasse também. Não lhe digo nada; no momento de os chegar ao nariz, vi sair de dentro um réptil fedorento e torpe, dei um grito, e arrojei para longe as flores. Então, o Diabo, escancarando uma formidável gargalhada: "José Maria, são os teus vinte anos". Era uma gargalhada assim: – *cá, cá, cá, cá, cá* . . .

José Maria ria à solta, ria de um modo estridente e diabólico. De repente, parou; levantou-se, e contou que, tão depressa abriu os olhos, como viu a mulher diante dele, aflita e desgrenhada. Os olhos de Clemência eram doces, mas ele disse-lhe que os olhos doces também fazem mal. Ela arrojou-se-lhe aos pés . . . Neste ponto a fisionomia de José Maria estava tão transtornada que o padre, também de pé, começou a recuar, trêmulo e pálido. "Não, miserável! não! tu não me fugirás!" bradava José Maria investindo para ele. Tinha os olhos esbugalhados, as têmporas latejantes; o padre ia recuando . . . recuando . . . Pela escada acima ouvia-se um rumor de espadas e de pés.

wife before him, very distraught and disheveled. Clemência's eyes were sweet, but he told her that even sweet eyes do harm. She threw herself at his feet . . . At this point the face of José Maria was so upset that the priest, also standing, began to retreat, trembling and pale. "No, wretch, no! Thou shalt not flee from me!" José Maria cried, thrusting toward him. He had bulging eyes, throbbing temples. The priest was pulling away. . . pulling away . . . Coming up the stairs, the muffled sound of swords and footsteps.

Uma Senhora

by Machado de Assis

Nunca encontro esta senhora que me não lembre a profecia de uma lagartixa ao poeta Heine, subindo os Apeninos: "Dia virá em que as pedras serão plantas, as plantas animais, os animais homens e os homens deuses." E dá-me vontade de dizer-lhe: – A senhora, D. Camila, amou tanto a mocidade e a beleza, que atrasou o seu relógio, a fim de ver se podia fixar esses dois minutos de cristal. Não se desconsole, D. Camila. No dia da lagartixa, a senhora será Hebe, deusa da juventude; a senhora nos dará a beber o néctar da perenidade com as suas mãos eternamente moças.

A primeira vez que a vi, tinha ela trinta e seis anos, posto só parecesse trinta e dois, e não passasse da casa dos vinte e nove. Casa é um modo de dizer. Não há castelo mais vasto do que a vivenda destes bons amigos, nem tratamento mais obsequioso do que o que eles sabem dar às suas hóspedes. Cada vez que D. Camila queria ir-se embora, eles pediam- lhe muito que ficasse, e ela ficava. Vinham então novos folguedos, cavalhadas, música, dança, uma sucessão de coisas belas, inventadas com o único fim de impedir que esta senhora seguisse o seu caminho.

A Lady

translated by David George

Whenever I happen upon this lady I cannot help but recall what an old lizard prophesied to the poet Heine as he climbed the Apennine mountains: "The day will come when the stones will become plants, the plants animals, the animals men, and the men gods." And I am compelled to say to her, "Lady Camila, you loved youth and beauty to such a degree that you turned back your clock in an attempt to fix those two crystalline moments in time forever. Do not despair, Lady Camila. On the day of the lizard you will become Hebe, the goddess of youth; with your eternally youthful hands you will serve us the nectar of perpetuity.

The first time I saw her I thought she was thirty-six years of age though she seemed to dwell yet in her early thirties, but in fact she was only twenty-nine. Dwell is a manner of speaking, for there is no castle more opulent than where her admirers dwelled nor hospitality more flattering than what they offered their lady guests. Whenever Lady Camila was about to take her leave, they begged her to tarry, and tarry she did. Then she was feted with knightly tournaments, music, dance, a succession of wonders, created for the sole purpose of ensuring that the lady not continue on her way.

— Mamãe, mamãe, dizia-lhe a filha crescendo, vamos embora, não podemos ficar aqui toda a vida.

D. Camila olhava para ela mortificada, depois sorria, dava-lhe um beijo e mandava- a brincar com as outras crianças. Que outras crianças? Ernestina estava então entre quatorze

e quinze anos, era muito espigada, muito quieta, com uns modos naturais de senhora. Provavelmente não se divertiria com as meninas de oito e nove anos; não importa, uma vez que deixasse a mãe tranqüila, podia alegrar-se ou enfadar-se. Mas, ai triste! há um limite para tudo, mesmo para os vinte e nove anos. D. Camila resolveu, enfim, despedir-se desses dignos anfitriões, e fê-lo ralada de saudades. Eles ainda instaram por uns cinco ou seis meses de quebra; a bela dama respondeu-lhes que era impossível e, trepando no alazão do tempo, foi alojar-se na casa dos trinta.

Ela era, porém, daquela casta de mulheres que riem do sol e dos almanaques. Cor de leite, fresca, inalterável, deixava às outras o trabalho de envelhecer. Só queria o de existir. Cabelo negro, olhos castanhos e cálidos. Tinha as espáduas e o colo feitos de encomenda para os vestidos decotados, e assim também os braços, que eu não digo que eram os da Vênus de Milo, para evitar uma vulgaridade, mas provavelmente não eram outros. D. Camila sabia disto; sabia que era bonita, não só porque lho dizia o olhar sorrateiro das outras damas, como por um certo instinto que a beleza possui, como o talento e o gênio. Resta dizer que era casada, que o marido era ruivo, e que os dois amavam-se como noivos; finalmente, que era honesta. Não o era, note-se bem, por temperamento, mas por princípio, por amor ao marido, e creio que um pouco por orgulho.

Nenhum defeito, pois, exceto o de retardar os anos; mas é isso um defeito? Há, não me lembra em que página da Escritura, naturalmente nos Profetas, uma comparação dos dias com as águas de um rio que não voltam mais. D. Camila queria fazer uma represa para seu uso. No tumulto desta marcha contínua entre o nascimento e a morte, ela apegava-se à ilusão da estabilidade. Só se lhe podia exigir que não fosse ridícula, e não o era. Dir-me-á o leitor que a beleza vive de si mesma, e que a preocupação do calendário mostra que esta senhora vivia principalmente com os olhos

"Mamma, Mamma," her growing daughter would entreat, "Let's go. We can't stay here forever."

Lady Camila was at first mortified but then she smiled at her, gave her a kiss, and bid her play with the other children. What other children? Ernestina was somewhere between fourteen and fifteen, her face rather blemished, very quiet, with the natural bearing of a lady. It was doubtful she enjoyed the company of eight- or nine-year-olds, but that was not the question. As long as she left her mother alone she could rejoice or pout. Sadly, however, there is a limit to everything, even to twenty-nine years. Lady Camila resolved at last to take leave of her gracious hosts, though she would miss them sorely. They urged her to hold off for five or six months, but the lovely lady responded that would be impossible, and she mounted the steed of time and went to dwell in her thirties.

Yet she belonged to that class of women who mock the sun and almanacs. Cream-colored, fresh, immutable. She left the task of aging to other women. She was engaged only in the task of living. Black hair, piercing brown eyes. The low neckline and shoulder pads of her dresses were specially made, as were the sleeves. To compare her arms to those of Venus of Milo would be a cliché, but the comparison is most likely apt. Lady Camila was fully aware of all this; she knew she was lovely, not only because other women's furtive glances told her so, but because of a certain instinct inherent to beauty, like talent and intelligence. What is there left to say? She was married, her husband was a redhead, and the two loved each other like sweethearts, and last but not least she was faithful. Clearly not because of temperament but as a matter of principle, out of love for her husband and, I believe, just a touch of pride.

Her only flaw was holding back the years, but is that a flaw? On a page of the Scripture I do not recall – obviously concerning the Prophets – there is a comparison of the days with a river's flow that can never be reversed. It was Lady Camila's wish, nonetheless, to build a dam of her own. In the chaotic and inexorable march of time between birth and death, she clung to the illusion of stability. All one could ask of her was that she not be ridiculous, and she was not. The reader will say to me that beauty is its own

na opinião. É verdade; mas como quer que vivam as mulheres do nosso tempo?

D. Camila entrou na casa dos trinta e não lhe custou passar adiante. Evidentemente o terror era uma superstição. Duas ou três amigas íntimas, nutridas de aritmética, continuavam a dizer que ela perdera a conta dos anos. Não advertiam que a natureza era cúmplice no erro, e que aos quarenta anos (verdadeiros), D. Camila trazia um ar de trinta e poucos. Restava um recurso: espiar-lhe o primeiro cabelo branco, um fiozinho de nada, mas branco. Em vão espiavam; o demônio do cabelo parecia cada vez mais negro.

Nisto enganavam-se. O fio branco estava ali; era a filha de D. Camila que entrava nos dezenove anos, e, por mal de pecados, bonita. D. Camila prolongou, quanto pôde, os vestidos adolescentes da filha, conservou-a no colégio até tarde, fez tudo para proclamá-la criança. A natureza, porém, que não é só imoral, mas também ilógica, enquanto sofreava os anos de uma, afrouxava a rédea aos da outra, e Ernestina, moça feita, entrou radiante no primeiro baile. Foi uma revelação. D. Camila adorava a filha; saboreou-lhe a glória a tragos demorados. No fundo do copo achou a gota amarga e fez uma careta. Chegou a pensar na abdicação; mas um grande pródigo de frases feitas disse-lhe que ela parecia a irmã mais velha da filha, e o projeto desfez-se. Foi dessa noite em diante que D. Camila entrou a dizer a todos que casara muito criança.

Um dia, poucos meses depois, apontou no horizonte o primeiro namorado. D. Camila pensara vagamente nessa calamidade, sem encará-la, sem aparelhar-se para a defesa. Quando menos esperava, achou um pretendente à porta. Interrogou a filha; descobriu-lhe um alvoroço indefinível, a inclinação dos vinte anos, e ficou prostrada. Casá- la era o menos; mas, se os seres são como as águas da Escritura, que não voltam mais, é porque atrás deles vêm outros, como atrás das águas outras águas; e, para definir essas ondas sucessivas é que os homens inventaram este nome de netos. D. Camila viu iminente o primeiro neto, e determinou adiá-lo. Está claro que não formulou a resolução, como não formulara a idéia do perigo. A alma entende-se a si mesma; uma sensação vale um raciocínio. As que

excuse for being, and that her preoccupation with the passage of time was proof that the Lady lived her life according to how others saw her. There is some truth to this, but how else are women in the present day supposed to live?

Lady Camila entered her thirties and had no difficulty moving forward. The fears were unfounded. Two or three close friends steeped in arithmetic continually alleged that she had lost count of the years. What they failed to perceive was that nature was complicit in this error, and that at forty years of age – actual forty – Lady Camila still looked to be in her early thirties. Ah, but there was a way to discern, to catch a first glimpse of white hair, a single strand, yet white. They sought in vain; her cursed hair seemed darker than ever.

But they were mistaken. The white strand was there in the form of Lady Camila's daughter approaching nineteen, and to add insult to injury she was lovely. Lady Camila dressed her in adolescent clothes as long as she could, she held her back in school, she did everything to show her daughter was still a child. Nature is both immoral and irrational; while it restrained the years of one, it unleashed those of the other. Ernestina, now a mature young woman, attended her first ball; she was resplendent, a revelation. Lady Camila loved her daughter with all her heart; she sipped slowly as she savored her splendor. At the bottom of the cup she found a bitter drop and grimaced. She considered abdicating, but a man who was never at a loss for clichés told her she looked like her daughter's older sister, and she desisted. From that evening on, Lady Camila told everyone that she had married at a tender age.

A few months later the fateful day arrived: the appearance of her daughter's first beau. Lady Camila's thoughts touched lightly upon this matter but she was not yet equipped to face the calamity. When she had least expected it a suitor showed up on her doorstep. When she questioned her daughter she sensed a puzzling jubilation, this tilting towards the age of twenty, and Lady Camila was overcome by melancholy. Marrying her off was not the issue. However, if human beings are like the waters of Scripture that shall never return, there will follow other human beings, just

ela teve foram rápidas, obscuras, no mais íntimo do seu ser, donde não as extraiu para não ser obrigada a encará-las.

— Mas que é que você acha de mau no Ribeiro? perguntou-lhe o marido, uma noite, à janela.

D. Camila levantou os ombros. – Acho-lhe o nariz torto, disse.

— Mau! Você está nervosa; falemos de outra coisa, respondeu o marido. E, depois de olhar uns dois minutos para a rua, cantarolando na garganta, tornou ao Ribeiro, que achava um genro aceitável, e se lhe pedisse Ernestina, entendia que deviam ceder-lha. Era inteligente e educado. Era também o herdeiro provável de uma tia de Cantagalo. E depois tinha um coração de ouro. Contavam-se dele coisas muito bonitas. Na academia, por exemplo . . . D. Camila ouviu o resto, batendo com a ponta do pé no chão e rufando com os dedos a sonata da impaciência; mas, quando o marido lhe disse que o Ribeiro esperava um despacho do ministro de estrangeiros, um lugar para os Estados Unidos, não pôde ter-se e cortou-lhe a palavra:

— O quê? separar-me de minha filha? Não, senhor.

Em que dose entrara neste grito o amor materno e o sentimento pessoal, é um problema difícil de resolver, principalmente agora, longe dos acontecimentos e das pessoas. Suponhamos que em partes iguais. A verdade é que o marido não soube que inventar para defender o ministro de estrangeiros, as necessidades diplomáticas, a fatalidade do matrimônio, e, não achando que inventar, foi dormir. Dois dias depois veio a nomeação. No terceiro dia, a moça declarou ao namorado que não a pedisse ao pai, porque não queria separar-se da família. Era o mesmo que dizer: prefiro a família ao senhor. É verdade que tinha a voz trêmula e sumida, e um ar de profunda consternação; mas o Ribeiro viu tão- somente a rejeição, e embarcou. Assim acabou a primeira aventura.

D. Camila padeceu com o desgosto da filha; mas consolou-se depressa. Não faltam noivos, refletiu ela. Para consolar a filha, levou-a a passear a toda parte. Eram ambas bonitas, e Ernestina tinha a frescura dos anos; mas a beleza da mãe era mais perfeita, e apesar dos anos, superava a da filha. Não vamos ao ponto de crer que o sentimento da superioridade é que animava D. Camila a prolongar e repetir os passeios. Não: o amor materno,

as more waters will flow, and to define these successive waves men came up with the term "grandchildren." Lady Camila understood that the first grandchild would arrive soon enough, and she was determined to postpone it. It must be understood that she had no plan of action, just as she had had no plan for imminent danger. Though the soul is capable of understanding itself, feelings deserve the light of reason. Her feelings came and went quickly, darkly, deep inside her. She kept them there so she would not have to face them.

"But what's wrong with Ribeiro?" her husband asked her one night, leaning against the window.

Lady Camila shrugged her shoulders. "His nose looks crooked," she said.

"That's awful! You're upset. Let's talk about something else," her husband responded. But after looking out at the street for a few moments, humming to himself, he returned to the subject. He considered Ribeiro perfectly acceptable as a son-in-law, and if he asked for Ernestina's hand they should agree. He was intelligent and well-mannered. And he most likely would be the heir of an aunt from Cantagalo. Moreover, he had a heart of gold. People spoke very highly of him. In the university, for example… As Lady Camila continued to listen she tapped her foot on the floor and with her fingers she played the sonata of impatience. However, when her husband told her that Ribeiro was in line for a post in the foreign ministry, an assignment in the United States, she was unable to contain herself and cut him off:

"What? Separate me from my daughter? No, sir!" Was this a cry of maternal love or of personal interest? That remains a puzzle, especially now, at a far remove from the events and the people. One imagines that both factors were involved. The fact is the husband had no arguments to defend the foreign ministry, the prerequisites of diplomacy, and the inevitability of marriage. At a loss for words, he went to bed. Two days later the appointment was announced. On the third day, the girl begged her suitor that he not ask her father for her hand because she did not wish to be separated from her family. It was as if she had said: I prefer my family to

só por si, explica tudo. Mas concedamos que animasse um pouco. Que mal há nisso? Que mal há em que um bravo coronel defenda nobremente a pátria, e as suas dragonas? Nem por isso acaba o amor da pátria e o amor das mães.

Meses depois despontou a orelha de um segundo namorado. Desta vez era um viúvo, advogado, vinte e sete anos. Ernestina não sentiu por ele a mesma emoção que o outro lhe dera; limitou-se a aceitá-lo. D. Camila farejou depressa a nova candidatura. Não podia alegar nada contra ele; tinha o nariz reto como a consciência, e profunda aversão à vida diplomática. Mas haveria outros defeitos, devia haver outros. D. Camila buscou-os com alma; indagou de suas relações, hábitos, passado. Conseguiu achar umas coisinhas miúdas, tão-somente a unha da imperfeição humana, alternativas de humor, ausência de graças intelectuais, e, finalmente um grande excesso de amor-próprio. Foi neste ponto que a bela dama o apanhou. Começou a levantar vagarosamente a muralha do silêncio; lançou primeiro a camada das pausas, mais ou menos longas, depois as frases curtas, depois os monossílabos, as distrações, as absorções, os olhares complacentes, os ouvidos resignados, os bocejos fingidos por trás da ventarola. Ele não entendeu logo; mas, quando reparou que os enfados da mãe coincidiam com as ausências da filha, achou que era ali de mais e retirou-se. Se fosse homem de luta, tinha saltado a muralha; mas era orgulhoso e fraco. D. Camila deu graças aos deuses.

Houve um trimestre de respiro. Depois apareceram alguns namoricos de uma noite, insetos efêmeros, que não deixaram história. D. Camila compreendeu que eles tinham de multiplicar-se, até vir algum decisivo que a obrigasse a ceder; mas ao menos, dizia ela a si mesma, queria um genro que trouxesse à filha a mesma felicidade que o marido lhe deu. E, uma vez, ou para robustecer este decreto da vontade, ou por outro motivo, repetiu o conceito em voz alta, embora só ela pudesse ouvi-lo. Tu, psicólogo sutil, podes imaginar que ela queria convencer-se a si mesma; eu prefiro contar o que lhe aconteceu em 186 . . .

Era de manhã. D. Camila estava ao espelho, a janela aberta, a chácara verde e sonora de cigarras e passarinhos. Ela sentia em si a harmonia que

you. Truth be told, she spoke to him in a trembling voice and with an air of deep consternation, but the only thing Ribeiro heard was rejection and he embarked. And that is how the first adventure came to an end.

It pained Lady Camila to see her daughter so upset, but she quickly recovered. There is no lack of suitors, she mused. To console her daughter she took her everywhere. Both were lovely, and Ernestina radiated the freshness of youth, but the mother's beauty was more perfect and in spite of her age she outshone her daughter. But let us not go so far as to believe that Lady Camila was moved to prolong and repeat their outings out of a sense of superiority. No, motherly love itself explains everything. But let us concede that there was a touch of superiority. And what is wrong with that? What is wrong with a brave colonel nobly defending his homeland and his dragoons? None of this cancels out patriotic or motherly love.

A few months later the second suitor appeared. This time he was a widower, a 27-year-old attorney. He did not stir the same feelings in Ernestina as the other had; she merely accepted him. Lady Camila quickly made inquiries but found nothing against the new candidate. His nose was as straight as his conscience was clear, not to mention he abhorred the diplomatic service. But there would be other faults, there must be. Lady Camila put her heart and soul into her search; she looked into his relations, his habits, his past. She found a few tidbits, hints of human imperfection: moodiness, lack of intellectual gifts, and most significantly he thought quite too highly of himself. And this is where the beautiful lady trapped him. She slowly raised a wall of silence: the first layer she put down consisted of rather lengthy pauses, followed by short utterances, then monosyllables, distractions, inattentiveness, patronizing glances, listening docilely, feigned yawns behind her fan. He did not understand immediately, but when he realized that the mother's tedium coincided with the daughter's absences, he felt he no longer belonged there and he withdrew. If he were a man of action he would have leaped over the wall, but he was vain and spineless. Lady Camila gave thanks to the heavens above.

There was a brief respite, followed by fleeting moments of flirtation, like mayflies gone in a heartbeat. Camila understood that more suitors

a ligava às coisas externas. Só a beleza intelectual é independente e superior. A beleza física é irmã da paisagem. D. Camila saboreava essa fraternidade íntima, secreta, um sentimento de identidade, uma recordação da vida anterior no mesmo útero divino. Nenhuma lembrança desagradável, nenhuma ocorrência vinha turvar essa expansão misteriosa. Ao contrário, tudo parecia embebê-la de eternidade, e os quarenta e dois anos em que ia não lhe pesavam mais do que outras tantas folhas de rosa. Olhava para fora, olhava para o espelho. De repente, como se lhe surdisse uma cobra, recuou aterrada. Tinha visto, sobre a fonte esquerda, um cabelinho branco. Ainda cuidou que fosse do marido; mas reconheceu depressa que não, que era dela mesma, um telegrama da velhice, que aí vinha a marchas forçadas. O primeiro sentimento foi de prostração. D. Camila sentiu faltar-lhe tudo, tudo, viu-se encanecida e acabada no fim de uma semana.

— Mamãe, mamãe, bradou Ernestina entrando na saleta. Está aqui o camarote que papai mandou.

D. Camila teve um sobressalto de pudor, e instintivamente voltou para a filha o lado que não tinha o fio branco. Nunca a achou tão graciosa e lépida. Fitou-a com saudade. Fitou-a também com inveja, e, para abafar este sentimento mau, pegou no bilhete do camarote. Era para aquela mesma noite. Uma idéia expele outra; D. Camila anteviu-se no meio das luzes e das gentes, e depressa levantou o coração. Ficando só, tornou a olhar para o espelho, e corajosamente arrancou o cabelinho branco, e deitou-o à chácara. *Out, damned spot! Out!* Mais feliz do que a outra lady Macbeth, viu assim desaparecer a nódoa no ar, porque no ânimo dela, a velhice era um remorso, e a fealdade um crime. Sai, maldita mancha! sai!

Mas, se os remorsos voltam, por que não hão de voltar os cabelos brancos? Um mês depois, D. Camila descobriu outro, insinuado na bela e farta madeixa negra, e amputou-o sem piedade. Cinco ou seis semanas depois, outro. Este terceiro coincidiu com um terceiro candidato à mão da filha, e ambos acharam D. Camila numa hora de prostração. A beleza, que lhe suprira a mocidade, parecia-lhe prestes a ir também, como uma pomba sai em busca da outra. Os dias precipitavam-se. Crianças que ela vira ao colo, ou de carrinho empuxado pelas amas, dançavam agora nos bailes. Os que

would appear, until the right one would force her to give in, but at least, she told herself, she wished for a son-in-law who would bring her daughter the same happiness her husband had given her. And once, whether to reinforce this desire, or for some other reason, she repeated the idea out loud, although no one else was around. You, dear reader, insightful psychologist, may imagine she was trying to convince herself. I prefer to recount what happened in 186...

It was early morning. Lady Camila stood before the mirror; the window was open, the verdant grounds of the country house were alive with the sounds of birds and cicadas. She felt herself in harmony with her surroundings. Only intellectual beauty is independent and superior. Physical beauty is akin to the landscape. Lady Camila savored this feeling of secret kinship, this sense of identity, this memory of life before the divine womb itself.

No unpleasant memory, no event appeared to darken this mysterious feeling. Quite to the contrary; everything seemed to imbue her with a sense of eternity, and her 42 years of age weighed upon her like rose petals. She looked outside, she looked in the mirror. Suddenly, as if a snake had suddenly crawled before her, she cringed in terror. She had seen a strand of white hair on her left temple. She considered that it might be her husband's, but she immediately recognized it as her own, a telegram announcing old age, now in a forced march toward her. Her first reaction was desperation. Lady Camila saw everything slipping away; she saw herself grey-haired and ravaged a week hence.

"Mamma, mamma," Ernestina shouted as she entered the sitting room. "Here are the tickets for the box-seats papa sent for."

Lady Camila was overcome with modesty and instinctively turned toward her daughter the side without the white hair. She had never found her so comely and cheerful. She gazed at her longingly. She also gazed at her with envy, and to suppress this repugnant feeling she grasped the box seat tickets. They were for that very evening. One idea pushes out another: Lady Camila saw herself in the midst of the crowds and the lights and she was suddenly heartened.

eram homens fumavam; as mulheres cantavam ao piano. Algumas destas apresentavam-lhe os seus babies, gorduchos, uma segunda geração que mamava, à espera de ir bailar também, cantar ou fumar, apresentar outros babies a outras pessoas, e assim por diante.

D. Camila apenas tergiversou um pouco, acabou cedendo. Que remédio, senão aceitar um genro? Mas, como um velho costume não se perde de um dia para outro, D. Camila viu paralelamente, naquela festa do coração, um cenário e grande cenário. Preparou-se galhardamente, e o efeito correspondeu ao esforço. Na igreja, no meio de outras damas; na sala, sentada no sofá (o estofo que forrava este móvel, assim como o papel da parede foram sempre escuros para fazer sobressair a tez de D. Camila), vestida a capricho, sem o requinte da extrema juventude, mas também sem a rigidez matronal, um meio-termo apenas, destinado a pôr em relevo as suas graças outoniças, risonha, e feliz, enfim, a recente sogra colheu os melhores sufrágios. Era certo que ainda lhe pendia dos ombros um retalho de púrpura.

Púrpura supõe dinastia. Dinastia exige netos. Restava que o Senhor abençoasse a união, e ele abençoou-a, no ano seguinte. D. Camila acostumara-se à idéia; mas era tão penoso abdicar, que ela aguardava o neto com amor e repugnância. Esse importuno embrião, curioso da vida e pretensioso, era necessário na terra? Evidentemente, não; mas apareceu um dia, com as flores de setembro. Durante a crise, D. Camila só teve de pensar na filha; depois da crise, pensou na filha e no neto. Só dias depois é que pôde pensar em si mesma. Enfim, avó. Não havia que duvidar; era avó. Nem as feições que eram ainda concertadas, nem os cabelos, que eram pretos (salvo meia dúzia de fios escondidos), podiam por si sós denunciar a realidade; mas a realidade existia; ela era, enfim, avó.

Quis recolher-se; e para ter o neto mais perto de si, chamou a filha para casa. Mas a casa não era um mosteiro, e as ruas e os jornais com os seus mil rumores acordavam nela os ecos de outro tempo. D. Camila rasgou o ato de abdicação e tornou ao tumulto.

Um dia, encontrei-a ao lado de uma preta, que levava ao colo uma criança de cinco a seis meses. D. Camila segurava na mão o chapelinho de

Alone again, she looked back into the mirror, bravely pulled out the strand of white hair, and threw it out the window. *Out, damned spot! Out!* Happier than the other lady – Macbeth - she watched the stain disappear into the air, because in her mind old age was regret and ugliness a crime. Out, damn spot! Out! But if regret should return, why not white hair?

A month went by and Lady Camila detected another white strand that had invaded her beautiful dark thick locks; she amputated it without pity. Five or six weeks later, yet another. The third strand coincided with her daughter's third suitor; the two of them came upon Lady Camila in a moment of emotional collapse. The beauty that youth had bestowed upon her seemed about to take flight, like a dove in search of another. The days flew by.

Children she had seen in their mother's arms or in strollers pushed along by nannies were now dancing at balls. Those who had reached manhood now smoked; the women stood by the piano and sang. Some women showed her their chubby babies, a second generation, while now suckling, awaited their turn to dance, sing, or smoke, to show other babies to other people, and so forth.

Lady Camila stalled briefly but then gave in. What choice did she have but to accept a son-in-law? However, since old habits die hard, Lady Camila pictured herself playing a leading role in that ceremony of the heart. She prepared herself elegantly and her efforts produced the desired effect. In the church, surrounded by other ladies; in the sitting room, poised upon the sofa (the upholstery covering the sofa, like the wallpaper, was always dark to highlight Lady Camila's complexion), attired whimsically, avoiding both the high style of the very young and the stiff matronly dress; in short, something in between. The effect was to focus attention on her late-blooming charm; in a nutshell, the new mother-in-law, cheerful and happy, won unanimous approval. Of course, vestiges of regal beauty still clung to her.

Regal suggests dynasty. Dynasty requires grandchildren. All that remained was for the Lord to bless the union, and bless it He did the following year. Lady Camila resigned herself to the idea of a grandchild; but it

sol aberto para cobrir a criança. Encontrei-a oito dias depois, com a mesma criança, a mesma preta e o mesmo chapéu de sol. Vinte dias depois, e trinta dias mais tarde, tornei a vê-la, entrando para o bond com a preta e a criança. – Você já deu de mamar? dizia ela à preta. Olhe o sol. Não vá cair. Não aperte muito o menino. Acordou? Não mexa com ele. Cubra a carinha, etc., etc.

Era o neto. Ela, porém, ia tão apertadinha, tão cuidadosa da criança, tão a miúdo, tão sem outra senhora, que antes parecia mãe do que avó; e muita gente pensava que era mãe. Que tal fosse a intenção de D. Camila não o juro eu. ("Não jurarás", Mateus, V, 34). Tão-somente digo que nenhuma outra mãe seria mais desvelada do que D. Camila com o neto; atribuírem-lhe um simples filho era a coisa mais verossímil do mundo.

was so painful to abdicate and she awaited the new arrival with a mixture of love and repugnance. Was this unwelcome embryo, curious about life, pretentious, necessary on this earth? Obviously not, but he nonetheless appeared one day, like a spring flower. During the crisis, Lady Camila had only her daughter to worry about; the crisis now passed, she worried about her daughter and her grandchild. It took a few days before she could think about herself; in sum, a grandmother. There were no ifs, ands or buts about it: she was a grandmother. Neither her still harmonious features, nor her hair – still black save a few strands kept out of sight – could by themselves unveil the truth. But the truth existed; she was, at last, a grandmother.

She wanted to hide away. She asked her daughter to move in with her to keep the grandchild close at hand. But her home was not a monastery, and the streets and the newspapers with their endless sounds awoke in her echoes of another time. Lady Camila renounced her abdication and returned to the fray.

One fine day I chanced upon her along side a wet-nurse carrying in her arms a five or six-month-old child. Lady Camila was holding a sunbonnet over the baby's head for protection. I ran into her a week later, with the same child, the same wet-nurse, and the same sunbonnet. Twenty days later, then thirty days later, I saw her again, entering the streetcar with the same wet-nurse and the same child. "Have you breastfed him yet?" she asked the wet-nurse. Careful with the sun. Don't trip and fall. Don't hold the child so tight. Is that clear? Don't shake him. Cover his face. And so on and so forth.

This was her grandchild. However, she stuck so close, took such care, with such frequency, and with no other ladies in sight, that she seemed more a mother than a grandmother. As to whether this was Lady Camila's intention, I make no oath at all ("But I say to you, make no oath at all," Matthew V, 34). I can only say that in her vigilance for her grandchild Lady Camila was unmatched; to consider him quite simply as her child was the most natural thing in the world.

Anedota Pecuniária

by Machado de Assis
from *Histórias Sem Data*, 1884

Chama-se Falcão o meu homem. Naquele dia – quatorze de abril de 1870 – quem lhe entrasse em casa, às dez horas da noite, vê-lo-ia passear na sala, em mangas de camisa, calça preta e gravata branca, resmungando, gesticulando, suspirando, evidentemente aflito. Às vezes, sentava-se; outras, encostava-se à janela, olhando para a praia, que era a da Gamboa. Mas, em qualquer lugar ou atitude, demorava-se pouco tempo.

— Fiz mal, dizia ele, muito mal. Tão minha amiga que ela era! tão amorosa! Ia chorando, coitadinha! Fiz mal, muito mal . . . Ao menos, que seja feliz!

Se eu disser que este homem vendeu uma sobrinha, não me hão de crer; se descer a definir o preço, dez contos de réis, voltar-me-ão as costas com desprezo e indignação. Entretanto, basta ver este olhar felino, estes dois beiços, mestres de cálculo, que, ainda fechados, parecem estar contando alguma coisa, para adivinhar logo que a feição capital do nosso homem é a voracidade do lucro. Entendamo-nos: ele faz arte pela arte, não ama o dinheiro pelo que ele pode dar, mas pelo que é em si mesmo! Ninguém lhe vá falar dos regalos da vida. Não tem cama fofa, nem mesa fina,

Pecuniary Anecdote

translated by Laura Cade Brown

My man, his name is Falcon. That day – the fourteenth of April of 1870 – if you were to enter his house, at ten at night, you would see him pacing through the room, in shirt sleeves, black pants, and a white tie, grumbling, gesturing, sighing, evidently afflicted. From time to time he sat down; other times, he leaned against the window, looking towards the beach, which was that of Gamboa. But, wherever the place or whatever the mood, he wasted little time.

"I did wrong," he said, "so very wrong. What a dear friend she was! So loving! She left crying, poor little thing! I did wrong, very wrong . . . At the very least, may she be happy!"

If I were to say that this man sold his niece, you would not believe me; if I were to sink to defining the price, ten *contos de réis*, you would turn your back on me with scorn and indignation. Meanwhile, it is enough to see his feline gaze, his two lips, masters of calculation, that, even when closed, seem to be counting something, to immediately guess that our man's principle trait is his voraciousness for profit. Let us understand though: he does art for art's sake, he does not love money for what it can give, but for what it

nem carruagem, nem comenda. Não se ganha dinheiro para esbanjá-lo, dizia ele. Vive de migalhas; tudo o que amontoa é para a contemplação. Vai muitas vezes à burra, que está na alcova de dormir, com o único fim de fartar os olhos nos rolos de ouro e maços de título. Outras vezes, por um requinte de erotismo pecuniário, contempla-os só de memória. Neste particular, tudo o que eu pudesse dizer, ficaria abaixo de uma palavra dele mesmo, em 1857.

Já então milionário, ou quase, encontrou na rua dois meninos, seus conhecidos, que lhe perguntaram se uma nota de cinco mil-réis, que lhes dera um tio, era verdadeira. Corriam algumas notas falsas, e os pequenos lembraram-se disso em caminho. Falcão ia com um amigo. Pegou trêmulo na nota, examinou-a bem, virou-a, revirou-a . . .

— É falsa? perguntou com impaciência um dos meninos. – Não; é verdadeira.

— Dê cá, disseram ambos.

Falcão dobrou a nota vagarosamente, sem tirar-lhe os olhos de cima; depois, restituiu-a aos pequenos, e, voltando-se para o amigo, que esperava por ele, disse-lhe com a maior candura do mundo:

— Dinheiro, mesmo quando não é da gente, faz gosto ver.

Era assim que ele amava o dinheiro, até à contemplação desinteressada. Que outro motivo podia levá-lo a parar, diante das vitrinas dos cambistas, cinco, dez, quinze minutos, lambendo com os olhos os montes de libras e francos, tão arrumadinhos e amarelos? O mesmo sobressalto com que pegou na nota de cinco mil-réis, era um rasgo sutil, era o terror da nota falsa. Nada aborrecia tanto, como os moedeiros falsos, não por serem criminosos, mas prejudiciais, por desmoralizarem o dinheiro bom.

A linguagem do Falcão valia um estudo. Assim é que, um dia, em 1864, voltando do enterro de um amigo, referiu o esplendor do préstito, exclamando com entusiasmo: – "Pegavam no caixão três mil contos!" E, como um dos ouvintes não o entendesse logo, concluiu do espanto, que duvidava dele, e discriminou a afirmação: – "Fulano quatrocentos, Sicrano seiscentos . . . Sim, senhor, seiscentos; há dois anos, quando desfez a

is in itself! No one is going to speak to him of the gifts of life. He does not have a soft bed, nor fine table, nor coach, nor aristocratic title. Money is not earned in order to be squandered, he says. He lives off crumbs; all that accumulates is for contemplation. He often goes to his safe, which is in his sleeping alcove, with the sole goal of fixing his eyes upon rolls of gold and bundles of deeds. Other times, through a refined pecuniary eroticism, he just contemplates them from memory. Regarding this particular detail, all that I could say would not live up to his own words, in 1857.

By then already a millionaire, or almost, he ran into two boys in the street, his familiars, who asked him if a note of five thousand *réis* that their uncle had given them was real. Some false notes were circulating then, and the little ones had remembered this on the way. Falcon was accompanied by a friend. He took the note tremulously, examined it closely, turned it one way and the other…

"Is it false?" the two boys asked impatiently.

"No; it is real."

"Give it here," both of them said.

Falcon slowly folded the note, without taking his eyes off it; then, he returned it to the little ones, and, turning back toward his friend, who was waiting for him, he spoke to him with all the candidness in the world:

"Money, even when it is not your own, is a pleasure to see."

This was how he loved money, even in disinterested contemplation. What other motive could lead him to stop, in front of exchange windows, five, ten, fifteen minutes, tasting with his eyes the piles of pounds and francs so neatly stacked and yellowed? Or even the surprise with which he took the note of five thousand *réis*, it was a subtle trait, the terror of a false note. He hated nothing more than false currency, not for being criminal but for being prejudicial, for demoralizing good money.

Falcon's speech is worth a study. So it is that, one day, in 1864, returning from the burial of a friend, he referred to the splendor of the procession, exclaiming enthusiastically: "They paid three thousand *contos* for the coffin!" And, when one of the listeners did not immediately understand him, Falcon concluded with horror that this person doubted him, and he

sociedade com o sogro, ia em mais de quinhentos; mas suponhamos quinhentos . . . " E foi por diante, demonstrando, somando e concluindo:

– "Justamente, três mil contos!"

Não era casado. Casar era botar dinheiro fora. Mas os anos passaram, e aos quarenta e cinco entrou a sentir uma certa necessidade moral, que não compreendeu logo, e era a saudade paterna. Não mulher, não parentes, mas um filho ou uma filha, se ele o tivesse, era como receber um patacão de ouro. Infelizmente, esse outro capital devia ter sido acumulado em tempo; não podia começá-lo a ganhar tão tarde. Restava a loteria; a loteria deu-lhe o prêmio grande.

Morreu-lhe o irmão, e três meses depois a cunhada, deixando uma filha de onze anos. Ele gostava muito desta e de outra sobrinha, filha de uma irmã viúva; dava-lhes beijos, quando as visitava; chegava mesmo ao delírio de levar-lhes, uma ou outra vez, biscoitos. Hesitou um pouco, mas, enfim, recolheu a órfã; era a filha cobiçada. Não cabia em si de contente; durante as primeiras semanas, quase não saía de casa, ao pé dela, ouvindo-lhe histórias e tolices.

Chamava-se Jacinta, e não era bonita; mas tinha a voz melodiosa e os modos fagueiros. Sabia ler e escrever; começava a aprender música. Trouxe o piano consigo, o método e alguns exercícios; não pôde trazer o professor, porque o tio entendeu que era melhor ir praticando o que aprendera, e um dia . . . mais tarde . . . Onze anos, doze anos, treze anos, cada ano que passava era mais um vínculo que atava o velho solteirão à filha adotiva, e vice-versa. Aos treze, Jacinta mandava na casa; aos dezessete era verdadeira dona. Não abusou do domínio; era naturalmente modesta, frugal, poupada.

— Um anjo! dizia o Falcão ao Chico Borges.

Este Chico Borges tinha quarenta anos, e era dono de um trapiche. Ia jogar com o Falcão à noite. Jacinta assistia às partidas. Tinha então dezoito anos; não era mais bonita, mas diziam todos "que estava enfeitando muito". Era pequenina, e o trapicheiro adorava as mulheres pequeninas. Corresponderam-se, o namoro fez-se paixão.

specified "so-and-so, four hundred, another, six hundred…Yes, sir, six hundred; two years ago, when he undid the partnership with his father-in-law, it was going at more than five hundred; but let us suppose five hundred…" And he went forward, demonstrating, adding and concluding: "Exactly, three thousand *contos*."

He was not married. To marry was to throw money away. But the years passed, and at forty-five years he began to feel a certain moral necessity, which he didn't understand right away, that was a paternal longing. Not a wife, not kin, but a son or a daughter, were he to have one, would be like receiving a big gold *pataca* coin. Unfortunately, this other capital ought to be accumulated over time; he could not begin to earn it so late. All that remained was the lottery; and with the lottery he won the grand prize.

His brother died, and three months later his sister-in-law, leaving a daughter of eleven years. He was fond of this and another niece, daughter of a widowed sister; he gave them kisses when he visited; he even reached the point of delirium to take them cookies from time to time. He hesitated a little, but, at last, he took up the orphan; she was the coveted daughter. He was beside himself with happiness; during the first weeks, he hardly left his house, staying by her side, listening to her stories and silliness.

Her name was Jacinta, and she was not pretty; but she had a melodious voice and gracious ways. She knew how to read and write; she began to learn music. She brought the piano with her, a method and some exercises; she could not bring the teacher, for her uncle thought it better to go on practicing what one had already learned, and one day…later…Eleven years old, twelve years old, thirteen years old, each year that passed was one more link that tied the old bachelor to his adopted daughter, and vice versa. At thirteen, Jacinta ran the house; at seventeen she was a real lady. She did not abuse her dominion; she was naturally modest, frugal, and parsimonious.

"An angel!" said Falcon to Chico Borges.

This Chico Borges was forty years old, and he was the owner of a sugar mill. He played games with Falcon at night. Jacinta attended these games. She was eighteen years old then; she was not any prettier, but everyone

— Vamos a elas, dizia o Chico Borges ao entrar, pouco depois de ave-marias.

As cartas eram o chapéu de sol dos dois namorados. Não jogavam a dinheiro; mas o Falcão tinha tal sede ao lucro, que contemplava os próprios tentos, sem valor, e contava-os de dez em dez minutos, para ver se ganhava ou perdia. Quando perdia, caía-lhe o rosto num desalento incurável, e ele recolhia-se pouco a pouco ao silêncio. Se a sorte teimava em persegui-lo, acabava o jogo, e levantava-se tão melancólico e cego, que a sobrinha e o parceiro podiam apertar a mão, uma, duas, três vezes, sem que ele visse coisa nenhuma.

Era isto em 1869. No princípio de 1870 Falcão propôs ao outro uma venda de ações. Não as tinha; mas farejou uma grande baixa, e contava ganhar de um só lance trinta a quarenta contos ao Chico Borges. Este respondeu-lhe finamente que andava pensando em oferecer-lhe a mesma coisa. Uma vez que ambos queriam vender e nenhum comprar, podiam juntar-se e propor a venda a um terceiro. Acharam o terceiro, e fecharam o contrato a sessenta dias. Falcão estava tão contente, ao voltar do negócio, que o sócio abriu-lhe o coração e pediu-lhe a mão de Jacinta. Foi o mesmo que, se de repente, começasse a falar turco. Falcão parou, embasbacado, sem entender. Que lhe desse a sobrinha? Mas então . . .

— Sim; confesso a você que estimaria muito casar com ela, e ela . . . penso que também estimaria casar comigo.

— Qual, nada! interrompeu o Falcão. Não, senhor; está muito criança, não consinto. – Mas reflita . . .

— Não reflito, não quero.

Chegou a casa irritado e aterrado. A sobrinha afagou-o tanto para saber o que era, que ele acabou contando tudo, e chamando-lhe esquecida e ingrata. Jacinta empalideceu; amava os dois, e via-os tão dados, que não imaginou nunca esse contraste de afeições. No quarto chorou à larga; depois escreveu uma carta ao Chico Borges, pedindo-lhe pelas cinco chagas de Nosso Senhor Jesus Cristo, que não fizesse barulho nem brigasse com o tio; dizia-lhe que esperasse, e jurava-lhe um amor eterno.

said that "she carried herself well." She was a small little thing, and the miller adored petite women. They corresponded, and courting turned into passion.

"Let's get to it," said Chico Borges upon entering, a little after the Ave-Maria devotionals.[1]

The cards were the subterfuge of the sweethearts. They did not play for money; but Falcon had such a thirst for profit that he contemplated his own chips, without value, counting them every ten minutes or so to see if he was winning or losing. When he swas losing, there fell upon his face an incurable dejection, and he withdrew little by little into silence. If Lady Luck chose to persecute him, the game would end, and he stood up so melancholic and oblivious that the niece and the partner could hold hands, one, two, three times, without him seeing anything.

This was in 1869. At the beginning of 1870, Falcon proposed another a sale of stock. He did not own them; but he predicted a great loss, and he hoped to win in one shot thirty or forty *contos* from Chico Borges. The latter finally replied that he had been thinking about offering him the same thing. Since both wanted to sell and neither wanted to buy, they could join together and propose a sale to a third party. They found the third party and closed the contract in sixty days. Falcon was so happy, upon returning from business, that his partner opened his heart to him and asked him for Jacinta's hand in marriage. It was as if he suddenly started speaking Turkish. Falcon stopped, mouth open without understanding. That he give his niece? But then…

"Yes; I confess that I would very much like to marry her… I think that she would also like to marry me."

"What, no!" interrupted Falcon. "No, sir; she is very much a child, I do not consent to it."

"But consider that…"

"I won't consider it, I refuse to."

[1] That is, a little after 6:00, when "Ave Maria" is traditionally played from church belltowers, a daily devoltional.

Não brigaram os dois parceiros; mas as visitas foram naturalmente mais escassas e frias. Jacinta não vinha à sala, ou retirava-se logo. O terror do Falcão era enorme. Ele amava a sobrinha com um amor de cão, que persegue e morde aos estranhos. Queria-a para si, não como homem, mas como pai. A paternidade natural dá forças para o sacrifício da separação; a paternidade dele era de empréstimo, e, talvez, por isso mesmo, mais egoísta. Nunca pensara em perdê-la; agora, porém, eram trinta mil cuidados, janelas fechadas, advertências à preta, uma vigilância perpétua, um espiar os gestos e os ditos, uma campanha de D. Bartolo.

Entretanto, o sol, modelo de funcionários, continuou a servir pontualmente os dias, um a um, até chegar dos dois meses do prazo marcado para a entrega das ações. Estas deviam baixar, segundo a previsão dos dois; mas as ações, como as loterias e as batalhas, zombam dos cálculos humanos. Naquele caso, além de zombaria, houve crueldade, porque nem baixaram, nem ficaram ao par; subiram até converter o esperado lucro de quarenta contos numa perda de vinte.

Foi aqui que o Chico Borges teve uma inspiração de gênio. Na véspera, quando o Falcão, abatido e mudo, passeava na sala o seu desapontamento, propôs ele custear todo o deficit, se lhe desse a sobrinha, Falcão teve um deslumbramento.

— Que eu . . . ?

— Isso mesmo, interrompeu o outro, rindo. – Não, não . . .

Não quis; recusou três e quatro vezes. A primeira impressão fora de alegria, eram os dez contos na algibeira. Mas a idéia de separar-se de Jacinta era insuportável, e recusou. Dormiu mal. De manhã, encarou a situação, pesou as coisas, considerou que, entregando Jacinta ao outro, não a perdia inteiramente, ao passo que os dez contos iam-se embora. E, depois, se ela gostava dele e ele dela, por que razão separá-los? Todas as filhas casam-se, e os pais contentam-se de as ver felizes. Correu à casa do Chico Borges, e chegaram a acordo.

— Fiz mal, muito mal, bradava ele na noite do casamento. Tão minha amiga que ela era! Tão amorosa! Ia chorando, coitadinha . . . Fiz mal, muito mal.

He arrived at the house irritated and terrified. The niece ingratiated herself with him so much as to find out what it was, that she ended up telling him everything, he calling her thoughtless and ungrateful. Jacinta turned pale; she loved them both, and she saw them as given, for she never imagined this contrast of affection. In the bedroom she cried at length; later she wrote a letter to Chico Borges, asking him, for the love of Jesus Christ who bore his wounds on the cross, that he not throw a fit nor fight with her uncle; she told him to wait, and she swore to him eternal love.

The two partners did not fight; but the visits were naturally fewer and colder. Jacinta did not come to the living room, or when she did, she left immediately. Falcon's fear was enormous. He loved the niece with the love of a dog, one that stalks and bites strangers. He wanted her for himself, not as a man, but as a father. A natural paternity gives strength for the sacrifice of separation; but his paternity was borrowed, and, perhaps, for that reason, more selfish. He had never thought about losing her; now, however, there were thirty thousand precautions to be taken, windows closed, warnings given to the black maid, a perpetual vigilance, spying on gestures and sayings, a campaign of Don Bartolo.

Meanwhile, the sun, archetype of public functionaries, continued to serve punctually the days one by one, leading up to the two months that marked the delivery of the stock. These should have fallen, according to the forecast of the two; but stocks, like lotteries and battles, mock human calculations. In their case, in addition to mockery, there was cruelty, because they neither fell, nor remained steady; they rose until converting the expected gain of forty *contos* into a loss of twenty.

It was here that Chico Borges had a ingenious inspiration. In the evening Falcon sat in his room humiliated and silent, dwelling in his disappointment. When Chico Borges proposed that he would finance all of the deficit if he gave him his niece, Falcon was confounded.

"That I…?"

"Exactly," interrupted the other, laughing.

"No, no…"

Cessara o terror dos dez contos; começara o fastio da solidão. Na manhã seguinte, foi visitar os noivos. Jacinta não se limitou a regalá-lo com um bom almoço, encheu-o de mimos e afagos; mas nem estes, nem o almoço lhe restituíram a alegria. Ao contrário, a felicidade dos noivos entristeceu-o mais. Ao voltar para casa não achou a carinha meiga de Jacinta. Nunca mais lhe ouviria as cantigas de menina e moça; não seria ela quem lhe faria o chá, quem lhe traria, à noite, quando ele quisesse ler, o velho tomo ensebado do Saint- Clair das Ilhas, dádiva de 1850.

— Fiz mal, muito mal . . .

Para remediar o mal feito, transferiu as cartas para a casa da sobrinha, e ia lá jogar, à noite, com o Chico Borges. Mas a fortuna, quando flagela um homem, corta-lhe todas as vazas. Quatro meses depois, os recém-casados foram para a Europa; a solidão alargou-se de toda a extensão do mar. Falcão contava então cinqüenta e quatro anos. Já estava mais consolado do casamento de Jacinta; tinha mesmo o plano de ir morar com eles, ou de graça, ou mediante uma pequena retribuição, que calculou ser muito mais econômica do que a despesa de viver só. Tudo se esboroou; ei-lo outra vez na situação de oito anos antes, com a diferença que a sorte arrancara-lhe a taça entre dois goles.

Vai senão quando cai-lhe outra sobrinha em casa. Era a filha da irmã viúva, que morreu e lhe pediu a esmola de tomar conta dela. Falcão não prometeu nada, porque um certo instinto o levava a não prometer coisa nenhuma a ninguém, mas a verdade é que recolheu a sobrinha, tão depressa a irmã fechou os olhos. Não teve constrangimento; ao contrário, abriu-lhe as portas de casa, com um alvoroço de namorado, e quase abençoou a morte da irmã. Era outra vez a filha perdida.

— Esta há de fechar-me os olhos, dizia ele consigo.

Não era fácil. Virgínia tinha dezoito anos, feições lindas e originais; era grande e vistosa. Para evitar que lha levassem, Falcão começou por onde acabara da primeira vez: – janelas cerradas, advertências à preta, raros passeios, só com ele e de olhos baixos. Virgínia não se mostrou enfadada.

He did not want to; he refused three or four times. The first impression had been that of happiness, of the ten *contos* in his pocket. But the idea of separating himself from Jacinta was intolerable, and he refused. He slept poorly. In the morning, he faced the situation, weighed things, considered that, in giving Jacinta over to the other, he would not lose her entirely, not in the way that the ten *contos* would be lost. And furthermore, if she liked him and he liked her, why separate them? All daughters marry, and fathers are content in seeing them happy. He ran to Chico Borges's house, and they came to an agreement.

"I did wrong, so wrong," he bawled the night of the wedding. "What a dear friend she was. So loving! She left crying, poor little thing…I did wrong, very wrong."

The terror of the ten *contos* ceased; the loathing of loneliness began. The next morning he went to visit the newlyweds. Jacinta did not limit herself to just treating him to a good lunch. She showered him with love and affection; but neither these, nor the lunch restored his happiness. On the contrary, the newlyweds' happiness saddened him even more. When he returned to his house he did not find Jacinta 's sweet tenderness. Never again would he hear the songs of the girl and lady; it would not be her who would make the tea, who would bring to him, at night, when he wanted to read, the old greasy tome of *Saint-Clair das Ilhas*, a gift from 1850.

"I did wrong, very wrong…"

To remedy the wrongdoing, he transferred the card games to the niece's house, and he went there to play, at night, with Chico Borges. But fortune, when she beats a man, cuts all of his cards in a round. Four months later, the newlyweds went to Europe; solitude spread across the entire extension of the sea. Falcon was then fifty-four years old. He had already made peace with Jacinta's marriage; he had actually planned to go live with them, either for free or with a small remuneration, which he calculated would be much more economical than the expense of living alone. Everything had come undone. There he was again in the situation from eight years before, with the difference being that luck had snatched the cup away from him between sips.

— Nunca fui janeleira, dizia ela, e acho muito feio que uma moça viva com o sentido na rua. Outra cautela do Falcão foi não trazer para casa senão parceiros de cinqüenta anos para cima ou casados. Enfim, não cuidou mais da baixa das ações. E tudo isso era desnecessário, porque a sobrinha não cuidava realmente senão dele e da casa. Às vezes, como a vista do tio começava a diminuir muito, lia-lhe ela mesma alguma página do Saint-Clair das Ilhas. Para suprir os parceiros, quando eles faltavam, aprendeu a jogar cartas, e, entendendo que o tio gostava de ganhar, deixava-se sempre perder. Ia mais longe: quando perdia muito, fingia-se zangada ou triste, com o único fim de dar ao tio um acréscimo de prazer. Ele ria então à larga, mofava dela, achava-lhe o nariz comprido, pedia um lenço para enxugar-lhe as lágrimas; mas não deixava de contar os seus tentos de dez em dez minutos, e se algum caía no chão (eram grãos de milho) descia a vela para apanhá-lo.

No fim de três meses, Falcão adoeceu. A moléstia não foi grave nem longa; mas o terror da morte apoderou-se-lhe do espírito, e foi então que se pôde ver toda a afeição que ele tinha à moça. Cada visita que se lhe chegava, era recebida com rispidez, ou pelo menos com sequidão. Os mais íntimos padeciam mais, porque ele dizia-lhes brutalmente que ainda não era cadáver, que a carniça ainda estava viva, que os urubus enganavam-se de cheiro, etc. Mas nunca Virgínia achou nele um só instante de mau humor. Falcão obedecia-lhe em tudo, com uma passividade de criança, e, quando ria, é porque ela o fazia rir.

— Vamos, tome o remédio, deixe-se disso, vosmecê agora é meu filho . . .

Falcão sorria e bebia a droga. Ela sentava-se ao pé da cama, contando-lhe histórias; espiava o relógio para dar-lhe os caldos ou a galinha, lia-lhe o sempiterno Saint-Clair. Veioa convalescença. Falcão saiu a alguns passeios, acompanhado de Virgínia. A prudência com que esta, dando-lhe o braço, ia mirando as pedras da rua, com medo de encarar os olhos de algum homem, encantava o Falcão.

It would have been, if it had not happened that another niece fell into his arms. She was the daughter of the widowed sister, who died and asked him for his charity in taking care of her. Falcon did not promise anything because a certain instinct led him to not promise anything to anyone, but the truth is he quickly took up the niece, just as soon as the sister closed her eyes. He did not have constraint; on the contrary, he opened the doors of his house to her with the enthusiasm of an admirer, and he almost blessed the death of his sister. It was the lost daughter once again.

"She will be the one who shuts my eyes," he said to himself.

It was not easy. Virginia was eighteen years old, with pretty and original features; she was big and good-looking. To prevent them from taking her away, Falcon began where it had all ended the first time: closed windows, warnings to the maid, infrequent walks, only with him and with downcast eyes. Virginia did not show herself to be bothered by this— "I never was one for windows," she said, "and I think it awful that a lady concern herself with matters of the street." Another caution of Falcon's was to not bring partners to the house except for those older than fifty or married. In sum, he did not care anymore about the fall of stocks. And all of this was unnecessary because the niece did not really care about anything except him and the house. Sometimes, since the uncle's sight was beginning to diminish a lot, she read to him some pages from *Saint-Clair das Ilhas*. To make do without partners, when they were lacking, she learned to play cards, and, understanding that her uncle liked to win, she always let herself lose. She went even further: when she was losing a lot, she pretended to be angry or sad, with the singular goal of giving the uncle a gain in pleasure. He then laughed at length, made fun of her, telling her she had a big nose, and asked for a handkerchief to dry her tears; but he did not stop counting his *tentos* every ten minutes, and if one fell on the floor (they were grains/kernels of corn) he lowered the candle to pick it up.

At the end of three months, Falcon fell ill. The nuisance was not serious nor long; but the terror of death took hold of his spirit, and it was then that one could see all of the affection he had for the girl. Every visitor that came to him was received harshly, or at least dryly. Those closest to

— Esta há de fechar-me os olhos, repetia ele consigo mesmo. Um dia, chegou a pensá-lo em voz alta: – Não é verdade que você me há de fechar os olhos?

— Não diga tolices!

Conquanto estivesse na rua, ele parou, apertou-lhe muito as mãos, agradecido, não achando que dizer. Se tivesse a faculdade de chorar, ficaria provavelmente com os olhos úmidos. Chegando à casa, Virgínia correu ao quarto para reler uma carta que lhe entregara na véspera uma D. Bernarda, amiga de sua mãe. Era datada de New York, e trazia por única assinatura este nome: Reginaldo. Um dos trechos dizia assim: "Vou daqui no paquete de 25. Espera-me sem falta. Não sei ainda se irei ver-te logo ou não. Teu tio deve lembrar-se de mim; viu-me em casa de meu tio Chico Borges, no dia do casamento de tua prima . . . "

Quarenta dias depois, desembarcava este Reginaldo, vindo de New York, com trinta anos feitos e trezentos mil dólares ganhos. Vinte e quatro horas depois visitou o Falcão, que o recebeu apenas com polidez. Mas o Reginaldo era fino e prático; atinou com a principal corda do homem, e vibrou-a. Contou-lhe os prodígios de negócio nos Estados Unidos, as hordas de moedas que corriam de um a outro dos dois oceanos. Falcão ouvia deslumbrado, e pedia mais. Então o outro fez-lhe uma extensa computação das companhias e bancos, ações, saldos de orçamento público, riquezas particulares, receita municipal de New York; descreveu-lhe os grandes palácios do comércio . . .

— Realmente, é um grande país, dizia o Falcão, de quando em quando. E depois de três minutos de reflexão: – Mas, pelo que o senhor conta, só há ouro?

— Ouro só, não; há muita prata e papel; mas ali papel e ouro são a mesma coisa. E moedas de outras nações? Hei de mostrar-lhe uma coleção que trago. Olhe; para ver o que é aquilo basta pôr os olhos em mim. Fui para lá pobre, com vinte e três anos; no fim de sete anos, trago seiscentos contos.

Falcão estremeceu: – Eu, com a sua idade, confessou ele, mal chegaria a cem.

him suffered the most because he told them brutally that he was not yet a corpse, that his flesh was still alive, that the vultures were fooled by the scent, etc. But Virginia never found him in a single instant of bad humor. Falcon obeyed her in everything, with the passiveness of a child, and, when he laughed, it was because she made him laugh.

"Come on, take the medicine, stop doing this, you, sir, are now my child..."

Falcon smiled and drank the medicine. She sat at the foot of the bed, telling him stories; she glanced at the clock in order to give him soups or chicken, she read him the timeless *Saint-Clair*. Then came convalescence. Falcon went out on some walks, accompanied by Virginia. The prudence with which she, giving him her arm, went looking at the rocks in the road, with the fear of facing the eyes of some man, delighted Falcon.

"She will be the one who shuts my eyes," he repeated to himself. One day, he came to think it out loud: "Isn't it true that you will have to shut my eyes for me?"

"Don't speak such nonsense!"

Although he was in the street, he stopped, held her hands tightly in his, grateful, not finding anything to say. If he had had the ability to cry, he probably would have been left with teary eyes. Arriving home, Virginia ran to her room to reread a letter that Dona Bernarda, a friend of her mother, had given her in the afternoon. It was postmarked from New York and bore as the only signature this name: Reginald. One of the lines said the following: "I leave from here on the steamship on the 25th. Wait for me without fail. I still don't know if I will see you later or not. Your uncle ought to remember me; he saw me in the house of my uncle, Chico Borges, on the day of your cousin's wedding..."

Forty days later, this Reginald disembarked, coming from New York, with thirty years under his belt and three hundred thousand dollars in his pocket. Twenty-four hours later he visited Falcon, who received him with mere politeness. But Reginald was fine and practical; he struck the principal chord of the man, and it resounded. He told him of the business prodigies in the United States, the hordes of money that flowed across the

Estava encantado. Reginaldo disse-lhe que precisava de duas ou três semanas, para lhe contar os milagres do dólar.

— Como é que o senhor lhe chama?

— Dólar.

— Talvez não acredite que nunca vi essa moeda.

Reginaldo tirou do bolso do colete um dólar e mostrou-lho. Falcão, antes de lhe pôr a mão, agarrou-o com os olhos. Como estava um pouco escuro, levantou-se e foi até à janela, para examiná-lo bem – de ambos os lados; depois restituiu-o, gabando muito o desenho e a cunhagem, e acrescentando que os nossos antigos patacões eram bem bonitos.

As visitas repetiram-se. Reginaldo assentou de pedir a moça. Esta, porém, disse-lhe que era preciso ganhar primeiro as boas graças do tio; não casaria contra a vontade dele. Reginaldo não desanimou. Tratou de redobrar as finezas; abarrotou o tio de dividendos fabulosos.

— A propósito, o senhor nunca me mostrou a sua coleção de moedas, disse-lhe um dia o Falcão.

— Vá amanhã à minha casa.

Falcão foi. Reginaldo mostrou-lhe a coleção metida num móvel envidraçado por todos os lados. A surpresa de Falcão foi extraordinária; esperava uma caixinha com um exemplar de cada moeda, e achou montes de ouro, de prata, de bronze e de cobre. Falcão mirou-as primeiro de um olhar universal e coletivo; depois, começou a fixá-las especificadamente. Só conheceu as libras, os dólares e os francos; mas o Reginaldo nomeou-as todas: florins, coroas, rublos, dracmas, piastras, pesos, rúpias, toda a numismática do trabalho, concluiu ele poeticamente.

— Mas que paciência a sua para ajuntar tudo isto! disse ele.

— Não fui eu que ajuntei, replicou o Reginaldo; a coleção pertencia ao espólio de um sujeito de Filadélfia. Custou-me uma bagatela:— cinco mil dólares.

Na verdade, valia mais. Falcão saiu dali com a coleção na alma; falou dela à sobrinha, e, imaginariamente, desarrumou e tornou a arrumar as moedas, como um amante desgrenha a amante para toucá-la outra vez. De noite sonhou que era um florim, que um jogador o deitava à mesa do

oceans. Falcon listened, fascinated, and asked for more details. Then the other made for him an extensive computation of companies and banks, stocks, balances of public budgets, individual wealth, municipal revenue of New York; he described to him the grand palaces of commerce...

"Really, it is a great country," said Falcon, from time to time. And after three minutes of reflection: "But, from what you, sir, tell me, there is only gold?"

"Only gold, no; there is a lot of silver and paper; but there paper and gold are the same thing. And money from other nations? I must show you a collection that I've brought. Look; in order to see what this is, it suffices to look at me. I went over there poor, twenty-two years old; at the end of seven years, I have six hundred *contos*.

Falcon shuddered: "I, with your age, he confessed, would hardly arrive at one hundred."

He was captivated. Reginald told him that he would need two or three weeks to tell him the miracles of the dollar.

"What is it that you, sir, call it?

"Dollar."

"You might not believe that I have never seen this currency."

Reginald took one out from his vest pocket and showed it to him. Falcon, before putting his hand on it, grabbed it with his eyes. As it was a little dark, he stood up and went to the window to examine the dollar closely – both of the sides; afterward he returned it, giving much praise to the design and stamping and adding that our old *patacões* were quite pretty. The visits repeated. Reginald assented to asking the girl's hand. She, however, told him that it was necessary to first earn her uncle's blessing; she would not marry against his will. Reginald was not discouraged. He redoubled his attentions; he overwhelmed the uncle with fabulous dividends.

"By the way, you, sir, have never showed me your collection of coins," Falcon said to him one day.

"Come to my house tomorrow."

Falcon went. Reginald showed him the collection stored in a case with glass on all sides. Falcon's surprise was extraordinary; he expected

lansquenet, e que ele trazia consigo para a algibeira do jogador mais de duzentos florins. De manhã, para consolar-se, foi contemplar as próprias moedas que tinha na burra; mas não se consolou nada. O melhor dos bens é o que se não possui.

Dali a dias, estando em casa, na sala, pareceu-lhe ver uma moeda no chão. Inclinou- se a apanhá-la; não era moeda, era uma simples carta. Abriu a carta distraidamente e leu-a espantado: era de Reginaldo a Virgínia . . .

— Basta! interrompe-me o leitor; adivinho o resto. Virgínia casou com o Reginaldo, as moedas passaram às mãos do Falcão, e eram falsas . . .

Não, senhor, eram verdadeiras. Era mais moral que, para castigo do nosso homem, fossem falsas; mas, ai de mim! eu não sou Sêneca, não passo de um Suetônio que contaria dez vezes a morte de César, se ele ressuscitasse dez vezes, pois não tornaria à vida, senão para tornar ao império.

a box with an example of every coin, and he found mounds of gold, silver, bronze, and copper. Falcon looked at them with a universal and collective eye; then he began to look at them closely. He only knew pounds, dollars, and francs; but Reginald named all of them: *florins, coroas, rublos, dracmas, piastras, pesos, rúpias,* all the numismatics of his job, he concluded poetically.

"But what patience you have to collect all of this!" he said.

"It was not I who collected it," replied Reginald. "The collection belonged to the estate of a subject in Philadelphia. It cost me a trifle – five thousand dollars."

In truth, it was worth more. Falcon left with the collection in his soul; he spoke of it to the niece, and, in his imagination, he unordered and reordered all of the coins, like a lover tousles his lover's hair in order to touch her up again. At night he dreamed that he was a *florin*, that a player laid him on the lansquenet table, and that he had brought with him more than two hundred *florins* for the player's pocket. In the morning, to comfort himself, he went to contemplate the coins that he had in the coffer; but nothing consoled him. The best of possessions is what one does not himself possess.

Some days on, at home, in his living room, he seemed to see money on the floor. He bent over to pick it up; it was not a bill, it was a simple letter. He distractedly opened the letter and read it with horror: it was from Reginald to Virginia…

"Enough!" the reader interrupts me; "I can guess the rest. Virginia married Reginald, and the coins passed into the hands of Falcon, and they were false…"

No, sir, they were real. It would be more moral if, for the punishment of our man, they were false; but, woe is me! I am not Seneca, nor do I pass for Suetonius, who would tell the death of Caesar ten times, if he were to be resuscitated ten times, since he would not come back to life if not to return to the empire.

Fulano

by Machado de Assis
from *Histórias Sem Data*, 1884

Venha o leitor comigo assistir à abertura do testamento do meu amigo Fulano Beltrão. Conheceu-o? Era um homem de cerca de sessenta anos. Morreu ontem, dois de janeiro de 1884, às onze horas e trinta minutos da noite. Não imagina a força de ânimo que mostrou em toda a moléstia. Caiu na véspera de finados, e a princípio supúnhamos que não fosse nada; mas a doença persistiu, e ao fim de dois meses e poucos dias a morte o levou.

Eu confesso-lhe que estou curioso de ouvir o testamento. Há de conter por força algumas determinações de interesse geral e honrosas para ele. Antes de 1863 não seria assim, porque até então era um homem muito metido consigo, reservado, morando no caminho do Jardim Botânico, para onde ia de ônibus ou de mula. Tinha a mulher e o filho vivos, a filha solteira, com treze anos. Foi nesse ano que ele começou a ocupar-se com outras coisas, além da família, revelando um espírito universal e generoso. Nada posso afirmar-lhe sobre a causa disto. Creio que foi uma apologia de amigo por ocasião dele fazer quarenta anos. Fulano Beltrão leu no Jornal do Comércio, no dia cinco de março de 1864, um artigo anônimo em que

Fulano

translated by Glenn Alan Cheney

Come with me, reader, to the opening of the will of my friend Fulano Beltrão.[1] Did you know him? He was a man close to sixty years of age. He died yesterday, the second of January, 1884, at eleven-thirty at night. You can't imagine the strength of spirit he showed throughout the illness. He fell on the evening of the Day of the Dead, and at first we supposed it was nothing, but the illness persisted, and after two months and a few days, death took him.

I confess to you that I am curious to hear the will. It necessarily contains some determinations honorable to him and of general interest. Before 1863 it wouldn't have been this way because until then he was self-absorbed, reserved, living on the road to the Botanical Garden, where he went by omnibus or mule. He had a wife and son living, an unmarried daughter of thirteen. It was in that year that he began to occupy himself with other things besides his family, revealing a universal and generous

[1] Fulano is not an ordinary first name. The name is usually used for a hypothetical or unknown man of generic identity, along the lines of "John Doe." It could be translated as "a guy, " "whoever," or "everyman." Beltrão is a synonym for Beltrano, which refers to a second unknown person, as in "Fulano e Beltrano . . ."

se lhe diziam coisas belas e exatas: - bom pai, bom esposo, amigo pontual, cidadão digno, alma levantada e pura. Que se lhe fizesse justiça, era muito; mas anonimamente, era raro.

— Você verá, disse Fulano Beltrão à mulher, você verá que isto é do Xavier ou do Castro; logo rasgaremos o capote.

Castro e Xavier eram dois habituados da casa, parceiros constantes do voltarete e velhos amigos do meu amigo. Costumavam dizer coisas amáveis, no dia cinco de março, mas era ao jantar, na intimidade da família, entre quatro paredes; impressos, era a primeira vez que ele se benzia com elogios. Pode ser que me engane; mas estou que o espetáculo da justiça, a prova material de que as boas qualidades e as boas ações não morrem no escuro, foi o que animou o meu amigo a dispersar-se, a aparecer, a divulgar-se, a dar à coletividade humana um pouco das virtudes com que nasceu. Considerou que milhares de pessoas estariam lendo o artigo, à mesma hora em que o lia também; imaginou que o comentavam, que interrogavam, que confirmavam, ouviu mesmo, por um fenômeno de alucinação que a ciência há de explicar, e que não é raro, ouviu distintamente algumas vozes do público. Ouviu que lhe chamavam homem de bem, cavalheiro distinto, amigo dos amigos, laborioso, honesto, todos os qualificativos que ele vira empregados em outros, e que na vida de bicho-do-mato em que ia, nunca presumiu que lhe fossem - tipograficamente - aplicados.

— A imprensa é uma grande invenção, disse ele à mulher.

Foi ela, D. Maria Antonia, quem rasgou o capote; o artigo era do Xavier. Declarou este que só em atenção à dona da casa confessava a autoria; e acrescentou que a manifestação não saíra completa, porque a idéia dele era que o artigo fosse dado em todos os jornais, não o tendo feito por havê-lo acabado às sete horas da noite. Não houve tempo de tirar cópias. Fulano Beltrão emendou essa falta, se falta se lhe podia chamar, mandando transcrever o artigo no Diário do Rio e no Correio Mercantil.

Quando mesmo, porém, este fato não desse causa à mudança de vida do nosso amigo, fica uma coisa de pé, a saber, que daquele ano em diante, e propriamente do mês de março, é que ele começou a aparecer mais. Era até então um casmurro, que não ia às assembléias das companhias,

spirit. I can't affirm anything about the cause of this. I believe it was a friend's testimonial on the occasion of his fortieth birthday. Fulano Beltrão read in the Jornal do Comércio, on the fifth of March of 1864, an anonymous article in which beautiful and honorable things were said of him: - good father, good husband, dependable friend, dignified citizen, a soul uplifted and pure. To be given such fair praise was a big deal; but anonymously, it was most unusual.

"You will see," Fulano Beltrão said to his wife, "you'll see that this is by Xavier or Castro. We'll tear off his hood before long."

Castro and Xavier were two frequent visitors to the house, constant partners in games of *voltarete* and old friends of my friend. They used to say friendly things, on the fifth of March, but it was at dinner, in the intimacy of the family, among the four walls. In the press, it was the first time he was blessed with praise. I could be wrong, but I think the gesture of fairness, the material testimony thanks to which good qualities and good acts don't die in the dark, was what motivated my friend to get out, to appear in public, to be seen, to give the human collectivity a little of virtues he was born with. He thought how thousands of people were reading the article at the same time he was reading it. He imagined that they commented on it, questioned it, confirmed it. He really heard it by a phenomenon of hallucination that science has yet to explain though it is not rare. He distinctly heard some of the voices of the public. He heard that they called him a good man, a distinguished gentleman, a friend of friends, a hard workers, honest, all the qualifications he had seen at work in others and which, in the life of the wild animal he was leading, he never presumed applied - typographically - to him.

"The press is a great invention," he said to his wife.

It was she, D. Maria Antonia, who tore off the hood. The article was by Xavier. Xavier said that only out of concern for her was he confessing authorship, and he added that the appearance wasn't complete because his idea was for the article to come out in all the newspapers, but he hadn't done it because he finished it at seven o'clock in the evening. There was no time to make copies. Fulano Beltrão made up for this failing, if it could

não votava nas eleições políticas, não freqüentava teatros, nada, absolutamente nada. Já naquele mês de março, a vinte e dois ou vinte e três, presenteou a Santa Casa de Misericórdia com um bilhete da grande loteria de Espanha, e recebeu uma honrosa carta do provedor, agradecendo em nome dos pobres. Consultou a mulher e os amigos, se devia publicar a carta ou guardá-la, parecendo-lhe que não a publicar era uma desatenção. Com efeito, a carta foi dada a vinte e seis de março, em todas as folhas, fazendo uma delas comentários desenvolvidos acerca da piedade do doador. Das pessoas que leram esta notícia, muitas naturalmente ainda se lembravam do artigo do Xavier, e ligaram as duas ocorrências: "Fulano Beltrão é aquele mesmo que, etc.", primeiro alicerce da reputação de um homem.

É tarde, temos de ir ouvir o testamento, não posso estar a contar-lhe tudo. Digo-lhe sumariamente que as injustiças da rua começaram a ter nele um vingador ativo e discursivo; que as misérias, principalmente as misérias dramáticas, filhas de um incêndio ou inundação, acharam no meu amigo a iniciativa dos socorros que, em tais casos, devem ser prontos e públicos. Ninguém como ele para um desses movimentos. Assim também com as alforrias de escravos. Antes da lei de 28 de setembro de 1871, era muito comum aparecerem na praça do Comércio crianças escravas, para cuja liberdade se pedia o favor dos negociantes. Fulano Beltrão iniciava três quartas partes das subscrições, com tal êxito, que em poucos minutos ficava o preço coberto.

A justiça que se lhe fazia, animava-o, e até lhe trazia lembranças que, sem ela, é possível que nunca lhe tivessem acudido. Não falo do baile que ele deu para celebrar a vitória de Riachuelo, porque era um baile planeado antes de chegar a notícia da batalha, e ele não fez mais do que atribuir-lhe um motivo mais alto do que a simples recreação da família, meter o retrato do almirante Barroso no meio de um troféu de armas navais e bandeiras no salão de honra, em frente ao retrato do Imperador, e fazer, à ceia, alguns brindes patrióticos, como tudo consta dos jornais de 1865.

Mas aqui vai, por exemplo, um caso bem característico da influência que a justiça dos outros pode ter no nosso procedimento. Fulano Beltrão vinha um dia do tesouro, aonde tinha ido tratar de umas décimas. Ao pas-

be called a failing, having the article transcribed in the *Diário do Rio* and the *Correio Mercantil.*

But as this fact did not explain the change in our friend's life, another fact remains, to wit, it was from that year on, and properly from the month of March, that he began to appear in public more often. Until then he'd been a stubborn man who did not go to company assemblies, didn't vote in political elections, didn't go to theaters, nothing, absolutely nothing. Right in that month of March, on the twenty-second or twenty-third, he showed up at Santa Casa de Misericórdia hospital with a ticket from the grand lottery of Spain and received a letter of commendation from the director, thanking him in the name of the poor. He asked his wife and friends whether he should publish the letter or put it away, seeming concerned that to not publish it would be a disrespect. In the end, on the twenty-sixth, the letter was given to all the papers, one of which commented on the piety of the donor. Of the people who read this news, many of them naturally remembered Xavier's article and connected the two occurrences: "Fulano Beltrão is the same one who, etc.," the first building block of a man's reputation.

It's late. We have to go hear the will. I can't be telling you everything. I'll summarize that the unfairness of the word in the street set off in him an active and eloquent vengeance, so that the wretched, mainly the dramatically wretched, the victims of a fire or flood, found in my friend the initial rescue that in such cases should be quick and public. There was no one like him for one of these efforts. It was the same with the freeing of slaves. Before the law of September 28, 1871, it was very common for slave children to show up at the Commerce square to beg businessmen for money for their freedom. Fulano Beltrão made three-quarters of the contributions so successfully that in a few minutes the price of freedom was covered.

The fair treatment that was done him encouraged him. The fairness even brought him memories which, without the fairness, he possibly never would have noticed. I won't even mention the dance that he gave to celebrate the Battle of Riachuelo victory because it was a dance that had been planned before the arrival of the news of the battle, and he did no more

sar pela igreja da Lampadosa, lembrou-se que fora ali batizado; e nenhum homem tem uma recordação destas, sem remontar o curso dos anos e dos acontecimentos, deitar-se outra vez no colo materno, rir e brincar, como nunca mais se ri nem brinca. Fulano Beltrão não escapou a este efeito; atravessou o adro, entrou na igreja, tão singela, tão modesta, e para ele tão rica e linda. Ao sair, tinha uma resolução feita, que pôs por obra dentro de poucos dias: mandou de presente à Lampadosa um soberbo castiçal de prata, com duas datas, além do nome do doador - a data da doação e a do batizado. Todos os jornais deram esta notícia, e até a receberam em duplicata, porque a administração da igreja entendeu (com muita razão) que também lhe cumpria divulgá-la aos quatro ventos.

No fim de três anos, ou menos, entrara o meu amigo nas cogitações públicas; o nome dele era lembrado, mesmo quando nenhum sucesso recente vinha sugeri-lo, e não só lembrado como adjetivado. Já se lhe notava a ausência em alguns lugares. Já o iam buscar para outros. D. Maria Antonia via assim entrar-lhe no Éden a serpente bíblica, não para tentá-la, mas para tentar a Adão. Com efeito, o marido ia a tantas partes, cuidava de tantas coisas, mostrava-se tanto na rua do Ouvidor, à porta do Bernardo, que afrouxou a convivência antiga da casa. D. Maria Antonia disse-lho. Ele concordou que era assim, mas demonstrou-lhe que não podia ser de outro modo, e, em todo caso, se mudara de costumes, não mudara de sentimentos. Tinha obrigações morais com a sociedade; ninguém se pertence exclusivamente; daí um pouco de dispersão dos seus cuidados. A verdade é que tinham vivido demasiadamente reclusos; não era justo nem bonito. Não era mesmo conveniente; a filha caminhava para a idade do matrimônio, e casa fechada cria morrinha de convento; por exemplo, um carro, por que é que não teriam um carro? D. Maria Antonia sentiu um arrepio de prazer, mas curto; protestou logo, depois de um minuto de reflexão.

— Não; carro para quê? Não; deixemo-nos de carro.

— Já está comprado, mentiu o marido.

Mas aqui chegamos ao juízo da provedoria. Não veio ainda ninguém; esperemos à porta. Tem pressa? São vinte minutos no máximo. Pois é verdade, comprou uma linda vitória; e, para quem, só por modéstia, andou

than attribute to it a motive higher than simple family recreation, putting a picture of Admiral Barroso with a navy forces trophy and flags in the hall of honor, before the portrait of the Emperor, and at dinner raised some patriotic toasts, as reported in the newspapers of 1865.[2]

But here, for example, is a quite characteristic case of the influence that the fairness of others can have on our behavior. One day Fulano Beltrão came from the Treasury, where he had gone to discuss some tax payments. As he passed the Lampadosa church, he remembered that he'd been baptized there, and no man has a memory of that without reviewing the passage of a lifetime and things that happened, to lie again in the maternal lap, to laugh and play as he never again laughs nor plays. Fulano Beltrão did not escape this effect. He crossed the churchyard, entered the church - so simple, so modest, and for him so rich and beautiful. As he left, he made a resolution which he put to work within a few days: he sent the Lampadosa a gift, a superb silver candlestick with, besides the name of the donor, two dates: the date of the donation and of the baptism. All the newspapers ran the news, and they even received it twice because the church administration understood (and with good reason) that it would also do well to spread it to the four winds.

After three years, or less, my friend had entered the public cogitations. His name was remembered even when no recent event had suggested it, and not just remembered but adorned with adjectives. Now in some places his absence was noted. Now they sought him for other places. So D. Maria Antonia saw the biblical snake enter Eden, not to tempt her but to tempt Adam. Indeed her husband was going so many places, taking care of so many things, showing up so often at the door of Bernardo's on Rua do Ouvidor, that the old conviviality of his home slackened.[3] D. Maria Antonia told him so. He agreed that it was so, but he argued that it couldn't be any other way, and, in any case, though his habits had changed, his

[2] The Battle of Riochuelo was a naval battle on the Rio Paraná in 1865 that marked a turning point in the war with Paraguay. Admiral Francisco Manoel Barroso led the Brazilian fleet.

[3] Bernardo's was a popular perfume and hair salon on Rua do Ouvidor that is referred to in *Memórias da Rua do Ouvidor*, by Joaquim Manuel de Macedo, a contemporary of Machado de Assis.

tantos anos às costas de mula ou apertado num ônibus, não era fácil acostumar-se logo ao novo veículo. A isso atribuo eu as atitudes salientes e inclinadas com que ele andava, nas primeiras semanas, os olhos que estendia a um lado e outro, à maneira de pessoa que procura alguém ou uma casa. Afinal acostumou-se; passou a usar das atitudes reclinadas, embora sem um certo sentimento de indiferença ou despreocupação, que a mulher e a filha tinham muito bem, talvez por serem mulheres. Elas, aliás, não gostavam de sair de carro; mas ele teimava tanto que saíssem, que fossem a toda a parte, e até a parte nenhuma, que não tinham remédio senão obedecer-lhe; e, na rua, era sabido, mal vinha ao longe a ponta do vestido de duas senhoras, e na almofada um certo cocheiro, toda a gente dizia logo: - Aí vem a família de Fulano Beltrão. E isto mesmo, sem que ele talvez o pensasse, tornava-o mais conhecido.

No ano de 1868 deu entrada na política. Sei do ano porque coincidiu com a queda dos liberais e a subida dos conservadores. Foi em março ou abril de 1868 que ele declarou aderir à situação, não à socapa, mas estrepitosamente. Este foi, talvez, o ponto mais fraco da vida do meu amigo. Não tinha idéias políticas; quando muito, dispunha de um desses temperamentos que substituem as idéias, e fazem crer que um homem pensa, quando simplesmente transpira. Cedeu, porém, a uma alucinação de momento. Viu-se na câmara vibrando um aparte, ou inclinado sobre a balaustrada, em conversa com o presidente do conselho, que sorria para ele, numa intimidade grave de governo. E aí é que a galeria, na exata acepção do termo, tinha de o contemplar. Fez tudo o que pôde para entrar na câmara; a meio caminho caiu a situação. Voltando do atordoamento, lembrou-se de afirmar ao Itaboraí o contrário do que dissera ao Zacarias, ou antes a mesma coisa; mas perdeu a eleição, e deu de mão à política. Muito mais acertado andou, metendo-se na questão da maçonaria com os prelados. Deixara-se estar quedo, a princípio; por um lado, era maçom; por outro, queria respeitar os sentimentos religiosos da mulher. Mas o conflito tomou tais proporções que ele não podia ficar calado; entrou nele com o ardor, a expansão, a publicidade que metia em tudo; celebrou reuniões em que falou muito da liberdade de consciência e do direito que assistia ao maçom

feelings hadn't. He had moral obligations with society. No one belonged to himself exclusively, so therefore there was a little dissipation of his care of things. The truth is that they had been living too secludedly. It was neither fair nor attractive. It just wasn't proper. Their daughter was getting to marriageable age, and the closed up house created the stifled air of a convent. A carriage, for example, why was it they didn't have a carriage? D. Maria Antonia felt a shiver of pleasure, but a short one. After a moment of reflection, she protested.

"No. A carriage for what? No, never mind a car."

"It's already bought," her husband lied.

But here we are at the probate's office. Nobody's here yet. Let's wait at the door. Are you in a hurry? It'll be twenty minutes at most. So it's true, he bought a beautiful victory. And for someone who, only in modesty, had traveled so many years on the back of a mule or squeezed into an omnibus, it wasn't easy, later, to get used to the new vehicle. To this I attribute the salient and inclined attitudes he went around with in the first weeks, the eyes he stretched to one side and the other in the way of people who are looking for someone or a house. In the end, he got used to it, went on to adopt more laid-back attitudes, albeit without a certain feeling of indifference or lack of concern which his wife and daughter felt, maybe because they were women. They, on the other hand, did not like to go out by carriage, but he insisted so much that they went out, be it to go everywhere or to go nowhere, that there was no other way but to obey him. And in the street, it was known that as soon as a tip of the clothing of the two women appeared in the distance, and on the seat a certain coachman, everybody said, "Here comes Fulano Beltrão's family." And that, maybe without him realizing it, made him more widely known.

In 1868 he got into politics. I know the year because it coincided with the fall of the liberals and the rise of the conservatives. It was in March or April of 1868 that he declared he assent to the situation, not slyly but loudly. This was perhaps the weakest point in my friend's life. He had no political ideas. When he made an effort, he put forth one of those temperaments that substitute for ideas and make people believe a man is thinking

de enfiar uma opa; assinou protestos, representações, felicitações, abriu a bolsa e o coração, escancaradamente.

Morreu-lhe a mulher em 1878. Ela pediu-lhe que a enterrasse sem aparato, e ele assim o fez, porque a amava deveras e tinha a sua última vontade como um decreto do céu. Já então perdera o filho; e a filha, casada, achava-se na Europa. O meu amigo dividiu a dor com o público; e, se enterrou a mulher sem aparato, não deixou de lhe mandar esculpir na Itália um magnífico mausoléu, que esta cidade admirou exposto, na rua do Ouvidor, durante perto de um mês. A filha ainda veio assistir à inauguração. Deixei de os ver uns quatro anos. Ultimamente surgiu a doença, que no fim de pouco mais de dois meses o levou desta para a melhor. Note que, até começar a agonia, nunca perdeu a razão nem a força d'alma. Conversava com as visitas, mandava-as relacionar, não esquecia mesmo noticiar às que chegavam, as que acabavam de sair; coisa inútil, porque uma folha amiga publicava-as todas. Na manhã do dia em que morreu ainda ouviu ler os jornais, e num deles uma pequena comunicação relativamente à sua moléstia, o que de algum modo pareceu reanimá- lo. Mas para a tarde enfraqueceu um pouco; à noite expirou.

Vejo que está aborrecido. Realmente demoram-se . . . Espere; creio que são eles. São; entremos. Cá está o nosso magistrado, que começa a ler o testamento. Está ouvindo? Não era preciso esta minuciosa genealogia, excedente das práticas tabelioas; mas isto mesmo de contar a família des-

when he's just sweating. But he gave in to a moment of hallucination. He saw himself in the town council opining an aside, or leaning over the balustrade in conversation with the council president, who smiled at him in a serious intimacy of government. And that's when the gallery, in the exact meaning of the term, had to think about him. He did everything he could to get onto the council; halfway there, the situation collapsed. Recovering from the shock, he remembered to affirm to Itaboraí the opposite of what he'd said to Zacarias, or beforehand the same thing. But he lost the election and dropped politics. He went around much better adjusted, going into the issue of the Masons with the prelates. At first he kept quiet. On one hand, he was a Mason; on the other, he wanted to respect the religious sentiments of his wife. But the conflict took on such proportions that he couldn't hold his tongue. He went into the issue with ardor, the expansion, the publicity that he put into everything. He held meetings in which he spoke at length about the freedom of conscience and the right of the Mason to wear a robe. He signed protests, petitions, congratulations, blatantly opened his wallet and his heart.

His wife died in 1878. She asked to be buried without anything fancy, and that's the way he did it, because he really loved her and held her last desire like a decree from heaven. He had already lost his son, and his daughter, by then married, was in Europe. My friend shared his pain with the public, and though he buried his wife without pomp, he did not neglect to have a magnificent mausoleum sculpted in Italy, which the city admired on display on Rua do Ouvidor for nearly a month. His daughter came to attend the inauguration. I haven't seen them for some four years. Recently the illness arose and, after a little over two months, took him to a better place. Note that before the agony began, he had never lost his reason nor the strength of his soul. He spoke with visitors, got them to know each other, didn't forget to tell the ones arriving about the ones leaving. It was pointless because a friendly newspaper was publishing their names. On the morning of the day he died he still heard the newspapers read, and in one of them a relatively small item reported his illness, which in a certain

de o quarto avô prova o espírito exato e paciente do meu amigo. Não esquecia nada. O cerimonial do saimento é longo e complicado, mas bonito. Começa agora a lista dos legados. São todos pios; alguns industriais. Vá vendo a alma do meu amigo.

Trinta contos . . .

Trinta contos para quê? Para servir de começo a uma subscrição pública destinada a erigir uma estátua de Pedro Álvares Cabral. "Cabral, diz ali o testamento, não pode ser olvidado dos brasileiros, foi o precursor do nosso império." Recomenda que a estátua seja de bronze, com quatro medalhões no pedestal, a saber, o retrato do bispo Coutinho, presidente da Constituinte, o de Gonzaga, chefe da conjuração mineira, e o de dois cidadãos da presente geração "notáveis por seu patriotismo e liberalidade", à escolha da comissão, que ele mesmo nomeou para levar a empresa a cabo.

Que ela se realize, não sei; falta-nos a perseverança do fundador da verba. Dado, porém, que a comissão se desempenhe da tarefa, e que este sol americano ainda veja erguer-se a estátua de Cabral, é da nossa honra que ele contemple num dos medalhões o retrato do meu finado amigo. Não lhe parece? Bem, o magistrado acabou, vamos embora.

way seemed to reanimate him. But by afternoon he weakened a bit. At night, he expired.

I can see you're annoyed. They're really taking a long time . . . Wait, I think that's them. It is. Let's go in. Here's our magistrate, who begins to read the will. Can you hear? This genealogical minutia isn't necessary; it's an excess of small print. But this telling of the whole family, from the great-great-great-grandfather, tests my friend's patient and precise spirit. He didn't forget anything. The funeral ceremony is long and complicated but beautiful. Now he's starting the list of inheritors. They're all religious people; a few industrialists. Watch the soul of my friend.

Thirty *contos*.

Thirty *contos* for what? To start a public subscription aimed at erecting a statue of Pedro Álvares Cabral?[4] "Cabral," it says there in the will, "must not be forgotten by Brazilians. He was the precursor of our empire." It recommends that the statue be of bronze with four medallions on the pedestal, to wit, the portrait of Bishop Coutinho, president of the Constitution, one of Gonzaga, head of the rebellion in Minas Gerais, and of two citizens of the current generation, "notable for their patriotism and liberalness," as chosen by the commission, which he himself appointed to take charge of the project.

What this accomplished, I do not know. We lack the perseverance of the founder of the fund. But if the commission follows through and this American sun ever sees the statue of Cabral put up, in our honor it should think about putting a portrait of my late friend on one of the medallions. Don't you think? Well, the magistrate's done. Let's go.

[4] Pedro Álvares Cabral was commander of the first European fleet to land in Brazil.

Ex Cathedra

by Machado de Assis
from *Histórias Sem Data*, 1884

— Padrinho, vossemecê assim fica cego.

— O quê?

— Vossemecê fica cego; lê que é um desespero. Não, senhor, dê cá o livro.

Caetaninha tirou-lhe o livro das mãos. O padrinho deu uma volta, e foi meter-se no gabinete, onde lhe não faltavam livros; fechou-se por dentro e continuou a ler. Era o seu mal; lia com excesso, lia de manhã, de tarde e de noite, ao almoço e ao jantar, antes de dormir, depois do banho, lia andando, lia parado, lia em casa e na chácara, lia antes de ler e depois de ler, lia toda a casta de livros, mas especialmente direito (em que era graduado), matemáticas e filosofia; ultimamente dava-se também às ciências naturais.

Pior que cego, ficou aluado. Foi pelos fins de 1873, na Tijuca, que ele começou a dar sinais de transtorno cerebral; mas, como eram leves e poucos, só em março ou abril de 1874 é que a afilhada lhe percebeu a alteração. Um dia, almoçando, interrompeu ele a leitura para lhe perguntar:

— Como é que eu me chamo?

Ex Cathedra

translated by Glenn Alan Cheney

"Godfather, with all respect, you'll go blind that way."

"What?"

"With all respect you'll go blind. You read with desperation. No, sir, give me that book."

Caetaninha pulled the book from his hands. Her godfather got up, walked around, ducked into his study, where he did not lack books, shut himself in and continued reading. It was his vice. He read with excess, read morning, noon and night, at lunch, at dinner, before sleeping, after a bath; he read walking, read stopped, read at home and at the country house, read before reading and after reading, read the whole cast of books but especially law (in which he had graduated), mathematics, and philosophy. Lately he was also given to the natural sciences.

Worse than blind, he went lunatic. It was around the end of 1873, in Tijuca[1], when he began to show signs of cerebral disturbances. But since they were slight and few, only in March or April of 1874 did his goddaugh-

[1] Tijuca is a district of Rio de Janeiro.

— Como é que padrinho se chama? repetiu ela espantada. Chama-se Fulgêncio.

— De hoje em diante, chamar-me-ás Fulgencius.

E, enterrando a cara no livro, prosseguiu na leitura. Caetaninha referiu o caso às mucamas, que lhe declararam desconfiar desde algum tempo, que ele não andava bom. Imagine-se o medo da moça; mas o medo passou depressa para só deixar a piedade que lhe aumentou a afeição. Também a mania era restrita e mansa; não passava dos livros. Fulgêncio vivia do escrito, do impresso, do doutrinal, do abstrato, dos princípios e das fórmulas. Com o tempo chegou, não já à superstição, mas à alucinação da teoria. Uma de suas máximas era, que a liberdade não morre onde restar uma folha de papel para decretá- la; e um dia, acordando com a idéia de melhorar a condição dos turcos, redigiu uma constituição, que mandou de presente ao ministro inglês, em Petrópolis. De outra ocasião, meteu-se a estudar nos livros a anatomia dos olhos, para verificar se realmente eles podiam ver, e concluiu que sim.

Digam-me se, em tais condições, a vida de Caetaninha podia ser alegre. Não lhe faltava nada, é verdade, porque o padrinho era rico. Foi ele mesmo que a educou, desde os sete anos, quando perdeu a mulher; ensinou-lhe a ler e escrever, francês, um pouco de história e geografia, para não

ter note the change. One day, during lunch, he interrupted his reading to ask her:

"What's my name?"

"What's your name?"she repeated, scared. "Your name is Fulgêncio.

"From now on, call me Fulgencius."

And, burying his face in the book, he went on with his reading. Caetaninha referred the case to the slave women of the house, who told her they'd noticed something wrong for some time, that he wasn't right. Imagine the girl's fear. But the fear passed quickly, leaving only pity behind, which only increased her affection. And besides, the mania was narrow and slight. It never went beyond the books. Fulgêncio lived for the written word, the press, the doctrinal, the abstract, the principles and formulas. In time he came not to superstition but to hallucination of theory. One of his maxims was that liberty never dies where there's still a sheet of paper on which to declare it. And one day, awakening with the idea of improving the condition of the Turks, he drew up a constitution which he sent as a gift to the English minister in Petrópolis. On another occasion he immersed himself in the study of books on the anatomy of the eye to verify whether they really can see, and he concluded yes.

Tell me where, under such conditions, the life of Caetaninha could be happy. She lacked nothing, it's true, because her godfather was rich. It was he himself who had raised her since she was seven, when he lost his wife. He taught her to read and write, French, a little history and geography, to say the least, and he had one of the slave women teach her embroidery, needlepoint, and sewing. All of this is true. But Caetaninha turned fourteen. Though at an early age toys and household slave women were enough to entertain her, she reached an age where toys fall out of fashion and slave women are less interesting, where no readings or writings make a paradise out of a lonely house in Tijuca. She went out on a few occasions, rarely and quickly; she didn't go to plays or dances, didn't visit or receive visitors. When she saw a cavalcade of men and wives pass by, she put her soul in the saddle and let herself go, leaving her body at the feet of her godfather as he continued to read.

dizer quase nada, e incumbiu uma das mucamas de lhe ensinar crivo, renda e costura. Tudo isso é verdade. Mas Caetaninha fizera quatorze anos; e, se nos primeiros tempos bastavam os brinquedos e as escravas para diverti-la, era chegada a idade em que os brinquedos perdem de moda e as escravas de interesse, em que não há leituras nem escrituras que façam de uma casa solitária na Tijuca um paraíso. Descia algumas vezes, raras, e de corrida; não ia a teatros nem bailes; não fazia nem recebia visitas. Quando via passar na estrada uma cavalgada de homens e senhoras, punha a alma na garupa dos animais, e deixava-a ir com eles, ficando-lhe o corpo, ao pé do padrinho, que continuava a ler.

Um dia, estando na chácara, viu parar ao portão um rapaz, montado numa bestinha, e ouviu que lhe perguntava se era ali a casa do doutor Fulgêncio.

— Sim, senhor, é aqui mesmo.

— Podia falar-lhe?

Caetaninha respondeu que ia ver; entrou em casa, e foi ao gabinete, onde achou o padrinho remoendo, com a mais voluptuária e beata das expressões, um capítulo de Hegel. Mocinho? Que mocinho? Caetaninha disse-lhe que era um mocinho vestido de luto. De luto? repetiu o velho doutor fechando precipitadamente o livro; há de ser ele. Esquecia-me dizer (mas há tempo para tudo) que, três meses antes, falecera um irmão de Fulgêncio, no norte, deixando um filho natural. Como o irmão, dias antes de morrer, lhe escrevera recomendando o órfão que ia deixar, Fulgêncio mandou que este viesse para o Rio de Janeiro. Ouvindo que estava ali um mocinho de luto, concluiu que era o sobrinho, e não concluiu mal. Era ele mesmo.

Parece que até aqui nada há que destoe de uma história ingenuamente romanesca: temos um velho lunático, uma mocinha solitária e suspirosa, e vemos despontar inopinadamente um sobrinho. Para não descer da região poética em que nos achamos, deixo de dizer que a mula em que o Raimundo veio montado, foi reconduzida por um preto ao alugador; passo também por alto as circunstâncias da acomodação do rapaz, limitando-me a dizer que, como o tio, à força de viver lendo, esquecera inteiramente que o man-

One day at their country home she saw a young man mounted on a little beast stop at the gate, and she heard him ask if that was the house of Dr. Fulgêncio.

"Yes sir, it's here."

"May I speak with him?"

Caetaninha responded that she would see. She entered the house and went to the study, where she found her godfather mulling, with a most voluptuous and saintly expression, a chapter from Hegel. Young man? What young man? Caetaninha told him it was a young man in mourning clothes. Mourning? repeated the old doctor, suddenly closing the book; it must be him. I forgot to tell you (though there's time for everything) that, three months earlier, a brother of Fulgêncio, in the north, had died, leaving one natural son. Since the brother, before dying, had written to him to recommend the orphan he was to leave behind, Fulgêncio sent to have the orphan come to Rio de Janeiro. Hearing that there was a young man there in mourning clothes, he concluded that it was his nephew. And he didn't conclude badly. It was him.

It seems that up until this point there's nothing that doesn't fit into a fondly romantic story: We have an old lunatic, a lonely and sighing young woman, and we see a nephew show up unexpectedly. In order to not descend from the realm of poesy in which we find ourselves, let it be said that the mule on which Raimundo arrived was led by a black from whom he'd hired it. I'll also bypass the circumstances of the accommodations for the young man, limiting myself to saying that, living to read, like the uncle, having completely forgotten that I had sent for him, nothing in the house was prepared for him. But the house was big and well stocked. An hour later, the young man was settled into a beautiful room from which he could see the country home, the old cistern, the washtub, plenty of green foliage, and the vast blue sky.

I believe I still haven't said the age of the guest. He's fifteen and sprouting a shadow over his upper lip. He's almost a child. Later, if our Caetaninha is overcome, and the slave women go around spying and talking about "the nephew of the old *sinhô* who came from somewhere out

dara buscar, nada havia em casa preparado para recebê-lo. Mas a casa era grande e abastada; uma hora depois, estava o rapaz aposentado num lindo quarto, donde podia ver a chácara, a cisterna antiga, o lavadouro, basta folha verde e vasto céu azul.

Creio que ainda não disse a idade do hóspede; tem quinze anos e um ameaço de buço; é quase uma criança. Logo, se a nossa Caetaninha ficou alvoroçada, e as mucamas andam de um lado para outro espiando e falando do "sobrinho de sinhô velho que chegou de fora", é porque a vida ali não tem outros episódios, não porque ele seja homem feito. Essa foi também a impressão do dono da casa; mas, aqui vai a diferença. A afilhada não advertia que o ofício do buço é virar bigode, ou, se pensou nisso, fê-lo tão vagamente, que não vale a pena de o pôr aqui. Não assim o velho Fulgêncio. Compreendeu este que havia ali a massa de um marido, e resolveu casá-los; mas viu também que, a menos de lhes pegar nas mãos e mandar que se amassem, o acaso podia guiar as coisas por modo diferente.

Uma idéia traz outra. A idéia de os casar pegou por um lado com uma de suas opiniões recentes. Era esta que as calamidades ou os simples dissabores nas relações do coração provinham de que o amor era praticado de um modo empírico; faltava-lhe a base científica. Um homem e uma mulher, desde que conhecessem as razões físicas e metafísicas desse sentimento, estariam mais aptos a recebê-lo e nutri-lo com eficácia, do que outro homem e outra mulher que nada soubessem do fenômeno.

— Os meus pequenos estão verdes, dizia ele consigo: tenho três a quatro anos diante de mim, e posso começar desde já a prepará-los. Vamos com lógica; primeiro os alicerces, depois as paredes, depois o teto . . . em vez de começar pelo teto . . . Dia virá em que se aprenda a amar como se aprende a ler . . . Nesse dia . . .

Estava atordoado, deslumbrado, delirante. Foi às estantes, desceu alguns tomos, astronomia, geologia, fisiologia, anatomia, jurisprudência, política, lingüística, abriu-os, folheou-os, comparou-os, extratou daqui e dali, até formular um programa de ensino. Compunha-se este de vinte capítulos, nos quais entravam as noções gerais do universo, uma definição da vida, demonstração da existência do homem e da mulher, organização

of town," it's because life there didn't have much happening, not because he's a made man. This was also the impression of the master of the house, but here's the difference. The goddaughter wasn't aware that the job of that shadow is to become a mustache or, if she thought about that, did it so vaguely that it isn't worth putting here. It wasn't that way to Fulgêncio. He understood that he had there the dough of a husband, and he resolved to get them married. But he also saw that, unless he took them in hand and kneaded them, happenstance might lead things in a different fashion.

One idea begets another. The idea of marrying the two jibed with one of his recent opinions - that calamities or simple unpleasantness in matters of the heart happened because love was practiced empirically. It lacked a scientific base. A man and a woman, once they understood the physical and metaphysical reasons for this sentiment, would be able to receive and feed it more effectively than another man and woman who knew nothing of the phenomenon.

"My little ones are still green," he said to himself. "I have three or four years ahead of me, and I can start now to prepare them. Let's proceed with logic. First the foundation, then the walls, then the roof . . . instead of starting with the roof. The day will come when learning to love is like learning to read . . . On that day . . . "

He was dizzy, dazzled, delirious. He went to the shelves, pulled down a few tomes, astronomy, geology, physiology, anatomy, jurisprudence, politics, linguistics, opened them, flipped through them, compared them, here and there extracted bits, until he formulated a teaching plan. It had twenty chapters in which entered general notions of the universe, a definition of life, proof of the existence of man and woman, the organization of societies, a definition and analysis of the passions, a definition and analysis of love, its causes, necessities, and effects. In truth, the subjects were tough. He understood how to tame them, turned them into ordinary, everyday sentences, lending them a purely familiar tone, like the astronomy of Fontenelle. And he said with emphasis that the core, not the skin, was the essence of the fruit.

das sociedades, definição e análise das paixões, definição e análise do amor, suas causas, necessidades e efeitos. Em verdade, as matérias eram crespas; ele entendeu torná-las dóceis, tratando-as em frase corriqueira e chã, dando-lhes um tom puramente familiar, como a astronomia de Fontenelle. E dizia com ênfase que o essencial da fruta era o miolo, não a casca.

Tudo isso era engenhoso; mas aqui vai o mais engenhoso. Não os convidou a aprender. Uma noite, olhando para o céu, disse que as estrelas estavam brilhando muito; e o que eram as estrelas? acaso sabiam eles o que eram as estrelas?

— Não, senhor.

Daqui a iniciar uma descrição do universo era um passo. Fulgêncio deu o passo, com tal presteza e naturalidade, que os deixou encantados e eles pediram a viagem toda.

— Não, disse o velho; não esgotemos tudo hoje, nem isto se entende bem senão devagar; amanhã ou depois . . .

Foi assim, sorrateiramente, que ele começou a executar o plano. Os dois alunos, assombrados com o mundo astronômico, pediam-lhe todos os dias que continuasse, e, posto que no fim dessa primeira parte Caetaninha ficasse um tanto confusa, ainda assim quis ouvir as outras coisas que o padrinho lhe prometeu.

Não digo nada da familiaridade entre os dois alunos, por ser coisa óbvia. Entre quatorze e quinze anos a diferença é tão pequena, que os portadores das duas idades não tinham mais que dar a mão um ao outro. Foi o que aconteceu.

No fim de três semanas pareciam ter sido criados juntos. Só isto bastava a mudar a vida de Caetaninha; mas Raimundo trouxe-lhe mais. Não há dez minutos, vimo-la olhar com saudade as cavalgadas de homens e damas que passavam na estrada, Raimundo matou- lhe a saudade, ensinando-lhe a montaria, apesar da relutância do velho, que temia algum desastre; mas este cedeu e alugou dois cavalos. Caetaninha mandou fazer uma linda amazona, Raimundo veio à cidade comprar-lhe as luvas e um chicotinho, com o dinheiro do tio - já se sabe - que também lhe deu as bo-

All of this was ingenious, but here's the more ingenious thing. He didn't invite them to learn. One night, looking at the sky, he said that the stars were shining a lot - and what were the stars? By any chance did they know what the stars were?

"No, sir."

From here it was just a step to begin a description of the universe. Fulgêncio took the step with such agility and so naturally that he left them enchanted, and they asked for the whole journey.

"No," the old man said, "we are not going to exhaust the whole topic today. Nor can you even understand this except slowly. Tomorrow or later . . ."

Thus it was that he began, surreptitiously, to execute his plan. Every day the two students, amazed by the world of astronomy, asked him to go on, and even though in the end of this first part Caetaninha got a little confused, she still wanted to hear about the other things her godfather had promised.

I'm not saying anything about the familiarity between the two students since it's obvious. Between fourteen and fifteen years of age, the difference is so small that the bearers of the two ages didn't need to do much more than one offer a hand to the other. That was what happened.

After three weeks, they seem to have been raised together. That alone was enough to change Caetaninha's life. But Raimundo brought her more. Within ten minutes of watching her look longingly at the cavalcades of men and ladies who passed by on the street, Raimundo ended her longing, teaching her to ride despite the reluctance of the old man, who feared disaster. But he gave in and hired two horses. Caetaninha had a beautiful riding jacket made, and Raimundo went into the city to get her some gloves and a crop with the money from his uncle - as you know - who gave him boots and the rest of the masculine accoutrement. Soon thereafter it was a pleasure to see them both, gallant and intrepid, up and down the mountain.

At home they played freely, played checkers and cards, took care of birds and plants. Often they bickered, but, according to the slave wom-

tas e o demais aparelho masculino. Daí a pouco era um gosto vê-los ambos, galhardos e intrépidos, abaixo e acima da montanha.

Em casa, brincavam à larga, jogavam damas e cartas, cuidavam de aves e plantas. Brigavam muita vez; mas, segundo as mucamas, eram brigas de mentira, só para fazerem as pazes depois. Era o pico do arrufo. Raimundo vinha às vezes à cidade, a mandado do tio. Caetaninha ia esperá-lo ao portão, espiando ansiosa. Quando ele chegava, brigavam, porque ela queria tirar-lhe os maiores embrulhos, a pretexto de que ele vinha cansado, e ele queria dar-lhe os mais leves, alegando que ela era fraquinha.

No fim de quatro meses, a vida era totalmente outra. Pode-se até dizer que só então é que Caetaninha começou a usar rosas no cabelo. Antes disso vinha muita vez despenteada para a mesa do almoço. Agora, não só se penteava logo cedo, mas até, como digo, trazia rosas, uma ou duas; estas eram, ou colhidas na véspera, por ela mesma, e guardadas em água, ou na própria manhã, por ele, que ia levar-lhas à janela. A janela era alta; mas Raimundo, pondo-se na ponta dos pés, e levantando o braço, conseguia dar-lhe as rosas em mão. Foi por esse tempo que ele adquiriu o sestro de mortificar o buço, puxando-o muito de um e outro lado. Caetaninha chegava a bater-lhe nos dedos, para lhe tirar tão mau costume.

Entretanto, as lições continuavam regularmente. Já tinham uma idéia geral do universo, e uma definição da vida, que nenhum deles entendeu. Assim chegaram ao quinto mês. No sexto, começou a demonstração da existência do homem. Caetaninha não pôde suster o riso, quando o padrinho, expondo a matéria, perguntou-lhes se eles sabiam que existiam e por quê; mas ficou logo séria, e respondeu que não.

— Nem você?

— Nem eu, não, senhor, concordou o sobrinho.

Fulgêncio iniciou uma demonstração em regra, profundamente cartesiana. A seguinte lição foi na chácara. Chovera muito nos dias anteriores; mas o sol agora alagava tudo de luz, e a chácara parecia uma linda viúva, que troca o véu do luto pelo do noivado. Raimundo, como se quisesse copiar o sol (copiam-se naturalmente os grandes), despedia das pupilas um

en, they were make-believe fights, only for them to make up afterward, a passing peevishness. Sometimes Raimundo went into the city, sent by his uncle. Caetaninha waited for him at the gate, watching anxiously. When he arrived, they argued because she wanted to take the largest packages from him under the pretext that he was tired, and he wanted to give her smallest ones, alleging she was a weakling.

At the end of four months, life was completely different. It could even be said that only then did Caetaninha begin to wear roses in her hair. Beforehand she often showed up for lunch with her hair unbrushed. Now, not only was her hair brushed early, but even, as I said, she brought roses, one or two. Either she picked them herself the evening before and kept them in water, or he picked them that same morning to bring to her at her window. The window was high, but Raimundo, standing on tip-toe and raising his arm, managed to hand the roses to her. It was around that time that he picked up the habit of smoothing his filmy whiskers with his finger. Caetaninha took to smacking his fingers to get him out of that bad habit.

Meanwhile, the lessons continued regularly. By then they had a general idea of the universe, and a definition of life, which neither of them understood. Thus they came to the fifth month. On the sixth began the proof of the existence of man. Caetaninha couldn't suppress a laugh when her godfather, expounding on the topic, asked them if they knew that they existed and why, but she quickly got serious and answered no.

"Nor you?"

"Nor I, sir," the nephew agreed.

Fulgêncio usually began conceptually, with deeply Cartesian reasoning. The next lesson was at the country house. It had rained a lot the previous days, but the sun now flooded all with light, and the country place seemed like a beautiful widow who changes her mourning veil for that of a bride. Raimundo, as if he wanted to emulate the sun (the great tend to copy each other), sent out a vast and faraway look from his pupils. Caetaninha took it in, throbbing like the country home - a fusion, transfusion, diffusion, confusion and profusion of beings and things.

olhar vasto e longo, que Caetaninha recebia, palpitando, como a chácara. Fusão, transfusão, difusão, confusão e profusão de seres e de coisas.

Enquanto o velho falava, reto, lógico, vagaroso, curtido de fórmulas, com os olhos fixos em parte nenhuma, os dois alunos faziam trinta mil esforços para escutá-lo, mas vinham trinta mil incidentes distraí-los. Foi a princípio um casal de borboletas que brincavam no ar. Façam-me o favor de dizer o que é que pode haver extraordinário num casal de borboletas? Concordo que eram amarelas, mas esta circunstância não basta a explicar a distração. O fato de voarem uma atrás da outra, ora à direita, ora à esquerda, ora abaixo, ora acima, também não dá a razão do desvio, visto que nunca as borboletas voaram em linha reta, como simples militares.

— O entendimento, dizia o velho, o entendimento, segundo eu já expliquei . . .

Raimundo olhou para Caetaninha, e achou-a olhando para ele. Um e outro pareciam confusos e acanhados. Ela foi a primeira que baixou os olhos ao regaço. Depois, levantou- os, a fim de os levar a outra parte, mais remota, o muro da chácara; na passagem, como os de Raimundo ali estivessem, ela encarou-os o mais rapidamente que pôde. Felizmente, o muro apresentava um espetáculo que a encheu de admiração: um casal de andorinhas (era o dia dos casais) saltitava nele, com a graça peculiar às pessoas aladas. Saltitavam piando, dizendo coisas uma à outra, o que quer que fosse, talvez isto - que era bem bom não haver filosofia nos muros das chácaras. Senão quando, uma delas voou, provavelmente a dama, e a outra, naturalmente o garção, não se deixou ficar atrás: esticou as asas e seguiu o mesmo caminho. Caetaninha desceu os olhos à grama do chão.

Quando a lição acabou, daí a alguns minutos, ela pediu ao padrinho que continuasse, e, recusando este, tomou-lhe o braço e convidou-o a dar um giro na chácara.

— Está muito sol, contestou o velho. - Vamos pela sombra.

— Faz muito calor.

Caetaninha propôs irem continuar na varanda; mas o padrinho disse-lhe misteriosamente que Roma não se fez num dia, e acabou declarando que só dois dias depois continuaria a lição. Caetaninha recolheu-se ao

While the old man talked - straightforward, logical, stalwart, enjoying the formulas, his eyes fixed on nothing - the two students made thirty thousand efforts to listen, but thirty thousand events distracted them. At first it was a pair of butterflies who played in the air. Do me the favor of telling me what could be extraordinary about a couple of butterflies? I agree that they were yellow, but the circumstances aren't enough to explain the distraction. The fact that they flew one after the other, now to the right, now to the left, now down, now up, does not explain the detour, seeing that butterflies never fly in a straight line like simple soldiers.

"Understanding," the old man said, "understanding, as I just explained . . . "

Raimundo looked at Caetaninha and found her looking at him. They both seemed confused and shy. She was the first to lower her eyes to her lap. Then she raised them to look somewhere else, somewhere far off, the wall around the grounds, but as they went there, since Raimundo's were still there, she looked off as quickly as she could. Fortunately, the wall presented a spectacle that filled her with wonder. A couple of swallows (it was a day of couples) hopped around on the wall with the grace of people with wings. They peeped as they hopped, saying things to each other, whatever it was, maybe this - that it was quite nice that there was no philosophy on the walls of country homes. But when one of them flew - probably the lady - the other, naturally, the boy, did not let himself fall behind. He spread his wings and went the same way. Caetaninha lowered her eyes to the grass on the ground.

A few minutes later, when the lesson was over, she asked her godfather to go on. When he refused, she took his arm and asked him to take a walk around the grounds.

"It's rather sunny," the old man argued.

"Let's walk in the shade."

"It's rather hot."

Caetaninha suggested they continue on the veranda, but her godfather told her, mysteriously, that Rome wasn't built in a day, and ended up saying that only two days later would the lesson continue. Caetaninha

quarto, esteve ali três quartos de hora fechada, sentada, à janela, de um lado para outro, procurando as coisas que tinha na mão, e chegando ao cúmulo de ver-se a si mesma, cavalgando, estrada acima, ao lado de Raimundo. De uma vez aconteceu-lhe ver o rapaz no muro da chácara; mas atentou bem, reconheceu que era um par de besouros que zumbiam no ar. E dizia um deles ao outro:

— Tu és a flor da nossa raça, a flor do ar, a flor das flores, o sol e a lua da minha vida.

Ao que respondia o outro:

— Ninguém te vence na beleza e na graça; o teu zumbir é um eco das falas divinas; mas, deixa-me . . . deixa-me . . .

— Por que deixar-te, alma destes bosques?

— Já te disse, rei dos ares puros, deixa-me.

— Não me fales assim, feitiço e gala das matas. Tudo por cima e em volta de nós está dizendo que me deves falar de outra maneira. Conheces a cantiga dos mistérios azuis?

— Vamos ouvi-la nas folhas verdes da laranjeira. - As da mangueira são mais bonitas.

— Tu és mais linda que umas e outras.

— E tu, sol da minha vida?

— Lua do meu ser, eu sou o que tu quiseres . . .

Era assim que os dois besouros falavam. Ela ouviu-os cismando. Como eles desaparecessem, ela entrou, viu as horas e saiu do quarto. Raimundo estava fora; ela foi esperá-lo ao portão, dez, vinte, trinta, quarenta, cinqüenta minutos. Na volta disseram pouco; uniram-se e separaram-se duas ou três vezes. Da última vez foi ela que o trouxe à varanda, para mostrar-lhe um enfeite que julgava perdido e acabava de achar. Façam-lhe a justiça de crer que era pura mentira. Entretanto, Fulgêncio antecipou a lição; deu-a no dia seguinte, entre o almoço e o jantar. Nunca a palavra lhe saiu tão límpida e singela. E assim devia ser; tratava-se da existência do homem, capítulo profundamente metafísico, em que era preciso considerar tudo e por todos os lados.

— Estão entendendo? perguntava ele.

withdrew to her room, stayed shut in there for three-quarters of an hour, sitting, then to the window, back and forth, looking for things she had in her hand, and reaching the paroxysm of seeing herself on horseback, the road ahead of her, Raimundo to her side. Suddenly she saw the boy on the wall outside, but she focused better and saw it was a couple of bugs humming in the air. And one said to the other:

"Thou art a flower of our race, the flower of the air, the flower of the flowers, the sun and the moon of my life."

To which the other responded:

"No one outdost thee in beauty or grace. Thy hum is the echo of divine speech, but leave me . . . leave me . . . "

"Why leavest thou, soul of the grove?"

"I have already told thee, king of the pure airs, leave me."

"Do not speak to me this way, charm and party of the woods. All above and around us is saying that you speak to me in another way. Dost thou know the song of the blue mysteries?"

"Let us hear it in the green leaves of the orange tree."

"Those of the mango tree are more beautiful."

"Thou art more beautiful than any others."

"And you, sun of my life?"

"Moon of my being, I am what thou wantest . . . "

In that way the two bugs spoke. She heard them ruminating. As soon as they disappeared, she went into the house, saw the time and left the bedroom. Raimundo was out. She went to await him at the gate, ten, twenty, thirty, forty, fifty minutes. When he got back, they spoke little. They came together and separated two or three times. The last time it was she who brought him to the veranda to show him an ornament she thought she had lost and had just found. It does them justice to believe that it was pure lie. Meanwhile, Fulgêncio moved the lesson up, gave it the next day, between lunch and dinner. Never had the word left him so lucidly and simply. And that's the way it should be. He talked about the existence of man, a deeply metaphysical chapter, in which it was necessary to consider everything from all sides.

— Perfeitamente.

E a lição seguiu até o fim. No fim, deu-se a mesma coisa da véspera; Caetaninha, como se tivesse medo de ficar só, pediu-lhe para continuar ou passear; ele recusou uma e outra coisa, bateu-lhe paternalmente na cara, e foi encerrar-se no gabinete.

— Para a semana, pensava o velho doutor, dando volta à chave, para a semana entro na organização das sociedades; todo o mês que vem e o outro é para a definição e classificação das paixões; em maio, passaremos ao amor . . . já será tempo . . .

Enquanto ele dizia isto, e fechava a porta, alguma coisa ressoava do lado da varanda - um trovão de beijos, segundo disseram as lagartas da chácara; mas, para as lagartas qualquer pequeno rumor vale um trovão. Quanto aos autores do ruído nada positivo se sabe. Parece que um maribondo, vendo Caetaninha e Raimundo unidos nessa ocasião, concluiu da coincidência para a conseqüência, e entendeu que eram eles; mas um velho gafanhoto demonstrou a inanidade do fundamento, alegando que ouvira muitos beijos, outrora, em lugares onde nem Raimundo nem Caetaninha pusera os pés. Convenhamos que este outro argumento não prestava para nada; mas, tal é o prestígio de um bom caráter, que o gafanhoto foi aclamado como tendo ainda uma vez defendido a verdade e a razão. E daí pode ser que fosse assim mesmo. Mas um trovão de beijos? Suponhamos dois; suponhamos três ou quatro.

"Do you understand?" he asked.

"Perfectly."

And the lesson went on to an end. At the end, the same thing happened as on the day before. Caetaninha, as if afraid of being alone, asked him to go on or to take a walk, and he refused both, patted her paternally on the cheek, and shut himself in his study.

"This week," the old doctor thought, giving the key a turn, "this week I go into the organization of societies. All next month and the next is for the definition and classification of the passions. In May, we will move on to love . . . by then it will be time . . .

As he said this and closed the door, something echoed from the veranda - a thunder of kisses, according to the caterpillars of the yard, but for caterpillars any little sound is worth thunder. As for the authors of the sound, nothing is known for sure. It seems that a wasp, seeing Caetaninha and Raimundo together on this occasion, concluded a consequence from the coincidence and understood that it was them. But an old grasshopper evinced the inanity of that conclusion, alleging that he had heard many kisses, a long time ago, in places where neither Raimundo nor Caetaninha had ever set foot. We agree that this other argument was worth nothing, but such is the prestige of good character that the grasshopper was applauded as having once defended truth and reason. And from that it can be that that's the way it really happened. But a thunder of kisses? We suppose two; we suppose three or four.

A Senhora do Galvão

by Machado de Assis
from *Histórias Sem Data*, 1884

Começaram a rosnar dos amores deste advogado com a viúva do brigadeiro, quando eles não tinham ainda passado dos primeiros obséquios. Assim vai o mundo. Assim se fazem algumas reputações más, e, o que parece absurdo, algumas boas. Com efeito, há vidas que só têm prólogo; mas toda a gente fala do grande livro que se lhe segue, e o autor morre com as folhas em branco. No presente caso, as folhas escreveram-se, formando todas um grosso volume de trezentas páginas compactas, sem contar as notas. Estas foram postas no fim, não para esclarecer, mas para recordar os capítulos passados; tal é o método nesses livros de colaboração. Mas a verdade é que eles apenas combinavam no plano, quando a mulher do advogado recebeu este bilhete anônimo:

"Não é possível que a senhora se deixe embair mais tempo, tão escandalosamente, por uma de suas amigas, que se consola da viuvez, seduzindo os maridos alheios, quando bastava conservar os cachos . . . "

Que cachos? Maria Olímpia não perguntou que cachos eram; eram da viúva do brigadeiro, que os trazia por gosto, e não por moda. Creio que

Leila Osman

Galvão's Lady

translated by Leila Osman

The affections this lawyer had towards the brigadier's widow started to be growled about while they hadn't even gone through the very first preludes to love yet. That's how the world goes. This is how some bad reputations are built, and, even if it seems absurd, some good ones, too. Actually, there are lives with just a prologue; but everyone talks about the great book that follows, and the author dies with all pages blank. In this case, pages were written, all of them forming a great volume of three hundred compact pages, not including the notes. These were placed at the end, not to enlighten but to recall the previous chapters; such is the method in these collaborative books. But the truth is that they just agreed on the plan, when the lawyer's wife received an anonymous note:

"It's not possible that you, my lady, let yourself be deceived any longer, so outrageously by one of your girl friends, who comforts her widowhood by seducing someone else's husband, when it would be enough to wear ringlets."

isto se passou em 1853. Maria Olímpia leu e releu o bilhete; examinou a letra, que lhe pareceu de mulher e disfarçada, e percorreu mentalmente a primeira linha das suas amigas, a ver se descobria a autora. Não descobriu nada, dobrou o papel e fitou o tapete do chão, caindo-lhe os olhos justamente no ponto do desenho em que dois pombinhos ensinavam um ao outro a maneira de fazer de dois bicos um bico. Há dessas ironias do acaso, que dão vontade de destruir o universo. Afinal meteu o bilhete no bolso do vestido, e encarou a mucama, que esperava por ela, e que lhe perguntou:

— Nhanhã não quer mais ver o xale?

Maria Olímpia pegou no xale que a mucama lhe dava e foi pô-lo aos ombros, defronte do espelho. Achou que lhe ficava bem, muito melhor que à viúva. Cotejou as suas graças com as da outra. Nem os olhos nem a boca eram comparáveis; a viúva tinha os ombros estreitinhos, a cabeça grande, e o andar feio. Era alta; mas que tinha ser alta? E os trinta e cinco anos de idade, mais nove que ela? Enquanto fazia essas reflexões, ia compondo, pregando e despregando o xale.

— Este parece melhor que o outro, aventurou a mucama.

— Não sei . . . disse a senhora, chegando-se mais para a janela, com os dois nas mãos. - Bota o outro, nhanhã.

A nhanhã obedeceu. Experimentou cinco xales dos dez que ali estavam, em caixas, vindos de uma loja da rua da Ajuda. Concluiu que os dois primeiros eram os melhores; mas aqui surgiu uma complicação - mínima, realmente - mas tão sutil e profunda na solução, que não vacilo em recomendá-la aos nossos pensadores de 1906. A questão era saber qual dos dois xales escolheria, uma vez que o marido, recente advogado, pedia-lhe que fosse econômica. Contemplava-os alternadamente, e ora preferia um, ora outro. De repente, lembrou-lhe a aleivosia do marido, a necessidade de mortificá-lo, castigá-lo, mostrar-lhe que não era peteca de ninguém, nem maltrapilha; e, de raiva, comprou ambos os xales.

Ao bater das quatros horas (era a hora do marido) nada de marido. Nem às quatro, nem às quatro e meia. Maria Olímpia imaginava uma porção de coisas aborrecidas, ia à janela, tornava a entrar, temia um desastre ou doença repentina; pensou também que fosse uma sessão do júri. Cinco

What ringlets? Maria Olímpia didn't ask what ringlets these where; they belonged to the brigadier's widow, who wore them for pleasure, and not for fashion. I believe this took place in 1853. Maria Olímpia read and reread the note; she examined the handwriting, which seemed of a woman but thinly veiled. Mentally, she went through her friends' first lines, to see if she could find the author. She didn't find out anything, folded the paper and stared at the carpet on the floor; her sight fell exactly on the spot of the drawing where two doves taught each other the way to make one beak out of two. There are two ironies in this coincidence, which makes you want to destroy the universe. Finally, she slipped the note into the pocket of her dress and faced the *mucama* who was waiting for her and asked:

"*Nhanhã*, don't you want to see the shawl anymore?"

Maria Olímpia held the shawl the mucama was handing her and put it on her shoulders in front of the mirror. She thought it looked well, way better than on the widow. She measured her beauty with that of the other woman. Neither the eyes nor the mouth could be compared; the widow had very narrow shoulders, a big head, and an ugly walk. She was tall; but what does being tall matter? And thirty-five years old, nine more than her? While she made her considerations, she arranged, pinned and unpinned the shawl.

"This looks better than the other," dared the *mucama*.

"I don't know,"... said the lady, while moving towards the window holding both in her hands.

"Put on the other, *nhanhã*."

Nhanhã obeyed. She tried on five shawls out of the ten lying there, in the boxes from a shop located on Rua da Ajuda. She concluded that the first two where the best; but then a complication emerged — minimal, really — but so subtle and deep in its solution that I wouldn't hesitate to recommend her to our thinkers of 1906. The question was to know which shawl to choose, as the husband, recently a lawyer, asked her to be economical. She stared at both alternately, preferring one then the other. All of a sudden, she recalled her husband's treachery, the need to mortify him,

horas, e nada. Os cachos da viúva também negrejavam diante dela, entre a doença e o júri, com uns tons de azul-ferrete, que era provavelmente a cor do diabo. Realmente era para exaurir a paciência de uma moça de vinte e seis anos. Vinte e seis anos; não tinha mais. Era filha de um deputado do tempo da Regência, que a deixou menina; e foi uma tia que a educou com muita distinção. A tia não a levou muito cedo a bailes e espetáculos. Era religiosa, conduziu-a primeiro à igreja. Maria Olímpia tinha a vocação da vida exterior, e, nas procissões e missas cantadas, gostava principalmente do rumor, da pompa; a devoção era sincera, tíbia e distraída. A primeira coisa que ela via na tribuna das igrejas, era a si mesma. Tinha um gosto particular em olhar de cima para baixo, fitar a multidão das mulheres ajoelhadas ou sentadas, e os rapazes, que, por baixo do coro ou nas portas laterais, temperavam com atitudes namoradas as cerimônias latinas. Não entendia os sermões; o resto, porém, orquestra, canto, flores, luzes, sanefas, ouros, gentes, tudo exercia nela um singular feitiço. Magra devoção, que escasseou ainda mais com o primeiro espetáculo e o primeiro baile. Não alcançou a Candiani, mas ouviu a Ida Edelvira, dançou à larga, e ganhou fama de elegante.

Eram cinco horas e meia, quando o Galvão chegou. Maria Olímpia, que então passeava na sala, tão depressa lhe ouviu os pés, fez o que faria qualquer outra senhora na mesma situação: pegou de um jornal de modas, e sentou-se, lendo, com um grande ar de pouco caso. Galvão entrou ofegante, risonho, cheio de carinhos, perguntando-lhe se estava zangada, e jurando que tinha um motivo para a demora, um motivo que ela havia de agradecer, se soubesse . . .

— Não é preciso, interrompeu ela friamente.

Levantou-se; foram jantar. Falaram pouco; ela menos que ele, mas em todo o caso, sem parecer magoada. Pode ser que entrasse a duvidar da carta anônima; pode ser também que os dois xales lhe pesassem na consciência. No fim do jantar, Galvão explicou a demora; tinha ido, a pé, ao teatro Provisório, comprar um camarote para essa noite: davam os Lombardos. De lá, na volta, foi encomendar um carro . . .

— Os Lombardos? interrompeu Maria Olímpia.

punish him, showing she was nobody's fool, nor shabby; and with rage she bought both shawls.

At the stroke of four o'clock (her husband's time) no sign of a husband. Not at four, nor at four thirty. Maria Olímpia imagined a bunch of annoying things, she would go to the window, and then turn back inside, she feared an accident or a sudden disease; she also thought he was in a jury session. Five o'clock and nothing. The widow's ringlets also blackened before her, between disease and the jury, in shades of dark blue, which probably were the devil's colors. It was truly to exhaust the patience of a twenty-six-year-old girl. Twenty-six years old; she was no more than that. She was the daughter of an assemblyman from the Regency time, leaving her still a child; and it was an aunt who raised her with distinction. Her aunt didn't take her too soon to balls or performances. She was religious, and first took her to church. Maria Olímpia had the vocation for the outer life, and in processions and sung masses, she really enjoyed the sounds, the pomp; the devotion was sincere, tepid and distracted. The first thing she saw on the church box pew was herself. She enjoyed particularly looking down on people from above, staring at the crowd of women kneeling or seated, and boys who, from below down the choir or at side doors, spiced up the Latin liturgies with loving attitudes. She didn't understand the sermons; the rest, though, the orchestra, song, flowers, lights, valances, gold, people, all cast on her a special spell. It was a thin devotion, and it became more sparse with the first show and the first ball. She didn't reach Candiani[1], but heard Ida Edelvira, danced with abandon, and became famous for her elegance.

It was five thirty when Galvão arrived. Maria Olímpia, who walked through the livingroom as soon as she heard his feet, did what any other lady would in the same situation: she grabbed a fashion journal, and sat reading, bearing a great look of little care. Galvão entered breathless, smiling and with affection asking if she was angry and swearing he had a good reason for the delay, a reason she would thank him for, if she only knew . . .

[1] Augusta Candiani, 1820-1890, Italian opera singer in Rio, whom Machado de Assis admired.

— Sim; canta o Laboceta, canta a Jacobson; há bailado. Você nunca ouviu os Lombardos?

— Nunca.

— E aí está por que me demorei. Que é que você merecia agora? Merecia que eu lhe cortasse a ponta desse narizinho arrebitado . . .

Como ele acompanhasse o dito com um gesto, ela recuou a cabeça; depois acabou de tomar o café. Tenhamos pena da alma desta moça. Os primeiros acordes dos Lombardos ecoavam nela, enquanto a carta anônima lhe trazia uma nota lúgubre, espécie de Requiem. E por que é que a carta não seria uma calúnia? Naturalmente não era outra coisa: alguma invenção de inimigas, ou para afligi-la, ou para fazê-los brigar. Era isto mesmo. Entretanto, uma vez que estava avisada, não os perderia de vista. Aqui acudiu-lhe uma idéia: consultou o marido se mandaria convidar a viúva.

— Não, respondeu ele; o carro só tem dois lugares, e eu não hei de ir na boléia.

Maria Olímpia sorriu de contente, e levantou-se. Há muito tempo que tinha vontade de ouvir os Lombardos. Vamos aos Lombardos! Trá, lá, lá, lá . . . Meia hora depois foi vestir- se. Galvão, quando a viu pronta daí a pouco, ficou encantado. Minha mulher é linda, pensou ele; e fez um gesto para estreitá-la ao peito; mas a mulher recuou, pedindo-lhe que não a amarrotasse. E, como ele, por umas veleidades de camareiro, pretendeu concertar-lhe a pluma do cabelo, ela disse-lhe enfastiada:

— Deixa, Eduardo! Já veio o carro?

Entraram no carro e seguiram para o teatro. Quem é que estava no camarote contíguo ao deles? Justamente a viúva e a mãe. Esta coincidência, filha do acaso, podia fazer crer algum ajuste prévio. Maria Olímpia chegou a suspeitá-lo; mas a sensação da entrada não lhe deu tempo de examinar a suspeita. Toda a sala voltara-se para vê-la, e ela bebeu, a tragos demorados, o leite da admiração pública. Demais, o marido teve a inspiração, maquiavélica, de lhe dizer ao ouvido:

—Antes a mandasses convidar; ficava-nos devendo o favor.

"There's no need", she interrupted coldly.

She stood up and they went to dinner. They spoke little; she less than he, but at any case, not looking hurt. It could be that she came to doubt the anonymous letter; it could be the two shawls that weighed on her conscience. At the end of dinner, Galvão explained his delay; he had walked to the Provisório theater, bought a box for that evening: *The Lombards*[2] was on. After that, he sent for a carriage . . .

"The *Lombards*?" interrupted Maria Olímpia.

"Yes; Laboceta[3] sings, Jacobson sings; there's ballet. You have never heard *The Lombards*?"

"Never."

"So, that's why I took so long. What do you deserve now? You deserve to have me to cut off the tip of your little snub nose . . . "

As he followed his words with a gesture, she pulled her head back; then finished her coffee. Have pity on the soul of this girl. The first chords of the *Lombards* echoed in her, while the anonymous letter brought her a grim note, a sort of Requiem. And why couldn't the letter be calumny? Obviously it couldn't be anything else: an invention of girl enemies, or to worry her, or make them fight. That was it. In the meanwhile, now that she was warned she wouldn't let them out of her sight. That made her come up with an idea: she asked her husband if he would send an invitation to the widow.

"No", he answered; "The carriage only has two seats, and I won't sit in the coachman's seat."

Maria Olímpia smiled contentedly and stood up. For a long time she had wanted to hear *The Lombards*. Let's go to *The Lombards*! Trá, lá, lá, lá . . . Half an hour later she went to dress up. When Galvão saw her ready to go, a little later, he was enchanted. My wife is beautiful, he thought; and he made a gesture to hold her tight to the chest; but his wife stepped back, asking him not to wrinkle her. And as he, with the absentminded

---

[2] Giuseppe Verdi's opera, *Lombardi alla Prima Crociata* (*The Lombards on the First Crusade*).

[3] Dominico Laboceta

Qualquer suspeita cairia diante desta palavra. Contudo, ela cuidou de os não perder de vista - e renovou a resolução de cinco em cinco minutos, durante meia hora, até que, não podendo fixar a atenção, deixou-a andar. Lá vai ela, inquieta, vai direito ao clarão das luzes, ao esplendor dos vestuários, um pouco à ópera, como pedindo a todas as coisas alguma sensação deleitosa em que se espreguice uma alma fria e pessoal. E volta depois à própria dona, ao seu leque, às suas luvas, aos adornos do vestido, realmente magníficos. Nos intervalos, conversando com a viúva, Maria Olímpia tinha a voz e os gestos do costume, sem cálculo, sem esforço, sem ressentimento, esquecida da carta. Justamente nos intervalos é que o marido, com uma discrição rara entre os filhos dos homens, ia para os corredores ou para o saguão pedir notícias do ministério.

Juntas saíram do camarote, no fim, e atravessaram os corredores. A modéstia com que a viúva trajava podia realçar a magnificência da amiga. As feições, porém, não eram o que esta afirmou, quando ensaiava os xales de manhã. Não, senhor; eram engraçadas, e tinham um certo pico original. Os ombros proporcionais e bonitos. Não contava trinta e cinco anos, mas trinta e um; nasceu em 1822, na véspera da independência, tanto que o pai, por brincadeira, entrou a chamá-la Ipiranga, e ficou-lhe esta alcunha

intentions of a valet, reached to arrange her hair feather, she said to him annoyed:

"Leave it, Eduardo! Has the carriage arrived?"

They got into the carriage and went to the theater. Who was in the cabin contiguous to theirs? The widow and her mother. This coincidence, the daughter of fate, could induce one to believe in some previous arrangement. Maria Olímpia suspected it; but, the sensation of her entrance didn't give her time to examine the suspicion. The entire room had turned around to see her, and she drank, in deep gulps, the milk of public admiration. Moreover, her husband had the Machiavellian inspiration to say at her ear: "It would have been better if you had sent her an invitation; she would owe us the favor." Any suspicion would fall apart in the face of these words. However, she was careful not to lose sight of them - and she renewed the decision every five minutes for half an hour, until when, not being able to pay attention, she let it go. There she goes, restless, straight to the bright lights, to the splendor of the costumes, as if to the opera, as if asking every single thing for some delight where a cold and private soul can stretch. And then returns to its owner, to its folding fan, to its gloves, to the dress frills, truly magnificent. During the intervals, chatting with the widow, Maria Olímpia had her usual voice and gesture, uncalculated, effortless, without resentment, the letter forgotten. And, exactly during the intervals her husband, with discretion rare among the sons of men, went to the corridors or the foyer to ask for news from the ministry.

At the end, the widow and Maria Olímpia left the box together and walked along the corridors. The modesty the widow wore enhanced the magnificence of her friend. Her features, however, weren't the ones she had claimed while trying the shawls on that morning. No sir; her figure was attractive, and had a certain original charm. She had proportionate and beautiful shoulders. She wasn't thirty-five years old, but thirty-one; she was born in 1822, just before the independence, so close to it that her

entre as amigas. Demais, lá estava em Santa Rita o assentamento de batismo.

Uma semana depois, recebeu Maria Olímpia outra carta anônima. Era mais longa e explícita. Vieram outras, uma por semana, durante três meses. Maria Olímpia leu as primeiras com algum aborrecimento; as seguintes foram calejando a sensibilidade. Não havia dúvida que o marido demorava-se fora, muitas vezes, ao contrário do que fazia dantes, ou saía à noite e regressava tarde; mas, segundo dizia, gastava o tempo no Wallerstein ou no Bernardo, em palestras políticas. E isto era verdade, uma verdade de cinco a dez minutos, o tempo necessário para recolher alguma anedota ou novidade, que pudesse repetir em casa, à laia de documento. Dali seguia para o largo de São Francisco, e metia-se no ônibus.

Tudo era verdade. E, contudo, ela continuava a não crer nas cartas. Ultimamente, não se dava mais ao trabalho de as refutar consigo; lia-as uma só vez, e rasgava-as. Com o tempo foram surgindo alguns indícios menos vagos, pouco a pouco, ao modo do aparecimento da terra aos navegantes; mas este Colombo teimava em não crer na América. Negava o que via; não podendo negá-lo, interpretava-o; depois recordava algum caso de alucinação, uma anedota de aparências ilusórias, e nesse travesseiro cômodo e mole punha a cabeça e dormia. Já então, prosperando-lhe o escritório, dava o Galvão partidas e jantares, iam a bailes, teatros, corridas de cavalos. Maria Olímpia vivia alegre, radiante; começava a ser um dos nomes da moda. E andava muita vez com a viúva, a despeito das cartas, a tal ponto que uma destas lhe dizia: "Parece que é melhor não escrever mais, uma vez que a senhora se regala numa comborçaria de mau gosto." Que era comborçaria? Maria Olímpia quis perguntá-lo ao marido, mas esqueceu o termo, e não pensou mais nisso.

Entretanto, constou ao marido que a mulher recebia cartas pelo correio. Cartas de quem? Esta notícia foi um golpe duro e inesperado. Galvão examinou de memória as pessoas que lhe freqüentavam a casa, as que podiam encontrá-la em teatros ou bailes, e achou muitas figuras verossímeis. Em verdade, não lhe faltavam adoradores.

— Cartas de quem? repetia ele mordendo o beiço e franzindo a testa.

father, for fun, started calling her Ipiranga, and this nickname remained among their friends.[4] In addition, the baptism registry was in Santa Rita.

A week after, Maria Olímpia received another anonymous letter. It was longer and more explicit. Others arrived, once a week for three months. Maria Olímpia read the first with some annoyance; the next ones hardened her sensibility. There was no doubt her husband was often out too long, unlike what he used to do before, or he would go out in the evening and return late at night; but, according to what he said, he spent his time at the Wallerstein or at Bernardo's at political lectures. And that was true, a truth of five to ten minutes, the time required to collect some anecdotes or news he could repeat at home, for the record. From there he would go to Largo de São Francisco[5] and get on the bus.

All that was true. And, still, she wouldn't believe the letters. Lately, she wouldn't bother refuting them to herself; she would read them just once and tore them up. In time some less vague signs appeared, little by little, the way land appears to sailors; but this Columbus stubbornly wouldn't believe in America. She denied what she was seeing; unable to deny it, she interpreted it; and later, she would recall an event of hallucination, a story of illusory appearances, and on this soft and comfortable pillow, she laid her head and slept. Then, when the office was flourishing, Galvão would have matches and dinners, they attended balls, theatres, horse races. Maria Olímpia lived happily, radiant; she was beginning to be one of the names in vogue. And, was many times with the widow, despite the letters, in such a way that one of the letters said: "It seems I shouldn't write you anymore, since you treat yourself with distasteful concubinage." What was concubinage? Maria Olímpia wanted to ask her husband, but she forgot the word and gave no more thought to it.

In the meanwhile, the husband heard his wife was receiving letters by mail. Letters from whom? This news was a tough and unexpected blow. Galvão examined by memory the people who came to their house, those

[4] Ipiranga was the name of the stream beside which D. Pedro I issued his call for independence known as the Cry of Ipiranga.

[5] A *largo* is a public square.

Durante sete dias passou uma vida inquieta e aborrecida, espiando a mulher e gastando em casa grande parte do tempo. No oitavo dia, veio uma carta.

— Para mim? disse ele vivamente.

— Não; é para mim, respondeu Maria Olímpia, lendo o sobrescrito; parece letra de Mariana ou de Lulu Fontoura . . .

Não queria lê-la; mas o marido disse que a lesse; podia ser alguma notícia grave. Maria Olímpia leu a carta e dobrou-a, sorrindo; ia guardá-la, quando o marido desejou ver o que era.

— Você sorriu, disse ele gracejando; há de ser algum epigrama comigo.

— Qual! É um negócio de moldes.

— Mas deixa ver.

— Para quê, Eduardo?

— Que tem? Você, que não quer mostrar, por algum motivo há de ser. Dê cá.

Já não sorria; tinha a voz trêmula. Ela ainda recusou a carta, uma, duas, três vezes. Teve mesmo idéia de rasgá-la, mas era pior, e não conseguiria fazê-lo até o fim. Realmente, era uma situação original. Quando ela viu que não tinha remédio, determinou ceder. Que melhor ocasião para ler no rosto dele a expressão da verdade? A carta era das mais explícitas; falava da viúva em termos crus. Maria Olímpia entregou-lha.

— Não queria mostrar esta, disse-lhe ela primeiro, como não mostrei outras que tenho recebido e botado fora; são tolices, intrigas, que andam fazendo para . . . Leia, leia a carta.

Galvão abriu a carta e deitou-lhe os olhos ávidos. Ela enterrou a cabeça na cintura, para ver de perto a franja do vestido. Não o viu empalidecer. Quando ele, depois de alguns minutos, proferiu duas ou três palavras, tinha já a fisionomia composta e um esboço de sorriso. Mas a mulher, que o não adivinhava, respondeu ainda de cabeça baixa; só a levantou daí a três ou quatro minutos, e não para fitá-lo de uma vez, mas aos pedaços, como se temesse descobrir-lhe nos olhos a confirmação do anônimo. Vendo-lhe, ao contrário, um sorriso, achou que era o da inocência, e falou de outra coisa.

who they might meet at theatres or balls, and found many plausible. Indeed, she did not lack admirers.

"Letters from whom?" repeated he, biting his lip and furrowing his brow.

For seven days, he had a restless and annoying life, spying on his wife and spending most of his time at home. On the eighth day a letter arrived.

"For me?" said he vividly.

"No; it's for me," answered Maria Olímpia, reading the envelope. "It looks like Mariana or Lulu Fontoura's handwriting . . .

She didn't want to read it; but her husband told her to; it could be serious news. Maria Olímpia read the letter and folded it smiling; she was going to put it away when the husband wished to see what it was.

"You smiled," he said, teasing. "It must be some epigram about me."

"Nope! It's a clothing design issue."

"But let me see."

"What for, Eduardo?"

"What's the matter? You don't want to show it to me, there must be a reason. Hand it over."

She wasn't smiling anymore; her voice trembled. She still held the letter back, once, twice, three times. She even thought of tearing it up, but that would be worse, and she wouldn't go all the way through. It was really a peculiar situation. When she saw she had no alternative, she decided to surrender. What better occasion to read on his face the truth? The letter was one of the most explicit; it spoke about the widow in raw terms. Maria Olímpia handed it over.

"I didn't want to show this," she said at first, "as I haven't shown you the others I have been receiving and throwing away, they're nonsense, intrigues being done to . . . Read, read the letter.

Galvão opened the letter and laid his eager eyes upon it. She buried her head at her waist to see the fringe of her dress up close. She didn't see him turn pale. When he, after a few minutes, said two or three words, he already had a composed face and a sketch of a smile. But his wife, who didn't see through him, answered with her head still bowed; she only

Redobraram as cautelas do marido; parece também que ele não pôde esquivar-se a um tal ou qual sentimento de admiração para com a mulher. Pela sua parte, a viúva, tendo notícia das cartas, sentiu-se envergonhada; mas reagiu depressa, e requintou de maneiras afetuosas com a amiga.

Na segunda ou terceira semana de agosto, Galvão fez-se sócio do Cassino Fluminense. Era um dos sonhos da mulher. A seis de setembro fazia anos a viúva, como sabemos. Na véspera, foi Maria Olímpia (com a tia que chegara de fora) comprar-lhe um mimo: era uso entre elas. Comprou-lhe um anel. Viu na mesma casa uma jóia engraçada, uma meia lua de diamantes para o cabelo, emblema de Diana, que lhe iria muito bem sobre a testa. De Maomé que fosse; todo o emblema de diamantes é cristão. Maria Olímpia pensou naturalmente na primeira noite do Cassino; e a tia, vendo-lhe o desejo, quis comprar a jóia, mas era tarde, estava vendida.

Veio a noite do baile. Maria Olímpia subiu comovida as escadas do Cassino. Pessoas que a conheceram naquele tempo, dizem que o que ela achava na vida exterior, era a sensação de uma grande carícia pública, a distância; era a sua maneira de ser amada. Entrando no Cassino, ia recolher nova cópia de admirações, e não se enganou, porque elas vieram, e de fina casta.

Foi pelas dez horas e meia que a viúva ali apareceu. Estava realmente bela, trajada a primor, tendo na cabeça a meia lua de diamantes. Ficava-lhe bem o diabo da jóia, com as duas pontas para cima, emergindo do cabelo negro. Toda a gente admirou sempre a viúva naquele salão. Tinha muitas amigas, mais ou menos íntimas, não poucos adoradores, e possuía um gênero de espírito que espertava com as grandes luzes. Certo secretário de legação não cessava de a recomendar aos diplomatas novos: "Causez avec Mme. Tavares; c'est adorable!" Assim era nas outras noites; assim foi nesta.

— Hoje quase não tenho tido tempo de estar com você, disse ela a Maria Olímpia, perto de meia-noite.

— Naturalmente, disse a outra abrindo e fechando o leque; e, depois de umedecer os lábios, como para chamar a eles todo o veneno que tinha

looked up after three or four minutes, and not to gloat at him once and for all, but little by little, as if she feared to find in his eyes the confirmation of the anonymous writer. To the contrary, seeing a smile, she thought it was the smile of innocence and spoke of something else.

The husband's cautions redoubled; it also appears he couldn't avoid a certain feeling of admiration towards his wife. On her part, the widow having heard of the letters, felt ashamed; but she reacted quickly and sharpened her affectionate manners towards her friend.

On the second or third week of August, Galvão made himself a member of the Cassino Fluminense. It was one of his wife's dreams. The sixth of September was the widow's birthday, as we know. On the night before, Maria Olímpia (with her aunt, who had arrived from abroad) went to buy her a gift: it was custom between them. She bought her a ring. In the same shop she saw a nice jewel, a diamond half moon for the hair, the emblem of Diana, which would look very good just above her forehead. Even if they are Mahomet's, all diamond emblems are Christian. Maria Olímpia, naturally thought of the first evening at the Cassino; and the aunt, seeing her desire, wanted to buy the jewel, but it was too late; it was sold.

The evening of the ball arrived. Maria Olímpia was touched as she climbed the stairs of the Cassino. People who knew her at that time say that what she thought of her exterior life was the feeling of an immense public caress, at a distance; it was her way of being loved. Entering in the Cassino, she was going to receive more copious admiration, and she wasn't wrong, because it came, and from a high class.

It was around half past ten when the widow came in. She was really beautiful, dressed to perfection, and on her head the diamond half moon. The devil of a jewel looked good on her with both tips up, emerging from the black hair. Everybody in that hall had always admired the widow. She had a lot of friends, more or less close, not just a few admirers, and had a sort of spirit that came to life under the big lights. A certain Secretary of Legation wouldn't stop recommending her to new diplomats: "Causez avec Mme. Tavares; c'est adorable!" This is how it was on some evenings; and that's how it was on that one.

no coração: - Ipiranga, você está hoje uma viúva deliciosa . . . Vem seduzir mais algum marido?

A viúva empalideceu, e não pôde dizer nada. Maria Olímpia acrescentou, com os olhos, alguma coisa que a humilhasse bem, que lhe respingasse lama no triunfo. Já no resto da noite falaram pouco; três dias depois romperam para nunca mais.

"Today, I almost haven't had the time to be with you," she said to Maria Olímpia, around midnight.

"Obviously," said the other opening and closing her fan; and, after moistening her lips, as if to call upon them all the poison she had in her heart: "Ipiranga, today you are a delicious widow . . . Did you come to seduce another husband?"

The widow turned pale and couldn't say a word. Maria Olímpia added, with her eyes, something that humiliated her deeply, which would splatter mud on the triumph. For the rest of the evening they spoke little; three days later they broke up forever.

Manuscrito de um Sacristão

by Machado de Assis
from *Histórias Sem Data,* 1884

I

Ao dar com o padre Teófilo falando a uma senhora, ambos sentadinhos no banco da igreja, e a igreja deserta, confesso que fiquei espantado. Note-se que conversavam em voz tão baixa e discreta, que eu, por mais que afiasse o ouvido e me demorasse a apagar as velas do altar, não podia apanhar nada, nada, nada. Não tive remédio senão adivinhar alguma coisa. Que eu sou um sacristão filósofo. Ninguém me julgue pela sobrepeliz rota e amarrotada nem pelo uso clandestino das galhetas. Sou um filósofo sacristão. Tive estudos eclesiásticos, que interrompi por causa de uma doença e que inteiramente deixei por outro motivo, uma paixão violenta, que me trouxe à miséria. Como o seminário deixa sempre um certo vinco, fiz-me sacristão aos trinta anos, para ganhar a vida. Venhamos, porém, ao nosso padre e à nossa dama.

Marissel Hernández Romero

Manuscript of a Sacristan

translated by Marissel Hernández Romero

I

I must confess that I was stunned when I ran into Father Teófilo while he was talking to a lady, both of them seated on the pew, and the church was deserted. I noticed they were murmuring so discretely that even when I horned my ear and took my time snuffing out the candles at the altar, I could not catch a thing, nothing they were saying. I had no choice but to guess what was happening. Because I am a philosopher sacristan. Let nobody judge me for either the torn and wrinkled surplice or the clandestine uses of the wine cruets. I am a sacristan philosopher. I had some ecclesiastical studies that I was forced to interrupt because of an illness, and I completely abandoned them later for a different motive, a vicious passion that brought me misery. Since seminary always leaves a certain trace, at the age of thirty I became a sacristan to make a living. Nevertheless, let's go back to our priest and our lady.

II

Antes de ir adiante, direi que eram primos. Soube depois que eram primos, nascidos em Vassouras. Os pais dela mudaram-se para a Corte, tendo Eulália (é o seu nome) sete anos. Teófilo veio depois. Na família era uso antigo que um dos rapazes fosse padre. Vivia ainda na Bahia um tio dele, cônego. Cabendo-lhe nesta geração envergar a batina, veio para o seminário de São José, no ano de mil oitocentos e cinqüenta e tantos, e foi aí que o conheci. Compreende-se o sentimento de discrição que me leva a deixar a data no ar.

III

No seminário, dizia-nos o lente de retórica:

— A teologia é a cabeça do gênero humano, o latim a perna esquerda, e a retórica a perna direita.

Justamente da perna direita é que o Teófilo coxeava. Sabia muito as outras coisas: teologia, filosofia, latim, história sagrada; mas a retórica é que lhe não entrava no cérebro. Ele, para desculpar-se, dizia que a palavra divina não precisava de adornos. Tinha então vinte ou vinte e dois anos de idade, e era lindo como São João.

Já nesse tempo era um místico; achava em todas as coisas uma significação recôndita. A vida era uma eterna missa, em que o mundo servia de altar, a alma de sacerdote e o corpo de acólito; nada respondia à realidade exterior. Vivia ansioso de tomar ordens para sair a pregar grandes coisas, espertar as almas, chamar os corações à Igreja, e renovar o gênero humano. Entre todos os apóstolos, amava principalmente São Paulo.

Não sei se o leitor é da minha opinião; eu cuido que se pode avaliar um homem pelas suas simpatias históricas; tu serás mais ou menos da família dos personagens que amares deveras. Aplico assim aquela lei de Helvetius: "O grau de espírito que nos deleita dá a medida exata do grau de espírito que possuímos." No nosso caso, ao menos, a regra não falhou. Teófilo amava São Paulo, adorava-o, estudava-o dia e noite, parecia viver daquele converso que ia de cidade em cidade, à custa

II

Before we go any further, I'll say that they were cousins. I learned later that they were cousins, born in Vassouras. Her parents moved there to the Court when Eulália (her name) was seven years old. Teófilo came later. It was a tradition in the family that one of the boys should become a priest. One of his uncles still lived in Bahia, a canon. Since in this generation it was up to him to wear the robe, he joined the seminary in eighteen hundred and fifty something. That was when I met him. The sentiment of prudence that led me to leave the date in the air is understandable.

III

At the seminary, they used to call us the lens of rhetoric

"Theology is the head of a human being; Latin the left leg, and rhetoric the right."

It is precisely on the right leg that Teófilo limped. He knew a lot about other things: Theology, Philosophy, Latin, Sacred History, but Rhetoric… he just didn't get it. To justify himself, he used to say that the divine word didn't need ornaments. He was twenty, twenty-two years old then, and he was handsome like Saint John.

By that time he was already a mystic. In all things he found a hidden meaning. Life was an eternal mass where the world serves as an altar, the soul as a priest, and the body as an acolyte; nothing corresponds to the external reality. He was eager to be ordained to go out preaching great things, wake up souls, call the hearts to come to Church, and renew the human race. Among all the apostles, he principally loved Saint Paul.

I'm not sure if the reader shares my opinion, but I believe we can judge a man by his past affections. You more or less become part of a family of the characters you truly love. That's how I apply Helvetius's law: "The amount of the spirit that delights us is the exact measure of the amount of the spirit we posses." In our case, at least, the law didn't fail. Teófilo loved Saint Paul, he adored him; day and night he studied him, seemed to live the discourse that traveled city to city, with the sacrifice of a mechanical task of spreading the Gospel to men. But Saint Paul was not

de um ofício mecânico, espalhando a boa nova aos homens. Nem tinha somente esse modelo, tinha mais dois: Hildebrando e Loiola. Daqui podeis concluir que nasceu com a fibra da peleja e do apostolado. Era um faminto de ideal e criação, olhando todas as coisas correntes por cima da cabeça do século. Na opinião de um cônego, que lá ia ao seminário, o amor dos dois modelos últimos temperava o que pudesse haver perigoso em relação ao primeiro.

— Não vá o senhor cair no excesso e no exclusivo, disse-lhe um dia com brandura; não pareça que, exaltando somente a Paulo, intenta diminuir Pedro. A Igreja, que os comemora ao lado um do outro, meteu-os ambos no Credo; mas veneremos Paulo e obedeçamos a Pedro. Super hanc petram . . .

Os seminaristas gostavam do Teófilo, principalmente três, um Vasconcelos, um Soares e um Veloso, todos excelentes retóricos. Eram também bons rapazes, alegres por natureza, graves por necessidade e ambiciosos. Vasconcelos jurava que seria bispo; Soares contentava-se com algum grande cargo; Veloso cobiçava as meias roxas de cônego e um púlpito. Teófilo tentou repartir com eles o pão místico dos seus sonhos, mas reconheceu depressa que era manjar leve ou pesado demais, e passou a devorá-lo sozinho. Até aqui o padre; vamos agora à dama.

IV

Agora a dama. No momento em que os vi falar baixinho na igreja, Eulália contava trinta e oito anos de idade. Juro-lhes que era ainda bonita. Não era pobre; os pais deixaram- lhe alguma coisa. Nem casada; recusou cinco ou seis pretendentes.

Este ponto nunca foi entendido pelas amigas. Nenhuma delas era capaz de repelir um noivo. Creio até que não pediam outra coisa, quando rezavam antes de entrar na cama, e ao domingo, à missa, no momento de levantar a Deus. Por que é que Eulália recusava-os todos? Vou dizer desde já o que soube depois. Supuseram-lhe, a princípio, um simples desdém, - nariz torcido, dizia uma delas; - mas, no fim da terceira recusa, inclinaram-se a crer que havia namoro encoberto, e esta explicação

his only role model, there were two more: Hildebrand and Loyola. We can conclude that he was born with the rebellious urge and the evangelizing urge. He was hungry for an ideal and creation, looking at every current thing from the beginning of the century. According to a canon that used to go to the seminary, the love for the latter two role models tempered what could have been dangerous with regard to the first.

"Sir, don't fall into the exclusiveness and the excessiveness," I told him one day with tenderness. "Don't let it look like you're only praising Paul with the intent of diminishing Peter. The church, which commemorates them one beside the other, places both of them in the Creed, yet we venerate Paul and obey Peter. *Super hanc petram . . .* "[1]

The seminarians liked Teófilo, especially Vasconcelos, Soares and Veloso, the three of them exceptional rhetoricians. They were good fellows, too, cheerful by nature, serious by necessity, and ambitious. Vasconcelos swore he would become a bishop. Soares was happy to be appointed to a higher position. Veloso desired a pulpit and the purple socks of canon. Teófilo tried to share with them the mystical bread of his dreams but he quickly realized that it was a morsel either too heavy or too light. Then he proceeded to devour it by himself. Hitherto, the priest. Now, let's go to the lady.

IV

Now, the lady. The moment I saw them whispering in the church, Eulália was thirty-eight years old. I swear to you she was still pretty. She was not poor. Her parents had left her something. Nor was she married; she turned down five or six suitors.

Her friends never understood this. None of them was able to reject a boyfriend. I even think they didn't ask for anything else when they prayed before going to bed and on Sunday at mass during the moment of imploring God. Why did Eulália reject all of them? I'm going to say now

[1] "Tu es Petrus et super hanc petram aedificabo ecclesiam mean et tibi dabo claves regni caelorum" ("You are 'Rock' and on this rock I will build my Church, to you I will give the keys of the kingdom of heaven." Mt 16:18) The words are inscribed at St. Peter's Basilica in Rome.

prevaleceu. A própria mãe de Eulália não aceitou outra. Não lhe importaram as primeiras recusas; mas, repetindo-se, ela começou a assustar-se. Um dia, voltando de um casamento, perguntou à filha, no carro em que vinham, se não se lembrava que tinha de ficar só.

— Ficar só?

— Sim, um dia hei de morrer. Por ora tudo são flores; cá estou para governar a casa; e você é só ler, cismar, tocar e brincar; mas eu tenho de morrer, Eulália, e você tem de ficar só . . .

Eulália apertou-lhe muito a mão, sem poder dizer palavra. Nunca pensara na morte da mãe; perdê-la era perder metade de si mesma. Na expansão de momento, a mãe atreveu- se a perguntar-lhe se amava alguém e não era correspondida; Eulália respondeu que não. Não simpatizara com os candidatos. A boa velha abanou a cabeça; falou dos vinte e sete anos da filha, procurou aterrá-la com os trinta, disse-lhe que, se nem todos os noivos a mereciam igualmente, alguns eram dignos de ser aceitos, e que importava a falta de amor? O amor conjugal podia ser assim mesmo; podia nascer depois, como um fruto da convivência. Conhecera pessoas que se casaram por simples interesse de família e acabaram amando-se muito. Esperar uma grande paixão para casar era arriscar-se a morrer esperando.

— Pois sim, mamãe, deixe estar . . .

E, reclinando a cabeça, fechou um pouco os olhos para espiar alguém, para ver o namorado encoberto, que não era só encoberto, mas também e principalmente impalpável. Concordo que isto agora é obscuro; não tenho dúvida em dizer que entramos em pleno sonho.

Eulália era uma esquisita, para usarmos a linguagem da mãe, ou romanesca, para empregarmos a definição das antigas. Tinha, em verdade, uma singular organização. Saiu ao pai. O pai nascera com o amor do enigmático, do arriscado e do obscuro; morreu quando aparelhava uma expedição para ir à Bahia descobrir a "cidade abandonada". Eulália recebeu essa herança moral, modificada ou agravada pela natureza feminil. Nela dominava principalmente a contemplação. Era na cabeça que ela descobria as cidades abandonadas. Tinha os olhos dispostos de

what I found out later. People guessed, at first, it was because of a simple disdain - a twisted nose, one of the friends said - but after the third rejection, they began to be suspicious that there was a secret love, and that was the explanation that prevailed. Even Eulália's mother accepted it as the only one. Eulália's mother didn't worry about the first rejections, but after the ongoing rejections she started to become frightened. One day while returning from a wedding, the mother asked her daughter, in the carriage in which they had come, if she didn't ponder that she would end up alone.

"Alone?"

"Yes, one day I'll die. Right now, everything is a bed of roses. Here I am taking care of the house and you just read, daydream, play, and fool around. But I must die, Eulália, and you will be all by yourself."

Eulália held her hand tightly without saying a word. She had never thought about her mother's death. Losing her mother was like losing half of herself. In the outpouring of the moment, her mother dared to ask her if she was in love with someone and it wasn't reciprocated. Eulália replied that that wasn't the reason; she just didn't like any of the candidates. The old woman shook her head and talked about her daughter's twenty-seven years, tried to scare her with the thirties, told her that though not all the suitors deserved her equally, some were worthy of being accepted, and did the lack of love really matter? Conjugal love could be like that; it could grow later as a final product of companionship. She knows people that are married just for the interest of the family and ended loving each other. Waiting for a great love to get married is taking a risk of dying waiting for it.

"Oh well, you are right, mother. Let me be…"

And inclining her head, she closed her eyes to spy someone, to look at her unseen loved one, who wasn't just unseen, but also and mainly, untouchable. I agree that all this is unclear now; I have no doubt in saying that we have entered a complete dream.

Eulália was an odd person, to use her mother's words, or a dreamer to apply the definition of the old ones. The truth is that she had a unique organization. She took after her father. He was born with an attraction to

maneira que não podiam apanhar integralmente os contornos da vida. Começou idealizando as coisas, e, se não acabou negando-as, é certo que o sentimento da realidade esgarçou-se-lhe até chegar à transparência fina em que o tecido parece confundir-se com o ar.

Aos dezoito anos, recusou o primeiro casamento. A razão é que esperava outro, um marido extraordinário, que ela viu e conversou, em sonho ou alucinação, a mais radiosa figura do universo, a mais sublime e rara, uma criatura em que não havia falha ou quebra, verdadeira gramática sem irregularidades, pura língua sem solecismos.

Perdão, interrompe-me uma senhora, esse noivo não é obra exclusiva de Eulália, é o marido de todas as virgens de dezessete anos. Perdão, digo-lhe eu, há uma diferença entre Eulália e as outras, é que as outras trocam finalmente o original esperado por uma cópia gravada, antes ou depois da letra, e às vezes por uma simples fotografia ou litografia, ao passo que Eulália continuou a esperar o painel autêntico. Vinham as gravuras, vinham as litografias, algumas muito bem acabadas, obra de artista e grande artista, mas para ela traziam o defeito de ser cópias. Tinha fome e sede de originalidade. A vida comum parecia- lhe uma cópia eterna. As pessoas do seu conhecimento caprichavam em repetir as idéias umas das outras, com iguais palavras, e às vezes sem diferente inflexão, à semelhança do vestuário que usavam, e que era do mesmo gosto e feitio. Se ela visse alvejar na rua um turbante mourisco ou flutuar um penacho, pode ser que perdoasse o resto; mas nada, coisa nenhuma, uma constante uniformidade de idéias e coletes. Não era outro o pecado mortal das coisas. Mas, como tinha a faculdade de viver tudo o que sonhava, continuou a esperar uma vida nova e um marido único.

Enquanto esperava, as outras iam casando. Assim perdeu ela as três principais amigas: Júlia Costinha, Josefa e Mariana. Viu-as todas casadas, viu-as mães, a princípio de um filho, depois de dois, de quatro e de cinco. Visitava-as, assistia ao viver delas, sereno e alegre, medíocre, vulgar, sem sonhos nem quedas, mais ou menos feliz. Assim se passaram os anos; assim chegou aos trinta, aos trinta e três, aos trinta e cinco, e

the enigmatic, to the risky and to the obscure. He died while arranging an expedition to Bahia to discover the "lost city." Eulália received this moral inheritance, modified or aggravated by feminine nature. Contemplation dominated Eulália. It was in her mind that she discovered the lost cities. Her eyes were set in such a way that they couldn't catch life's contour entirely. She began idealizing things, and if she didn't end up denying them, it is certain that the sense of reality stretched from her to the point it became transparent, so fine that material could get confused with air.

At the age of eighteen, she rejected the first marriage. The reason was that she was waiting for someone else, an extraordinary husband whom she had seen and talked to in her dreams or while hallucinating; he was the most radiant figure in the universe; the most sublime and rare, a creature who had no flaw or failure; true grammar without irregularities, pure language without solecisms.

Excuse me, a lady interrupts me, that suitor is not Eulália's exclusive construction. It is the husband of every virgin at the age of seventeen. Excuse me, I told her, there is a difference between Eulália and the others. They, in the end, exchanged the dreamed original for an engraved copy, without hesitation, and sometimes just for a simple picture or lithography; on the other hand, Eulália continued waiting for the authentic piece of art. The engravings came, the lithographs came, some of them very well polished, the work of an artist, a great artist, but for her they had the defect of being copies. She was hungry and thirsty for uniqueness. Everyday life seemed to her like an eternal copy. People of her acquaintance stubbornly insisted in repeating each other's ideas, with the same words, same inflection; they even repeated the same ugly taste in clothes. If by any chance, she noticed a Moorish turban or a fluttering plume, then maybe she forgave the rest; but nothing, nothing at all; it was a constant uniformity of ideas and garments. The mortal sin of things was the same, but since she had the gift of living in a dream, she continued waiting for a new life and a unique husband.

While she waited, the others got married. That is how she lost her three best friends: Julia Costinha, Josefa and Mariana. She saw all of

finalmente aos trinta e oito em que a vemos na igreja, conversando com o padre Teófilo.

V

Naquele dia mandara dizer uma missa por alma da mãe, que morrera um ano antes. Não convidou ninguém: foi ouvi-la sozinha. Ouviu-a, rezou, depois sentou-se no banco.

Eu, depois de ajudar à missa, voltei para a sacristia, e vi ali o padre Teófilo, que viera da roça duas semanas antes e andava à cata de alguma missa para comer. Parece que ele ouviu do outro sacristão ou do mesmo padre oficiante o nome da pessoa sufragada; viu que era o da tia e correu à igreja, onde ainda achou a prima no banco. Sentou-se ao pé dela, esquecido do lugar e das posições, e falaram naturalmente de si mesmos. Não se viam desde longos anos. Teófilo visitara-as logo depois de ordenado padre; mas saiu para o interior e nunca mais soube delas, nem elas dele.

Já disse que não pude ouvir nada. Estiveram assim perto de meia hora. O coadjutor veio espiar, deu com eles e ficou justamente escandalizado. A notícia do caso chegou, dois dias depois, ao bispo. Teófilo recebeu uma advertência amiga, subiu à Conceição e explicou tudo: era uma prima, a quem não via desde muito. O padre coadjutor, quando soube da explicação, exclamou com muito critério que o ser parente não lhe trocava o sexo nem supria o escândalo.

Entretanto, como eu tinha sido companheiro do Teófilo no seminário e gostava dele, defendi-o com muito calor e fiz chegar o meu testemunho ao palácio da Conceição. Ele ficou-me grato por isso, e daí veio a intimidade de nossas relações. Como os dois primos podiam ver-se em casa, Teófilo passou a visitá-la, e ela a recebê-lo com muito prazer. No fim de oito dias, recebeu-me também; ao cabo de duas semanas era eu um dos seus familiares.

Dois patrícios que se encontram em plaga estrangeira e podem finalmente trocar as palavras mamadas na infância não sentem maior alvoroço do que estes dois primos, que eram mais que primos: moral-

them getting married, becoming mothers of one son, then of two, of three, four and five. She visited them, attended to their daily calm, happy, mediocre, vulgar lives, without dreams, without falls, and relatively happy. Years passed like this; like this she turned thirty, and thirty-three, thirty-five and finally the age of thirty-eight, the time when we found her in the church, talking to Father Teófilo.

V

That day she requested a mass for the soul of her mother, who had died less than a year before. She didn't invite anybody; she went alone. She heard it, prayed, and later sat down on the pew.

After I was done helping in the mass, I went back to the sacristy and there saw Father Teófilo, who had come from the countryside two weeks before and was in search of a mass in order to have something to eat. It seems that he heard from another sacristan or from the officiant father the name of the person honored. He realized that it was the name of his aunt and hurried to the church, where he found his cousin on the pew. He sat down next to her, forgetting the place and their position and talked naturally about themselves. They hadn't seen each other in a long time. Teófilo had visited them right after he was ordained a priest. He moved to the interior and never heard from them again, nor they from him.

I've already said I couldn't catch anything they were saying. They were there for nearly half an hour. The coadjutor happened to spot them, talked with them, and was fairly scandalized. The news about the case made it to the bishop two days later. Teófilo received a friendly warning, traveled to Conceição, and explained everything: that she was his cousin whom he hadn't seen in a long time. The coadjutor priest, when heard the explanation, replied with a lot of sense that being relatives neither changed his sex nor held back the scandal.

Meanwhile, since I was Teófilo's colleague at the seminary and liked him, I stood up for him with great passion, and my testimony reached the clerical residence in Conceição. He was very grateful for that, and that is how our relationship grew closer. Since both of the cousins could meet

mente eram gêmeos. Ele contou-lhe a vida e, como os acontecimentos acarretassem os sentimentos, ela olhou para dentro da alma do primo e achou que era a sua mesma alma e que, em substância, a vida de ambos era a mesma. A diferença é que uma esperou quieta o que o outro andou buscando por montes e vales; no mais, igual equívoco, igual conflito com a realidade, idêntico diálogo de árabe e japonês.

— Tudo o que me cerca é trivial e chocho, dizia-lhe ele.

Com efeito, gastara o aço da mocidade em divulgar uma concepção que ninguém lhe entendeu. Enquanto os três amigos mais chegados do seminário passavam adiante, trabalhando e servindo, afinados pela nota do século, Veloso cônego e pregador, Soares com uma grande vigararia, Vasconcelos a caminho de bispar, ele Teófilo era o mesmo apóstolo e místico dos primeiros anos, em plena aurora cristã e metafísica. Vivia miseravelmente, costeando a fome, pão magro e batina surrada; tinha instantes e horas de tristeza e de abatimento: confessou-os à prima . . .

— Também o senhor? perguntou ela.

E as suas mãos apertaram-se com energia: entendiam-se. Não tendo achado um astro na loja de um relojoeiro, a culpa era do relojoeiro; tal era a lógica de ambos. Olharam- se com a simpatia de náufragos, - náufragos e não desenganados, - porque não o eram. Crusoe, na ilha deserta, inventa e trabalha; eles não; lançados à ilha, estendiam os olhos para o mar ilimitado, esperando a águia que viria buscá-los com as suas grandes asas abertas. Uma era a eterna noiva sem noivo, outro o eterno profeta sem Israel; ambos punidos e obstinados.

Já disse que Eulália era ainda bonita. Resta dizer que o padre Teófilo, com quarenta e dois anos, tinha os cabelos grisalhos e as feições cansadas; as mãos não possuíam nem a maciez nem o aroma da sacristia, eram magras e calosas e cheiravam ao mato. Os olhos é que conservavam o fogo antigo, era por ali que a mocidade interior falava cá para fora, e força é dizer que eles valiam só por si todo o resto.

As visitas amiudaram-se. Afinal íamos passar ali as tardes e as noites e jantar aos domingos. A convivência produziu dois efeitos, e até três. O primeiro foi que os dois primos, freqüentando-se, deram força

at her house, Teófilo passed by to visit her, and she received him with gratification. After eight days, I was also welcomed. After two weeks I was part of their family.

Two countrymen who are in a foreign land and finally can exchange words suckled in infancy do not feel greater excitement than these two cousins, who were more than cousins. Morally, they were twins. He told her about his life and how the events had brought about some feelings, and she looked inside her cousin's soul and found out that it was the same soul as hers and that, in substance, their lives were one and the same. The only difference was that she waited quietly, and he walked through hills and valleys. The same equal misconception, same conflict with reality, a dialogue like that of an Arab and a Japanese.

"Everything that surrounds me is trivial and unappealing," he said to her.

Indeed, he had wasted his youth promoting an idea nobody ever understood. Meanwhile the three closest friends in the seminary moved forward in their careers, working and serving, moving to the rhythm of time, Veloso a canon and a preacher, Soares a great parish priest, Vasconcelos almost a bishop. But Teófilo was the same apostle and mystic of the first years at the seminar, in full Christian and metaphysical youth. He lived miserably, suffering hunger, thin bread and tattered cassock. He confessed to his cousin that he had his moments of sadness and low spirit...

"You, too?" she asked.

And their hands tightened with strength: they understood each other. Their logic was: not finding a star in a watchmaker shop was the fault of the watchmaker. They look at each other with the affection of the shipwrecked; shipwrecked and not disillusioned - because they were not. Crusoe, on the desert island, works and creates; they don't. Thrown onto the island, they gazed out over the endless sea, waiting for the eagle to come get them with its great wings wide-open. One of them was the eternal fiancée without a suitor; the other the eternal prophet without Israel; both chastened and stubborn.

e vida um ao outro; relevem-me esta expressão familiar: - fizeram um pique-nique de ilusões. O segundo é que Eulália, cansada de esperar um noivo humano, volveu os olhos para o noivo divino e, assim como ao primo viera a ambição de São Paulo, veio-lhe a ela a de Santa Teresa. O terceiro efeito é o que o leitor já adivinhou.

Já adivinhou. O terceiro foi o caminho de Damasco, - um caminho às avessas, porque a voz não baixou do céu, mas subiu da terra; e não chamava a pregar Deus, mas a pregar o homem. Sem metáfora, amavam-se. Outra diferença é que a vocação aqui não foi súbita como em relação ao apóstolo das gentes; foi vagarosa, muito vagarosa, cochichada, insinuada, bafejada pelas asas da pomba mística.

Note-se que a fama precedeu ao amor. Sussurrava-se desde muito que as visitas do padre eram menos de confessor que de pecador. Era mentira; eu juro que era mentira. Via- os, acompanhava-os, estudava esses dois temperamentos tão espirituais, tão cheios de si mesmos, que nem sabiam da fama, nem cogitavam no perigo da aparência. Um dia vi-lhes os primeiros sinais do amor. Será o que quiserem, uma paixão quarentona, rosa outoniça e pálida, mas era, existia, crescia, ia tomá-los inteiramente. Pensei em avisar o padre, não por mim, mas por ele mesmo; mas era difícil, e talvez perigoso. Demais, eu era e sou gastrônomo e psicólogo; avisá-lo era botar fora uma fina matéria de estudo e perder os jantares dominicais. A psicologia, ao menos, merecia um sacrifício: calei-me.

Calei-me à toa. O que eu não quis dizer, publicou-o o coração de ambos. Se o leitor me leu de corrida, conclui por si mesmo a anedota, conjugando os dois primos; mas, se me leu devagar, adivinha o que sucedeu. Os dois místicos recuaram; não tiveram horror um do outro nem de si mesmos, porque essa sensação estava excluída de ambos, mas recuaram, agitados de medo e de desejo.

— Volto para a roça, disse-me o padre. - Mas por quê?

— Volto para a roça.

Voltou para a roça e nunca mais cá veio. Ela, é claro que tinha achado o marido que esperava, mas saiu-lhe tão impossível como a vida

I previously said that Eulália was still pretty. Needless to say, the priest Teófilo, forty-two, had gray hair and tired features; his hands, having neither the tenderness nor the aroma of the sacristy, were lean and calloused and smelled of the woods. It was his eyes that preserved the old passion. It was through them that his inner youth spoke out, and perforce it could be said that they alone were worth all the rest.

The visits started happening frequently. After all, we were going to spend days and nights together as well as dinner on Sunday. The companionship had two or three effects. The first was that both cousins, by seeing each other, gave strength and life to each other. Allow me to underscore a familiar expression: they made a feast of illusions. The second is that Eulália, tired of waiting for the real suitor, turned her eyes on the divine suitor; the same way the fascination for Saint Paul came to Teófilo, came unto Eulália a fascination for Saint Theresa. The third effect is the one the reader already guessed.

You have already guessed. The third was the Conversion on the Way to Damascus. A road turned upside down because the voice never came down from heaven but rose up from the earth, and it was not calling to praise the Lord but to praise the man. They loved each other without metaphor. Another difference is that the vocation it did not happen suddenly as it happened to the apostle of the people. It was slow, very slow, whispered, hinted, graced by the wings of the mystic dove.

Notice that fame preceded love. It whispered long before that the visits of the priest were more as a sinner than as a confessor. It was a lie. I swear it was a lie. I watched them, accompanied them, studied their spiritual character, so full of each other, and they knew nothing of the fame nor were considering the danger of appearances. One day, I observed their first sign of love. Call it whatever you want to call it, a forty-something passion, a pale autumnal rose, but it was real, it existed, it was growing, and it was about to take possession of them completely. I thought to warn the priest, not for me, but for himself, but it was difficult, and perhaps dangerous. Besides, I was and I am a psychologist and gastronome; to

que sonhou. Eu, gastrônomo e psicólogo, continuei a ir jantar com Eulália aos domingos. Considero que alguma coisa deve subsistir debaixo do sol, ou o amor ou o jantar, se é certo, como quer Schiller, que o amor e a fome governam este mundo.

warn him was to put out a fine field of study and miss the Sunday dinners. Psychology, at least, deserved a sacrifice: I remained silent.

I said nothing at all. Their heart published what I did not say. If the reader has read me in a hurry, he can conclude for himself the anecdote, conjugating the two cousins. But if he has read me slowly, you can guess what happened. The two mystics pulled back. They had no horror of each other or themselves, because that feeling was excluded from both, but they retreated, shaken with fear and desire.

"I'm going back out to the country," said the priest.

"But why?"

"I'm going back out to the country."

He went back to the country and never came back. She, obviously she had found the husband she was waiting for, but it was even more impossible than the life she dreamed. I, a gastronome and psychologist, continued to go to dinner with Eulália on Sundays. I believe that something should subsist under the sun, either love or dinner, if it is true, as Schiller says, that love and hunger rule this world.

O Cônego ou Metafísica do Estilo

by Machado de Assis
originally in *Gazeta de Notícias*, 1885

— "Vem do Líbano, esposa minha, vem do Líbano, vem... As mandrágoras, deram o seu cheiro. Temos às nossas portas toda casta de pombos ... "

— "Eu vos conjuro, filhas de Jerusalém, que se encontrardes o meu amado, lhe façais saber que estou enferma de amor ... "

Era assim, com essa melodia do velho drama de Judá, que procuravam um ao outro na cabeça do Cônego Matias um substantivo e um adjetivo . . . Não me interrompas, leitor precipitado; sei que não acreditas em nada do que vou dizer. Di-lo-ei, contudo, a despeito da tua pouca fé, porque o dia da conversão pública há de chegar.

Nesse dia, – cuido que por volta de 2222, – o paradoxo despirá as asas para vestir a japona de uma verdade comum. Então esta página merecerá, mais que favor, apoteose. Hão de traduzi-la em todas as línguas. As academias e institutos farão dela um pequeno livro, para uso dos séculos, papel de bronze, corte-dourado, letras de opala embutidas, e capa de prata fosca. Os governos decretarão que ela seja ensinada nos ginásios e liceus.

Canon, or The Metaphysics of Style

translated by Linda Ledford-Miller

"Come with me from Lebanon, my spouse, come with me from Lebanon, come… The mandrakes give off their smell, and at our gates are all manner of pleasant fruits …"

"I charge you, O daughters of Jerusalem, if ye find my beloved, that ye tell him, that I am sick of love."

That was how, with that melody of the old drama of Judah, that a noun and an adjective were seeking each other in the head of the Canon Matthew. Do not interrupt me, hasty reader; I know that you don't believe anything I'm going to say. I will say it anyway, despite your little faith, because the day of public conversion has come.

On this day – I think it was around 2222 – the paradox will take off its wings to don the peacoat of a common truth. Then this page will merit apotheosis more than favor. It shall have to be translated in all languages. Academies and institutes will make a small book of it, for use through the centuries, with bronze paper, gilt edges, letters of inlaid opal and a matte silver cover. Governments will decree that the book be taught in primary

As filosofias queimarão todas as doutrinas anteriores, ainda as mais definitivas, e abraçarão esta psicologia nova, única verdadeira, e tudo estará acabado.

Até lá passarei por tonto, como se vai ver.

Matias, cônego honorário e pregador efetivo, estava compondo um sermão quando começou o idílio psíquico. Tem quarenta anos de idade, e vive entre livros e livros para os lados da Gamboa. Vieram encomendar-lhe o sermão para certa festa próxima; ele que se regalava então com uma grande obra espiritual, chegada no último paquete, recusou o encargo; mas instaram tanto, que aceitou.

— Vossa Reverendíssima faz isto brincando, disse o principal dos festeiros.

Matias sorriu manso e discreto, como devem sorrir os eclesiásticos e os diplomatas. Os festeiros despediram-se com grandes gestos de veneração, e foram anunciar a festa nos jornais, com a declaração de que pregava ao Evangelho o Cônego Matias, "um dos ornamentos do clero brasileiro". Este "ornamento do clero" tirou ao cônego a vontade de almoçar, quando ele o leu agora de manhã; e só por estar ajustado, é que se meteu a escrever o sermão.

Começou de má vontade, mas no fim de alguns minutos já trabalhava com amor. A inspiração, com os olhos no céu, e a meditação, com os olhos no chão, ficam a um e outro lado do espaldar da cadeira, dizendo ao ouvido do cônego mil cousas místicas e graves. Matias vai escrevendo, ora devagar, ora depressa. As tiras saem-lhe das mãos, animadas e polidas. Algumas trazem poucas emendas ou nenhumas. De repente, indo escrever um adjetivo, suspende-se; escreve outro e risca-o; mais outro, que não tem melhor fortuna. Aqui é o centro do idílio. Subamos à cabeça do cônego.

Upa! Cá estamos. Custou-te, não, leitor amigo? É para que não acredites nas pessoas que vão ao Corcovado, e dizem que ali a impressão da altura é tal, que o homem fica sendo cousa nenhuma. Opinião pânica e falsa, falsa como Judas e outros diamantes. Não creias tu nisso, leitor amado. Nem Corcovados, nem Himalaias valem muita cousa ao pé da tua cabeça, que os mede. Cá estamos. Olha bem que é a cabeça do cônego. Temos à

and secondary schools. Philosophers will burn all previous doctrines, even the most definitive, and will embrace this new psychology, the only true one, and everything will be finished. Until then, I'll pass for an idiot, as you shall see.

Mathew, honorary canon and effective preacher, was composing a sermon when the psychic idyll began. He's forty years old and lives among piles of books in the Gamboa district. They came to commission the sermon for a certain imminent festival; he was entertaining himself with a great spiritual work that had arrived on the last ship, so he refused the request, but they insisted so much that he accepted.

"This is child's play for Your Worship," said the main reveler.

Mathew smiled meekly and discreetly, as ecclesiastics and diplomats should smile. The revelers took their leave with great gestures of veneration and went to announce the festival in the papers, with the declaration that the Canon Mathew, "one of the gems of the Brazilian clergy," would preach the Gospel. This "gem of the clergy" statement robbed the canon of his desire for lunch when he read it this morning, and only because of being well prepared, he set himself to writing the sermon.

He began with bad will, but after a few minutes he was already working with love. Inspiration, with its eyes on heaven, and meditation, with its eyes on the ground, remain at one side and the other of the back of the chair, saying to the ear of the canon a thousand mystical and serious things. Mathew continues writing, now slowly, now quickly. The pages leave his hand, animated and polished. Some have a few corrections, some none. Suddenly, about to write an adjective, he is suspended; he writes another and scratches it out; another, that has no better luck. Here is the center of the idyll. Let's go up to the canon's head.

Uff! We're here. It was tough, wasn't it, my dear reader? Just so you don't believe the people who go to Corcovado and say that the impression of height there is such that man seems to be nothing. False and panicked opinion, as false as Judas and other diamonds. Don't believe it, dear reader. No Corcovados, no Himalayas are worth much compared to your head, which is their measure. Here we are. Consider the canon's head. We have

escolha um ou outro dos hemisférios cerebrais; mas vamos por este, que é onde nascem os substantivos. Os adjetivos nascem no da esquerda. Descoberta minha, que ainda assim não é a principal, mas a base dela, como se vai ver. Sim, meu senhor, os adjetivos nascem de um lado, e os substantivos de outro, e toda a sorte de vocábulos está assim dividida por motivo da diferença sexual . . .

— Sexual?

Sim, minha senhora, sexual. As palavras têm sexo. Estou acabando a minha grande memória psico-léxico-lógica, em que exponho e demonstro esta descoberta. Palavra tem sexo.

— Mas, então, amam-se umas às outras?

Amam-se umas às outras. E casam-se. O casamento delas é o que chamamos estilo. Senhora minha, confesse que não entendeu nada. – Confesso que não.

Pois entre aqui também na cabeça do cônego. Estão justamente a suspirar deste lado. Sabe quem é que suspira? É o substantivo de há pouco, o tal que o cônego escreveu no papel, quando suspendeu a pena. Chama por certo adjetivo, que lhe não aparece: "Vem do Líbano, vem . . . " E fala assim, pois está em cabeça de padre; se fosse de qualquer pessoa do século, a linguagem seria a de Romeu: "Julieta é o sol . . . ergue-te, lindo sol." Mas em cérebro eclesiástico, a linguagem é a das Escrituras. Ao cabo, que importam fórmulas? Namorados de Verona ou de Judá falam todos o mesmo idioma, como acontece com o thaler ou o dólar, o florim ou a libra que é tudo o mesmo dinheiro.

Portanto, vamos lá por essas circunvoluções do cérebro eclesiástico, atrás do substantivo que procura o adjetivo. Sílvio chama por Sílvia. Escutai; ao longe parece que suspira também alguma pessoa; é Sílvia que chama por Sílvio.

Ouvem-se agora e procuram-se. Caminho difícil e intrincado que é este de um cérebro tão cheio de cousas velhas e novas! Há aqui um burburinho de idéias, que mal deixa ouvir os chamados de ambos; não percamos de vista o ardente Sílvio, que lá vai, que desce e sobe, escorrega e salta; aqui, para não cair, agarra-se a umas raízes latinas, ali abordoa-se a um

the choice of one or the other of the cerebral hemispheres. But let's go to this one, which is where nouns are born. Adjectives are born in the left one. My discovery, but even so this is not the principal one, but the basis of it, as we shall see. Yes, sir, adjectives are born on one side and nouns on the other and all sorts of words are thus divided because of sexual differences.

"Sexual?"

Yes ma'm, sexual. Words have sex. I'm finishing my great psycho-lexical-logical memoir, in which I expose and demonstrate this discovery. Words have sex.

"But then do they love each other?"

They love each other. And they get married. Their wedding is what we call style. My lady, confess that you understood nothing.

"I confess that I don't."

Well, come in here into the canon's head, too. They are about to sigh on this side. Do you know who it is that sighs? It's the noun of a moment ago, the one the canon wrote on the page when he suspended his pen. He calls for a certain adjective that doesn't come to him. "Come with me from Lebanon, come..." And so he talks, because it's in the head of a priest; if it were any person of the century, the language would be Romeo's. "Juliet is the sun . . . rise beautiful sun." But in an ecclesiastic brain, language is that of the Scriptures. In the end, what do formulas matter? Lovers of Verona or of Judah all speak the same language, as happens with the thaler or the dollar, the florin or the libra, which are all the same money.

Therefore, let us go through these circumvolutions of the ecclesiastic brain, after the noun that's looking for the adjective. Silvio calls for Silvia. Listen – in the distance it seems that someone is also sighing. It's Silvia who calls for Silvio.

They hear each other now and seek each other. What a difficult and intricate path this is in a brain so full of things old and new! Here's a rustling of ideas that scarcely allows hearing the calls of the two of them. Let's not lose sight of the ardent Silvio going there, who descends and ascends, slides and jumps. Here, to avoid falling, he grabs onto to some Lat-

salmo, acolá monta num pentâmetro, e vai sempre andando, levado de uma força íntima, a que não pode resistir.

De quando em quando, aparece-lhe alguma dama – adjetivo também – e oferece-lhe as suas graças antigas ou novas; mas, por Deus, não é a mesma, não é a única, a destinada ab eterno para este consórcio. E Sílvio vai andando, à procura da única. Passai, olhos de toda cor, forma de toda casta, cabelos cortados à cabeça do Sol ou da Noite; morrei sem eco, meigas cantilenas suspiradas no eterno violino; Sílvio não pede um amor qualquer, adventício ou anônimo; pede um certo amor nomeado e predestinado.

Agora não te assustes, leitor, não é nada; é o cônego que se levanta, vai à janela, e encosta-se a espairecer do esforço. Lá olha, lá esquece o sermão e o resto. O papagaio em cima do poleiro, ao pé da janela, repete-lhe as palavras do costume e, no terreiro, o pavão enfuna-se todo ao sol da manhã; o próprio sol, reconhecendo o cônego, manda-lhe um dos seus fiéis raios, a cumprimentá-lo. E o raio vem, e pára diante da janela: "Cônego ilustre, aqui venho trazer os recados do sol, meu senhor e pai." Toda a natureza parece assim bater palmas ao regresso daquele galé do espírito. Ele próprio alegra- se, entorna os olhos por esse ar puro, deixa-os ir fartarem-se de verdura e fresquidão, ao som de um passarinho e de um piano; depois fala ao papagaio, chama o jardineiro, assoa-se, esfrega as mãos, encosta-se. Não lhe lembra mais nem Sílvio nem Sílvia.

Mas Sílvio e Sílvia é que se lembram de si. Enquanto o cônego cuida em cousas estranhas, eles prosseguem em busca um do outro, sem que ele saiba nem suspeite nada. Agora, porém, o caminho é escuro. Passamos da consciência para a inconsciência onde se faz a elaboração confusa das idéias, onde as reminiscências dormem ou cochilam. Aqui pulula a vida sem formas, os germens e os detritos, os rudimentos e os sedimentos; é o desvão imenso do espírito. Aqui caíram eles, à procura um do outro, chamando e suspirando. Dê-me a leitora a mão, agarre-se o leitor a mim, e escorreguemos também.

Vasto mundo incógnito. Sílvio e Sílvia rompem por entre embriões e ruínas. Grupos de idéias, deduzindo-se à maneira de silogismos, per-

in roots; there he tackles a psalm, yonder he climbs on a pentameter, and he always keeps on going, carried by an intimate force that he can't resist. From time to time, a lady appears – an adjective also – and offers him her old or new graces, but, by God, it's not the same, not the one and only, the one destined *ab eterno* for this consort. And Silvio keeps on going, looking for the one and only. Pass over eyes of all colors, shapes of all kinds, haircuts suitable for Sun or Night. Die without a sound, sweet nursery rhymes sighed by the eternal violin. Silvio doesn't ask for just any love, casual or anonymous; he asks for a specific and predestined love.

Now don't get frightened, reader, it's nothing. It's just the canon getting up, going to the window, and reclining . . . to distract himself from the task. There he looks out; he forgets the sermon and the rest. The parrot on top his perch at the foot of the window repeats the usual words, and in the yard the peacock spreads himself to the morning sun while the sun itself, recognizing the canon, sends one of its faithful rays to greet him. And the ray comes and stops at the window: "Illustrious canon, here I come to bring a message from the sun, my lord and father." All of nature seems to applaud the return of that slave of the spirit. He himself is happy, turns his eyes toward this pure air, and lets them satiate themselves with verdure and freshness, to the sound of a bird and a piano. Then he talks to the parrot, calls the gardener, fills his lungs with air, rubs his hands, reclines. He does not recall Silvio or Silvia.

But Silvio and Silvia do remember each other. While the canon takes care of strange things, they proceed in search of one another without him knowing or suspecting anything. Now however, the path is dark. We pass from the conscious to the unconscious where the confused elaboration of ideas takes place, where reminiscences sleep or doze. Here formless life is jumping, the germs and detritus, the rudiments and sediments, the immense garret of the spirit. Here they fell, searching for each other, calling and sighing. Lady reader, give me your hand. Mr Reader, grab on to me and let's slide as well.

A vast unknown world. Silvio and Silvia break through embryos and ruins. Groups of ideas, deduced in the style of syllogisms, get lost in the

dem-se no tumulto de reminiscências da infância e do seminário. Outras idéias, grávidas de idéias, arrastam-se pesadamente, amparadas por outras idéias virgens. Cousas e homens amalgamam-se; Platão traz os óculos de um escrivão da câmara eclesiástica; mandarins de todas as classes distribuem moedas etruscas e chilenas, livros ingleses e rosas pálidas; tão pálidas, que não parecem as mesmas que a mãe do cônego plantou quando ele era criança. Memórias pias e familiares cruzam-se e confundem-se. Cá estão as vozes remotas da primeira missa; cá estão as cantigas da roça que ele ouvia cantar às pretas, em casa; farrapos de sensações esvaídas, aqui um medo, ali um gosto, acolá um fastio de cousas que vieram cada uma por sua vez, e que ora jazem na grande unidade impalpável e obscura.

— Vem do Líbano, esposa minha . . .

— Eu vos conjuro, filhas de Jerusalém . . .

Ouvem-se cada vez mais perto. Eis aí chegam eles às profundas camadas de teologia, de filosofia, de liturgia, de geografia e de história, lições antigas, noções modernas, tudo à mistura, dogma e sintaxe. Aqui passou a mão panteísta de Spinoza, às escondidas; ali ficou a unhada do Doutor Angélico; mas nada disso é Sílvio nem Sílvia. E eles vão rasgando, levados de uma força íntima, afinidade secreta, através de todos os obstáculos e por cima de todos os abismos. Também os desgostos hão de vir. Pesares sombrios, que não ficaram no coração do cônego, cá estão, à laia de manchas morais, e ao pé deles o reflexo amarelo ou roxo, ou o que quer que seja da dor alheia e universal. Tudo isso vão eles cortando, com a rapidez do amor e do desejo.

Cambaleias, leitor? Não é o mundo que desaba; é o cônego que se sentou agora mesmo. Espaireceu à vontade, tornou à mesa do trabalho, e relê o que escreveu, para continuar; pega da pena, molha-a, desce-a ao papel, a ver que adjetivo há de anexar ao substantivo.

Justamente agora é que os dous cobiçosos estão mais perto um do outro. As vozes crescem, o entusiasmo cresce, todo o Cântico passa pelos lábios deles, tocados de febre. Frases alegres, anedotas de sacristia, caricaturas, facécias, disparates, aspectos estúrdios, nada os retém, menos ainda os faz sorrir. Vão, vão, o espaço estreita-se. Ficai aí, perfis meio

tumult of reminiscences of childhood and the seminary. Other ideas, pregnant with ideas, drag themselves heavily along, sheltered by other virginal ideas. Things and men amalgamate; Plato bears the glasses of a scribe from the ecclesiastical chamber; mandarins of all kinds distribute Chilean and Etruscan coins, English books and pale roses, so pale that they don't seem to be the same as those the canon's mother planted when he was a child. Pious and familiar memories are crossed and confused. Here are the remote voices of the first mass; here are the country songs he heard the Negro women sing at home. Tatters of faded sensations, here a fear, there a delight, over there a weariness of things that each came in turn and now lie in a great obscure and elusive unity.

"Come with me from Lebanon, my spouse..."

"I charge you, O daughters of Jerusalem..."

They hear each other ever nearer. There they arrive at the deep layers of theology, philosophy, liturgy, geography and history, ancient lessons, modern notions, all mixed up, dogma and syntax. Here the pantheist hand of Spinoza passed, hidden; here the scratch of Dr. Angelico's nail, but none of this is Silvio or Silvia. They go along snagging, carried on by an intimate force, a secret affinity, through all obstacles and above abysses. The sorrows will come too. Dark sorrows that didn't stay in the canon's heart, here they are, in the manner of stains, and at their feet the red or yellow reflection or whatever the color of unfamiliar and universal pain. All this they cut through with the speed of love and desire.

You stagger, Reader? It isn't the world that has collapsed. It's the canon who just now sat down. He distracted himself freely, returned to the work table, and in order to continue, he rereads what he has written. He picks up his pen, wets it, and puts it to the paper to see what adjective might join the noun.

And right now the two covetous lovers are closer to each other. Voices rise, enthusiasm rises, the whole Canticle passes through lips touched by fever. Happy phrases, anecdotes of the sacristy, caricatures, witticisms, nonsense, foolishness, nothing holds them back or even makes them smile. They're going, going, and the space between them narrows. Stay here, pro-

apagados de paspalhões que fizeram rir ao cônego, e que ele inteiramente esqueceu; ficai, rugas extintas, velhas charadas, regras de voltarete, e vós também, células de idéias novas, debuxos de concepções, pó que tens de ser pirâmide, ficai, abalroai, esperai, desesperai, que eles não têm nada convosco. Amam-se e procuram-se.

Procuram-se e acham-se. Enfim, Sílvio achou Sílvia. Viram-se, caíram nos braços um do outro, ofegantes de canseira, mas remidos com a paga. Unem-se, entrelaçam os braços, e regressam palpitando da inconsciência para a consciência. "Quem é esta que sobe do deserto, firmada sobre o seu amado?", pergunta Sílvio, como no Cântico; e ela, com a mesma lábia erudita, responde-lhe que "é o selo do seu coração", e que "o amor é tão valente como a própria morte".

Nisto, o cônego estremece. O rosto ilumina-se-lhe. A pena cheia de comoção e respeito completa o substantivo com o adjetivo. Sílvia caminhará agora ao pé de Sílvio, no sermão que o cônego vai pregar um dia destes, e irão juntinhos ao prelo, se ele coligir os seus escritos, o que não se sabe.

files half erased by the fools that made the canon laugh and that he has forgotten entirely, stay, extinct wrinkles, old riddles, voltarete rules, and you too, germs of new ideas, sketches of conceptions, dust that must be a pyramid, stay, shudder, be hopeful, despair, they have nothing to do with you. They love each other and seek each other.

They seek and find each other. Finally, Silvio found Silvia. They saw each other, fell into each other's arms, breathless with exhaustion but rewarded by success. They unite, interlock their arms and, they return vibrant from the unconscious to the conscious. "Who is this cometh up from the wilderness, leaning upon her beloved?" asks Silvio, like in the Canticle. And with the same erudite words, she responds, "It is the seal upon thine heart," and "love is as strong as death itself."

At this, the canon trembles. His face is illuminated from within. His pen, full of commotion and respect, joins the noun to the adjective. Silvia will now walk at Silvio's foot in the sermon the canon will preach one of these days, and they will go to the press together, if he compiles his sermons, which is not known.

Entre Santos

by Machado de Assis
originally in *Gazeta de Notícias*, 1886

Quando eu era capelão de S. Francisco de Paula (contava um padre velho) aconteceu-me uma aventura extraordinária.

Morava ao pé da igreja, e recolhi-me tarde, uma noite. Nunca me recolhi tarde que não fosse ver primeiro se as portas do templo estavam bem fechadas. Achei-as bem fechadas, mas lobriguei luz por baixo delas. Corri assustado à procura da ronda; não a achei, tornei atrás e fiquei no adro, sem saber que fizesse. A luz, sem ser muito intensa, era-o demais para ladrões; além disso notei que era fixa e igual, não andava de um lado para outro, como seria a das velas ou lanternas de pessoas que estivessem roubando. O mistério arrastou-me; fui a casa buscar as chaves da sacristia (o sacristão tinha ido passar a noite em Niterói), benzi-me primeiro, abri a porta e entrei.

O corredor estava escuro. Levava comigo uma lanterna e caminhava devagarinho, calando o mais que podia o rumor dos sapatos. A primeira e a segunda porta que comunicam com a igreja estavam fechadas; mas

Among Saints

translated by Nelson H. Vieira

When I was chaplain of São Francisco de Paula Church (an old priest was narrating) an extraordinary experience happened to me.

I lived next to the Church, and one night I retired late. I never retire late without first checking to see if the temple's doors were completely closed. I did find them to be completely closed but I glimpsed some light coming from beneath the portals. Frightened I ran in search of the night patrol making their rounds; I couldn't find them, so I came back and remained in the plaza in front of the Church without knowing what to do. The light, without being very intense, was too bright for it to be thieves; besides, I noticed it was steady and remained the same, didn't move from one side to the other, as would the light from the candles or lanterns of people who were stealing. The mystery distressed me; I went to look for the keys to the sacristy (the sacristan had gone to spend the night in Niteroi). First I crossed myself, opened the door and entered.

The corridor was dark. I brought a lantern with me and stepped very slowly, silencing the sound of my shoes as much as I could. The first and the second doors leading into the Church were closed; but the same light

via-se a mesma luz e, porventura, mais intensa que do lado da rua. Fui andando, até que dei com a terceira porta aberta. Pus a um canto a lanterna, com o meu lenço por cima, para que me não vissem de dentro, e aproximei-me a espiar o que era.

Detive-me logo. Com efeito, só então adverti que viera inteiramente desarmado e que ia correr grande risco aparecendo na igreja sem mais defesa que as duas mãos. Correram ainda alguns minutos. Na igreja a luz era a mesma, igual e geral, e de uma cor de leite que não tinha a luz das velas. Ouvi também vozes, que ainda mais me atrapalharam, não cochichadas nem confusas, mas regulares, claras e tranqüilas, à maneira de conversação. Não pude entender logo o que diziam. No meio disto, assaltou-me uma idéia que me fez recuar. Como naquele tempo os cadáveres eram sepultados nas igrejas, imaginei que a conversação podia ser de defuntos. Recuei espavorido, e só passado algum tempo, é que pude reagir e chegar outra vez à porta, dizendo a mim mesmo que semelhante idéia era um disparate. A realidade ia dar-me cousa mais assombrosa que um diálogo de mortos. Encomendei-me a Deus, benzi-me outra vez e fui andando, sorrateiramente, encostadinho à parede, até entrar. Vi então uma cousa extraordinária.

Dois dos três santos do outro lado, S. José e S. Miguel (à direita de quem entra na igreja pela porta da frente), tinham descido dos nichos e estavam sentados nos seus altares. As dimensões não eram as das próprias imagens, mas de homens. Falavam para o lado de cá, onde estão os altares de S. João Batista e S. Francisco de Sales. Não posso descrever o que senti. Durante algum tempo, que não chego a calcular, fiquei sem ir para diante nem para trás, arrepiado e trêmulo. Com certeza, andei beirando o abismo da loucura, e não caí nele por misericórdia divina. Que perdi a consciência de mim mesmo e de toda outra realidade que não fosse aquela, tão nova e tão única, posso afirmá-lo; só assim se explica a temeridade corn que, dali a algum tempo, entrei mais pela igreja, a fim de olhar também para o lado oposto. Vi aí a mesma cousa: S. Francisco

could be seen and, perchance, it was more intense than the street side. I kept advancing, until I came upon the third door, open. I placed the lantern in a corner, covering it with my handkerchief so as not to be seen from the inside, and then got closer in order to spy upon what was occurring.

I stopped right away. In effect, I only then noticed that I had come completely unarmed and was taking a big risk appearing inside the Church with no more defense than my own two hands. A few minutes passed. In the Church the light remained the same, stable and everywhere, and more of a milky-white color than the light from the candles. Also I heard voices which flustered me even more, neither whispered nor vague, but regular, clear and tranquil as in a conversation. At first I couldn't understand what they were saying. In the middle of this, an idea took hold of me that made me recoil. Since in those times cadavers were entombed in churches, I imagined that deceased souls were actually having a conversation. I stepped back terrified and only after some time had passed was I able to act and again reach the door, saying to myself that any such idea was nonsense. However, reality was going to offer me something more frightening than a dialogue of the dead. I entrusted myself to God, crossed myself again and kept on walking furtively, leaning against the wall, until I went in. I then saw an extraordinary thing.

Two of the three saints on the opposite side, São José and São Miguel (to the right for those who entered the Church from the front doors), had descended from their niches and were seated at their altars. Their dimensions were not those of their carved images, but of human size. They were speaking toward this side of the Church where the altars of São João Batista and São Francisco de Sales are located. I cannot describe what I felt. For some time I cannot seem to calculate, I stood without moving forwards or backwards, terrified and tremulous. I was sure I was on the verge of falling into the abyss of madness, and most assuredly didn't fall due to divine mercy. That I became unconscious of my actual self and all other reality except for that scene, so new and so unique, I can definitely affirm; only in this way can one explain the foolishness I displayed, a little while later, by entering deeper into the Church, with the purpose of also looking at the

de Sales e S. João, descidos dos nichos, sentados nos altares e falando com os outros santos.

Tinha sido tal a minha estupefação que eles continuaram a falar, creio eu, sem que eu sequer ouvisse o rumor das vozes. Pouco a pouco, adquiri a percepção delas e pude compreender que não tinham interrompido a conversação; distingui-as, ouvi claramente as palavras, mas não pude colher desde logo o sentido. Um dos santos, falando para o lado do altar-mor, fez- me voltar a cabeça, e vi então que S. Francisco de Paula, o orago da igreja, fizera a mesma cousa que os outros e falava para eles, como eles falavam entre si. As vozes não subiam do tom médio e, contudo, ouviam-se bem, como se as ondas sonoras tivessem recebido um poder maior de transmissão. Mas, se tudo isso era espantoso, não menos o era a luz, que não vinha de parte nenhuma, porque o lustres e castiçais estavam todos apagados; era como um luar, que ali penetrasse, sem que os olhos pudessem ver a lua; comparação tanto mais exata quanto que, se fosse realmente luar, teria deixado alguns lugares escuros, como ali acontecia, e foi num desses recantos que me refugiei.

Já então procedia automaticamente. A vida que vivi durante esse tempo todo, não se pareceu com a outra vida anterior e posterior. Basta considerar que, diante de tão estranho espetáculo, fiquei absolutamente sem medo; perdi a reflexão, apenas sabia ouvir e contemplar.

Compreendi, no fim de alguns instantes, que eles inventariavam e comentavam as orações e implorações daquele dia. Cada um notava alguma cousa. Todos eles, terríveis psicólogos, tinham penetrado a alma e a vida dos fiéis, e desfibravam os sentimentos de cada um, como os anatomistas escalpelam um cadáver. S. João Batista e S. Francisco de Paula, duros ascetas, mostravam-se às vezes enfadados e absolutos. Não era assim S. Francisco de Sales; esse ouvia ou contava as cousas com a mesma indulgência que presidira ao seu famoso livro da Introdução à Vida Devota.

opposite side. I saw the same thing: São Francisco de Sales and São João, descended from their niches, seated at their altars and conversing with the other saints.

My stupefaction was such that they continued to talk, I believe, without my even hearing the sound of their voices. Little by little I heard them better and was able to understand that they had not interrupted their conversation. I distinguished one from the other, I clearly heard their words, but I could not grasp the meaning right away. One of the saints, speaking toward the main altar, made me turn my head and then I saw that São Francisco de Paula, the Church's patron saint had done the same as the others and was speaking to them, as they were conversing among themselves. The voices didn't go higher than middle range and, yet, one could hear them very well, as if sound waves had acquired a greater power of transmission. However, if all this was astonishing, the light was no less so, coming from nowhere because the chandeliers and candles were all snuffed out; it was as though moonlight had penetrated the place without one being able to see the moon; a comparison so much more exact that, if it were truly moonlight, it would have left some places dark, as was happening there, and within one of those dark spots I took refuge.

By then I was proceeding automatically. The life I lived during this whole period of time didn't seem like my other life, before and after. Suffice to say that, facing such a strange spectacle, I became absolutely fearless; I lost the ability for reflection, I only knew how to hear and contemplate.

I understood after some moments that they were doing inventory and commenting on that day's prayers and implorations. Each one took note of something. All of them, terrible psychologists, had penetrated the souls and lives of the faithful and were tearing apart the sentiments of each one, like anatomists dissecting a cadaver. São João Batista and São Francisco de Paula, tough ascetics, sometimes showed themselves to be stuffy and absolute. São Francisco de Sales was not like that; he heard or said things with the same forgiveness that had permeated his famous book on the *Introduction to the Devout Life*.

Era assim, segundo o temperamento de cada um, que eles iam narrando e comentando. Tinham já contado casos de fé sincera e castiça, outros de indiferença, dissimulação e versatilidade; os dois ascetas estavam a mais e mais anojados, mas S. Francisco de Sales recordava-lhes o texto da Escritura: muitos são os chamados e poucos os escolhidos, significando assim que nem todos os que ali iam à igreja levavam o coração puro. S. João abanava a cabeça.

— Francisco de Sales, digo-te que vou criando um sentimento singular em santo: começo a descrer dos homens.

— Exageras tudo, João Batista, atalhou o santo bispo, não exageremos nada. Olha – ainda hoje aconteceu aqui uma cousa que me fez sorrir, e pode ser, entretanto, que te indignasse. Os homens não são piores do que eram em outros séculos; descontemos o que há neles ruim, e ficará muita cousa boa. Crê isto e hás de sorrir ouvindo o meu caso.

— Eu?

— Tu, João Batista, e tu também, Francisco de Paula, e todos vós haveis de sorrir comigo: e, pela minha parte, posso fazê-lo, pois já intercedi e alcancei do Senhor aquilo mesmo que me veio pedir esta pessoa.

— Que pessoa?

— Uma pessoa mais interessante que o teu escrivão, José, e que o teu lojista, Miguel . . .

According to each one's temperament, they went on narrating and commenting. They had already talked about cases of sincere and genuine faith, other cases about indifference, dissimulation and inconstancy; the two ascetics became more and more annoyed, but São Francisco de Sales reminded them about the verses in Scripture: many are called but few are chosen, meaning that not all those who went to that Church harbored a pure heart. São João was shaking his head.

"Francisco de Sales, I tell you, I'm developing a sentiment unique to a saint: I'm beginning to disbelieve men."

"You exaggerate everything, João Batista," the holy bishop interrupted, "let's not exaggerate. Look, just today something happened here that made me smile but, on the other hand, might make you angry. Men are no worse than they were in other centuries; if we discount what is bad in them, then a lot of good will remain. Think about this and you will smile listening to my story."

"Me?"

"You, João Batista, and you as well Francisco de Paula and all of you will smile along with me: and as for me, I can do so easily, since I already interceded and achieved from God the same thing this person came to ask of me."

"What person?"

"A person more interesting than your scribe, José, and your shopkeeper, Miguel . . . "

"Could be," interrupted São José, "But it certainly will not be more interesting than the adulteress who came here to prostrate herself at my feet. She came to ask me to wipe her heart clean of the leprosy of lust. Just yesterday she had fought with her boyfriend, who hurt her shamefully and she spent the night in tears. In the morning, she was determined to leave him and came here in search of the strength needed to escape from the claws of the demon. She started to pray well enough, sincerely; but little by little I saw that her mind was letting her return to her old delights. At the same time, her words were becoming meaningless. By then the prayer was lukewarm, afterwards cold, then unconscious; her lips, inured to prayer,

— Pode ser, atalhou S. José, mas não há de ser mais interessante que a adúltera que aqui veio hoje prostrar-se a meus pés. Vinha pedir-me que lhe limpasse o coração da lepra da luxúria. Brigara ontem mesmo com o namorado, que a injuriou torpemente, e passou a noite em lágrimas. De manhã, determinou abandoná-lo e veio buscar aqui a força precisa para sair das garras do demônio. Começou rezando bem, cordialmente; mas pouco a pouco vi que o pensamento a ia deixando para remontar aos primeiros deleites. As palavras paralelamente, iam ficando sem vida. Já a oração era morna, depois fria, depois inconsciente; os lábios, afeitos à reza, iam rezando; mas a alma, que eu espiava cá de cima, essa já não estava aqui, estava com o outro. Afinal persignou-se, levantou-se e saiu sem pedir nada. – Melhor é o meu caso.

— Melhor que isto? perguntou S. José curioso.

— Muito melhor, respondeu S. Francisco de Sales, e não é triste como o dessa pobre alma ferida do mal da terra, que a graça do Senhor ainda pode salvar. E por que não salvará também a esta outra? Lá vai o que é.

Calaram-se todos, inclinaram-se os bustos, atentos, esperando. Aqui fiquei com medo; lembrou-me que eles, que vêem tudo o que se passa no interior da gente, como se fôssemos de vidro, pensamentos recônditos, intenções torcidas, ódios secretos, bem podiam ter-me lido já algum pecado ou gérmen de pecado. Mas não tive tempo de refletir muito; S. Francisco de Sales começou a falar.

— Tem cinqüenta anos o meu homem, disse ele, a mu]her está de cama, doente de uma erisipela na perna esquerda. Há cinco dias vive aflito porque o mal agrava-se e a ciência não responde pela cura. Vede, porém, até onde pode ir um preconceito público. Ninguém acredita na dor do Sales (ele tem o meu nome), ninguém acredita que ele ame outra cousa que não seja dinheiro, e logo que houve notícia da sua aflição desabou em todo o bairro um aguaceiro de motes e dichotes; nem faltou quem acreditasse que ele gemia antecipadamente pelos gastos da sepultura.

— Bem podia ser que sim, ponderou S. João.

kept on praying; but her soul, which I was spying upon from up here was no longer present, it was back with the other person. Finally, she stood up, crossed herself and left without asking for anything."

"My story is better"

"Better than this one?" asked São José curiously.

"Much better," responded São Francisco de Sales, and it's not sad like the one about that poor soul wounded by earth's evil, a soul the grace of God can still save. And why won't it save this one as well? Well, here goes the story for what it is.

All the saints kept quiet, their torsos bent forward, attentive, waiting. At this point I became frightened; I remembered that they, who see everything going on inside us, as if we were made of glass, hidden thoughts, twisted intentions, secret hatreds, could very well have already read inside me some sin or the beginning of a sin. But I didn't have much time to reflect; São Francisco de Sales began to speak.

"My man is fifty years old, he said, his wife is bed-ridden, sick with an infectious disease on her left leg. For five days he has been worried because the illness is getting worse and science does not have a cure. However, imagine how far public prejudice can go. Nobody believes in Sales's suffering (he has my name), nobody believes he loves anything that is not money, and as soon as news of his distress was made known a downpour of slogans and wisecracks burst upon the entire neighborhood. There was not a single soul who disbelieved that he was already moaning over the costs for a tombstone."

"That could very well be," pondered São João.

"But it's not. That he practices usury and is avaricious, I do not deny; as much a usurer as life and as greedy as death. Nobody ever extracted gold, silver, paper, and copper so implacably from the pocket of others; nobody vexed them with such zeal and quickness. Money that falls into his hands rarely leaves; and everything left from the rent of his houses resides in an iron cabinet, under lock and key. Sometimes, in the dead of night, he contemplates his money for a few minutes, and then quickly locks it up again; but during these nights he doesn't sleep, or sleeps badly. He has

— Mas não era. Que ele é usurário e avaro não o nego; usurário, como a vida, e avaro, como a morte. Ninguém extraiu nunca tão implacavelmente da algibeira dos outros o ouro, a prata, o papel e o cobre; ninguém os amuou com mais zelo e prontidão. Moeda que lhe cai na mão dificilmente torna a sair; e tudo o que lhe sobra das casas mora dentro de um armário de ferro, fechado a sete chaves. Abre-o às vezes, por horas mortas, contempla o dinheiro alguns minutos, e fecha-o outra vez depressa; mas nessas noites não dorme, ou dorme mal. Não tem filhos. A vida que leva é sórdida; come para não morrer, pouco e ruim. A família compõe-se da mulher e de uma preta escrava, comprada com outra, há muitos anos, e às escondidas, Por serem de contrabando. Dizem até que nem as pagou, porque o vendedor faleceu logo sem deixar nada escrito. A outra preta morreu há pouco tempo; e aqui vereis se este homem tem ou não o gênio da economia, Sales libertou o cadáver . . .

E o santo bispo calou-se para saborear o espanto dos outros.

— O cadáver?

— Sim, o cadáver. Fez enterrar a escrava como pessoa livre e miserável, para não acudir às despesas da sepultura. Pouco embora, era alguma cousa. E para ele não há pouco; com pingos d'água é que se alagam as ruas. Nenhum desejo de representação, nenhum gosto nobiliário; tudo isso custa dinheiro, e ele diz que o dinheiro não lhe cai do céu. Pouca sociedade, nenhuma recreação de família. Ouve e conta anedotas da vida alheia, que é regalo gratuito.

— Compreende-se a incredulidade pública, ponderou S. Miguel.

— Não digo que não, porque o mundo não vai além da superfície das cousas. O mundo não vê que, além de caseira eminente educada por ele, e sua confidente de mais de vinte anos, a mulher deste Sales é amada deveras pelo marido. Não te espantes, Miguel; naquele muro aspérrimo brotou uma flor descorada e sem cheiro mas flor. A botânica sentimental tem dessas anomalias. Sales ama a esposa; está abatido e desvairado com a idéia de a perder. Hoje de manhã, muito cedo, não tendo dormido mais de duas horas entrou a cogitar no desastre próximo.

no children. The life he leads is sordid; in order not to die, he eats little and very bad food. The family is comprised of his wife and a black slave woman, purchased with another one, furtively, many years ago; they being contraband. They say that he didn't even pay for them because the seller died right after without leaving anything recorded. The other black died a little while ago; and now you will learn whether or not this man has the talent for economy – Sales liberated the cadaver . . . "

And the holy bishop said no more in order to savor the others' astonishment.

"The cadaver?"

"Yes, the cadaver. He had the slave buried as a free but destitute person, so as not to incur expenses for a tombstone. Even though it cost him just a little, he saved some money. Only a little, but it was something. And for him there is nothing too little; with raindrops the streets become wet. No desire for someone to represent him, no taste for noble titles; all that costs money, and he says that money does not fall from the sky. Little sociability, no family recreation. He listens to and tells anecdotes about other people's lives which costs nothing."

"One can understand the public's skepticism," pondered São Miguel.

"I can't deny that, because the world doesn't venture beyond the surface of things. The world doesn't see that, besides being a prominent housekeeper trained by him, and his confidant for more than twenty years, the wife of this Sales is truly loved by her husband. Don't be shocked, Miguel; alongside that rough garden wall blossomed a pale and unscented flower but still a flower. Sentimental botany has these anomalies. Sales loves his wife; he's depressed and frantic about the idea of losing her. This morning, very early, not having slept for more than two hours he began to think about the oncoming disaster. Feeling desperate about the world, he turned to God; he thought about us, and especially me, the saint with his name. Only a miracle could save her; so he decided to come here. He lives nearby, and he came running. When he entered he had a bright and hopeful look; it could be the light of God but it was something else very particular that I'm going to describe. Here I implore you to sharpen your attention."

Desesperando da terra, voltou-se para Deus; pensou em nós, e especialmente em mim que sou o santo do seu nome. Só um milagre podia salvá-la; determinou vir aqui. Mora perto, e veio correndo. Quando entrou trazia o olhar brilhante e esperançado; podia ser a luz da fé, mas era outra cousa muito particular, que vou dizer. Aqui peço-vos que redobreis de atenção.

Vi os bustos inclinarem-se ainda mais; eu próprio não pude esquivar-me ao movimento e dei um passo para diante. A narração do santo foi tão longa e miúda, a análise tão complicada, que não as ponho aqui integralmente, mas em substância.

— Quando pensou em vir pedir-me que intercedesse pela vida da esposa, Sales teve uma idéia específica de usurário, a de prometer-me uma perna de cera. Não foi o crente, que simboliza desta maneira a lembrança do benefício; foi o usurário que pensou em forçar a graça divina pela expectação do lucro. E não foi só a usura que falou, mas também a avareza; porque em verdade, dispondo-se à promessa, mostrava ele querer deveras a vida da mulher – intuição de avaro; – despender é documentar: só se quer de coração aquilo que se paga a dinheiro, disse-lho a consciência pela mesma boca escura. Sabeis que pensamentos tais não se formulam como outros, nascem das entranhas do caráter e ficam na penumbra da consciência. Mas eu li tudo nele logo que aqui entrou alvoroçado, com o olhar fúlgido de esperança; li tudo e esperei que acabasse de benzer-se e rezar.

— Ao menos, tem alguma religião, ponderou S. José.

— Alguma tem, rnas vaga e econômica. Não entrou nunca ern irmandades e ordens terceiras, porque nelas se rouba o que pertence ao Senhor; é o que ele diz para conciliar a devoção com a algibeira. Mas não se pode ter tudo; é certo que ele teme a Deus e crê na doutrina.

— Bem, ajoelhou-se e rezou.

— Rezou. Enquanto rezava, via eu a pobre alma, que padecia deveras, conquanto a esperança começasse a trocar-se em certeza intuitiva. Deus tinha de salvar a doente, por força, graças à minha intervenção, e eu ia interceder; é o que ele pensava, enquanto os lábios repetiam as

I saw their torsos bend forward even more; I myself could not avoid the movement and took one step forward. The saint's narration was so long and detailed, the analysis so complicated that I'm not going to relate it here entirely, but just its substance.

"When he thought about coming here to beg my intercession for his wife's life, Sales had a typical usurer's idea, to make me a vow of an ex-voto leg made of wax. It wasn't the believer who in this way symbolizes the memento of a good deed; it was the usurer who thought of forcing divine grace with the expectation of profit. And it was not only usury that spoke, but also greed; because in truth, being open to the vow, he showed he truly wanted to save his wife's life—miser's intuition; to spend is to document: one only deeply desires that which one pays for with money, his conscience said to him with the same dark speech. Know that such thoughts are not formulated like others, they are born from the entrails of character and remain in the penumbra of consciousness. But I read him inside-out and as soon as he entered here all excited with a resplendent look of hope; I read everything and waited for him to finish blessing himself and praying."

"At least he has some religious faith," pondered São José.

"He does have some, but it's vague and spare. He was never a member of brotherhoods and third orders because inside these groups one robs what belongs to God; that's what he says in order to reconcile devotion with his pocket. But one cannot have everything; for sure he fears God and believes in His doctrine."

"Then he knelt down and prayed."

"He prayed. While he was praying, I saw his poor soul, truly suffering, though his hope began to change into intuitive assurance. God had to save the sick woman, out of necessity, thanks to my intervention and I was going to intercede; that's what he was thinking, while his lips repeated the words of the prayer. Finishing his prayer, Sales stayed there gazing for some time with his hands together; finally the man's mouth opened, he spoke to confess his pain, to swear that no other hand, besides God's, could thwart the final blow. His wife was going to die . . . she was going to die . . . she was going to die . . . And he repeated the words without being free of them. His

palavras da oração. Acabando a oração, ficou Sales algum tempo olhando, com as mãos postas; afinal falou a boca do homem, falou para confessar a dor, para jurar que nenhuma outra mão, além da do Senhor, podia atalhar o golpe. A mulher ia morrer . . . ia morrer . . . ia morrer . . . E repetia a palavra, sem sair dela. A mulher ia morrer. Não passava adiante. Prestes a formular o pedido e a promessa não achava palavras idôneas, nem aproximativas, nem sequer dúbias, não achava nada, tão longo era o descostume de dar alguma cousa. Afinal saiu o pedido; a mulher ia morrer, ele rogava-me que a salvasse, que pedisse por ela ao Senhor. A promessa, porém, é que não acabava de sair. No momento em que a boca ia articular a primeira palavra, a garra da avareza mordia-lhe as entranhas e não deixava sair nada. Que a salvasse . . . que intercedesse por ela . . .

No ar, diante dos olhos, recortava-se-lhe a perna de cera, e logo a moeda que ela havia de custar. A perna desapareceu, mas ficou a moeda, redonda, luzidia, amarela, ouro puro, completamente ouro, melhor que o dos castiçais do meu altar, apenas dourados. Para onde quer que virasse os olhos, via a moeda, girando, girando, girando. E os olhos a apalpavam, de longe, e transmitiam-lhe a sensação fria do metal e até a do relevo do cunho. Era ela mesma, velha amiga de longos anos, companheira do dia e da noite, era ela que ali estava no ar, girando, às tontas; era ela que descia do tecto, ou subia do chão, ou rolava no altar, indo da Epístola ao Evangelho, ou tilintava nos pingentes do lustre.

Agora a súplica dos olhos e a melancolia deles eram mais intensas e puramente voluntárias. Vi-os alongarem-se para mim, cheios de contrição, de humilhação, de desamparo; e a boca ia dizendo algumas cousas soltas, – Deus, – os anjos do Senhor, – as bentas chagas, – palavras lacrimosas e trêmulas, como para pintar por elas a sinceridade da fé e a imensidade da dor. Só a promessa da perna é que não saía. Às vezes, a alma, como pessoa que recolhe as forças, a fim de saltar um valo, fitava longamente a morte da mulher e rebolcava-se no desespero que ela lhe

wife was going to die. He couldn't go beyond that. Ready to formulate his request and the vow, he still could not find the suitable words, not even close, not even hesitant, he couldn't say anything, indicating how long he had been unaccustomed to giving something. Finally the request blurted out; his wife was going to die, he begged me to save her, that I ask God on her behalf. The vow itself, however, was just not coming out. At the moment his mouth was about to articulate the first word, the claw of greed cut into his entrails and wouldn't let anything out. That I save her . . . that I intercede for her . . ."

In the air, before his eyes, the wax leg was being sculpted for him and immediately the money that it would cost came to mind. The leg disappeared but the coin remained, round, shiny, yellow, pure gold, completely gold, better than the merely gold-plated candlesticks on my altar. Wherever he turned his eyes, he saw the coin, spinning, spinning, spinning. And his eyes felt it, from afar, and transmitted to him the cold sensation of metal and even the bas-relief of the seal. It was the real thing, an old friend from many years back, companion by day and night, there it was turning in the air, spinning, dizzily; it was the coin that descended from the ceiling or ascended from the floor or rolled around the altar, going from the Epistle to the Gospel, or tinkling in the prisms of the chandelier.

Now the supplication in his eyes and their melancholy were more intense and completely voluntary. I saw them stretched out to me, replete with contrition, humiliation, destitution; and his mouth kept saying some things freely,--God,--the angels of the Lord, --the holy wounds of Christ--tearful and tremulous words, as an artist painting the sincerity of his faith and the immensity of his pain. Only the vow of the wax leg was not forthcoming. At times, his soul, as a person who gathers his forces in order to jump over a rampart, contemplated his wife's death for a long time and thrashed about in the despair that her passing would bring; but, on the edge of the rampart when he was about to jump, he retreated. The image of the gold coin emerged from within himself and the vow remained within the man's heart.

havia de trazer; mas, à beira do valo, quando ia a dar o salto, recuava. A moeda emergia dele e a prornessa ficava no coração do homem.

O tempo ia passando. A alucinação crescia, porque a moeda, acelerando e multiplicando os saltos, multiplicava-se a si mesma e parecia uma infinidade delas; e o conflito era cada vez mais trágico. De repente, o receio de que a mulher podia estar expirando, gelou o sangue ao pobre homem e ele quis precipitar-se. Podia estar expirando. Pedia-me que intercedesse por ela, que a salvasse . . .

Aqui o demônio da avareza sugeria-lhe uma transação nova, uma troca de espécie dizendo-lhe que o valor da oração era superfino e muito mais excelso que o das obras terrenas. E o Sales, curvo, contrito, com as mãos postas, o olhar submisso, desamparado, resignado, pedia-me que lhe salvasse a mulher. Que lhe salvasse a mulher, e prometia-me trezentos, – não menos, – trezentos padre-nossos e trezentas ave-marias. E repetia enfático: trezentos, trezentas, trezentos . . . Foi subindo, chegou a quinhentos, a mil padre-nossos e mil ave-marias. Não via esta soma escrita por letras do alfabeto, mas em algarismos, como se ficasse assim mais viva, mais exata, e a obrigação maior, e maior também a sedução. Mil padre-nossos, mil ave- marias. E voltaram as palavras lacrimosas e trêmulas, as bentas chagas, os anjos do Senhor . . . 1.000 – 1.000 – 1.000. Os quatro algarismos foram crescendo tanto, que encheram a igreja de alto a baixo, e com eles, crescia o esforço do homem, e a confiança também; a palavra saía-lhe mais rápida, impetuosa, já falada, mil, mil, mil, mil . . . Vamos lá, podeis rir à vontade, concluiu S. Francisco de Sales.

E os outros santos riram efetivamente, não daquele grande riso descomposto dos deuses de Homero, quando viram o coxo Vulcano servir à mesa, mas de um riso modesto, tranqüilo, beato e católico.

Depois, não pude ouvir mais nada. Caí redondamente no chão. Quando dei por mim era dia claro. .. Corri a abrir todas as portas e janelas da igreja e da sacristia, para deixar entrar o sol, inimigo dos maus sonhos.

Time was passing. The hallucination grew because the coin, accelerating and multiplying its spins, multiplied itself and seemed like a an infinity of coins; and the dilemma became more and more tragic. Suddenly, the fear that his wife could be expiring froze the poor man's blood and he wanted to plunge headlong. She could be expiring . . . He kept asking me to intercede on her behalf, that I save her . . .

At this point the demon of greed suggested to him a new transaction, a kind of exchange, telling him that the value of prayer was very high and much more sublime than that of earthly deeds. And Sales, bent over, contrite, with his hands together, a submissive look, forsaken, resigned, asked me to save his wife. That I save his wife and he made me a vow of three hundred—nothing less—three hundred Our-Fathers and three hundred Hail-Marys. He emphatically repeated: three hundred, three hundred, three hundred . . . The price kept rising, it got to five hundred and then to a thousand Our-Fathers and a thousand Hail-Marys. He didn't envisage this sum written in letters of the alphabet, but in numerals, as if in this way the sum were more vivid, more exact, and the obligation bigger, and also bigger the enticement. One thousand Our-Fathers, one thousand Hail-Marys. Then the tearful and tremulous words returned, the holy wounds, the angels of the Lord . . . 1,000 – 1,000 – 1,000. The four digits were growing so large that they filled the Church from top to bottom, and with them grew the man's strength as well as his confidence. The word sprung from him more rapidly, impetuously, already spoken, a thousand, thousand, a thousand, a thousand . . . Go ahead, you can laugh as much as you like, concluded São Francisco de Sales.

And the other saints truly laughed, not that huge indecorous laughter of Homer's gods when they saw the crippled Vulcan serve at table, but in a modest, tranquil, holy, and catholic laugh.

Afterwards, I couldn't hear anything else. I toppled completely to the ground. When I became aware of myself it was daylight . . . I ran to open all the doors and windows of the Church and the sacristy to let in the sun, enemy of bad dreams.

Trio em Lá Menor

by Machado de Assis
originally in *Gazeta de Notícias*, 1886

I
ADAGIO CANTABILE

Maria Regina acompanhou a avó até o quarto, despediu-se e recolheu- se ao seu. A mucama que a servia, apesar da familiaridade que existia entre elas, não pôde arrancar-lhe uma palavra, e saiu, meia hora depois, dizendo que Nhanhã estava muito séria. Logo que ficou só, Maria Regina sentou-se ao pé da cama, com as pernas estendidas, os pés cruzados, pensando.

A verdade pede que diga que esta moça pensava amorosamente em dous homens ao mesmo tempo, um de vinte e sete anos, Maciel – outro de cinqüenta, Miranda. Convenho que é abominável, mas não posso alterar a feição das cousas, não posso negar que se os dous homens estão namorados dela, ela não o está menos de ambos. Uma esquisita, em suma; ou, para falar como as suas amigas de colégio, uma desmiolada. Ninguém lhe nega coração excelente e claro espírito; mas a imaginação é que é o mal,

Ana Lessa-Schmidt

Trio in A Minor

translated by Ana Lessa

I
ADAGIO CANTABILE

Maria Regina accompanied her grandmother to the bedroom, said goodbye and retired to hers. The maid who served her, despite the familiarity between them, could not get a word from her and left half an hour later, saying that Missy was very serious. Once left alone, Maria Regina sat at the foot of the bed, legs straight, feet crossed, thinking.

Truth demands that I say that this young lady, lovingly, had thoughts of two men at the same time. One, Maciel, was twenty-seven years old. The other, Miranda, was fifty years old. I agree that it is odious, but I cannot change the face of things. I cannot deny that, if the two men are in love with her, she is no less in love with both of them. In short, she is an odd case; or, to speak as her school friends do, a scatterbrain. Nobody denies her fine heart and clear mind, but her imagination is what is amiss. She has a gloomy and greedy imagination, especially insatiable, averse to reality.

uma imaginação adusta e cobiçosa, insaciável principalmente, avessa à realidade, sobrepondo às cousas da vida outras de si mesma; daí curiosidades irremediáveis.

A visita dos dous homens (que a namoravam de pouco) durou cerca de uma hora. Maria Regina conversou alegremente com eles, e tocou ao piano uma peça clássica, uma sonata, que fez a avó cochilar um pouco. No fim discutiram música. Miranda disse cousas pertinentes acerca da música moderna e antiga; a avó tinha a religião de Bellini e da Norma, e falou das toadas do seu tempo, agradáveis, saudosas e principalmente claras. A neta ia com as opiniões do Miranda; Maciel concordou polidamente com todos.

Ao pé da cama, Maria Regina reconstruía agora tudo isso, a visita, a conversação, a música, o debate, os modos de ser de um e de outro, as palavras do Miranda e os belos olhos do Maciel. Eram onze horas, a única luz do quarto era a lamparina, tudo convidava ao sonho e ao devaneio. Maria Regina, à força de recompor a noite, viu ali dous homens ao pé dela, ouviu- os, e conversou com eles durante uma porção de minutos, trinta ou quarenta, ao som da mesma sonata tocada por ela: lá, lá, lá . . .

II
ALLEGRO MA NON TROPPO

No dia seguinte a avó e a neta foram visitar uma amiga na Tijuca. Na volta a carruagem derribou um menino que atravessava a rua, correndo. Uma pessoa que viu isto, atirou-se aos cavalos e, com perigo de si própria, conseguiu detê-los e salvar a criança, que apenas ficou ferida e desmaiada. Gente, tumulto, a mãe do pequeno acudiu em lágrimas. Maria Regina desceu do carro e acompanhou o ferido até à casa da mãe, que era ali ao pé.

Quem conhece a técnica do destino adivinha logo que a pessoa que salvou o pequeno foi um dos dous homens da outra noite; foi o Maciel. Feito o primeiro curativo, o Maciel acompanhou a moça até à carruagem e

It superimposes things which matter to her upon what matters in life. This causes irremediable curiosities.

The visit of the two men (who had been courting her for only a short while) lasted about an hour. Maria Regina happily chatted with them, and she played a classical piece at the piano, a sonata, which made her grandmother doze off a little. At the end they discussed music. Miranda said relevant things about music, old and modern; her grandmother revered Bellini and Norma and spoke of the songs of her time, pleasant, nostalgic and, most of all, straightforward. The granddaughter followed Miranda's opinions. Maciel politely agreed with everyone.

At the foot of the bed, Maria Regina put it all together now: the visit, the conversation, the music, the debate, the ways of being of one and the other, the words of Miranda and the beautiful eyes of Maciel. It was eleven o'clock. The only light in the bedroom was the lamp. Everything invited dreaming and reverie. Maria Regina, forcing herself to recollect the evening, saw two men beside her there. She listened and talked to them for several minutes, thirty or forty, to the sound of the same sonata she had played: la, la, la . . . .

II

ALLEGRO MA NON TROPPO

The next day grandmother and granddaughter went to visit a friend in Tijuca. On its way back, the carriage knocked over a boy who had run into the street. A person who saw this threw himself at the horses and, at his own peril, managed to stop them and saved the child, who was only wounded and unconscious. People, tumult, the mother of the boy hastened in tears. Maria Regina got out of the carriage and accompanied the injured boy to the house of his mother, which was very close.

Those who know the way fate works will immediately guess that the person who saved the boy was one of two men from the other night: it was Maciel. After the first dressing was applied, Maciel accompanied the young lady to the carriage and accepted the ride to the city the grand-

aceitou o lugar que a avó lhe ofereceu até a cidade. Estavam no Engenho Velho. Na carruagem é que Maria Regina viu que o rapaz trazia a mão ensangüentada. A avó inquiria a miúdo se o pequeno estava muito mal, se escaparia; Maciel disse-lhe que os ferimentos eram leves. Depois contou o acidente: estava parado, na calçada, esperando que passasse um tílburi, quando viu o pequeno atravessar a rua por diante dos cavalos; compreendeu o perigo, e tratou de conjurá-lo, ou diminuí-lo.

— Mas está ferido, disse a velha.

— Cousa de nada.

— Está, está, acudiu a moça; podia ter-se curado também.

— Não é nada, teimou ele; foi um arranhão, enxugo isto com o lenço.

Não teve tempo de tirar o lenço; Maria Regina ofereceu-lhe o seu. Maciel, comovido, pegou nele, mas hesitou em maculá-lo. Vá, vá, dizia-lhe ela; e vendo-o acanhado, tirou-lho e enxugou-lhe, ela mesma, o sangue da mão.

A mão era bonita, tão bonita como o dono; mas parece que ele estava menos preocupado com a ferida da mão que com o amarrotado dos punhos. Conversando, olhava para eles disfarçadamente e escondia-os. Maria Regina não via nada, via-o a ele, via-lhe principalmente a ação que acabava de praticar, e que lhe punha uma auréola. Compreendeu que a natureza generosa saltara por cima dos hábitos pausados e elegantes do moço, para arrancar à morte uma criança que ele nem conhecia. Falaram do assunto até a porta da casa delas; Maciel recusou, agradecendo, a carruagem que elas lhe ofereciam, e despediu-se até à noite.

— Até a noite! repetiu Maria Regina.

— Esperou-o ansiosa. Ele chegou, por volta de oito horas, trazendo uma fita preta enrolada na mão, e pediu desculpa de vir assim; mas disseram-lhe que era bom pôr alguma coisa e obedeceu.

— Mas está melhor!

— Estou bom, não foi nada.

mother offered him. They were at Engenho Velho.[1] It was in the carriage that Maria Regina saw that the young man had blood on his hand. The grandmother inquired often if the little boy was in really bad shape, if he would survive; Maciel told her that the injuries were mild. Later he told them about the accident: he was standing on the pavement, waiting for a tilbury to pass by, when he saw the little boy crossing the street in front of the horses; he realized the danger and tried to prevent it or to decrease it.

"But you are injured," said the old woman.

"It is nothing."

"He is, he is," hastened the young lady. "You could have been treated as well."

"It is nothing," he insisted. "It was a scratch, I shall wipe it with a handkerchief."

He had no time to get out his handkerchief; Maria Regina offered him hers. Maciel, moved, picked it up, but hesitated to dirty it. "Go on, go on," she told him, and seeing that he was sheepish, took it from him and wiped the blood from his hand herself.

The hand was beautiful, as beautiful as its owner, but it seems he was less concerned with the wound on his hand than with the creasing of his cuffs. Talking, he looked surreptitiously at them and hid them. Maria Regina saw nothing, she saw him, she mainly saw the act he had just performed and which gave him a halo. She understood that his generous nature had overcome the paused and elegant habits of the young man in order to wrest from death a child he did not even know. They talked about the matter all the way to the door of their house; Maciel refused, with thanks, the carriage they offered him, and he said goodbye until the evening.

"See you tonight!" Maria Regina repeated.

She waited for him eagerly. He arrived at around eight o'clock, a black ribbon wrapped around his hand, and apologized for turning up looking like that, but he had been told that it would be good to put something on it and had obeyed.

[1] Originally called São Francisco Xavier do Engenho Velho, it used to be a parish in Rio de Janeiro, where Tijuca and Vila Isabel, amongst other neighborhoods are located today.

— Venha, venha, disse-lhe a avó, do outro lado da sala. Sente-se aqui ao pé de mim: o senhor é um herói.

Maciel ouvia sorrindo. Tinha passado o ímpeto generoso, começava a receber os dividendos do sacrifício. O maior deles era a admiração de Maria Regina, tão ingênua e tamanha, que esquecia a avó e a sala. Maciel sentara-se ao lado da velha. Maria Regina defronte de ambos. Enquanto a avó, restabelecida do susto, contava as comoções que padecera, a princípio sem saber de nada, depois imaginando que a criança teria morrido, os dous olhavam um para o outro, discretamente, e afinal esquecidamente. Maria Regina perguntava a si mesma onde acharia melhor noivo. A avó, que não era míope, achou a contemplação excessiva, e falou de outra coisa; pediu ao Maciel algumas notícias de sociedade.

III
ALLEGRO APPASSIONATO

Maciel era homem, como ele mesmo dizia em francês, très répandu; sacou da algibeira uma porção de novidades miúdas e interessantes. A maior de todas foi a de estar desfeito o casamento de certa viúva.

— Não me diga isso! exclamou a avó. E ela?

— Parece que foi ela mesma que o desfez: o certo é que esteve anteontem no baile, dançou e conversou com muita animação. Oh! abaixo da notícia, o que fez mais sensação em mim foi o colar que ela levava, magnífico . . .

— Com uma cruz de brilhantes? perguntou a velha. Conheço; é muito bonito.

— Não, não é esse.

Maciel conhecia o da cruz, que ela levara à casa de um Mascarenhas; não era esse. Este outro ainda há poucos dias estava na loja do Resende, uma cousa linda. E descreveu-o todo, número, disposição e facetado das pedras; concluiu dizendo que foi a jóia da noite.

— Para tanto luxo era melhor casar, ponderou maliciosamente a avó.

"I see it is getting better!"

"I am fine. It was nothing."

"Come, come," said the grandmother, from the other side of the room. "Sit next to me. You are a hero!"

Maciel listened, smiling. The generous impetus had subsided, and he began to receive the dividends of his sacrifice. The greatest of these was the admiration of Maria Regina, so extreme and naive, that he forgot her grandmother and the room itself. Maciel sat beside the old woman. Maria Regina was in front of them both. The grandmother, recovered from the shock, told of the commotions she had suffered, at first without realizing what was happening, and then imagining that the child had died. Meanwhile, the two glanced at each other, at first discreetly, and, by the end, absent-mindedly. Maria Regina asked herself where she would find a better match. The grandmother, who was not short-sighted, found the contemplation excessive, and she started talking about something else: she asked Maciel for some news from high society.

III
ALLEGRO APPASSIONATO

Maciel was a man, as he used to say in French, *très répandu*;[2] he drew from his pocket loads of tidbits and interesting news. The best was a certain widow's undone marriage.

"You don't say!" exclaimed the grandmother. "What about her?"

"It appears that it was she herself who called it off: the truth is that she was at the ball the day before yesterday; she danced and talked quite enthusiastically. Oh! Apart from the news, what had a great impact on me was the necklace she wore – magnificent . . ."

"With a jeweled cross?" asked the old woman. "I am familiar with it. It is very beautiful."

"No, it is not that one."

Maciel was familiar with the cross necklace, which she had worn at the house of a certain Mascarenhas; it was not that one. This one was at

[2] French, meaning *broadly knowledgeable.*

— Concordo que a fortuna dela não dá para isso. Ora, espere! Vou amanhã, ao Resende, por curiosidade, saber o preço por que o vendeu. Não foi barato, não podia ser barato.

— Mas por que é que se desfez o casamento?

— Não pude saber; mas tenho de jantar sábado com o Venancinho Corrêa, e ele conta-me tudo. Sabe que ainda é parente dela? Bom rapaz; está inteiramente brigado com o barão . . .

A avó não sabia da briga; Maciel contou-lha de princípio a fim, com todas as suas causas e agravantes. A última gota no cálice foi um dito à mesa de jogo, uma alusão ao defeito do Venancinho, que era canhoto. Contaram-lhe isto, e ele rompeu inteiramente as relações com o barão. O bonito é que os parceiros do barão acusaram-se uns aos outros de terem ido contar as palavras deste. Maciel declarou que era regra sua não repetir o que ouvia à mesa do jogo, porque é lugar em que há certa franqueza.

Depois fez a estatística da rua do Ouvidor, na véspera, entre uma e quatro horas da tarde. Conhecia os nomes das fazendas e todas as cores modernas. Citou as principais toilettes do dia. A primeira foi a de Mme. Pena Maia, baiana distinta, très pschutt. A segunda foi a de Mlle. Pedrosa, filha de um desembargador de São Paulo, adorable. E apontou mais três, comparou depois as cinco, deduziu e concluiu. Às vezes esquecia-se e falava francês; pode mesmo ser que não fosse esquecimento, mas propósito; conhecia bem a língua, exprimia-se com facilidade e formulara um dia este axioma etnológico – que há parisienses em toda a parte. De caminho, explicou um problema de voltarete.

— A senhora tem cinco trunfos de espadilha e manilha, tem rei e dama de copas . . .

Maria Regina ia descambando da admiração no fastio; agarrava-se aqui e ali, contemplava a figura moça do Maciel, recordava a bela ação daquele dia, mas ia sempre escorregando; o fastio não tardava a absorvê-la. Não havia remédio. Então recorreu a um singular expediente. Tratou de combinar os dous homens, o presente com o ausente, olhando para

Resende's store until a few days ago – a beautiful thing. And he described it completely: the size, the arrangement and the setting; he concluded by saying that it was the jewel of the night.

"It would be better to get married for that kind of luxury," mischievously mused the grandmother.

"I agree that she could not afford that on her own. But wait! I'm going to Resende's tomorrow, out of curiosity, to find out the price it was sold for. It was not cheap. It could not be cheap."

"But why did the marriage fall apart?"

"I wouldn't know, but I shall have dinner with Venancinho Corrêa on Saturday, and he will tell me everything. Do you know that he is even a relative of hers? A good fellow, he has really quarreled with the baron. . . ."

The grandmother did not know about the quarrel; Maciel told her about it from beginning to end, with all its reasons and aggravations. The last straw was the baron's comment at the gaming table, an allusion to Venancinho's defect (he was left-handed). Someone had told Venancinho about this, and he completely broke off relations with the baron. The best part is that the baron's partners had accused each other of having repeated his words. Maciel said that it was a rule not to tell what was heard at the gaming table, because it is a place where there is a certain frankness.

Later, he went through the previous day's statistics of the Rua do Ouvidor, the ones from between one and four in the afternoon. He knew the names of all fabrics and all the modern colors. He noted the main fashions of the day. The first was that of Mme. Pena Maia, a distinguished Bahian, *très pschutt.*[3] The second was that of Mlle. Pedrosa, daughter of a judge from São Paulo. *Adorable*, she was. And he pointed out three more. Then he compared all five, made deductions and drew conclusions. Sometimes he forgot himself and spoke French. It may even be that it was not forgetfulness but on purpose. He knew the language and expressed himself with ease. One day he had come up with this ethnological axiom: there are Parisians everywhere. On the way, he explained a problem from the card game *voltarete*.

[3] French, meaning *very elegant.*

um, e escutando o outro de memória; recurso violento e doloroso, mas tão eficaz, que ela pôde contemplar por algum tempo uma criatura perfeita e única.

Nisto apareceu o outro, o próprio Miranda. Os dois homens cumprimentaram-se friamente; Maciel demorou-se ainda uns dez minutos e saiu.

Miranda ficou. Era alto e seco, fisionomia dura e gelada. Tinha o rosto cansado, os cinqüenta anos confessavam-se tais, nos cabelos grisalhos, nas rugas e na pele. Só os olhos continham alguma cousa menos caduca. Eram pequenos, e escondiam-se por baixo da vasta arcada do sobrolho; mas lá, ao fundo, quando não estavam pensativos, centelhavam de mocidade. A avó perguntou-lhe, logo que Maciel saiu, se já tinha notícia do acidente do Engenho Velho, e contou-lho com grandes encarecimentos, mas o outro ouvia tudo sem admiração nem inveja.

— Não acha sublime? perguntou ela, no fim.

— Acho que ele salvou talvez a vida a um desalmado que algum dia, sem o conhecer, pode meter-lhe uma faca na barriga.

— Oh! protestou a avó.

— Ou mesmo conhecendo, emendou ele.

— Não seja mau, acudiu Maria Regina; o senhor era bem capaz de fazer o mesmo, se ali estivesse.

Miranda sorriu de um modo sardônico. O riso acentuou-lhe a dureza da fisionomia. Egoísta e mau, este Miranda primava por um lado único: espiritualmente, era completo. Maria Regina achava nele o tradutor maravilhoso e fiel de uma porção de idéias que lutavam dentro dela, vagamente, sem forma ou expressão. Era engenhoso e fino e até profundo, tudo sem pedantice, e sem meter-se por matos cerrados, antes quase sempre na planície das conversações ordinárias; tão certo é que as cousas valem pelas idéias que nos sugerem. Tinham ambos os mesmos gostos artísticos; Miranda estudara direito para obedecer ao pai; a sua vocação era a música.

A avó, prevendo a sonata, aparelhou a alma para alguns cochilos. Demais, não podia admitir tal homem no coração; achava-o aborrecido

"You have five trumps of the ace of spades, a seven of hearts and a two of clubs, a king and queen of hearts. . ."

Maria Regina was slipping out of admiration into boredom; she held on here and there, contemplating Maciel's young figure, she remembered the kind act that day, but she kept on slipping off. It did not take long for boredom to absorb her. There was no helping it. Then she resorted to a singular measure. She started to combine the two men, the present with the absent, looking at one, and then listening to the other in her heart. A violent and painful recourse, yet so effective that she could contemplate for some time a perfect and unique being.

At that very moment the other man showed up, Miranda himself. The two men greeted each other coldly. Maciel lingered for about ten minutes, then left.

Miranda stayed. He was tall and dry, with a hard and icy look. His face was tired, and his fifty years declared themselves as such through his gray hair, wrinkles and skin. Only his eyes betrayed something less aged. They were small and lurked beneath his wide arched eyelids. But there, deeper, when they were not pensive, they sparkled with youth. The grandmother asked him, as soon as Maciel left, if he had heard of the accident at the Engenho Velho, and she told it to him with many enhancements, but he listened to it all with neither admiration nor envy.

"Don't you find it sublime?" she asked at the end.

"I think he may have saved the life of a soulless person who, some day, without even knowing him, can knife him in the belly."

"Oh!" the grandmother protested.

"Or even if he knew him," he corrected.

"Don't be unkind," Maria Regina reacted. "It's quite possible you would have done the same if you had been there."

Miranda smiled sardonically. The laughter accentuated the hardness of his look. Selfish and unkind, this Miranda prevailed over his rival in one way: spiritually, he was complete. Maria Regina saw in him a wonderful and faithful translator of many ideas which struggled inside her, vaguely, without form or expression. He was witty and refined and even profound,

e antipático. Calou-se no fim de alguns minutos. A sonata veio, no meio de uma conversação que Maria Regina achou deleitosa, e não veio senão porque ele lhe pediu que tocasse; ele ficaria de bom grado a ouvi-la.

— Vovó, disse ela, agora há de ter paciência . . .

Miranda aproximou-se do piano. Ao pé das arandelas, a cabeça dele mostrava toda a fadiga dos anos, ao passo que a expressão da fisionomia era muito mais de pedra e fel. Maria Regina notou a graduação, e tocava sem olhar para ele; difícil cousa, porque, se ele falava, as palavras entravam-lhe tanto pela alma, que a moça insensivelmente levantava os olhos, e dava logo com um velho ruim. Então é que se lembrava do Maciel, dos seus anos em flor, da fisionomia franca, meiga e boa, e afinal da ação daquele dia. Comparação tão cruel para o Miranda, como fora para o Maciel o cotejo dos seus espíritos. E a moça recorreu ao mesmo expediente. Completou um pelo outro; escutava a este com o pensamento naquele; e a música ia ajudando a ficção, indecisa a princípio, mas logo viva e acabada. Assim Titânia, ouvindo namorada a cantiga do tecelão, admirava-lhe as belas formas, sem advertir que a cabeça era de burro.

IV
MINUETTO

Dez, vinte, trinta dias passaram depois daquela noite, e ainda mais vinte, e depois mais trinta. Não há cronologia certa; melhor é ficar no vago. A situação era a mesma. Era a mesma insuficiência individual dos dous homens, e o mesmo complemento ideal por parte dela; daí um terceiro homem, que ela não conhecia.

Maciel e Miranda desconfiavam um do outro, detestavam-se a mais e mais, e padeciam muito, Miranda principalmente, que era paixão da última hora. Afinal acabaram aborrecendo a moça. Esta viu-os ir pouco a pouco. A esperança ainda os fez relapsos, mas tudo morre, até a espe-

all without pedantry and, without beating around the bush, was instead almost always at the surface of ordinary conversations. How right he is that things are only worth the ideas they suggest to us! They both had the same artistic tastes; Miranda had studied law to obey his father, but his true calling was music.

The grandmother, anticipating the sonata, prepared her soul for a little nap or so. It was too much, she could not admit such a man into her heart; she thought him dull and aloof. She settled down after a few minutes. The sonata came in the middle of a conversation that Maria Regina found delightful, and it came not merely because he asked her to play. He would gladly stay to listen to her.

"Grandma," she said, "now you have to have patience . . ."

Miranda approached the piano. Close to the candlesticks his head showed all the fatigue of the years, whereas the expression on his face was much more of stone and gall. Maria Regina noticed the change, and she played without looking at him. It was a difficult thing to do, because, if he spoke, his words would so much penetrate her soul that the young lady would insensibly look up and immediately find a bad old man. It was then that she would remember Maciel, his years in bloom, the frank, sweet and good looks and, finally, that day's deed. The comparison of their spirits was as cruel to Miranda as to Maciel. And the young lady resorted to the same measure. She completed one with the other; she listened to this one with her thoughts on the other; and the music helped the fiction, indecisive at first, but soon alive and complete. Like Titania, listening in love to the song of the weaver, admiring his beautiful forms, without noticing that his head was that of a donkey.[4]

IV
MINUETTO

Ten, twenty, thirty days passed since that night, and another twenty more, and then another thirty. There is no true chronology: it is better to be vague. The situation remained the same. It was the same individual

[4] The Queen of Fairies in William Shakespeare's *A Midsummer Night's Dream.*

rança, e eles saíram para nunca mais. As noites foram passando, passando . . . Maria Regina compreendeu que estava acabado.

A noite em que se persuadiu bem disto foi uma das mais belas daquele ano, clara, fresca, luminosa. Não havia lua; mas nossa amiga aborrecia a lua, – não se sabe bem por que, – ou porque brilha de empréstimo, ou porque toda a gente a admira, e pode ser que por ambas as razões. Era uma das suas esquisitices. Agora outra.

Tinha lido de manhã, em uma notícia de jornal, que há estrelas duplas, que nos parecem um só astro. Em vez de ir dormir, encostou-se à janela do quarto, olhando para o céu, a ver se descobria alguma delas; baldado esforço. Não a descobrindo no céu, procurou-a em si mesma, fechou os olhos para imaginar o fenômeno; astronomia fácil e barata, mas não sem risco. O pior que ela tem é pôr os astros ao alcance da mão; por modo que, se a pessoa abre os olhos e eles continuam a fulgurar lá em cima, grande é o desconsolo e certa a blasfêmia. Foi o que sucedeu aqui. Maria Regina viu dentro de si a estrela dupla e única. Separadas, valiam bastante; juntas, davam um astro esplêndido. E ela queria o astro esplêndido. Quando abriu os olhos e viu que o firmamento ficava tão alto, concluiu que a criação era um livro falho e incorreto, e desesperou.

No muro da chácara viu então uma cousa parecida com dous olhos de gato. A princípio teve medo, mas advertiu logo que não era mais que a reprodução externa dos dous astros que ela vira em si mesma e que tinham ficado impressos na retina. A retina desta moça fazia refletir cá fora todas as suas imaginações. Refrescando o vento recolheu-se, fechou a janela e meteu- se na cama.

Não dormiu logo, por causa de duas rodelas de opala que estavam incrustadas na parede; percebendo que era ainda uma ilusão, fechou os olhos e dormiu. Sonhou que morria, que a alma dela, levada aos ares, voava na direção de uma bela estrela dupla. O astro desdobrou-se, e ela voou para uma das duas porções; não achou ali a sensação primitiva e despenhou-se para outra; igual resultado, igual regresso, e ei-la a andar

insufficiency of the two men, and the same ideal complement on her part. There came from them a third man, whom she did not know.

Maciel and Miranda distrusted each other. They hated each other more and more, and suffered much, especially Miranda, for whom this was his last passion. After a while they became tedious to the young lady. She saw them going little by little. Hope still made them relapse, but everything dies, even hope, and they disappeared forever. Nights passed and passed. . . . Maria Regina realized it was finished.

She was finally convinced of this on one of the most beautiful, clear, fresh, and luminous nights of the year. There was no moon, but our friend Regina detested the moon – it is not well known why – because its shine is borrowed, or because everyone admires it, and it may be for both reasons. It was just one of her oddities. Now for another.

She had read in a newspaper that morning that there are double stars, which seem to us to be a single star. Instead of going to bed, she leaned against the bedroom window, looking at the sky, to see if she could find any of them. All in vain. Not finding any in the sky, she tried to find one in herself. She closed her eyes to imagine the phenomenon. Easy and inexpensive astronomy, but not without risk. The worst that it does is to put the stars within reach of one's hands. That way, if the person opens his or her eyes and the stars continue to shine up in the sky, great is the dismay and sure the blasphemy. That is what happened here. Maria Regina saw within herself a unique double star. Separate they were worth enough; together, they became a splendid star. And she wanted the splendid star. When she opened her eyes and saw that the sky was so high, she concluded that creation was a flawed and incorrect book, and she despaired.

Then, on the wall around the cottage she saw something similar to two cat's eyes. It scared her at first, but she soon noticed that they were nothing more than the external reproduction of the two stars that she saw in herself and which had been printed in her retina. The young lady's retina reflected all her imaginings. As the wind cooled, she retired. She closed the window and got into bed.

de uma para outra das duas estrelas separadas. Então uma voz surgiu do abismo, com palavras que ela não entendeu.

— É a tua pena, alma curiosa de perfeição; a tua pena é oscilar por toda a eternidade entre dois astros incompletos, ao som desta velha sonata do absoluto: lá, lá, lá . . .

She did not fall sleep immediately, because of two rings of opal which were embedded in the wall. Realizing that they were still an illusion, she closed her eyes and slept. She dreamed that she had died and that her soul, carried by the wind, was flying toward a beautiful double star. The star unfolded, and she flew into one of the two halves. There she did not find the primitive sensation, so she hurled herself into the other. The same result, the same return, and there she was walking from one to the other of the two separated stars. Then, a voice came from the abyss with words she did not understand.

"This is your punishment, soul who craves perfection. Your punishment is to oscillate throughout eternity between two incomplete stars, to the sound of that old sonata of the absolute: la, la, la. . . .

Viver!

by Machado de Assis
from Várias Histórias, 1886

Fim dos tempos. Ahasverus, sentado em uma rocha, fita longamente horizonte, onde passam duas águias cruzando-se. Medita, depois sonha. Vai declinando o dia.

Ahasverus Chego à cláusula dos tempos; este é o limiar da eternidade. A terra está deserta; nenhum outro homem respira o ar da vida. Sou o último; posso morrer. Morrer! Deliciosa idéia! Séculos de séculos vivi, cansado, mortificado, andando sempre, mas ei-los que acabam e vou morrer com eles. Velha natureza, adeus! Céu azul, imenso céu for aberto para que desçam os espíritos da vida nova, terra inimiga, que me não comeste os ossos, adeus! O errante não errará mais. Deus me perdoará, se quiser, mas a morte consola- me. Aquela montanha é áspera como a minha dor; aquelas águias, que ali passam, devem ser famintas como o meu desespero. Morrereis também, águias divinas?

Live!

translated by Luciana Tanure

End of times. Ahasverus, sitting on a rock, gazes distantly at the horizon, where two eagles fly, their paths crossing.1 He meditates, then dreams. The day declines.

Ahasverus: I come to the clause of times; this is the threshold of eternity. The Earth is desolate; no other man breathes the breath of life. I am the last; I can die. Die! What a delicious idea! Centuries of centuries I have lived, tired, mortified, always walking, but they came to an end, and I will die with them. Old nature, goodbye! Blue sky, big sky opened up that the spirits of the new life might descend, enemy land, may you not eat my bones, goodbye! The errant will err no more. God will forgive me, if he wants, but death will console me. That mountain is as rough as my pain; those eagles passing there must be as famished as my despair. Wilt thou also die, divine eagles?

Prometeu Certo que os homens acabaram; a terra está nua deles.

Ahasverus Ouço ainda uma voz . . . Voz de homem? Céus implacáveis, não sou então o último? Ei-lo que se aproxima . . . Quem és tu? Há em teus grandes olhos alguma cousa parecida com a luz misteriosa dos arcanjos de Israel; não és homem . . .

Prometeu Não.

Ahasverus Raça divina?

Prometeu Tu o disseste.

Ahasverus Não te conheço; mas que importa que te não conheça? Não és homem; posso então morrer; pois sou o último, e fecho a porta da vida. Prometeu. – A vida, como a antiga Tebas, tem cem portas. Fechas uma, outras se abrirão. És o último da tua espécie? Virá outra espécie melhor, não feita do mesmo barro, mas da mesma luz. Sim, homem derradeiro, toda a plebe dos espíritos perecerá para sempre; a flor deles é que voltará à terra para reger as coisas. Os tempos serão retificados. O mal acabará; os ventos não espalharão mais nem os germes da morte, nem o clamor dos oprimidos, mas tão somente a cantiga do amor perene e a bênção da universal justiça . . .

Ahasverus Que importa à espécie que vai morrer comigo toda essa delícia póstuma? Crê-me, tu que és imortal, para os ossos que apodrecem na terra as púrpuras de Sidônia não valem nada. O que tu me contas é ainda melhor que o sonho de Campanella. Na cidade deste havia delitos e enfermidades; a tua exclui todas as lesões morais e físicas. O Senhor te ouça! Mas deixa-me ir morrer.

Prometeu Vai, vai. Que pressa tens em acabar os teus dias?

Ahasverus A pressa de um homem que tem vivido milheiros de anos. Sim, milheiros de anos. Homens que apenas respiraram por dezenas deles, inventaram um sentimento de enfado, tedium vitae, que eles nunca puderam conhecer, ao menos em toda

Prometheus: It is certain that man has ended; the earth is bare of them.

Ahasverus: Yet I hear a voice . . . A man's voice? Implacable heavens, so I am not the last? Here, one is approaching . . . Who art thou? There is, in thy huge eyes, something like the mysterious light of the archangels of Israel; thou art not a man . . .

Prometheus: No.

Ahasverus: Divine Race?

Prometheus: Thou hast said it.

Ahasverus: I do not know thee, but does it matter that I know thee not? Thou art not a man, so I can die, because I am the last, and I close the door of life.

Prometheus: Life, like ancient Thebes, has a hundred doors. Thou closest one and others will open. Art thou the last of thy kind? Another, better, species will come, not made from the same clay but from the same light. Yes, last man, the whole rabble of spirits shall perish forever; their flower is what will return to Earth to rule things. The times will be rectified. Evil will end; the winds will not spread any more germs of death, nor the cry of the oppressed, but only everlasting love songs and the blessing of universal justice . . .

Ahasverus: What does it matter to the species that all this posthumous delight will die with me? Believe me, thou, who art immortal, to the bones that rot in the earth, the purples of Sidon are worthless. What thou tellest me is even better than the dream of Campanella. In this city there were crimes and disease; I exclude all thy moral and physical injuries. Lord hear thee! But let me go and die.

Prometheus: Go, go. What rush dost thou have to end thy days?

Ahasverus: The rush of a man who has lived millions of years. Yes, millions of years. Men who only breathed for dozens invented a feeling of boredom, *tedium vitae*, which they could never

a sua implacável e vasta realidade, porque é preciso haver calcado, como eu, todas as gerações e todas as ruínas, para experimentar esse profundo fastio da existência.

Prometeu Milheiros de anos?

Ahasverus Meu nome é Ahasverus: vivia em Jerusalém, ao tempo em que iam crucificar Jesus Cristo. Quando ele passou pela minha porta, afrouxou ao peso do madeiro que levava aos ombros, e eu empurrei-o, bradando-lhe que não parasse, que não descansasse, que fosse andando até à colina, onde tinha de ser crucificado . . . Então uma voz anunciou-me do céu que eu andaria sempre, continuamente, até o fim dos tempos. Tal é a minha culpa; não tive piedade para com aquele que ia morrer. Não sei mesmo como isto foi. Os fariseus diziam que o filho de Maria vinha destruir a lei, e que era preciso matá-lo; eu, pobre ignorante, quis realçar o meu zelo e daí a ação daquele dia. Que de vezes vi isto mesmo, depois, atravessando os tempos e as cidades! Onde quer que o zelo penetrou numa alma subalterna, fez-se cruel ou ridículo. Foi a minha culpa irremissível.

Prometeu Grave culpa, em verdade, mas a pena foi benévola. Os outros homens leram da vida um capítulo, tu leste o livro inteiro. Que sabe um capítulo de outro capítulo? Nada; mas o que os leu a todos, liga-os e conclui. Há páginas melancólicas? Há outras joviais e felizes. À convulsão trágica precede a do riso, a vida brota da morte, cegonhas e andorinhas trocam de clima, sem jamais abandoná-lo inteiramente; é assim que tudo se concerta e restitui. Tu viste isso, não dez vezes, não mil vezes, mas todas as vezes; viste a magnificência da terra curando a aflição da alma, e a alegria da alma suprindo à desolação das cousas; dança alternada da natureza, que dá a mão esquerda a Jó e a direita a Sardanapalo.

really know, at least in all their vast and unforgiving reality, because it is necessary to have trampled, like me, over all generations and all ruins to be able to experience this profound boredom of existence.

Prometheus: Millions of years?

Ahasverus: My name is Ahasverus. I lived in Jerusalem at the time they were to crucify Jesus Christ. When he passed by my door, he weakened under the weight of the wood he carried on his shoulders, and I pushed him, screaming for him not to stop, not to rest, that he was to walk up the hill, where he had to be crucified . . . Then a voice from heaven announced to me that I would walk forever, continually, until the end of times. This is my fault; I had no pity for the one who was going to die. I do not even know how it came about. The Pharisees said that the son of Mary came to destroy law, and that it was necessary to kill him; and I, poor, ignorant, wanted to show off my zeal and hence the action of that day. Sometimes, I saw this same thing happening across times and cities! Wherever zeal entered a subordinate soul, it was cruel or ridiculous. This was my unpardonable fault.

Prometheus: Grave guilt, in fact, but the penalty was benevolent. The other men read a chapter of life; thou readest the whole book.[1] What does one chapter know of another chapter? Nothing, but the one who read them all, connects them and draws a conclusion. Are there melancholic pages? There are others joyous and happy. The one of laughter precedes the one of tragic convulsion. Life springs from death, storks and swallows go to a different climate without ever abandoning it entirely; that is how all is fixed and restored. Thou sawest it, not ten times, not a thousand times, but all times; thou sawest the magnificence of the earth healing the affliction of

[1] The verbs in this sentence are both in the past tense.

Ahasverus Que sabes tu da minha vida? Nada; ignoras a vida humana. Prometeu. – Ignoro a vida humana? Deixa-me rir! Eia, homem perpétuo, explica-te. Conta-me tudo; saíste de Jerusalém . . .

Ahasverus Saí de Jerusalém. Comecei a peregrinação dos tempos. Ia a toda parte, qualquer que fosse a raça, o culto ou a língua; sóis e neves, povos bárbaros e cultos, ilhas, continentes, onde quer que respirasse um homem aí respirei eu. Nunca mais trabalhei. Trabalho é refúgio, e não tive esse refúgio. Cada manhã achava comigo a moeda do dia . . . Vede; cá está a última. Ide, que já não sois precisa (atira a moeda ao longe). Não trabalhava, andava apenas, sempre, sempre, sempre, um dia e outro dia, um ano e outro ano, e todos os anos, e todos os séculos. A eterna justiça soube o que fez: somou a eternidade com a ociosidade. As gerações legavam-me umas às outras. As línguas que morriam ficavam com o meu nome embutido na ossada. Com o volver dos tempos, esquecia-se tudo; os heróis dissipavam-se em mitos, na penumbra, ao longe; e a história ia caindo aos pedaços, não lhe ficando mais que duas ou três feições vagas e remotas. E eu via-as de um modo e de outro modo. Falaste em capítulo? Os que se foram, à nascença dos impérios, levaram a impressão da perpetuidade deles; os que expiraram quando eles decaíam, enterraram-se com a esperança da recomposição; mas sabes tu o que é ver as mesmas cousas, sem parar, a mesma alternativa de prosperidade e desolação, desolação e prosperidade, eternas exéquias e eternas aleluias, auroras sobre auroras, ocasos sobre ocasos?

Prometeu Mas não padeceste, creio; é alguma cousa não padecer nada. Ahasverus. – Sim, mas vi padecer os outros homens, e para o fim o espetáculo da alegria dava-me a mesma sensação que os discursos de um doido. Fatalidades do sangue e da carne, conflitos sem fim, tudo vi passar a meus olhos, a ponto que a

the soul, and the joy of the soul supplying the desolation of things; the alternating dance of nature, which gives the left hand to Job and the right to Sardanapalus.[2]

Ahasverus: What dost thou know of my life? Nothing; thou ignorest human life.

Prometheus: I ignore human life? Let me laugh! Life, perpetual man, explain it to me. Tell me everything; you left Jerusalem . . .

Ahasverus: I left Jerusalem. I started the pilgrimage through times. I went everywhere, whatever the race, language or worship would be; suns and snows, barbarians and cults, islands, continents, wherever a man would breathe, there breathed I. I never worked again. Labour is a retreat, and I did not have that refuge. Each morning I found the currency of the day . . . Behold, here is the latest. Go, that thou art no longer needed *(he hurls the coin away)*. I did not work, I just walked, always, always, always, one day and another day, a year and another year, and every year, and all ages. Eternal justice knew what it did: it added eternity to idleness. Generations bequeathed me to one another. Languages that died had my name embedded in their bones. With the turning of times, everything was forgotten; heroes dissipated into myths, into shadows, into the distance; and history was falling apart, with no more than two or three remote features remaining. And I saw them in one way and in another way. Thou spokest of chapter? Those who were at the birth of empires were impressed with their own perpetuity, and those who expired when they decayed were buried with the hope of recovery. But do you know what it is to see the same things, without stopping, the same alternations of prosperity and desolation, desolation and prosperity, eternal funerals and everlasting hallelujahs, dawns after dawns, sunsets after sunsets?

[2] In Greek legend, the last king of Assyria, who, after a life of decadence, had himself immolated along with all his riches, eunuchs, and concubines.

noite me fez perder o gosto ao dia, e acabo não distinguindo as flores das urzes. Tudo se me confunde na retina enfarada. Prometeu. – Pessoalmente não te doeu nada; e eu que padeci por tempos inúmeros o efeito da cólera divina?

Ahasverus Tu?

Prometeu Prometeu é o meu nome.

Ahasverus Tu Prometeu?

Prometeu E qual foi o meu crime? Fiz de lodo e água os primeiros homens, e depois, compadecido, roubei para eles o fogo do céu. Tal foi o meu crime. Júpiter, que então regia o Olimpo, condenou-me ao mais cruel suplício. Anda, sobe comigo a este rochedo.

Ahasverus Contas-me uma fábula. Conheço esse sonho helênico.

Prometeu Velho incrédulo! Anda ver as próprias correntes que me agrilhoaram; foi uma pena excessiva para nenhuma culpa; mas a divindade orgulhosa e terrível . . . Chegamos, olha, aqui estão elas . . .

Ahasverus O tempo que tudo rói não as quis então?

Prometeu Eram de mão divina; fabricou-as Vulcano. Dois emissários do céu vieram atar-me ao rochedo, e uma águia, como aquela que lá corta o horizonte, comia-me o fígado, sem consumi-lo nunca. Durou isto tempos que não contei. Não, não podes imaginar este suplício . . .

Ahasverus Não me iludes? Tu Prometeu? Não foi então um sonho da imaginação antiga?

Prometeu Olha bem para mim, palpa estas mãos. Vê se existo. Ahasverus. – Moisés mentiu-me. Tu Prometeu, criador dos primeiros homens?

Prometeu Foi o meu crime.

Prometheus: But you have not suffered. I believe it is something not to suffer.

Ahasverus: Yes, but I saw other men suffer, and to the end the spectacle of joy gave me the same feeling as the discourses of a madman. Fatalities of blood and flesh, endless conflicts, I saw all pass before my eyes, to the point that night made me lose the joy of day, and I end up unable to distinguish flowers from heather. Everything confuses my strained retina.

Prometheus: Personally thou wast not hurt at all, and what of me, who suffered through numerous times the effect of divine wrath?

Ahasverus: Thou?

Prometheus: Prometheus is my name.

Ahasverus: Thou, Prometheus?

Prometheus: And what was my crime? I made the first men from mud and water, and then, feeling pity, I stole for them the fire from heaven. Such was my crime. Jupiter, who then ruled the Olympians, condemned me to the most cruel torture. Come on, come up on this rock with me.

Ahasverus: Thou tellest me a fable. I know this Hellenistic dream.

Prometheus: Skeptical old man! Come see the very chains that fettered me; it was an excessive punishment for no misdeed, but the proud and terrible deity . . . We have arrived, look, here they are . . .

Ahasverus: The time that gnaws all did not want them then?

Prometheus: They were from divine hands; Vulcan made them. Two emissaries from heaven came to bind me to the rock, and an eagle, like that one there that cuts the horizon, ate my liver without ever consuming it. This went on through uncountable times. No, thou canst not imagine this ordeal . . .

Ahasverus	Sim, foi o teu crime, artífice do inferno; foi o teu crime inexpiável. Aqui devias ter ficado por todos os tempos, agrilhoado e devorado, tu, origem dos males que me afligiram. Careci de piedade, é certo; mas tu, que me trouxeste à existência, divindade perversa, foste a causa original de tudo.
Prometeu	A morte próxima obscurece-te a razão.
Ahasverus	Sim, és tu mesmo, tens a fronte olímpica, forte e belo titão: és tu mesmo . . . São estas as cadeias? Não vejo o sinal das tuas lágrimas. Prometeu. – Chorei-as pela tua raça.
Ahasverus	Ela chorou muito mais por tua culpa.
Prometeu	Ouve, último homem, último ingrato!

Ahasverus:	Dost thou not elude me? Thou, Prometheus? Was that not an old dream of the imagination?
Prometheus:	Look at me; touch these hands. See if I exist.
Ahasverus:	Moses lied to me. Thou, Prometheus, the creator of the first men?
Prometheus:	This was my crime.
Ahasverus:	Yes, it was thy crime, artisan of hell: Thy crime was inexpiable. Here thou shouldst have stayed forever, fettered and eaten, thou, source of the evils that afflict me. I lacked piety, it is true; but thou who broughtest me into existence, evil deity, thou wast the original cause of everything.
Prometheus:	The death nearby overshadows thy reason.
Ahasverus:	Yes, it is thee, thou hast the Olympian forehead, strong and beautiful Titan: it is thee ... Are these the chains? I do not see the sign of thy tears.
Prometheus:	I cried them for thy race.
Ahasverus:	It cried much more for your misdeed.
Prometheus:	Listen, last man, last ungrateful man!
Ahasverus:	Why would I want words from thee? I want your moans, perverse deity. Here are the chains. See how I lift them in my hands, hear the clank of the irons ... Who unchained thee?
Prometheus:	Hercules.
Ahasverus:	Hercules ... See if he will perform the same service for thee, now that thou shalt be fettered again.
Prometheus:	Thou art raving.
Ahasverus:	The heavens gave thee the first punishment; now the earth will give thee the second and final one. Not even Hercules can break these irons again. See how I shake them in the

Ahasverus Para que quero eu palavras tuas? Quero os teus gemidos, divindade perversa. Aqui estão as cadeias. Vê como as levanto nas mãos; ouve o tinir dos ferros . . . Quem te desagrilhoou outrora?

Prometeu Hércules.

Ahasverus Hércules . . . Vê se ele te presta igual serviço, agora que vais ser novamente agrilhoado.

Prometeu Deliras.

Ahasverus O céu deu-te o primeiro castigo; agora a terra vai dar-te o segundo e derradeiro. Nem Hércules poderá mais romper estes ferros. Olha como os agito no ar, à maneira de plumas; é que eu represento a força dos desesperos milenários. Toda a humanidade está em mim. Antes de cair no abismo, escreverei nesta pedra o epitáfio de um mundo. Chamarei a águia, e ela virá; dir-lhe-ei que o derradeiro homem, ao partir da vida, deixa-lhe um regalo de deuses.

Prometeu Pobre ignorante, que rejeitas um trono! Não, não podes mesmo rejeitá-lo.

Ahasverus És tu agora que deliras. Eia, prostra-te, deixa-me ligar-te os braços. Assim, bem, não resistirás mais; arqueja para aí. Agora as pernas . . . Prometeu. – Acaba, acaba. São as paixões da terra que se voltam contra mim; mas eu, que não sou homem, não conheço a ingratidão. Não arrancarás uma letra ao teu destino, ele se cumprirá inteiro. Tu mesmo serás o novo Hércules. Eu, que anunciei a glória do outro, anuncio a tua; e não serás menos generoso que ele.

Ahasverus Deliras tu?

Prometeu A verdade ignota aos homens é o delírio de quem a anuncia. Anda, acaba.

Ahasverus A glória não paga nada, e extingue-se.

air, like feathers. It is because I represent the strength of a millennial despair. All mankind is in me. Before I fall into the abyss, I will write the epitaph of a world on this rock. I will call the eagle, and it will come. I will tell her that the last man, departing life, leaves a feast of the gods for her.

Prometheus: Poor ignorant man who rejecteth a throne! No, thou canst not reject it.

Ahasverus: Thou art the delirious one now. Come, prostrate thyself, let me tie up thy arms. So, good, thou wilt not resist anymore; move right here...Now the legs . . .

Prometheus: Stop it, stop it! The passions of the earth are turning against me; but I, who am not a man, do not know of ingratitude. Thou wilt not retract a word from thy destiny. It will be entirely fulfilled. Thou shalt even be the new Hercules. I, who preached the glory of another, I proclaim thine: and thou wilt not be less generous than he.

Ahasverus: Art thou delirious?

Prometheus: The truth, unrecognized by men, is the delusion of whoever proclaims it. Come on, end this.

Ahasverus: Glory pays nothing and extinguishes itself.

Prometheus: This will not extinguish. End it, end it: teach the hooked beak of the eagle how it will devour my entrails, but listen . . . No, listeneth not to anything: Thou canst not understand me.

Ahasverus: Speak, speak.

Prometheus: The passing world cannot understand the eternal world, but thou wilt be the link between the two.

Ahasverus: Say it all.

Prometheus: I say nothing; go on, tighten the wrists well, so that I cannot flee, so thou canst still find me when thou returnest. Say all? I have already told thee that a new breed will populate the

Prometeu Esta não se extinguirá. Acaba, acaba; ensina ao bico adunco da águia como me há de devorar a entranha; mas escuta . . . Não, não escutes nada; não podes entender-me.

Ahasverus Fala, fala.

Prometeu O mundo passageiro não pode entender o mundo eterno; mas tu serás o elo entre ambos.

Ahasverus Dize tudo.

Prometeu Não digo nada; anda, aperta bem estes pulsos, para que eu não fuja, para que me aches aqui à tua volta. Que te diga tudo? Já te disse que uma raça nova povoará a terra, feita dos melhores espíritos da raça extinta; a multidão dos outros perecerá. Nobre família, lúcida e poderosa, será perfeita comunhão do divino com o humano. Outros serão os tempos, mas entre eles e estes um elo é preciso, e esse elo és tu.

Ahasverus Eu?

Prometeu Tu mesmo, tu eleito, tu, rei. Sim, Ahasverus, tu serás rei. O errante pousará. O desprezado dos homens governará os homens. Ahasverus. – Titão artificioso, iludes-me . . . Rei, eu?

Prometeu Tu rei. Que outro seria? O mundo novo precisa de uma tradição do mundo velho, e ninguém pode falar de um a outro como tu. Assim não haverá interrupção entre as duas humanidades. O perfeito procederá do imperfeito, e a tua boca dir-lhe-á as suas origens. Contarás aos novos homens todo o bem e todo o mal antigo. Reviverás assim como a árvore a que cortaram as folhas secas, e conserva tão-somente as viçosas; mas aqui o viço é eterno.

Ahasverus Visão luminosa! Eu mesmo?

Prometeu Tu mesmo.

earth, made of the finest spirits of the extinct race; the crowd of others shall perish. A noble family, lucid and powerful, it will be the perfect communion of the divine and the human. The times will be different, but between them and these there must be a link, and that link is you.

Ahasverus: I?

Prometheus: Thou thyself, the chosen one, thou, king. Yes, Ahasverus, thou shalt be king. The wanderer will rest. The despised of men will rule men.

Ahasverus: Crafty Titan, thou art deceiving me . . . King, I?

Prometheus: Thou, King. Who else would it be? The new world needs a tradition of the old world, and no one else can talk from one to the other like thou. So there will be no interruption between the two humanities. The perfect comes from the imperfect, and thy mouth will tell it of its origins. You shall tell the new men about all the good and all the evil of the old. Thou wilt revive yourself like the tree from which the dead leaves were cut and the lush were kept; but here the lushness is eternal.

Ahasverus: Enlightened vision! I myself?

Prometheus: Thyself.

Ahasverus: These eyes . . . these hands . . . new and better life . . . Sublime vision! Titan, it is just. Just was thy punishment, but also just is the glorious remission of my sin. Will I live? Myself? A new and better life? No, thou art belittling me.

Prometheus: Well, leave me here. Thou wilt return one day, when this immense sky opens for the spirits of the new life to descend. Here thou shalt find me quiet. Go.

Ahasverus: Will I greet the sun again?

Ahasverus Estes olhos . . . estas mãos . . . vida nova e melhor . . . Visão excelsa! Titão, é justo. Justa foi a pena; mas igualmente justa é a remissão gloriosa do meu pecado. Viverei eu? eu mesmo? Vida nova e melhor? Não, tu mofas de mim.

Prometeu Bem, deixa-me, voltarás um dia, quando este imenso céu for aberto para que desçam os espíritos da vida nova. Aqui me acharás tranqüilo. Vai.

Ahasverus Saudarei outra vez o sol?

Prometeu Esse mesmo que ora vai a cair. Sol amigo, olho dos tempos, nunca mais se fechará a tua pálpebra. Fita-o, se podes.

Ahasverus Não posso.

Prometeu Podê-lo-ás depois quando as condições da vida houverem mudado. Então a tua retina fitará o sol sem perigo, porque no homem futuro ficará concentrado tudo o que há melhor na natureza, enérgico ou sutil, cintilante ou puro.

Ahasverus Jura que me não mentes.

Prometeu Verás se minto.

Ahasverus Fala, fala mais, conta-me tudo.

Prometeu A descrição da vida não vale a sensação da vida; tê-la-ás prodigiosa. O seio de Abraão das tuas velhas Escrituras não é senão esse mundo ulterior e perfeito. Lá verás David e os profetas. Lá contarás à gente estupefata não só as grandes ações do mundo extinto, como também os males que ela não há de conhecer, lesão ou velhice, dolo, egoísmo, hipocrisia, a aborrecida vaidade, a inopinável toleima e o resto. A alma terá, como a terra, uma túnica incorruptível.

Ahasverus Verei ainda este imenso céu azul!

Prometeu Olha como é belo.

Prometheus: This same one that is going to set for a while. Friendly sun, eye of times, it will never close its eyelid. Look at it if thou canst.

Ahasverus: I cannot.

Prometheus: Thou wilt, but later, when the conditions of life have changed. So thy retina will look at the sun without danger, because in the man of the future there will be concentrated in nature all that is best, energetic or subtle, shimmering and pure.

Ahasverus: Swear thou art not lying to me.

Prometheus: Thou shalt see if I lie.

Ahasverus: Speak, speak more, tell me everything.

Prometheus: The description of life is not like the feeling of life; thou shalt have a prodigious life. The bosom of Abraham of your old Scripture is nothing but this ulterior and perfect world. There thou shalt see David and the prophets. There thou shalt tell the stunned people not only the major actions of the old extinct world but the evils that will not be known as well, no injury or age, no deceit, selfishness, hypocrisy, no annoying vanity, none of the inconceivable idiocy nor the rest. The soul, like the Earth, will have an incorruptible tunic.

Ahasverus: I will still see this immense blue sky!

Prometheus: Look how beautiful it is.

Ahasverus: Beautiful and as serene as eternal justice. Magnificent sky, better than the tents of Cedar, I will still see thee, and always; thou shalt gather my thoughts, as before; thou givest me clear days and friendly nights . . .

Prometheus: Dawns over dawns.

Ahasverus: Come, talk, speak. Tell me everything. Let me untie these chains . . .

Ahasverus Belo e sereno como a eterna justiça. Céu magnífico, melhor que as tendas de Cedar, ver-te-ei ainda e sempre; tu recolherás os meus pensamentos, como outrora; tu me darás os dias claros e as noites amigas . . . Prometeu. – Auroras sobre auroras.

Ahasverus Eia, fala, fala mais. Conta-me tudo. Deixa-me desatar-te estas cadeias . . .

Prometeu Desata-as, Hércules novo, homem derradeiro de um mundo, que vás ser o primeiro de outro. É o teu destino; nem tu nem eu, ninguém poderá mudá-lo. És mais ainda que o teu Moisés. Do alto do Nebo, viu ele, prestes a morrer, toda a terra de Jericó, que ia pertencer à sua posteridade; e o Senhor lhe disse: "Tu a viste com teus olhos, e não passarás a ela." Tu passarás a ela, Ahasverus; tu habitarás Jericó.

Ahasverus Põe a mão sobre a minha cabeça, olha bem para mim; incute- me a tua realidade e a tua predição; deixa-me sentir um pouco da vida nova e plena . . . Rei disseste?

Prometeu Rei eleito de uma raça eleita.

Ahasverus Não é demais para resgatar o profundo desprezo em que vivi. Onde uma vida cuspiu lama, outra vida porá uma auréola. Anda, fala mais . . . fala mais . . . (Continua sonhando. As duas águias aproximam-se.)

Uma águia Ai, ai, ai deste último homem, está morrendo e ainda sonha com a vida.

A outra Nem ele a odiou tanto, senão porque a amava muito.

Prometheus: Untie them, new Hercules, last man of one world and the first to go to another. It is your destiny; neither thou nor I, no one can change it. It is even more than thy Moses. From the top of Nebo and about to die, he saw all the land of Jericho which would belong to his posterity, and the Lord told him: "You have seen it with your eyes and will not go through it." You will go through it.

Ahasverus: Thou shalt not inhabit Jericho.

Ahasverus: Put thy hand on my head, look right at me; instill me with thy reality and thy prediction; give me a bit of the feeling of the full and new life . . . King, thou said?

Prometheus: Elected King of a chosen race.

Ahasverus: It is not enough to redeem the utter contempt in which I have lived. Where one life spat mud, another life will place a halo. Go, tell me more . . . *(He is still dreaming. Both eagles approach.)*

An eagle: Oh, oh, oh, this last man is dying, and he still dreams of life.

The other: If he hated it so much, it is because he loved it so much.

Um Erradio

by Machado de Assis
from *Páginas Recolhidas,* 1899

A PORTA abriu-se . . . Deixa-me contar a história à laia de novela, dissé Tosta à mulher, um mês depois de casados, quando ela lhe perguntou quem era o homem representado numa velha fotografia, achada na secretária do marido. A porta abriu-se, e apareceu este homem, alto e sério, moreno, metido numa infinita sobrecasaca cor de rapé, que os rapazes chamavam opa.

— Aí vem a opa do Elisiário.

— Entre a opa só.

— Não, a opa não pode; entre só o Elisiário, mas, primeiro há de glosar um mote. Quem dá o mote?

Ninguém dava o mote. A casa era uma simples sala, sublocada por um alfaiate, que morava nos fundos com a família; Rua do Lavradio, 1866. Era a segunda vez que ia ali, a convite de um dos rapazes. Não podes ter idéia da sala e da vida. Imagina um município do país da Boêmia, tudo desordenado e confuso; além dos poucos móveis pobres, que eram do alfaiate, havia duas redes, uma canastra, um cabide, um baú de fo-

An Errant

translated by Lisandra Sousa

The door opened . . . Let me tell you the story that resembles a novel, said Tosta to his wife, one month after their wedding, when she asked him who was the man portrayed in an old photograph which was found at her husband's desk. The door opened and, the man appeared, tall and serious, dark, covered with an endless snuff-coloured overcoat which the boys called an *opa*.

"Here comes the Elisiário's *opa*."

"Enter . . . "

"No, the opa alone cannot; enter Elisiário only, but first he must recite a motto. Who gives a motto?"

Nobody gave a motto. The house was a simple living room, sublet by a tailor who lived off his family savings. Rua do Lavradio, 1866. It was his second time there, invited by one of the young men. You cannot imagine how the living room was and the kind of life we made in it! Imagine a county in a Bohemian country, with everything untidy and confused. Apart from the few pieces of impoverished furniture, which were the tailor's, there were two hammocks, one straw basket, one clothes hanger, one tin-

lha-de-flandres, livros, chapéus, sapatos. Moravam cinco rapazes, mas apareciam outros, e todos eram tudo,

estudantes, tradutores, revisores, namoradores, e ainda lhes sobrava tempo para redigir uma folha política e literária, publicada aos sábados. Que longas palestras que tínhamos! Solapávamos as bases da sociedade, descobríamos mundos novos, constelações novas, liberdades novas. Tudo era o novíssimo.

— Lá vai mote, disse afinal um dos rapazes, e recitou: Podia embrulhar o mundo

A opa do Elisiário.

Parado à porta, o homem cerrou os olhos por alguns instantes, abriu-os, passou pela testa o

lenço que trazia fechado na mão, em forma de bolo, e recitou uma glosa de improviso. Rimo-nos muito; eu, que não tinha idéia do que era improviso, cuidei a princípio que a composição era velha e a cena um logro para mim. Elisiário despiu a sobrecasaca, levantou- a na ponta da bengala, deu duas voltas pela sala, com ar triunfal, e foi pendurá-la a um prego, porque o cabide estava cheio. Em seguida, atirou o chapéu ao tecto, apanhou-o entre as mãos, e foi pô-lo em cima do aparador.

— Lugar para um! disse finalmente.

Dei-me pressa em ceder-lhe o sofá; ele deitou-se, fincou os joelhos no ar, e perguntou que novidades havia.

— Que o jantar é duvidoso, respondeu o redator principal do Cenáculo; o Chico foi ver se cobrava alguma assinatura. Se arranjar dinheiro, traz logo o jantar da casa de pasto. Você já jantou?

— Já e bem, respondeu Elisiário, jantei numa casa de comércio. Mas vocês por que é que não vendem o Chico? é um bonito crioulo. É livre, não há dúvida, mas por isso mesmo compreenderá que, deixando-se vender como escravo, terão vocês com que pagar-lhe os ordenados . . . Dous mil-réis chegam? Romeu, vê ali no bolso da sobrecasaca. Há de haver uns dous mil-réis.

plate chest, books, hats, and shoes. Five young men lived there, but others would come to visit, they were students, translators, editors, flirts, and they still had time to edit a political and literary jornal published on Saturdays. What long debates we had! We criticised the foundations of society, discovered new worlds, new constellations, new freedoms! Everything was extremely new!

"Here goes the motto," said one of the young men in the end, and recited:

> The *opa* of Elisiário
> Could conceal the world.

Standing at the door, the man closed his eyes for some instants, opened them, wiped his forehead with the handkerchief that was in his hand, in the shape of cake, and improvised some verses. We laughed immensely. I, who had no idea of what was to improvise, assumed that the composition was old and the scene a trick played on me. Elisiário took off the opa, raised it with the tip of his walking stick, moving it around the living room twice with a triumphal expression on his face, and then went to hang it on a nail as the clothes hanger was full. Afterwards, he threw his hat to the ceiling, caught it with his both hands, and put it on a table.

"Make a place for one!" he said, finally.

I rushed to make space for him on the sofa; he lay down, with his knees up, and asked if there was any news.

"Well, dinner is doubtful," replied the main contributor of *Cenáculo*. Chico went to see if he could collect any subscriptions. If he manages to get some money, he will bring dinner from the inn. Have you had dinner?

"I did, and a good one," answered Elisiário, "I ate at a *casa de comércio*." But why don't you sell Chico? He's a good looking Creole. He's free, there's no doubt about that and therefore he'll understand that, if he's sold as a slave, you'll have to pay him his wages . . . Are two thousand *réis* enough? Romeu, see there in the pocket of my *opa*. There should be two thousand *réis* in there."

Havia só mil e quinhentos, mas não foram precisos. Cinco minutos depois voltava o Chico, trazendo um tabuleiro com o jantar e o resto da assinatura de um semestre.

— Não é possível! bradou Elisiário. Uma assinatura! Vem cá Chico. Quem foi que pagou? Que figura tinha o homem? Baixo? Não é possível que fosse baixo; a ação é tão sublime que nenhum homem baixo podia praticá-la. Confessa que era alto. Confessa ao menos que era de meia altura. Confessas? Ainda bem! Como se chama? Guimarães? Rapazes, vamos perpetuar este nome em uma placa de bronze. Acredito que não lhe deste recibo, Chico. — Dei, sim, senhor.

— Recibo! Mas a um assinante que paga não se dá recibo, para que ele pague outra vez, não se matam esperanças, Chico.

Tudo isto, dito por ele, tinha muito mais graça que contado. Não te posso pintar os gestos, os olhos e um riso que não ria, um riso único, sem alterar a face, nem mostrar os dentes. Essa feição era a menos simpática; mas tudo o mais, a fala, as idéias, e principalmente a imaginação fecunda e moça, que se desfazia em ditos, anedotas, epigramas, versos, descrições, ora sério, quase sublime, ora familiar, quase rasteiro, mas sempre original, tudo atraía e prendia. Trazia a barba por fazer, o cabelo à escovinha, a testa, que era alta, tinha grossas rugas verticais. Calado, parecia estar pensando. Voltava-se a miúdo no sofá, erguia- se, sentava-se, tornava a deitar-se. Lá o deixei, quando saí, às nove horas da noite.

Comecei a freqüentar a casa da Rua do Lavradio, mas durante os primeiros dias não apareceu o Elisiário. Disseram-me que era muito incerto. Tinha temporadas. Às vezes, ia todos os dias; repentinamente, falhava uma, duas, três semanas seguidas, e mais. Era professor de latim e explicador de matemáticas. Não era formado em cousa nenhuma, posto estudasse engenharia, medicina e direito deixando em todas as faculdades fama de grande talento sem aplicação. Seria bom prosador, se fosse capaz de escrever vinte minutos seguidos; era poeta de improviso, não escrevia os versos, os outros é que os ouviam e transladavam

There was only fifteen hundred, but they weren't needed after all. Five minutes later Chico came back, bringing along a tray with dinner and the change from a half-year subscription.

"It isn't possible!" shouted Elisiário. "A subscription! Come here, Chico. Who paid for it? How tall was he? Was he short? It isn't possible that he was short; this deed is so sublime that no short man could be the maker of it! Confess that he was tall. Confess that he was, at least, of average height. Do you confirm it? Thank goodness! What's his name? Guimarães? Boys, let's inscribe this name in a bronze sign. I gather that you didn't give him a receipt, Chico."

"Yes I did, sir."

"A receipt! But to a subscriber who pays you give a receipt so that maybe he pays again. One should never kill hope, Chico!"

Everything he said was much funnier than if told by anybody else. I'm unable to portray the gestures, his eyes and his laughless smile – a unique smile without altering his face or showing his teeth. This one was the least friendly of all of his expressions; all the others, however, along with his speech, ideas, and in particular his fertile and jovial imagination, which deconstructed itself in sayings, jokes, epigrams, verses, descriptions, sometimes serious and almost sublime, other times familiar, almost mischievous but always original, everything in him attracted and bounded. He had an unkempt beard, his hair unbrushed, his forehead, which was high, had thick vertical wrinkles. When silent, he appeared to be thinking. He would turn gradually on the sofa, then stand up, sit down, and lie down again. I left him there when I left at nine o'clock in the evening. I started to be a usual guest at the house in the Rua do Lavradio but during the first days Elisiário didn't come. I was told that he was extremely unpredictable. He had a random lifestyle. Sometimes he would visit every single day; then, suddenly he would be away for two or three weeks, or even longer. He taught Latin and tutored mathematics. He didn't graduate in any subject although he studied engineering, medicine and law, and had in all faculties a reputation of a great talent albeit talent with no relevant applicability. He would be a good prose writer if he were able to

ao papel, dando-lhe cópias, muitas das quais perdia. Não tinha família; tinha um protetor, o Dr. Lousada, operador de algum nome, que devera obséquios ao pai de Elisiário, e quis pagá-los ao filho. Era atrevido por causa de uma sombrinha de amor- próprio, que não tolerava a menor picada. Naquela casa era bonachão. Trinta e cinco anos; o mais velho dos rapazes contava apenas vinte e um. A familiaridade entre ele e os outros era como a de um tio com sobrinhos, um pouco menos de autoridade, um ponco mais de liberdade.

No fim de uma semana, apareceu E!isiário na Rua do Lavradio. Vinha com a idéia de escrever um drama, e queria ditá-lo. Escolheram-me a mim, por escrever depressa. Esta colaboração mental e manual durou duas noites e meia. Escreveu-se um ato e as primeiras cenas de outro; Elisiário não quis absolutamente acabar a peça. A princípio disse que depois, mais tarde, estava indisposto, e falava de outras cousas; afinal, declarou-nos que a peça não prestava para nada. Espanto geral, porque a obra parecia-nos excelente, e ainda agora creio que o era. Mas o autor pegou da palavra e demonstrou que nem o escrito prestava, nem o resto do plano valia cousa nenhuma. Falou como se tratasse de outrem. Nós contestávamos; eu principalmente achava um crime, e repetia esta palavra com alma, com fogo — achava um crime não acabar o drama, que era de primeira ordem.

— Não vale nada, dizia ele sorrindo para mim com simpatia. Menino, você quantos anos tem?

— Dezoito.

— Tudo é sublime aos dezoito anos. Cresça e apareça. O drama não presta; mas, deixe estar que havemos de escrever outro daqui a dias. Ando com uma idéia.

— Sim?

— Uma boa idéia, continuou ele com os olhos vagos; essa, sim, creio que dará um drama. Cinco atos; talvez faça em verso. O assunto presta-se . . .

write for at least twenty minutes straight; he was a poet of improvisation but did not write verses and it was his listeners who would transcribe his verses, giving him copies of it, many of which he would lose. He had no family, but there was a patron, Dr Lousada, surgeon of some name, who had been the recipient of great generosity by Elisiário's father, and decided to return such generosity to Elisiário. He was daring because of a shade of self-esteem that didn't tolerate the slightest tease. In that house, he was absolutely benevolent. Being thirty-five years old, he was by far the oldest as the next oldest young man was only twenty-one. Their relationship was familiar and resembled the one between uncles and nephews, albeit with a little less authority, a little freer.

On the weekend, Elisiário came to the Rua do Lavradio. He had the idea of writing a drama, and wanted to dictate it. He chose me because I was a fast transcriber. This intellectual and handwritten collaboration lasted two nights and a half. An act and the first scenes of another were recorded on paper but Elisiário absolutely refused to finish the play. At first he said he would do it later, and then after that he didn't feel like it, but kept talking about other matters. In the end, he argued the play was worthless. The last came as a surprise to us all as the play seemed, to us, excellent, and even today I believe it was. But its author started referring to the text and demonstrated that even the writing was worthless, even the plot wasn't worth anything. He spoke as if it were someone else's. We disagreed; I, particularly, thought this was a crime, and repeated this word with conviction and with fire and soul. I found it a crime not to finish the play, which was an outstanding one.

"It is not worth anything," he said, smiling at me with friendship. "Young man, how old are you?"

"Eighteen."

"Everything is sublime when you are eighteen. Grow and learn. The play is no good. But let's write another one in a few days. I have been thinking about one."

"Yes?"

Nunca mais falou em tal idéia; mas o drama começado fez com que nos ligássemos um pouco mais intimamente. Ou simpatia, ou amor-próprio satisfeito, por ver que o mais consternado com a interrupção e condenação do trabalho fui eu, — ou qualquer outra causa que não achei nem vale a pena buscar, Elisiário entrou a distinguir-me entre os outros. Quis saber quem eram meus pais e o que fazia. Disse-lhe que não tinha mãe, meu pai era lavrador em Baturité, eu estudava preparatórios, intercalando-os com versos, e andava com idéias de compor um poema, um drama e um romance. Tinha já uma lista de subscritores para os versos. Parece que, de envolta com as notícias literárias, alguma cousa lhe disse ou ele percebeu acerca dos meus sentimentos de moço. Propôs-se a ajudar-me nos estudos com o seu próprio ensino, latim, francês, inglês, história . . . Cheio de orgulho, não menos que de sensibilidade, proferi algumas palavras que ele gostou de ouvir, e a que respondeu gravemente:

— Quero fazer de você um homem.

Estávamos sós; eu nada contei aos outros, para os não molestar, nem sei se eles perceberam daí em diante alguma diferença no trato do Elisiário, em relação a mim. É certo, porém, que a diferença não era grande, nem o plano de "fazer-me um homem" foi além da simpatia e da benevolência. Ensinava-me algumas matérias, quando eu lhe pedia lições, e eu raramente as pedia. Queria só ouvi-lo, ouvi-lo, ouvi-lo até não acabar. Não imaginas a eloqüência desse homem, cálida e forte, mansa e doce, as imagens que lhe brotavam no discurso, as idéias arrojadas, as formas novas e graciosas. Muita vez ficávamos os dous sós na Rua do Lavradio, ele falando, eu ouvindo. Onde morava? Disseram-me vagamente que para os lados da Gamboa, mas nunca me convidou a lá ir, nem ninguém sabia positivamente onde era.

Na rua era lento, direito, circunspecto. Nada faria então suspeitar o desengonçado da casa do Lavradio, e, se falava, eram poucas e meias palavras. Nos primeiros dias, encontrava-me sem alvoroço quase sem prazer, ouvia-me atento, respondia pouco, estendia os dedos e continuava a andar. Ia a toda parte, era comum achá-lo nos lugares mais distantes uns

"It's a good one," he suggested with his dreamy eyes. "This one yes, I think it will be a great play. It will have five scenes or maybe I will make it in verse. The subject works . . . "

He never mentioned the idea again, but the play which was already partially written brought us a little closer to each other. Or maybe it was empathy, or perhaps a product of his self-esteem upon seeing that I was the one most disappointed with the interruption and disapproval of the play – or some other reason I didn't know and wasn't worth looking for – that made me different from the others in Elisiário's eyes. He wanted to know who my parents were and what they did for a living. I told him I had no mother, that my father was a farmer in Baturité, and that I was a student who also studied verses and was considering writing a poem, a play, and a novel. I already had a list of readers for my verses. It seems like, his being in touch with the literary world, something told him about my youthful sentiments or maybe he saw something in me that revealed them. He offered to help me with my studies by teaching me Latin, French, English, history . . . Filled with pride no less than sensibility, I said words he liked to hear, and he responded in a serious tone:

"I want to make a man out of you."

We were alone; I didn't say anything to the others, and I don't know if from then on they noticed any difference in the way Elisiário related to me. The reality, however, was that there was no great change in our relationship, nor was his plan to 'make a man' out of me anything more than friendship and charity. He taught me some subjects when I asked him for lessons, but I rarely asked for them. I wanted to hear him, hear him, hear him forever. You can't imagine the eloquence of this man, warm and strong, soft and docile, the images that blossomed in his speech, vanguard ideas, new and gracious forms. There were many times when we stayed alone on Rua do Lavradio, him speaking, me listening. Where did he live? I was told that it was somewhere in Gamboa, but he never invited me to go there, nor did anyone know, for sure, where he lived.

We walked slowly in the street, straight and circumspect. Nothing would, therefore, make the clumsy tenant of the house in Lavradio sus-

dos outros, Botafogo, S. Cristóvão, Andaraí. Quando lhe dava na veneta, metia-se na barca e ia a Niterói. Chamava-se a si mesmo erradio.

— Eu sou um erradio. No dia em que parar de vez, jurem que estou morto.

Um dia encontrei-o na Rua de S. José. Disse-lhe que ia ao Castelo ver a igreja dos Jesuítas, que nunca vira.

— Pois vamos, disse ele.

Subimos a ladeira, achamos a igreja aberta e entramos. Enquanto eu mirava os altares, ele ia falando, mas em poucos minutos o espetáculo era ele só, um espetáculo vivo, como se tudo renascera tal qual era. Vi os primeiros templos da cidade, os padres da Companhia, a vida monástica e leiga, os nomes principais e os fatos culminantes. Quando saímos, e fomos até à muralha, descobrindo o mar e parte da cidade, Elisiário fez-me viver dous séculos atrás. Vi a expedição dos franceses, como se a houvesse comandado ou combatido. Respirei o ar da colônia, contemplei as figuras velhas e mortas. A imaginação evocativa era a grande prenda desse homem, que sabia dar vida às cousas extintas e realidade às inventadas.

Mas não era só do passado local que ele sabia, nem unicamente dos seus sonhos. Vês aquela estatuazinha que ali tenho na parede? Sabes que é uma redução da Vênus de Milo. Uma vez, abrindo-se a exposição das belas-artes, fui visitá-la; achei lá o meu Elisiário, passeando grave, com a sua imensa sobrecasaca. Acompanhou-me; ao passar pela sala de escultura, dei com os olhos na cópia desta Vênus. Era a primeira vez que a via. Sonbe que era ela pela falta dos braços.

— Oh! admirável! exclamei.

Elisiário entrou a comentar a bela obra anônima, com tal abundância e agudeza que me deixou ainda mais pasmado. Que de coisas me disse a propósito da Vênus de Milo, e da Vênus em si mesma! Falou da posição dos braços, que gesto fariam, que atitude dariam à figura, formulando uma porção de hipóteses graciosas e naturais. Falou da estética, dos grandes artistas, da vida grega, do mármore grego, da alma

pect anything for, if Elisiário spoke about himself, it wouldn't be in many words. In the first days, he would meet me with no trouble and almost out of duty he would listen to me attentively, giving no opinions or very few, whilst stretching his fingers and continuing to walk . He went everywhere and it was usual to find him in the most distant and dispersed places, in Botafogo, S. Cristovão, Andaraí. Out of the blue, he would go in a boat to Niterói. He called himself an errant.

"I am an errant. If one day I come to an absolute state of stillness, you can be sure I am dead."

One day I found him on Rua de S. José. I told him I was going to see the church of the Jesuits in the Castelo district as I had never been there.

"Let's go then," he replied.

We went up the hill, where we found the church open and went in. Whilst I was admiring the altar, he continued talking until the point when, in a matter of minutes, he became the centre of attention, a one-man show. It is as if everything we were seeing was reborn as it had been before. I visited the first temples of the city, the priests of the Company, their monastic and secular lives, the most prominent names and great deeds. When we left, we went to the monumental walls, discovering the sea and places of the city; in this way Elisiário made me relive two centuries of the past in one day only. I experienced the expedition of the French as if he had commanded or fought it. I breathed in the air of the colony, and contemplated old and dead images. His evocative imagination was the greatest gift of this man for he knew how to give life to what was extinguished and reality to those that are imagined.

But his knowledge was not reduced to the local past or to his dreams. Do you see that icon that I have got there in the wall? You know, it is an imitation of the Venus de Milo.

Once I went to an exhibition of paintings and I found Elisiário there, looking serious, with his great immense overcoat. He accompanied me; when we were passing by the room where sculptures were on display, I came across this replica of Venus. It was the first time I saw it. I knew it was her when I realized she had no arms. "Oh! Admirable!" I exclaimed.

grega. Era um grego, um puro grego, que ali me aparecia e transportava de uma rua estreita para diante do Pártenon. A opa do Elisiário transformou-se em clâmide, a língua devia ser a da Hélade, conquanto eu nada soubesse a tal respeito, nem então, nem agora. Mas era feiticeiro o diabo do homem. Saímos; fomos até o Campo da Aclamação, que ainda não possuía o parque de hoje, nem tinha outra polícia além da natureza, que fazia brotar o capim, e das lavadeiras, que batiam e ensaboavam a roupa defronte do quartel. Eu ia cheio do discurso do Elisiário, ao lado dele, que levava a cabeça baixa e os olhos pensativos. De repente, ouvi dizer baixinho:

— Adeus, Ioiô!

Era uma quitandeira de doces, uma crioula baiana, segundo me pareceu pelos bordados e crivos da saia e da camisa. Vinha da Cidade Nova e atravessava o campo. Elisiário respondeu à saudação:

— Adeus, Zeferina.

Estacou e olhou para mim, rindo sem riso, e, depois de alguns segundos:

— Não se espante, menino. Há muitas espécies de Vênus. O que ninguém dirá é que a esta lhe faltem braços, continuou olhando para os braços da quitandeira, mais negros ainda pelo contraste da manga curta e alva da camisa.

Eu, de vexado, não achei resposta.

Não contei esse episódio na Rua do Lavradio; podiam meter à bulha o Elisiário, e não queria parecer indiscreto. Tinha-lhe não sei que veneração particular, que a familiaridade não enfraquecia. Chegamos a jantar juntos algumas vezes, e uma noite fomos ao teatro. O que mais lhe custava no teatro era estar muito tempo na mesma cadeira, apertado entre duas pessoas, com gente adiante e atrás de si. Nas noites de enchente, em que eram precisas travessas na platéia, ficava aflito com a idéia de não poder sair no meio de um ato, se quisesse. Naquela, acabado o terceiro ato (a peça tinha cinco), disse-me que não podia mais e que ia embora.

Elisiário started interpreting the anonymous beauty with such an insight and preciseness that left me even more stunned. He told me many things about the Venus de Milo. He mentioned the positioning of her arms, their gestures, and what kind of attitude they gave to the sculpture in her gracious and natural manner. He spoke about aesthetics and great artists, of life in Ancient Greece, of black marble, and of the Greek. He was a Greek, an authentic Greek, who from there was able to transport me from a narrow street to the front of the Parthenon. Elisiário's *opa* was now a toga, his language that of the Heliades, which I knew nothing about, neither then nor now. But that devil of a man was like a wizard. We left and went to the Campo da Aclamação, which wasn't the park that it is today as there was no form of protecting it other than by nature itself through the grass that grew, and women slapped and soaped up clothes in the front of the military barracks. I was filled with Elisiário's discourse, at his side, his head lowered and his eyes pensive. Suddenly I heard someone say in a low voice:

"*Adeus*, Ioiô!"

She was a seller of sweets, a Creole from Bahia, it seemed to me from the embroidery and pleats of her skirt and shirt. She came from Cidade Nova and was crossing the countryside. Elisiário replied to her greeting, saying:

"*Adeus*, Zeferina!"

Then he looked at me, still, laughing without a smile and, after a few seconds:

"Do not be surprised, boy. There are many kinds of Venus. Nobody could say this one has no arms as he continued looking at her arms, darker by the contrast between the short sleeve and the white of her shirt."

I was so embarrassed that I said nothing.

I never mentioned this incident at Rua do Lavradio; they could cause trouble for Elisiário, and I didn't want to cause problems. I looked upon him with some kind of individual adoration that familiarity doesn't weaken. We had dinner sometimes, and one night we went to the theatre. It was difficult for him to be in the theatre in the same seat for a long time,

Fomos tomar chá ao botequim próximo, e deixei-me estar, esquecido do espetáculo.

Ficamos até o fechar das portas. Tínhamos falado de viagens; eu contei-lhe a vida do sertão cearense, ele ouviu e projetou mil jornadas ao sertão do Brasil inteiro, por serras, campos e rios, de mula e de canoa. Colheria tudo, plantas, lendas, cantigas, locuções. Narrou a vida do caipira, falou de Enéias, citou Virgílio e Camões, com grande espanto dos criados, que paravam boquiabertos.

— Você era capaz de ir daqui a pé, até S. Cristóvão, agora? perguntou-me na rna. — Pode ser.

— Não, você está cansado.

— Não estou, vamos.

— Está cansado, adeus; até depois, concluiu.

Realmente, estava fatigado, precisava dormir. Quando ia a voltar para casa, perguntei a mim mesmo se ele iria sozinho, àquela hora, e deu-me vontade de acompanhá-lo de longe, até certo ponto. Ainda o apanhei na Rua dos Ciganos. Ia devagar, com a bengala debaixo do braço, e as mãos ora atrás, ora nas algibeiras das calças. Atravessou o Campo da Aclamação, enfiou pela Rua de S. Pedro e meteu-se pelo Aterrado acima. Eu, no Campo, quis voltar, mas a curiosidade fez-me ir andando também. Quem sabe se esse erradio não teria pouso certo de amores escondidos? Não gostei desta reflexão, e quis punir-me desandando; mas a curiosidade levara-me o sono e dava-me vigor às pernas. Fui andando atrás do Elisiário. Chegamos assim à ponte do Aterrado, enfiamos por ela, desembocamos na Rua de S. Cristóvão. Ele algumas vezes parava, ou para acender um charuto, ou para nada. Tudo deserto, uma ou outra patrulha, algum tílburi, raro, a passo cochilado, tudo deserto e longo. Assim chegamos ao cais da Igrejinha. Junto ao cais dormiam os botes que, durante o dia, conduziam gente para o Saco do Alferes. Maré frouxa, apenas o ressonar manso da água. Após alguns minutos, quando me pareceu que ia voltar pelo mesmo caminho, acordou os remadores de um bote, que de acaso ali dormiam, e propôs-lhes levá- lo à cidade.

squeezed between two people, with people in front of and behind him. When the theatre was very busy, and the orchestra seats were full, he would panic at the thought that he might not be able to leave it in the middle of an act in case of need. During the performance of that day, in the middle of the third act (the play had five) he told me he couldn't take it any longer and decided to leave.

We went to the nearby *botequim* for tea and I forgot about the theatre altogether. We stayed until the place closed. We spoke about travelling; I told him about life in the countryside of Ceará, he listened and envisioned a thousand journeys to the outback of Brazil, across mountains, fields, and rivers, by donkey and canoe. He would collect everything from plants to legends, from songs to accents. He narrated the life of the Caipira, spoke about Aeneas, cited Virgil and Camões in such ways that he impressed the servants who looked at him perplexedly.

"Would you go, from here to S. Cristovão by foot with me?" he asked me in the street.

"Yes, maybe."

"No, maybe you're tired." "No, I'm not, let's go."

"You're tired," he concluded. "See you later. Goodbye."

Well, I was really tired and needed to sleep. When I was on my way home, I asked myself if he was going alone, at that time in the night, and I felt like going with him from some distance, up to a certain point. He was still on Rua dos Ciganos. He walked slowly, with his walking stick below his arm and his hands behind his back, or in his trouser pockets. He crossed Campo da Aclamação, went down Rua de S. Pedro and in the direction of Aterrado. At Campo I wanted to turn back, but curiosity gave me the strength to continue walking. Who knows if this errant would not have a place where lovers would conceal themselves? I was not happy about this thought and wanted to punish myself for it by going back; but curiosity took my sleep away and reinvigorated my legs. I went walking after Elisiário. We arrived at the bridge of the Aterrado and crossed it to Rua de S. Cristovão. Sometimes he would stop to light a cigar or even for nothing at all. The streets were absolutely empty, with the exception of one

Não sei quanto ofereceu; vi que, depois de alguma relutância, aceitaram a proposta.

Elisiário entrou no bote, que se afastou logo, os remos feriram a água, e lá se perdeu na noite e no mar o meu professor de latim e explicador de matemáticas. Também eu me achei perdido, longe da cidade e exausto. Valeu-me um tílburi, que atravessava o Campo de S. Cristóvão, tão cansado como eu, mas piedoso e necessitado.

— Você não quis ir comigo anteontem a São Cristóvão? Não sabe o que perdeu; a noite estava linda, o passeio foi muito agradável. Chegando ao cais da Igrejinha meti-me num bote e vim desembarcar no Saco do Alferes. Era um bom pedaço até a casa; fiquei numa hospedaria do Campo de Sant'Ana. Fui atacado por um cachorro, no caminho do Saco, e por dous na Rua de S. Diogo, mas não senti as pulgas da hospedaria, porque dormi como um justo. E você que fez?

— Eu?

Não querendo mentir, se ele me tivesse pressentido, nem confessar que o acompanhara de longe, respondi sumariamente:

— Eu? Eu também dormi como urn justo.

— Justus, justa, justum.

Estávamos na casa da Rua do Lavradio. Elisiário trazia no peito da camisa um botão de coral, objeto de grande espanto e aclamação da parte dos rapazes, que nunca jamais o viram com jóias. Maior, porém, foi o meu espanto, depois que os rapazes saíram. Tendo ouvido que me faltava dinheiro para comprar sapatos, Elisiário sacou o botão de coral e disse que me fosse calçar com ele. Recusei energicamente, mas tive de aceitá-lo à força. Não o vendi nem empenhei; no dia seguinte pedi algum dinheiro adiantado ao correspondente de meu pai, calcei-me de novo, e esperei que chegasse o paquete do Norte, para restituir o botão ao Elisiário. Se visses a cara de desconsolo com que o recebeu!

— Mas o senhor não disse outro dia que lhe tinham dado este botão de presente? repliquei à proposta que me fez de ficar com a jóia.

or two patrols, a tilbury, which is rare to see, in slow motion, everyplace deserted and monotonous. We arrived at the Igrejinha wharf. Sleeping near the docks were the boats that, during the day, took people to Saco de Alferes. It was low tide and only the quiet snore of the water was perceptible. After a few minutes, when I thought he was going to come back by the same route, he woke up the rowers of a boat who happened to be sleeping there, and asked if they could take him to the city. I don't know how much he offered; I saw, however, that after some hesitation they accepted the offer.

Elisiário got into the boat, which started to move immediately, the oars injuring the water, and there, in the night and in the sea, I lost sight of my teacher of Latin and tutor of mathematics. I also found myself lost, far away from the city and completely exhausted. I was at last rescued by a tilbury that was crossing Campo de S. Cristovão, looking as tired as me, but also kind and needed.

"You didn't want to come with me to São Cristovão the day before yesterday? You have no idea of what you missed. The night was beautiful and the stroll was extremely pleasant. When I got to the Igrejinha quay I went in a boat to Saco do Alferes. It was a good way till home still so I stayed overnight at a guest house in Campo de Sant'Ana. A dog attacked me, when I was going to Saco and two other dogs did the same in Rua de S. Diogo, but I didn't notice any fleas at night in the guest house because I slept like a just man. And you, what did you do?"

"Me?"

I didn't want to lie to him in case he sensed what happened, nor did I want to confess to him that I followed him from afar, so I simply replied: "Me? I also slept like a just man."

"Justus, justa, justum."

We were at the house on Rua do Lavradio. Elisiário brought on the chest of his shirt a coral pin, object of great admiration and appreciation of the boys as they had never seen him with jewellery. Even greater, however, was my surprise after the boys left. Hearing that I didn't have enough money to buy shoes, Elisiário took the coral pin from his shirt and told

— Sim, disse e é verdade; mas para que me servem jóias? Acho que ficam melhor nos outros. Bem pensado, como é presente, posso guardar o botão. Deveras, não o quer para si? — Não, senhor; um presente . . .

— Presente de anos, continuou mirando a pedra com o olhar vago. Fiz trinta e cinco. Estou velho, meu menino; não tardo em pedir reforma e ir morrer em algum buraco.

Tinha acabado de repor o botão na camisa.

— Fez anos, e não me disse.

— Para quê? Para visitar-me? Não recebo nesse dia; de costume janto com o meu velho amigo Dr. Lousada, que também faz o seu versinho, às vezes, e outro dia brindou-me com um soneto impresso em papel azul . . . Lá o tenho em casa; não é mau.

— Foi ele que lhe deu o botão. . .

— Não, foi a filha . . . O soneto tem um verso muito parecido, com outro de Camões; o meu velho Lousada possui as suas letras clássicas, além de ser excelente médico . . . Mas o melhor dele é a alma . . .

Quiseram fazê-lo deputado. Ouvi que dois amigos dele, homens políticos, entenderam que o Elisiário daria um bom orador parlamentar. Não se opôs, pediu apenas aos inventores do projeto que lhe emprestassem algumas idéias políticas; riram-se, e o projeto não foi adiante. Quero crer que lhe não faltassem idéias, talvez as tivesse de sobra, mas tão contrárias umas às outras que não chegariam a formar uma opinião. Pensava segundo a disposição do dia, liberal exaltado ou conservador corcunda. O principal motivo da recusa era a impossibilidade de obedecer a um partido, a um chefe, a um regimento de câmara. Se houvesse liberdade de alterar as horas da sessão, uma de manhã, outra de noite, outra de madrugada, ao acaso da freqüência, sem ordem do dia, com direito de discutir o anel de Saturno ou os sonetos de Petrarca, o meu erradio Elisiário aceitaria o cargo, contanto que não fosse obrigado a estar calado, nem a falar, quando lhe chegasse a vez.

Aí tens o que era esse homem fotografado em 1862. Em suma, boa critura, muito talento, excelente conversador, alma inquieta e doce, de-

me to get shoes for myself. I refused it strongly but was forced to accept it. I didn't sell it, nor did I pawn it; on the following day, I borrowed some money from my father's intermediary, got some shoes, and waited for the delivery from the North so that I could return the pin to Elisiário. You should have seen how unhappy he was to receive it back!

"But the other day, didn't you say the pin was given to you as a gift?" I replied to his offer to keep the jewel.

"Yes, I said so, and it's true, but what are jewels good for? I find them more suitable on other people. You really don't want it for yourself?"

"No sir; a present . . . "

"A birthday gift," he continued whilst looking at the stone with an expression of emptiness. "I was thirty five years old. I'm old, son. Soon I should get retired and go to die in some hole."

He then took the pin and put it on his shirt once again.

"It was your birthday and you didn't tell me."

"What for? So that you could come to visit me? I do not receive anyone on my birthday. I have dinner as usual with my old friend Dr Lousada, who also writes verses, sometimes, and on the other day he toasted me with a sonnet printed on blue paper... I have it at home and it isn't bad at all."

"Was he the one who gave you the pin then..."

"No, it was his daughter... His sonnet has a verse very similar to one of Camões; my old Lousada knows the classics and he also is a great doctor... But the best of him is his soul..."

They wanted to make him a congressman. I've heard that two of his friends, politicians, believed that Elisiário would be a great parliamentary speaker. He didn't reject the idea altogether and asked them instead to give him some political insights; they laughed, and the project didn't progress further. I believe he didn't lack political views, maybe even had a surplus, but some were so contrary to others that they would never come together to form an opinion. His thoughts depended on the mood of the day, ranging from the mood of an exalted liberal to that of a royalist conservative. The main reason for this refusal, however, was his inability to be obedient to any party, to a superior, or to the hierarchy of a council. If

sconfiada e irritadiça, sem futuro nem passado, sem saudades nem ambições, um erradio. Senão quando. . . Mas é muito falar sem fumar um charuto . . . Consentes? Enquanto acendo o charuto, olha para esse retrato, descontando-lhe os olhos, que não saíram bem; parecem olhos de gato e inquisidor, espetados na gente, como querendo furar a consciência. Não eram isso; olhavam mais para dentro que para fora, e quando olhavam para fora derramavam-se por toda a parte.

Senão quando, uma tarde, já escuro, por volta das sete horas apareceu-me na casa de pensão o meu amigo Elisiário. Havia três semanas que o não via, e, como tratava de fazer exames, e passava mais tempo metido em casa, não me admirei da ausência nem cuidei dela. Demais, já me acostumara aos seus eclipses. O quarto estava escuro, eu ia sair e acabava de apagar a vela, quando a figura alta e magra do Elisiário apareceu à porta. Entrou, foi direito a uma cadeira, sentei-me ao pé dele, perguntei-lhe por onde andara. Elisiário abraçou-me chorando. Fiquei tão assombrado que não pude dizer nada; abracei-o também, ele enxugou os olhos com o lenço, que de costume trazia fechado na mão, e suspirou largo. Creio que ainda chorou silenciosamente, porque enxugava os olhos de quando em quando. Eu, cada vez mais assombrado, esperava que ele me dissesse o que tinha; afinal murmurei:

— Que é? que foi?

—Tosta, casei-me sábado.

Cada vez mais espantado, não tive tempo de lhe pedir outra explicação, porque o Elisiário continuou logo, dizendo que era um casamento de gratidão, não de amor, uma desgraça. Não sabia que respondesse à confidência, não acabava de crer na notícia, e principalmente, não entendia o abatimento nem a dor do homem. A figura do Elisiário, qual a recompus depois, não me aparecia por esse tempo com a significação verdadeira. Cheguei a supor alguma cousa mais que o simples casamento; talvez a mulher fosse idiota ou tísica; mas quem o obrigaria a desposar uma doente?

"Uma desgraça! repetia baixinho, falando para si, uma desgraça!"

he had the liberty to change the times of sessions, to one in the morning, another at night and still another one in the middle of the night, randomly, without an agenda, and with the right to discuss the rings of Saturn or the sonnets of Petrarch, then my errant Elisiário would accept the position as long as he would not have to talk or to be silent on his turn came. There you have the man who was photographed in 1862. Overall, he's a good creature, very talented, an excellent speaker, a sweet and restless soul, distrustful and grumpy, with no future or past, no regrets or ambitions, in short, an errant. Except when . . . But this is too much talking without smoking a cigar… Would you mind? While I light the cigar, look at this portrait of our old friend, overlooking his eyes for they do not do him justice; they rather look like the eyes of a cat or an inquisitor, piercing us as if they were piercing our conscience. They were not like that, however, as they looked more inside than outside, and when they looked outside it was as if they spilled everywhere.

One day my friend Elisiário arrived at the boardinghouse. It was already dark, around seven o'clock. I hadn't seen him for three weeks but, as he was taking care of exams and therefore spending more time at home, I wasn't surprised with his absence. Besides, I was also used to his inconsistent eclipses. The room was dark, and I was going out, had just put out the candle, when the tall, thin figure of Elisiário appeared at the door. He entered, and went straight to sit in a chair. I sat down before him and asked him where he had been. Elisiário was crying and gave me a hug. I was so scared that I wasn't even able to speak; I hugged him back. He dried his tears with a handkerchief, which he used to bring closed in his hand, and he sighed greatly. I think he continued crying in silence because he kept drying his eyes. I, even more terrified, hoped that he would let me know what was troubling him. At last I asked:

"What is it? What happened?"

"Tosta, I got married on Saturday."

Ever more perplexed, I had no time to ask him for another explanation as Elisiário continued saying that it was a marriage of gratitude, not love, a disgrace. I didn´t know what to tell him, and I even doubted him as I didn't

Como eu me levantasse dizendo que ia acender uma vela, Elisiário reteve-me pela aba do fraque.

— Não acenda, não me vexe, o escuro é melhor, para lhe expor esta minha desgraça. Ouça- me. Uma desgraça. Casado! Não é que ela me não ame; ao contrário, morria por mim há sete anos. Tem vinte e cinco . . . Boa criatura! Uma desgraça!

A palavra desgraça era a que mais vezes lhe tornava ao discurso. Eu, para saber o resto, quase não respirava; mas não ouvi grande cousa, pois o homem, depois de algumas palavras descosidas, suspendeu a conferência. Fiquei sabendo só que a mulher era filha do Dr. Lousada, seu protetor e amigo, a mesma que lhe dera o botão de coral. Elisiário calou-se de repente, e depois de alguns instantes como arrependido ou vexado, pediu-me que não referisse a pessoa alguma aquela cena dele comigo.

— O senhor deve conhecer-me. . .

— Conheço, e porque o conheço é que vim aqui. Não sei que outra pessoa me merecesse agora igual confiança. Adeus, não lhe digo mais nada, não vale a pena. Você é moço, Tosta; se não tiver vocação para o casamento, não se case nunca, nem por gratidão, nem por interesse. Há de ser um suplício. Adeus. Não lhe digo onde moro, moro com meu sogro, mas não me procure.

Abraçou-me e saiu. Fiquei à porta do quarto. Quando me lembrei de acompanhá-lo até escada, era tarde; ia descendo os últimos degraus. O lampião de azeite alumiava mal a escada, e a figura descia vagarosa, apoiada ao corrimão, cabeça baixa e a vasta sobrecasaca alegre, agora triste.

Só dez meses depois tornei a ver o Elisiário. A primeira ausência foi minha; tinha ido ao Ceará, ver meu pai, durante as férias. Quando voltei, soube que ele fora ao Rio Grande do Sul. Um dia, almoçando, li nos jornais que chegara na véspera, e corri a buscá-lo. Achei-o em Santa Teresa, uma casinha pequena, com um jardim, pouco maior que ela. Elisiário abraçou-me com alvoroço; falamos de cousas passadas; perguntei-lhe pelos versos.

understand his state and pain. The image I had of Elisiário, as I later made it out, didn't appear to me at the time with true meaning. I even thought that it was something far simpler than the marriage itself; maybe his wife was ill or even an idiot of some sort. If that was the case, who had forced him to marry an ill woman?

"A disgrace!" he kept repeating softly to himself, "a disgrace!"

As I got up, saying I was going to light a candle, Elisiário grabbed me by my tail coat.

"Do not light it, do not embarrass me, it is more appropriate to tell you of my disgrace in the dark. Listen to me. A disgrace! It is not that she doesn't love me; it is rather the opposite, she has been dying for me for seven years now. She is twenty-five… And is a good person! A disgrace!"

The word disgrace was the one he mentioned the most. I, so that I could hear the rest of it, almost stopped breathing. I didn't hear much anyway because after a few loose words, he suspended our conference. I could only find out that she was the daughter of Dr. Lousada, his patron and friend, the same one who gave him the coral pin. Elisiário's silence was sudden, and after a few moments, as if he were regretful or embarrassed, asked me not to tell anyone whatsoever about that scene he'd made with me.

"You must know me by now…"

"Yes, I do, and that's why I came here. I don't know anybody else who would deserve my trust. Goodbye. I won't tell you anything more as it is not worth it. You're young, Tosta; if you have no vocation for marriage, then never get married, not even for gratitude or for any other kind of interest. It would be dreadful. Goodbye. I won't tell you where I live, I live with my father in law, but don't come looking for me.

He hugged me and left. I was left standing at the door of the room. When I remembered that I should have taken him to the stairs on his way out, it was too late; he was already on the last set of stairs. The oil lamp wasn't able to light the staircase properly, and his image faded slowly, close to the handrail, with his head low and his usually vast and happy overcoat now sad.

— Publiquei um volume em Porto Alegre. Não foi por minha vontade, mas minha mulher teimou tanto que afinal cedi; ela mesma os copiou. Tem alguns erros, hei de fazer aqui uma segunda edição.

Elisiário deu-me um exemplar do livro, mas não consentiu que lesse ali nada. Queria só falar dos tempos idos. Perdera o sogro, que lhe deixara alguma cousa, e ia continuar a lecionar, para ver se achava as impressões de outrora. Onde estavam os rapazes da Rua do Lavradio? Recordava cenas antigas, noitadas, algazarra, grandes risotas, que me iam lembrando cousas análogas, e assim gastamos duas boas horas compridas. Quando me despedi, pegou-me para jantar.

— Você ainda não viu minha mulher, disse ele. E indo à porta que dava para dentro: — Cintinha!

— Lá vou! respondeu uma voz doce.

D. Jacinta chegou logo depois, com os seus vinte e seis anos, mais baixa que alta, mais feia que bonita, expressão boa e séria, grande quietação de maneiras. Quando ele lhe disse o meu nome, olhou para mim espantada.

— Não é um bonito rapaz?

Ela confirmou a opinião inclinando modestamente a cabeça. Elisiário disse-lhe que eu jantava com eles, a moça retirou-se da sala.

— Boa criatura, disse-me ele; dedicada, serviçal. Parece que me adora. Já me não faltam botões nos paletós que trago . . . Pena! melhor que eles eram os botões que faltavam. A sobrecasaca de outrora, lembra-se?

Podia embrulhar o mundo A opa do Elisiário.

— Lembra-me.

— Creio que me durou cinco anos. Onde vai ela! Hei de fazer-lhe um epicédio, com uma epígrafe de Horácio . . .

Jantamos alegremente. D. Jacinta falou pouco; deixou que eu e o marido gastássemos o tempo em relembrar o passado. Naturalmente, o marido tinha surtos de eloqüência, como outrora; a mulher era pouca para ouvi-lo. Elisiário esquecia-se de nós, ela de si, e eu achava a

I saw Elisiário again only ten months later. The first absence, however, was mine as I went to Ceará to spend the holidays with my father. When I came back, I was told that he had gone to Rio Grande do Sul. One day, when I was having lunch, I read in the newspapers that he had come back the previous day, so I went to meet him as quickly as I could. I found him in St. Teresa, in a small house, with a little garden that was larger than the house. Elisiário gave me a hug with surprise; we spoke about our times in the past. I asked about his verses.

- I published a volume in Porto Alegre. It wasn't my wish but my wife insisted so much that I ended up publishing the verses; she even copied them for the purpose. They have some errors so I would like to work on a second edition here.

Elisiário gave me a copy of the book but he didn't allow me to read it there. He wanted to talk about our times together. He'd lost his father-in-law, who left him something, and he was going to continue teaching and see if he could recover the impressions he once had. Where were the young lads of Rua do Lavradio? I had memory of our times together, our long and noisy nights spent laughing, reminded me of our analogous moments and, in this way, we spent two full hours talking. When I was leaving, he took me to have dinner.

"You haven't seen my wife yet," he said.

And off he went calling Cintinha!

"I'm coming!" answered a sweet voice.

D. Jacinta came straight away. She was twenty-six years of age, more short than tall, more ugly than pretty, her expression good and serious and showing a great concern with manners. When he told her my name, she looked surprised at me.

"Isn't he a good-looking young man?"

She confirmed his opinion by modestly nodding her head. Elisiário told her that I was going to have dinner with them, and his wife left the living room.

"She is a good person," he told me, "dedicated and a great hostess. She seems to adore me. Since I got married my suits no longer lack buttons

mesma nota antiga, tão viva e tão forte. Era costume dele concluir um discurso desses e ficar algum tempo calado. Resumia dentro de si o que acabava de dizer? Continuava a mesma ordem de idéias? Deixava-se ir ainda pela música da palavra? Não sei; achei-lhe o velho costume de ficar calado sem dar pelos outros. Nessas ocasiões a mulher calava-se também, a olhar para ele, não cheia de pensamento, mas de admiração. Sucedeu isso duas vezes. Em ambas chegou a ser bonita.

Elisiário disse-me, ao café, que viria comigo abaixo.

— Você deixa, Cintinha?

D. Jacinta sorriu para mim, como se dissesse que o pedido era desnecessário. Também ela falou no livro de versos do marido.

— Elisiário é preguiçoso; o senhor há de ajudar-me a fazer com que ele trabalhe.

Meia hora depois descíamos a ladeira. Elisiário confessou-me que, desde que casara, não tivera ocasião de relembrar a vida de solteiro, e ao chegarmos abaixo declarou-me que iríamos ao teatro.

— Mas você não avisou em casa . . .

— Que tem? Aviso depois. Cintinha é boa, não se zanga por isso. Que teatro há de ser? Não foi nenhum; falamos de outras cousas, e às nove horas, tornou para casa. Voltei a Santa Teresa poucos dias depois, não o achei, mas a mulher disse-me que o esperasse, não tardaria.

— Foi a uma visita aqui mesmo no morro, disse ela; há de gostar muito de o ver. Enquanto falava, ia fechando dissimuladamente um livro, e foi pô-lo em uma mesa, a um canto. Tratamos do marido; ela pediu-me que lhe dissesse o que pensava dele, se era um grande espírito, um grande poeta, um grande orador, um grande homem, em suma. As palavras não seriam propriamente essas, mas vinham a dar nelas. Eu, que o admirava, confirmei-lhe o sentimento, e o gosto com que me ouviu foi paga bastante ao tal ou qual esforço que empreguei para dar à minha opinião a mesma ênfase.

— Faz bem em ser amigo dele, concluiu; ele sempre me falou bem do senhor, dizia que era um menino muito sério.

. . . What a pity! They were better with the missing buttons. The overcoat I had, do you remember it?"

The *opa* of Elisiário

Could conceal the world.

"Yes but remind me."

"I think I had it for four years. Where is it now I don't know! I will write it an epicedium, with an epigraph by Horace!

We had a pleasant dinner. D. Jacinta didn't talk much as she let us spend our time remembering the past. Naturally, her husband had some bursts of eloquence, as he had had before; his wife alone wasn't enough to listen to him. Elisiário forgot about us, and she of herself, and I found in him the same old tone, as vivid and strong.

It was his habit to conclude his speeches with silence. Was he reviewing inside of himself the words he had just recited? Did he continue the same train of thought? Did he let himself go on by the music of the words? I don't know; I found in him the old habit of becoming silent without noticing the presence of anybody else. On occasions his woman would also fall into silence, looking at him, with an expression not of reasoning but of admiration. This happened twice. And on both occasions she even looked pretty.

Elisiário told me, when taking coffee, that he was coming down with me.

"Will you allow it, Cintinha?"

D. Jacinta smiled at me as if to say that a request was unnecessary. She also mentioned her husband's book of verses.

"Elisiário is lazy; you have to help me get him to work."

Half an hour later we were going down the hill. Elisiário confided in me that, since he got married, he didn't have the opportunity to recall his life as a single man and, once we got to down below, he told me that we were going to the theatre.

"But you didn't tell your wife..."

"And so? Cintinha will understand and she won't be upset because of it. Which theatre will it be? It wasn't any, after all, as we started talking

O gabinete tinha flores frescas e uma gaiola com passarinho. Tudo em ordem, cada cousa em seu lugar, obra visível da mulher. Daí a pouco entrou Elisiário, com a gravata no pescoço, o laço na frente, a barba rapada, correto e em flor. Só então notei a diferença entre este Elisiário e o outro. A incoerência dos gestos era já menor, ou estava prestes a acabar inteiramente. A inquietação desaparecera. Logo que ele entrou, a mulher deixou-nos para ir mandar fazer café, e voltou pouco depois, com um trabalho de agulha.

— Não, senhora, vamos pïimeiro ao latim, bradou o marido.

D. Jacinta corou extraordinariamente, mas obedeceu ao marido e foi buscar o livro, que estava lendo quando eu cheguei.

— Tosta é de confiança, continuou Elisário, não vai dizer nada a ninguém.

E voltando-se para mim:

— Não pense que sou eu que lhe imponho isto; ela mesma é que quis aprender.

Não crendo o que ele me dizia, quis poupar à moça a lição de latim, mas foi ela própria que me dispensou o auxílio, indo buscar alegremente a gramática do Padre Pereira. Vencida a vergonha, deu a lição, como um simples aluno. Ouvia com atenção, articulava com prazer, e mostrava aprender com vontade. Acabado o latim, o marido quis passar à lição de história; mas foi ela, dessa vez, que recusou obedecer, para me não roubá-lo a mim. Eu, pasmado, desfiz-me em louvores; realmente achava tão fora de propósito aquela escola de latim conjugal, que não alcançava explicação, nem ousava pedi-la.

Amiudei as visitas. Jantava com eles algumas vezes. Ao domingo ia só almoçar. D. Jacinta era um primor. Não imaginas a graça que tinha em falar e andar, tudo sem perder a compostura dos modos nem a gravidade dos pensamentos. Sabia muitos trabalhos de mãos apesar do latim e da história que o marido lhe ensinava. Vestia com simplicidade, usava os cabelos lisos e não trazia jóia alguma, podia ser afetação, mas tal era a sinceridade que punha em tudo, que parecia natural nisso como no resto.

about other things and, at nine o'clock, he returned home. I went back to Santa Teresa a few days later. I didn't find him there, but his wife told me she was expecting him, he wouldn't take long.

"He went for a visit here in the hill," she said "He would really like to see you." Whilst she was talking, she subtly closed a book and put it on the table in the corner. We talked about her husband. She asked me about my opinion of him, if I thought he had a great spirit, and if he was a great poet, a great speaker, in short, if he was a great man. Her words were not precisely these but were like them. I, who admired him deeply, confirmed her feelings, and her satisfaction with my words was reward enough for whatever effort I used to my opinion the same emphasis.

"It is great that you are a close friend of his," she observed. "He always told me very good things about you, saying that you are a serious young man."

The office had fresh flowers and a cage with a bird. Everything was tidy and well decorated, each thing in its own place, the presence of a woman in the place was visible. Shortly after Elisiário came in, with a tie around his neck, the knot at the front, shaved and well groomed. Only then I notice the difference between this Elisiário and the other. The incoherence of his gestures was now less or ready to end entirely. His agitation had disappeared. As soon as he came in, his wife went to have coffee made and a little later came back with needlework.

"No, madam, let's work on Latin first." her husband sang out.

D. Jacinta blushed extraordinarily but obeyed her husband and went for the book that she had been reading when I arrived.

"Tosta is trustworthy," said Elisiário, "and is not going to tell anybody."

Then, turning to me, he said:

"Do not think that it is me who imposes this on her; it is her who wanted to learn."

Not really believing what he was saying, I wanted to spare the young woman from the Latin lesson, but she was the one who dispensed with my rescue by bringing, joyfully, the grammar book of Padre Vieira. Hav-

Ao domingo, o almoço era no jardim. Já achava o Elisiário à minha espera, à porta, ansioso que eu chegasse. A mulher estava acabando de arranjar as flores e folhagens que tinham de adornar a mesa. Além disso e do mais, adornava cartões contendo a lista dos pratos, com emblemas poéticos e nomes de musas para as comidas. Nem todas as musas podiam entrar, eles não eram ricos, nem nós tão comilões, entravam as que podiam. Era ao almoço que Elisiário, nos primeiros tempos, mais geralmente improvisava alguma cousa. Improvisava décimas, — ele preferia essa estrofe a qualquer outra; mais tarde, foi diminuindo o número delas, e para diante não passava de duas ou de uma. D. Jacinta pedia-lhe então sonetos; sempre eram quatorze versos. Ela e eu copiávamos logo, a lápis, com retificações que ele fazia, rindo: — "Para que querem vocês isso?" Afinal perdeu o costume, com grande mágoa da mulher, e minha também. Os versos eram bons, a inspiração fácil; faltava-lhes só o calor antigo.

Um dia perguntei a Elisiárío por que não reimprimia o livro de versos, que ele dizia ter saído com incorreções; eu ajudaria a ler as provas. D. Jacinta apoiou com entusiasmo a proposta.

— Pois, sim, disse ele, um dia destes; começaremos domingo.

No domingo, D. Jacinta, estando a sós comigo, um instante, pediu-me que não esquecesse a revisão do livro.

— Não, senhora, deixe estar.

— Não enfraqueça, se ele quiser adiar o trabalho, continuou a moça; é provável que ele fale em guardar para outra vez, mas teime sempre, diga que não, que se zanga, que não volta cá..

Apertou-me a mão com tanta força, que me deixou abalado. Os dedos tremiam-lhe; parecia um aperto de namorada. Cumpri o que disse, ela ajudou-me, e ainda assim gastamos meia hora antes que ele se dispusesse ao trabalho. Afinal pediu-nos que esperássemos, ia buscar o livro.

— Desta vez, vencemos, disse eu.

D. Jacinta fez com a boca um gesto de desconfiança, e passou da alegria ao abatimento.

ing overcome her embarrassment, she wanted her lesson like any other student. She listened with attention and articulated her knowledge with satisfaction, showing, when the lesson was over, her desire to learn. Her husband wanted to give her a History lesson; but this time she was the one refusing it so that she would not take his attention much longer from me. I, perplexed, complimented them. The truth, however, is that I found that kind of marital Latin schooling so out of context that I could not see any explanation for it nor did I dare to ask for one.

I repeated my visits. I would have dinner with them sometimes. On Sundays I would only go to have lunch. D. Jacinta was lovely. You have no idea of how gracious was her speaking and walking, all revealing her manners and the depth of her thoughts. She was very gifted with her hands despite all of the Latin and History that her husband taught her. She dressed modestly and wore her hair straight, wearing no jewellery at all – it could be her pretence, but she was honest in everything she did and she seemed very natural in the way she presented herself. On Sundays, lunch would take place in the garden. Elisiário would already be waiting for me when I arrived, at the door, eager for my arrival. His wife would be finishing her flower decorations to adorn the table. All of this and much more would be on display, such as cards with a list of dishes and emblematic poems and names of muses for the dishes. Not all muses were allowed as they were not wealthy and we were not gluttons, thus only some muses were welcome. It was during lunchtime that Elisiário, in the beginning, improvised the most. He would improvise verses of ten lines – he preferred that strophe to any other; later, he decreased the number of his improvisations until only one or two remained. So D. Jacinta asked him for sonnets, which were always fourteen lines, she and I would transcribe straight away his changes to his verses, laughing:

"What do you two want that for?"

He lost the habit, in the end, to my and his wife's regret. His verses were great and his inspiration was easy; they didn't have the spark they used to have. One day I asked Elisiário why he wouldn't reprint again

— Elisiário está preguiçoso. Há de ver que não acabamos nada. Pois não vê que não faz versos senão à força de muito pedido, e poucos? Podia escrever também, quando mais não fosse alguns daqueles discursos que costuma improvisar, mas os próprios discursos são raros e curtos. Tenho-me oferecido tantas vezes para escrever o que ele mandar. Chego a preparar o papel, pego na pena e espero; ele ri, disfarça, diz um gracejo, e responde que não está disposto.

— Nem sempre estará.

— Pois sim, mas então declaro que estou pronta para quando vier a inspiração, e peço-lhe que me chame. Não chama nunca. Uma ou outra vez tem planos; eu vou animando, mas os planos ficam no mesmo. Entretanto, o livro que ele imprimiu em Porto Alegre foi bem recebido, podia animá-lo.

— Animá-lo? Mas ele não precisa de animações; basta-lhe o grande talento que tem.

— Não é verdade? disse ela chegando-se a mim, com os olhos cheios de fogo. Mas é pena! tanto talento perdido!

— Nós o acharemos, hei de tratá-lo como se ele fosse mais moço que eu. O mau foi deixá- lo cair na ociosidade.. .

Elisiário tornou com um exemplar do livro. Não trazia tinta nem pena; ela foi buscá-las. Começamos o trabalho da revisão; o plano era emendar, não só os erros de imprensa, mas o próprio texto. A novidade do caso interessou grandemente o nosso poeta, durante perto de duas horas. Verdade é que a maior parte do tempo era interrompido com a história das poesias, a notícia das pessoas, se as havia, e havia muitas; uma boa porção das composições era dedicada a amigos ou homens públicos. Naturalmente fizemos pouco: não passamos de vinte páginas. Elisiário confessou que estava com sono, adiamos o trabalho, e nunca mais pegamos nele.

D. Jacinta chegou a pedir ao marido que nos deixasse a nós a tarefa de emendar o livro, ele veria depois o texto emendado e pronto. Elisiário respondeu que não, que ele mesmo faria tudo, que esperássemos, não

his book of verses, the one which had his changes. I would help read the proofs. D. Jacinta supported my offer with enthusiasm.

"Yes," he said, "one of these days; we will start on Sunday."

On Sunday, D. Jacinta, alone with me for a few moments, asked me not to forget the revision of the book.

"No, don't worry."

"Do not back down if he wants to postpone it," the girl continued. "It is probable that he is going to suggest another date for the work but please keep insisting. Say you will get upset and won't come back here . . .

She held my hand with so much strength that I was concerned. Her fingers were shaking; it felt more like a girlfriend's holding of hands. I did what I said I would do and she helped me. And we still wasted half an hour before we actually started working. In the end he asked us to wait as he was going to get the book.

"This time we won," I said.

D. Jacinta grimaced and in an instant went from happiness to disappointment.

"Elisiário is lazy. You will see how we won't be able to finish anything. Have you noticed how he only recites verses if forced to, and only a few verses? He could write too, at least those speeches he improvises, but his speeches are also rare and regrettably short. I have offered so many times to write down whatever he wishes… I even get a paper and a pen and wait; but he laughs, changes the subject and tells me he isn't in the mood.

"He will not always be in the mood."

"That is for sure, but it is also true that I let him know that I am ready whenever he feels inspired, and I ask him to call me then. He never calls me. Sometimes he has got plans; I encourage him but his plans never develop. In the meanwhile, the book he published in Porto Alegre was well received and that might motivate him."

"Motivate him? He needs no motivation. His great talent is enough!"

"Isn't that right?" she replied whilst getting close to me with her eyes full of fire. "But it is a pity! Such wasted talent!"

havia pressa. Mas, como disse, nunca mais pegamos no livro. Já raro improvisava, e, como não tinha paciência para compor escrevendo, os versos iam escasseando mais. Já lhe saíam frouxos; o poeta repetia-se. Quisemos ainda assim propor- lhe outro livro, recolhendo o que havia, e antes de o propor, tratamos de compilá-lo. O todo precisava de revisão; Elisiário consentiu em fazê-la, mas a tentativa teve o mesmo resultado que a outra. Os próprios discursos iam acabando. O gosto da palavra morria. Falava como todos nós falamos; não era já nem sombra daquela catadupa de idéias, de imagens, de frases, que mostravam no orador um poeta. Para o fim, nem falava; já me recebia sem entusiasmo, ainda que cordialmente. Afinal vivia aborrecido.

Com poucos anos de casada, D. Jacinta tinha no marido um homem de ordem, de sossego, mas sem inspiração nem calor. Ela própria foi mudando também. Não instava já pela composição de versos novos, nem pela correção dos velhos. Ficou tão desinteressada como ele. Os jantares e os almoços eram como os de qualquer pessoa que não cuide de letras. D. Jacinta buscava não tocar em tal assunto que era penoso ao marido e a ela; eu imitava-os. Quando me formei, Elisiário compôs um soneto em honra minha, mas já lhe custou muito, e, a falar verdade, não era do mesmo homem de outro tempo.

D. Jacinta vivia então, não direi triste, mas desencantada. A razão não se compreenderá bem, senão sabendo as origens da afeição que a levara ao casamento.

Pelo que pude colher e observar, nunca essa moça amou verdadeiramente o homem com quem casou. Elisiário acreditou que sim, e o disse, porque o pai dela pensava que era deveras um amor como os outros. A verdade porém, é que o sentimento de D. Jacinta era pura admiração. Tinha uma paixão intelectual por esse homem, nada mais, e nos primeiros anos não pensou em casar com ele. Quando Elisiário ia à casa do Dr. Lousada, D. Jacinta vivia as melhores horas da vida, escutando-lhe os versos, novos ou velhos, — os que trazia de cor e os que improvisava ali mesmo. Possuía boa cópia deles. Mas, ainda que não fossem versos,

"We will find it, I will treat him as if he were younger than me. Our mistake was to allow him such idleness..."

Elisiário came back with a copy of the book. He didn't bring ink or pen; she went to bring them. We started revising; the plan was to change not only the printing errors but the text itself. The novelty of it greatly engaged our poet for nearly two hours. It is true that most of the time he was interrupted with the story of the poems and information about the people, if there were any, and there were many. A good amount of his writing was dedicated to friends and celebrities. We naturally didn't do much. We didn't get any further than twenty pages. Elisiário was sleepy so we postponed the work and we never again took it up.

D. Jacinta even suggested to him that he leave the revision of the book to us. He would then see the amended text, and that would be the end of it. Elisiário refused, however, saying that he would do everything himself; we would have to wait as there was no urgency to get it finished. But as I said, we never touched the book ever again. His improvisations were ever scarcer and, as he had no patience to compose in writing, his verses became more scarce. They had no vigour now and the poet was repeating himself. We wanted nevertheless to suggest another book compiling whatever was out there and, before talking to him, we went as far as compiling the book. The book, however, needed to be revised. Elisiário agreed to do it but this attempt had the same result as the other. His speeches were almost nonexistent. His love for the word was dying. He spoke like any one of us now; it wasn't even a shadow of that cascade of ideas, images, phrases that revealed that the speaker was, in fact, a poet. In the end, he wouldn't even speak. He would welcome me without enthusiasm, though cordially. He was, after all, living a boring life.

With a few years of marriage, D. Jacinta now had in her husband a man of order and serenity but without the inspiration or warmth of the past. She was also changing. She stopped asking him for new verses or worrying about the revision of his old ones. She became as indifferent as him. Dinners and lunches were like the ones of anyone else who didn't care about literature. D. Jacinta wouldn't mention the subject as it was so unpleasant

contentava-se em ouvi-lo para admirá-lo. Elisiário, que a conhecia desde pequena, falava-lhe como a uma irmã mais moça. Depois viu que era inteligente, mais do que o comum das mulheres, e que havia nela um sentimento de poesia e de arte que a faziam superior. O apreço em que a tinha era grande, mas não passava disso.

Assim se passaram anos. D. Jacinta começou a pensar em um ato de pura dedicação. Conhecia a vida de Elisiário, os dias perdidos, as noitadas, a incoerência e o desarranjo de uma existência que ameaçava acabar na inutilidade. Nenhum estímulo, nenhuma ambição de futuro. D. Jacinta acreditava no gênio de Elisiário. Muitos eram os admiradores, nenhum tinha a fé viva a devoção calada e profunda daquela moça. O projeto era desposá-lo. Uma vez casados, ela lhe daria a ambição que não tinha, o estímulo, o hábito do trabalho regular, metódico, e naturalmente abundante. Em vez de perder o tempo e a inspiração em cousas fúteis ou conversas ociosas, comporia obras de fôlego, nas boas horas e para ele quase todas as horas eram excelentes. O grande poeta afirmar-se-ia perante o mundo. Assim disposta, não lhe foi difícil obter a colaboração do pai, sem todavia confessar-lhe o motivo secreto da ação; seria dizer que se casava sem amor. O que ela disse foi que o amava deveras.

Que haja nisso uma nota romanesca, é verdade; mas o romanesco era aqui obra de piedade, vinha de um sentimento de admiração, e podia ser um sacrifício. Talvez mais de um tentasse casar com ela. D. Jacinta não pensou em ninguém, até que lhe surdiu a idéia generosa de seduzir o poeta. Já sabes que este casou por obediência.

O resultado foi inteiramente oposto às esperanças da moça. O poeta, em vez dos louros, enfiou uma carapuça na cabeça, e mandou bugiar a poesia. Acabou em nada. Para o fim dos tempos nem lia já obras de arte. D. Jacinta padeceu grandemente; viu esvair-se-lhe o sonho, e, se não perdeu, antes ganhou o latim, perdeu aquela língua sublime em que cuidou falar às ambições de um grande espírito. A conclusão a que chegou foi ainda um desconsolo para si. Concluiu que o casamento esterilizara uma inspiração que só tinha ambiente na liberdade do celibato.

to her and her husband; I did the same. When I graduated, Elisiário wrote a sonnet for me but it was extremely difficult for him and, to tell you the truth, he wasn't by the same man as before.

D. Jacinta's life became, I wouldn't say sad, but disenchanted. The reason for this wasn't clear unless one understands the origins of the affection that led to the marriage.

From what I was able to observe and perceive, the girl never really loved the man she married. Elisiário believed she did, and said so, because her father thought it was love like any other kind of love. The truth, however, is that what D. Jacinta felt for him was pure admiration. She had an intellectual passion for him, nothing else, and during the first years she didn't consider marrying him. When Elisiário was in Doctor Lousada's house, D. Jacinta lived the best moments of her life, listening to his verses, new or old – the ones he knew by heart and the ones he improvised there. She had a good copy of them. She was happy to hear him even if they were not considered to be verses. Elisiário, who had known her since she was a child, talked to her as if she were his younger sister. Then he realized how intelligent she was, more so than the vast majority of women, and that there was in her a great feeling for poetry and art that made her superior. The consideration he had for her was great but it was not more than that.

Years had passed by and D. Jacinta started to think about an act of pure dedication. She knew Elisiário's life, his idle days, his outings at night, the incoherent and random existence which threatened to make his life useless. He had no stimulus and no ambition for the future. D. Jacinta believed that Elisiário was a genius. He had many admirers but none had the living faith and silent devotion that she had in him. The project, therefore, was to marry him. Once married, she would give him the ambition he didn't have, the stimulus, the discipline of regular, methodical and, naturally, abundant work. Instead of wasting time and inspiration with futile and idle things, he would create works of great potential during his productive periods, and there were many. The great poet would affirm his work to the world. In this way, it was not difficult for her to have her father's consent without telling him of her true reasons for marrying him,

Sentiu remorsos. Assim, além de não achar as doçuras do casamento na união com Elisiário, perdeu a única vantagem a que se propusera no sacrifício.

Errava naturalmente. Para mim Elisiário era o mesmo erradio, ainda que parecesse agora pousado; mas era também um talento de pouca dura; tinha de acabar, ainda que não casasse. Não foi a ordem que lhe tirou a inspiração. Certamente, a desordem ia mais com ele que tanto tinha de agitado, como de solitário; mas a quietação e o método não dariam cabo do poeta, se a poesia nele não fosse uma grande febre da mocidade . . . Em mim é que não passou de ligeira constipação da adolescência. Pede-me tu amor, que o terás; não me peças versos, que desaprendi há muito, concluiu Tosta, beijando a mulher.

otherwise she would also be telling him she was marrying without love. She told her father, therefore, that she loved him very much.

There is a romantic dimension to her intentions, that is true; but the romance here was a product of piety, admiration and sacrifice. Maybe she had more than one man intending to marry her. D. Jacinta didn't think about anyone until she had the generous idea of seducing the poet. And, as you know, the poet married out of obedience. The outcome of her marriage was the completely opposite of her expectations. The poet, instead of contributing with poetry, turned his back to it. It ended up in nothing. In the end he didn't even read works of art. D. Jacinta grieved immensely; it was as if she lost all of her hopes and, if she didn't, at least she learned Latin but lost that sublime language which held the ambitions of great spirits. The conclusion she came to was even more disconcerting. She understood that her marriage took his inspiration away as it depended on his celibate life. She regretted her decision for she didn't find joy in her marriage nor did she attain the only advantage that she saw in the marriage. She was a natural errant! For me, Elisiário was really an errant even if he now seemed settled. It wasn't the orderly life that took his inspiration away. Certainly, disorder was more in accordance with him as he was agitated and solitary; but quietude and method wouldn't destroy the poet if his poetry wasn't, after all, mere fever of his youth… As for me, it was no more than a gentle adolescent constipation. Ask me for love and you will have it; don't ask me for verses for I forgot them a long time ago, concluded Tosta, kissing the wife.

Lágrimas de Xerxes

by Machado de Assis
from *Páginas Recolhidas*, 1889

Suponhamos (tudo é de supor) que Julieta e Romeu, antes que Frei Lourenço os casasse, travavam com ele este diálogo curioso:

JulietA: Uma só pessoa?

FREI LOURENÇO: Sim, filha, e, logo que eu houver feito de vós ambos uma só pessoa, nenhum outro poder vos desligará mais. Andai, andai, vamos ao altar, que estão acendendo as velas . . . (Saem da cela e vão pelo corredor).

ROMEU: Para que velas? Abençoai-nos aqui mesmo. (Pára diante de uma janela). Para que altar e velas? O céu é o altar: não tarda que a mão dos anjos acenda ali as eternas estrelas; mas, ainda sem elas, o altar é este. A igreja está aberta; podem descobrir-nos. Eia, abençoai-nos aqui mesmo.

Xerxes' Tears

translated by Adam Morris

Let's suppose (everything's a supposition) that Juliet and Romeo, before Friar Laurence married them, were locked in this curious dialogue:

Juliet: A single person?

Friar Laurence: Yes, my child. And after I've made ye into a single person, no other power will ever be able to unjoin ye. Come, come, let's go to the altar, they're lighting the candles... (They leave the cell and go along the corridor).

Romeo: Why the candles? Bless us right here. (He stops in front of a window). Why the altar and the candles? The heavens are an altar: it won't be long before the angels' hands light those eternal stars up there, but even without them the altar is right there. The church is open, someone might find us. Yes, bless us right here.

FREI LOURENÇO: Não, vamos para a igreja; daqui a pouco estará tudo pronto. Curvarás a cabeça, filha minha, para que olhos estranhos, se alguns houver, não cheguem a reconhecer-te . . .

ROMEU: Vã dissimulação; não há, em toda Verona, um talhe igual ao da minha bela Julieta, nenhuma outra dama chegaria a dar a mesma impressão que esta. Que impede que seja aqui? O altar não é mais que o céu.

FREI LOURENÇO: Mais eficaz que o céu.

ROMEU: Como?

FREI LOURENÇO: Tudo o que ele abençoa perdura. As velas que lá verás arder hão de acabar antes dos noivos e do padre que os vai ligar; tenho-as visto morrer infinitas; mas as estrelas . . .

ROMEU: Que tem? arderão ainda, nem ali nasceram senão para dar ao céu a mesma graça da terra. Sim, minha divina Julieta, a Via-Láctea é como o pó luminoso dos teus pensamentos, todas as pedrarias e claridades altas e remotas, tudo isso está aqui perto e resumido na tua pessoa, porque a lua plácida imita a tua indulgência, e Vênus, quando cintila, é com os fogos da tua imaginação. Aqui mesmo, padre. Que outra formalidade nos pedes tu? Nenhuma formalidade exterior, nenhum consentimento alheio. Nada mais que amor e vontade. O ódio de outros separa-nos, mas o nosso amor conjuga-nos.

FREI LOURENÇO: Para sempre.

JulietA: Conjuga-nos, e para sempre. Que mais então? Vai a tua mão fazer com que parem todas as horas de

Friar Laurence: No, we're going to the church. In just a little while everything will be ready. Thou shalt bow thy head, my child, so that unfamiliar eyes, if any there be, will not manage to recognize thee…

Romeo: Useless to pretend–there's no one, in all of Verona, as shapely as my beautiful Juliet, no other lady could make the same impression as she. What's stopping us from doing it here? The altar is no better than the heavens.

Friar Laurence: It's more effective than the heavens.

Romeo: How so?

Friar Laurence: Everything that it blesses endures. The candles that thou will see burning there must burn down in front of the betrothed and the priest who will join them. I've seen countless of them die, but the stars…

Romeo: What of it? They will still burn, since they were born there for no other reason than to grant the heavens the same graces as the earth. Yes, my divine Juliet, the Milky Way is like the luminous dust of thy thoughts, all the gems and high, remote clarities, all of it is here summed up in thy person, because the placid moon imitates thy indulgence, and when Venus sparkles, it is with the fires of thine imagination. Right here, father. What other ceremony dost thou ask of us? No other exterior ceremony, no other foreign consent. Nothing more than love and will. The hatred of others separates us, but our love unites us.

Friar Laurence: Forever.

uma vez. Em vão o sol passará de um céu a outro céu, e tornará a vir e tornará a ir, não levará consigo o tempo que fica a nossos pés como um tigre domado. Monge amigo, repete essa palavra amiga.

FREI LOURENÇO: Para sempre.

JulietA: Para sempre! amor eterno! eterna vida! Juro-vos que não entendo outra língua senão essa. Juro-vos que não entendo a língua de minha mãe.

FREI LOURENÇO: Pode ser que tua mãe não entendesse a língua da mãe dela. A vida é uma Babel, filha; cada um de nós vale por uma nação.

ROMEU: Não aqui, padre; ela e eu somos duas províncias da mesma linguagem, que nos aliamos para dizer as mesmas orações, com o mesmo alfabeto e um só sentido. Nem há outro sentido que tenha algum valor na terra. Agora, quem nos ensinou essa linguagem divina não sei eu nem ela; foi talvez alguma estrela. Olhai, pode ser que fosse aquela primeira que começa a cintilar no espaço.

JulietA: Que mão celeste a terá acendido? Rafael, talvez, ou tu amado Romeu. Magnífica estrela, serás a estrela da minha vida, tu que marcas a hora do meu consórcio. Que nome tem ela, padre?

FREI LOURENÇO: Não sei de astronomias, filha.

JulietA: Hás de saber por força. Tu conheces as letras divinas e humanas, as próprias ervas do chão, as que matam e as que curam. . . Dize, dize . . .

FREI LOURENÇO: Eva eterna!

Juliet: Unite us, and forever. What else is needed? Thy hand shall stop all time at once. In vain the sun will pass from heaven to heaven, and return to come and go all over again. It will not take with it the time that remains at our feet like a tamed tiger. Friendly monk, repeat that friendly word.

Friar Laurence: Forever.

Juliet: Forever! Eternal love! Eternal life! I swear to thee that I understand no other language but this. I swear I don't even understand my mother's language.

Friar Laurence: Maybe thy mother didn't understand the language of her mother either. Life is a Babel, my child, and each one of us counts as a nation.

Romeo: Not here, father: she and I are two provinces of the same language, allied to speak the same utterances, with the same alphabet and a single meaning. There's no other meaning on earth worth anything. Now, neither she nor I know who taught us this divine language. Perhaps it was some star. Behold, perhaps it was that first one that begins to twinkle in space.

Juliet: What celestial hand will have lit it? Raphael, perhaps, or thou, my beloved Romeo. Magnificent star, thou shalt be the star of my life, thou shalt mark the hour of my marriage. What is the name of that star, father?

Friar Laurence: I know nothing of astronomy, my child.

Juliet: Thou must know, as a matter of course. Thou knowest words divine and human, the very herbs

JulietA: Dize o nome dessa tocha celeste, que vai alumiar as minhas bodas, e casai-nos aqui mesmo. Os astros valem mais que as tochas da terra.

FREI LOURENÇO: Valem menos. Que nome tem aquele? Não sei. A minha astronomia não é como a dos outros homens. (Depois de alguns instantes de reflexão) Eu sei o que me contaram os ventos que andam cá e lá, abaixo e acima, de um tempo a outro tempo, e sabem muito, porque são testemunhas de tudo. A dispersão não lhes tira a unidade, nem a inquietação a constância.

ROMEU: E que vos disseram eles?

FREI LOURENÇO: Cousas duras. Heródoto conta que Xerxes um dia chorou; mas não conta mais nada. Os ventos é que me disseram o resto, porque eles lá estavam ao pé do capitão, e recolheram tudo. . . Escutai; aí começam eles a agitar-se; ouviram-nos falar e murmuram . . . Uivai, amigos ventos, uivai como nos jovens dias das Termópilas.

ROMEU: Mas que te disseram eles? Contai, contai depressa.

JulietA: Fala a gosto, nós te esperaremos.

FREI LOURENÇO: Gentil criatura, aprende com ela, filho, aprende a tolerar as demasias de um velho lunático. O que é que me disseram? Melhor fora não repeti-lo; mas, se teimais em que vos case aqui mesmo, ao clarão das estrelas, dir-vos-ei a origem daquela, que parece governar todas as outras . . . Vamos, ainda é tempo, o altar espera-nos . . . Não? teimosos que sois . . . Contar-vos-ei o que me disseram os ventos, que lá estavam em torno de Xerxes,

of the ground, those that kill and those that cure... Tell me, tell me...

Friar Laurence: Eve eternal!

Juliet: Say the name of that celestial torch which will illuminate my wedding, and marry us right here. The stars are worth more than the torches of the earth.

Friar Laurence: They're worth less. What name does that one bear? I don't know. My astronomy is not like that of other men. (After a few instants of reflection) I know what was told to me by the winds that blow from here to there, from below to above, and from one time to another, and they know much, because they witness everything. Dispersion does not subtract from their unity, nor does restlessness diminish their constancy.

Romeo: And what did they tell thee?

Friar Laurence: Difficult things. Herodotus tells that Xerxes one day wept; but he tells nothing else. It is the winds that tell me the rest, because they were there at the captain's foot, and gathered up everything... Listen: they're starting to stir. They hear us talking and murmuring. Howl, friendly winds, howl as in the young days of Thermopylae.

Romeo: But what did they tell thee? Tell us, tell us quickly.

Juliet: Speak at ease, we'll wait.

Friar Laurence: Gentle creature, learn from her, my son, learn to tolerate the excesses of an old lunatic. What was

quando este vinha destruir a Hélade com tropas inumeráveis. As tropas marchavam diante dele, a poder de chicote, porque esse homem cru amava particularmente o chicote e empregava-o a miúdo, sem hesitação nem remorso. O próprio mar, quando ousou destruir a ponte que ele mandara construir, recebeu em castigo trezentas chicotadas. Era justo; mas para não ser somente justo, para ser também abominável, Xerxes ordenou que decapitassem a todos os que tinham construído a ponte e não souberam fazê-la imperecível. Chicote e espada; pancada e sangue.

JulietA: Oh! abominável!

FREI LOURENÇO: Abominável, mas forte. Força vale alguma cousa; a prova é que o mar acabou aceitando o jugo do grande persa. Ora, um dia, à margem do Helesponto, curioso de contemplar as tropas que ali ajuntara, no mar e em terra, Xerxes trepou a um alto morro feitiço, donde espalhou as vistas para todos os lados. Calculai o orgulho que ele sentiu. Viu ali gente infinita, o melhor leite mungido à vaca asiática, centenas de milhares ao pé de centenas de milhares, várias armas, povos diversos, cores e vestiduras diferentes, mescladas, baralhadas, flecha e gládio, tiara e capacete, pêlo de cabra, pele de cavalo, pele de pantera, uma algazarra infinita de cousas. Viu e riu, farejava a vitória. Que outro poder viria contrastá-lo? Sentia-se indestrutível. E ficou a rir e a olhar com longos olhos ávidos e felizes, olhos de noivado, como os teus, moço amigo . . .

it that they told me? It would be better not to repeat it. But, if ye both insist that I marry ye right here, under the clear starlight, I will tell ye the origin of that star which seems to govern all the others. Come, there's still time, the altar awaits us...No? how willful ye be. I will relate to ye what the winds told me, who there surrounded Xerxes when he came to destroy Hellas with innumerable troops. The troops marched before him, marshaled by the whip, because this rough man was particularly fond of the whip and employed it for the slightest reason, with neither hesitation nor remorse. The very sea, when it dared to destroy the bridge he commanded be built, received as punishment three hundred lashes. He was just, but since he was not only just, but also abominable, Xerxes ordered that all those who had built the bridge and not known how to make it imperishable be decapitated. Whip and sword, blows and blood.

Juliet: Oh! Abominable!

Friar Laurence: Abominable, but strong. Force is worth something; the proof is that the sea came to accept the yoke of the great Persian. Now, one day, on the shore of the Hellespont, wishing to contemplate the troops he had assembled there, on both land and sea, Xerxes climbed a high, enchanted hill, where the view on all sides spread before him. Imagine the pride he felt. He saw there infinite people, the cream of the Asiatic crop, hundreds of thousands upon hundreds of thousands, various arms, diverse peoples, different colors and

ROMEU: Comparação falsa. O maior déspota do universo é um miserável escravo, se não governa os mais belos olhos femininos de Verona. E a prova é que, a despeito do poder, chorou.

FREI LOURENÇO: Chorou, é certo, logo depois, tão depressa acabara de rir. A cara embruscou-se-lhe de repente, e as lágrimas saltaram-lhe grossas e irreprimíveis. Um tio do guerreiro, que ali estava, interrogou-o espantado; ele respondeu melancolicamente que chorava, considerando que de tantos milhares e milhares de homens que ali tinha diante de si, e às suas ordens, não existiria um só ao cabo de um século. Até aqui Heródoto, escutai agora os ventos. Os ventos ficaram atônitos. Estavam justamente perguntando uns aos outros se esse homem feito de ufania e rispidez teria nunca chorado em sua vida, e concluíam que não, que era impossível, que ele não conhecia mais que injustiça e crueldade, não a compaixão. E era a compaixão que ali vinha lacrimosa, era ela que soluçava na garganta do tirano. . . Então eles rugiram de assombro; depois pegaram das lágrimas de Xerxes. . . Que farias tu delas?

ROMEU: Secá-las-ia, para que a piedade humana não ficasse desonrada.

FREI LOURENÇO: Não fizeram isso; pegaram das lágrimas todas e deitaram a voar pelo espaço fora, bradando às considerações: Aqui estão! olhai! olhai! aqui estão os primeiros diamantes da alma bárbara! Todo o firmamento ficou alvoroçado; pode crer-se que, por um instante, a marcha das cousas parou. Nenhum astro queria acabar de crer nos ventos. Xerxes! Lágrimas de Xerxes eram impossíveis; tal planta não dava em

garments, mixed, shuffled together, arrow and dagger, tiara and helmet, goat's hair, horsehide, panther's skin, an infinite clamor of things. He saw and he laughed, smelling victory. What other power could come to oppose him? He felt indestructible. And he remained there to laugh and to gaze into the distance with happy, avid eyes, the eyes of a bridegroom, like thine, young friend…

Romeo: A false comparison. The biggest despot in the universe is a miserable slave if he does not govern the most beautiful feminine eyes in all Verona. And the proof is that, despite his power, he wept.

Friar Laurence: He wept, that's true, just after, as soon as he stopped laughing. His face darkened suddenly, and the tears sprang from him profusely and irrepressibly. An uncle of the warrior, who was there, questioned him fearfully. He responded melancholically that he wept considering that of so many thousands and thousands of men were there before him, at his orders, not a single one would remain after the passing of a century. Until this point it's been Herodotus, listen now to the winds. The winds were stunned. They had just been asking each other if this man made of hubris and severity had ever cried in his life, and they'd concluded that no, it was impossible, that he knew only injustice and cruelty, and nothing of compassion. And it was compassion that came there tearfully, it was compassion that sobbed in the throat of the tyrant…And so they roared in surprise. Later they gathered Xerxes' tears…What would ye do with them?

tal rochedo. Mas ali estavam elas; eles as mostravam contando a sua curiosa história, o riso que servira de concha a essas pérolas, as palavras dele, e as constelações não tiveram remédio, e creram finalmente que o duro Xerxes houvesse chorado. Os planetas miraram longo tempo essas lágrimas inverossímeis; não havia negar que traziam o amargo da dor e o travo da melancolia. E quando pensaram que o coração que as brotara de si tinha particular amor ao estalido do chicote, deitaram um olhar oblíquo à terra, como perguntando de que contradições era ela feita. Um deles disse aos ventos que devolvessem as lágrimas ao bárbaro, para que as engolisse; mas os ventos responderam que não e detiveram-se para deliberar. Não cuideis que só os homens dissentem uns dos outros.

JulietA: Também os ventos?

FREI LOURENÇO: Também eles. O Aquilão queria convertê-las em tempestades do mundo, violentas e destruidoras, como o homem que as gerara; mas os outros ventos não aceitaram a idéia. As tempestades passam ligeiras; eles queriam alguma cousa que tivesse perenidade, um rio, por exemplo, ou um mar novo; mas não combinaram nada e foram ter com o sol e a lua. Tu conheces a lua, filha.

ROMEU: A lua é ela mesma; uma e outra são a plácida imagem da indulgência e do carinho; é o que eu te disse há pouco, meu bom confessor.

JulietA: Não, não creias nada do que ele disser, freire amigo; a lua é a minha rival, é a rival que alumia de longe o belo rosto do galhardo Romeu, que lhe dá

Romeo: I would dry them, as not to dishonor human piety.

Friar Laurence: They didn't do that. They gathered all the tears and they cast them flying out into space, crying out their motives: Here they are! Behold! Behold! Here are the first diamonds of the barbarous soul! The whole firmament became frenzied: ye can believe that, for an instant, the course of all things stopped. No star would believe the winds. Xerxes! Xerxes' tears were impossible: a tree can't grow in such a desert! But there they were: the winds displayed them as they told their curious story, the laughter that was the shell of these pearls, his words, and having no other choice, the constellations finally believed that hard Xerxes had wept. The planets gazed at length on these unreal tears: there was no denying that they brought the bitterness of pain and bite of melancholy. And when they thought that the heart from which they bloomed cherished the crack of the whip, they let fall an oblique gaze upon the earth, as if to ask of what contradictions it was made. One of them told the winds to return the tears to the barbarian so that he might swallow them, but the winds refused and paused to deliberate. Don't believe that it's only men who dissent one from another.

Juliet: The winds too?

Friar Laurence: The winds too. Aquilon wanted to convert them into storms of the world, violent and destructive, like the man who generates them, but the other winds did not accept the idea. Storms passed lightly. They wanted something that had permanence, a river, for example, or a new sea. But

um resplendor de opala, à noite, quando ele vem pela rua. . .

FREI LOURENÇO: Terão ambos razão. A lua e Julieta podem ser a mesma pessoa, e é por isso que querem o mesmo homem. Mas, se a lua és tu, filha, deves saber o que ela disse ao vento.

JulietA: Nada, não me lembra nada.

FREI LOURENÇO: Os ventos foram ter com ela, perguntaram-lhe o que fariam das lágrimas de Xerxes, e a resposta foi a mais piedosa do mundo. Cristalizemos essas lágrimas, disse a lua, e façamos delas uma estrela que brilhe por todos os séculos, com a claridade da compaixão, e onde vão residir todos aqueles que deixarem a terra, para achar ali a perpetuidade que lhes escapou.

JulietA: Sim, eu diria a mesma cousa. (Olhando pela janela) Lume eterno, berço de renovação, mundo do amor continuado e infinito, estávamos ouvindo a tua bela história. FREI LOURENÇO. Não, não, não.

JULIEI A: Não?

FREI LOURENÇO: Não, porque os ventos foram também ao sol, e tu que conheces a lua, não conheces o sol, amiga minha. Os ventos levaram-lhe as lágrimas, contaram a origem delas e o conselho do astro da noite, e falaram da beleza que teria essa estrela nova e especial. O sol ouviu-os e redargüiu que sim, que cristalizassem as lágrimas e fizessem delas uma estrela, mas nem tal como o pedia a lua, nem para igual fim. Há de ser eterna e brilhante, disse ele, mas para a compaixão basta a mesma lua com a sua enjoada e dul-

	they couldn't agree on anything, so they went to consult the sun and the moon. Thou knowest the moon, my child.
Romeo:	She herself is the moon. One and the other are the placid image of her indulgence and her care. It's what I said to thee a short while ago, my good confessor.
Juliet:	No, don't believe anything that he says, friendly friar. The moon is my rival, the rival that illuminates from afar the beautiful face of the gallant Romeo, giving him the splendor of opal at night when he comes down the street…
Friar Laurence:	Ye both be right. The moon and Juliet could be the same person, and it's for this reason they love the same man. But, if thou art the moon, my child, thou shouldst know what she said to the wind.
Juliet:	No, I don't remember anything.
Friar Laurence:	The winds went to consult with her, asking her what they should do with Xerxes' tears, and the response was the most merciful in the world. Let us crystalize these tears, said the moon, and let us make from them a star that will shine for all centuries, with the clarity of compassion, and where those who depart the earth will go to reside, to find there the perpetuity that escaped them.
Juliet:	Yes, I would say the same thing. (Looking out the window) Eternal flame, cradle of renewal, world of continued and infinite love, we were listening to thy beautiful story.
Friar Laurence:	No, no, no.

císsima poesia. Não; essa estrela feita das lágrimas que a brevidade da vida arrancou um dia ao orgulho humano ficará pendente do céu como o astro da ironia, luzirá cá de cima sobre todas as multidões que passam, cuidando não acabar mais e sobre todas as cousas construídas em desafio dos tempos. Onde as bodas cantarem a eternidade, ela fará descer um dos seus raios, lágrima de Xerxes, para escrever a palavra da extinção, breve, total, irremissível. Toda epifania receberá esta nota de sarcasmo. Não quero melancolias, que são rosas pálidas da lua e suas congêneres; – ironia, sim, uma dura boca, gelada e sardônica . . .

ROMEU: Como? Esse astro esplêndido. . .

FREI LOURENÇO: Justamente, filho; e é por isso que o altar é melhor que o céu; no altar a benta vela arde depressa e morre às nossas vistas.

JulietA: Conto de ventos !

FREI LOURENÇO: Não, não.

JulietA: Ou ruim sonho de lunático. Velho lunático disseste há pouco; és isso mesmo. Vão sonho ruim, como os teus ventos, e o teu Xerxes, e as tuas lágrimas, e o teu sol, e toda essa dança de figuras imaginárias.

FREI LOURENÇO: Filha minha. . .

JulietA: Padre meu, que não sabes que há, quando menos, uma cousa imortal, que é o meu amor, e ainda outra, que é o incomparável Romeu. Olha bem para ele; vê se há aqui um soldado de Xerxes. Não, não, não. Viva o meu amado, que não estava no Helesponto, nem escutou os desvarios dos ventos noturnos,

Juliet: No?

Friar Laurence: No, because the winds also went to the sun, and thou who knowest the moon dost not know the sun, my friend. The winds took the tears to him, told him of their origin and of the advice about the night star, and spoke of the beauty that this new and special star would have. The sun heard them and replied yes, let us crystalize the tears and make from them a star, but not as the moon wished it, nor for a similar purpose. It must be eternal and bright, he said, but for compassion the moon herself is sufficient, with her saccharine and cloying poetry. No, this star made of tears that the shortness of life wrenched one day from human pride will remain hanging in the heavens like the star of irony, it will shine from up there over all the multitudes that pass below, making sure never to stop sparkling over all things constructed in defiance of time. Where weddings sing of eternity, she will let fall one of her rays, one of Xerxes' tears, to write the word of extinction, brief, total, irremissible. Every epiphany shall receive this note of sarcasm. I don't want melancholies, which are the pale roses of the moon and her ilk. Irony, yes, a hard mouth, frozen and sardonic…

Romeo: What? This splendid star…

Friar Laurence: Just so, my son. And it's for this reason that the altar is better than the heavens. On the altar the blessed candle burns swiftly and dies before our eyes.

como este frade, que é a um tempo amigo e inimigo. Sê só amigo, e casa-nos. Casa-nos onde quiseres, aqui ou além, diante das velas ou debaixo das estrelas, sejam elas de ironia ou de piedade; mas casa-nos, casa-nos, casa-nos . . .

Juliet:	Tales of the winds!
Friar Laurence:	No, no.
Juliet:	Or the bad dream of a lunatic. Old lunatic thou saidst a while ago: that's exactly what thou art. Bad and futile dream, just like thy winds, and thy Xerxes, and thy tears, and thy sun, and all this dance of imaginary figures.
Friar Laurence:	My child…
Juliet:	Father, thou dost not know that there is, at least, one immortal thing, and that is my love, and still another, which is the incomparable Romeo. Take a good look at him. See if here there is one of Xerxes' soldiers. No, no, no. My love lives, he was not at Hellespont, nor ever heard the derangement of the nocturnal winds, like this friar, who is at once a friend and enemy. If thou art a friend, marry us. Marry us wherever thou desire, here or far away, before the candles or under the stars, whether they be ironic or merciful. But marry us, marry us, marry us…

Papéis Velhos

by Machado de Assis
from *Páginas Recolhidas,* 1899

Brotero é deputado. Entrou agora mesmo em casa, às duas horas da noite, agitado, sombrio, respondendo mal ao moleque, que lhe pergunta se quer isto ou aquilo, e ordenando-lhe, finalmente, que o deixe só. Uma vez só, despe-se, enfia um chambre e vai estirar-se no canapé do gabinete, com os olhos no tecto e o charuto na boca. Não pensa tranqüilamente; resmunga e estremece. Ao cabo de algum tempo senta-se; logo depois levanta-se, vai a uma janela, passeia, pára no meio da sala, batendo com o pé no chão; enfim resolve ir dormir, entra no quarto, despe-se, mete-se na cama, rola inutilmente de um lado para outro, torna a vestir-se e volta para o gabinete.

Mal se sentou outra vez no canapé, bateram três horas no relógio da casa. O silêncio era profundo; e, como a divergência dos relógios é o princípio fundamental da relojoaria, começaram todos os relógios da vizinhança a bater, com intervalos desiguais, uma, duas, três horas. Quando o espírito padece, a cousa mais indiferente do mundo traz uma intenção recôndita, um propósito do destino. Brotero começou a sentir esse outro gênero de mortificação. As três pancadas secas, cortando o silêncio da noi-

Old Papers

translated by Krista Brune

Brotero is a federal representative. He just now entered the house, at two in the morning, agitated, somber, responding poorly to the boy, who asks him if he wants this or that, and then ordering him, finally, to leave him alone. Once alone, he undresses, slips into his office, and goes to stretch out on the sofa, with his eyes on the ceiling and a pipe in his mouth. He does not think tranquilly; he mutters and trembles. After some time he sits up; shortly thereafter he gets up, goes to a window, strolls, stops in the middle of the room, striking the floor with his foot. In the end he resolves to go to sleep, enters the bedroom, undresses, gets into bed, rolls from one side to another with no effect, gets dressed again and returns to the office.

He barely sat down on the sofa when the house clock struck three. The silence was profound, and, as the divergence between clocks is the fundamental principle of watchmaking, all the clocks of the neighborhood started to ring, with unequal intervals, one, two, three o'clock. When the spirit suffers, the most indifferent thing in the world brings a recondite attention, a proposal of fate. Brotero started to feel this other type of mor-

te, pareciam-lhe as vozes do próprio tempo, que lhe bradava: Vai dormir. Enfim, cessaram; e ele pôde ruminar, resolver, e levantar-se, bradando:

— Não há outro alvitre, é isto mesmo.

Dito isso, foi à secretária, pegou da pena e de uma folha de papel, e escreveu esta carta ao presidente do conselho de ministros:

Excelentíssimo senhor

Há de parecer estranho a V. Ex.a tudo o que vou dizer neste papel; mas, por mais estranho que lhe pareça, e a mim também, há situações tão extraordinárias que só comportam soluções extraordinárias. Não quero desabafar nas esquinas, na Rua do Ouvidor, ou nos corredores da Câmara. Também não quero manifestar-me, na tribuna, amanhã ou depois, quando V. Ex.a for apresentar o programa do seu ministério; seria digno, mas seria aceitar a cumplicidade de uma ordem de cousas, que inteiramente repudio. Tenho um só alvitre: renunciar à cadeira de deputado e voltar à vida íntima.

Não sei se, ainda assim, V. Ex.a me chamará despeitado. Se o fizer, creio que terá razão. Mas rogo-lhe que advirta que há duas qualidades de despeito e o meu é da melhor.

Não pense V. Ex.a que recuo diante de certas deputações influentes, nem que me senti ferido pelas intrigas do A . . . e por tudo o que fez o B . . . para meter o C . . . no ministério. Tudo isso são cousas mínimas. A questão para mim é de lealdade, já não digo política, mas pessoal; a questão é com V. Ex.a. Foi V. Ex.a que me obrigou a romper com o ministério dissolvido, mais cedo do que era minha intenção, e, talvez mais cedo do que convinha ao partido. Foi V. Ex.a que, uma vez, em casa do Z . . . me disse, a uma janela, que os meus estudos de questões diplomáticas me indicavam naturalmente a pasta de estrangeiros. Há de lembrar-se que lhe respondi então ser para mim indiferente subir ao ministério, uma vez que servisse ao meu país. V. Ex.a replicou: – É muito bonito, mas os bons talentos querem-se no ministério.

tification. The three dry bangs, cutting the silence of the night, seemed like the voices of his own time crying out to him: Go to sleep. Finally, they stopped and he managed to ruminate, to resolve, and to get up, crying, "There is not another option, this is it."

Having said this, he went to the office, grabbed a quill and a piece of paper, and wrote this letter to the president of the council of ministers:

> Most excellent sir:
>
> It must seem strange to Your Excellency all that I will say in this letter; but however strange it may seem to you, and to me as well, there are situations so extraordinary that they only involve extraordinary solutions. I do not want to vent on the corners on Rua do Ouvidor, or in the corridors of the House. I also do not want to speak out, in the tribune, tomorrow or later, when Your Excellency goes to present your ministry's program; it would be worthy, but it would be admitting complicity with an order of things that I entirely repudiate. I have only one suggestion: to renounce the seat of representative and return to private life.
>
> I do not know if Your Excellency will nevertheless call me slighted. If you do so, I believe that you will be right. But I implore you to be advised that there are two qualities of spite and mine belongs to the better one. Do not think, Your Excellency, that I retreat before certain influential deputations, nor that I felt injured by the schemes of A.... and by everything that B... did in order to place C... in the ministry. These are all minor concerns. The question for me is one of loyalty, no longer, I say, political but rather personal; the question is with you, Your Excellency. It was Your Excellency who obliged me to break with the dissolved ministry, earlier than was my intention, and perhaps earlier than it suited the party. It was Your Excellency who once, in Z...'s home, told me, at a window, that my studies of diplomatic questions would naturally point me to the foreign service. You must remember that I then responded as being indifferent to a rise to

Na Câmara, já pela posição que fui adquirindo, já pelas distinções especiais de que era objeto, dizia-se, acreditava-se que eu seria ministro na primeira ocasião; e, ao ser chamado V. Ex.a ontem para organizar o novo gabinete, não se jurou outra cousa. As combinações variavam, mas o meu nome figurava em todas elas. É que ninguém ignorava as finezas de V. Ex.a para comigo, os bilhetes em que me louvava, os seus reiterados convites, etc. Confesso a V. Ex.a que acompanhei a opinião geral.

A opinião enganou-se, eu enganei-me; o ministério está organizado sem mim. Considero esta exclusão um desdouro irreparável, e determinei deixar a cadeira de deputado a algum mais capaz, e, principalmente, mais dócil. Não será difícil a V. Ex.a achá-lo entre os seus numerosos admiradores. Sou, com elevada estima e consideração.

De V. Ex.a desobrigado amigo,

BROTERO.

Os verdadeiros políticos dirão que esta carta é só verossímil no despeito, e inverossímil na resolução. Mas os verdadeiros políticos ignoram duas cousas, penso eu. Ignoram Boileau, que nos adverte da possível inverossimilhança da verdade, em matérias de arte, e a política, segundo a definiu um padre da nossa língua, é a arte das artes; e ignoram que um outro golpe feria a alma do Brotero naquela ocasião. Se a exclusão do ministério não bastava a explicar a renúncia da cadeira, outra perda a ajudava. Já têm notícia do desastre político; sabem que houve crise ministerial que o conselheiro *** recebeu do Imperador o encargo de organizar um gabinete, e que a diligência de um certo B . . . conseguiu meter nele um certo C..-A pasta deste foi justamente a de estrangeiros, e o fim secreto da diligência era dar um lugar na galeria do Estado à viúva Pedroso. Esta senhora, não menos gentil que abastada, elegera dias antes para seu marido o recente ministro. Tudo isso iria menos mal, se o Brotero não cobiçasse ambas as fortunas, a pasta e a viúva; mas, cobiçá-las, cortejá-las e perdê-las, sem que ao menos uma viesse consolá-lo, da perda da outra,

the ministry, since I was already serving my country. Your Excellency replied, "It is a nice thought, but the talented ones wish to be in the ministry."

In the House, given the position I was already acquiring and the distinctions which I was due, it was said and it was believed that I would become minister at the first opportunity; and, upon Your Excellency being called yesterday to organize a new cabinet, nothing else was sworn. The agreements varied, but my name appeared on all of them. It is that no one was unaware of Your Excellency's attentiveness towards me, the notes in which you lauded me, your repeated invitations, etc.

I confess to Your Excellency that I followed the general opinion.

The opinion deceived itself, I deceived myself; the ministry has been organized without me. I consider this exclusion an irreparable tarnish, and I decided to leave the seat of representative to someone more capable, and, mainly, more docile. It will not be difficult for Your Excellency to find someone among your numerous admirers. I am, with high esteem and consideration of you, dear sir, your relieved friend,

BROTERO.

The true politicians will say that this letter appears to be the truth only in spite, and unlike the truth in resolution. But the true politicians are ignorant of two factors, I think. They are ignorant of Boileau, who warns us of the possible lack of similarity to the truth, in matters of art, and politics, according to how a priest of our language defined it, is the art of arts; and they are unaware that another blow hurt Brotero's soul on that occasion. If the exclusion from the ministry were not enough to explain his resignation of the seat, another loss would help. They already had news of the political disaster; they knew that there was a ministerial crisis, that the counselor *** received from the Emperor the duty of organizing a cabinet, and that the diligence of a certain B… managed to put a certain C… in the cabi-

digam-me francamente se não era bastante a explicar a renúncia do nosso amigo?

Brotero releu a carta, dobrou-a, encapou-a, sobrescritou-a; depois atirou-a a um lado, para remetê-la no dia seguinte. O destino lançara os dados. César transpunha o Rubicão, mas em sentido inverso. Que fique Roma com os seus novos cônsules e patrícias ricas e volúveis! Ele volve à região dos obscuros; não quer gastar o aço em pelejas de aparato, sem utilidade nem grandeza. Reclinou-se na cadeira e fechou o rosto na mão. Tinha os olhos vermelhos quando se levantou; e levantou-se porque ouviu bater quatro horas, e recomeçar a procissão dos relógios, a cruel e implicante monotonia das pêndulas. Uma, duas, três, quatro . . .

Não tinha sono, não tentou sequer meter-se na cama. Entrou a andar de um lado para outro, passeando, planeando, relembrando. De memória em memória, reconstruiu as ilusões de outro tempo, comparou-as com as sensações de hoje, e achou-se roubado. Voluptuoso até na dor, mirou afincadamente essas ilusões perdidas, como uma velha contempla as suas fotografias da mocidade. Lembrou-se de um amigo que lhe dizia que, em todas as dificuldades da vida, olhasse para o futuro. Que futuro? Ele não via nada. E foi-se achegando da secretária, onde tinha guardadas as cartas dos amigos, dos amores, dos correligionários políticos, todas as cartas. Já agora não podia conciliar o sono; ia reler esses papéis velhos. Não se relêem livros antigos?

Abriu a gaveta; tirou dois ou três maços e desatou-os. Muitas das cartas estavam encardidas do tempo. Posto nem todos os signatários houvessem morrido, o aspecto geral era de cemitério; donde se pode inferir que, em certo sentido, estavam mortos e enterrados. E ele começou a relê-las, uma a uma, as de dez páginas e os simples bilhetes, mergulhando nesse mar morto de recordações apagadas, negócios pessoais ou públicos, um espetáculo, um baile, dinheiro emprestado, uma intriga, um livro novo, um discurso, uma tolice, uma confidência amorosa. Uma das cartas, assinada Vasconcelos, fê-lo estremecer:

A L. . a, dizia a carta, chegou a S. Paulo, anteontem. Custou-me muito e muito obter as tuas cartas, mas alcancei-as, e daqui a uma semana

net – This position was precisely the one of foreign affairs, and the secret objective of the diligence was to give a place in the State Gallery to the widow Pedroso. This lady, as kind as she is affluent, had been selected days before for the place of her husband, the recent minister. All of this would have been less bad if Brotero had not coveted both fortunes, the position and the widow; but, coveting them, courting them and losing them, unless at least one had come to console him from the loss of the other, tell me frankly, was it not enough to explain the resignation of our friend?

Brotero reread the letter, folded it, wrapped it, prepared the envelope; then he flung it to one side to mail the following day. Fate had rolled the dice. Caesar crossed the Rubicon, but in the wrong direction. Let Rome stay with its new magistrates and its rich and volatile patricians! He returns to the region of the obscure; he does not want to waste steel in battles of display, without utility nor grandness. He reclined in the chair and closed his face in his hand. He had red eyes when he got up; and he got up because he heard the clock strike four, and the procession of the clocks restarting, the cruel and implicative monotony of the pendulums. One, two, three, four…

He was not tired; he did not even try to settle into bed. He began to walk from one side to the other, strolling, planning, reminiscing. From memory to memory, he reconstructed the illusions of another time, he compared them with today's sensations, and found them stolen. Voluptuous even in pain, he looked stubbornly at these lost illusions, as an old lady contemplates the photographs of her youth. He remembered a friend who told him to, in all the difficulties of life, look towards the future. What future? He saw nothing. And he was approaching the secretary, where he had kept letters from friends, from lovers, from political affiliates, all his letters. He could no longer reconcile his sleepiness; he was going to reread these old papers. Are ancient books not reread?

He opened the drawer; he took out two or three bundles and untied them. Many of the letters were soiled from time. Although not all of the signatories had died, the general aspect was of a cemetery, where it can be inferred that, in a certain sense, they were dead or buried. And he started

estarão contigo; levo-as eu mesmo. Quanto ao que me dizes na tua de H . . . estimo que tenhas perdido a tal idéia fúnebre; era um despropósito. Conversaremos à vista.

Esse simples trecho trouxe-lhe uma penca de lembranças. Brotero atirou-se a ler todas as cartas do Vasconcelos. Era um companheiro dos primeiros anos, que naquele tempo cursava a academia, e agora estava de presidente no Piauí. Uma das cartas, muito anterior àquela, dizia-lhe:

Com que então a L . . . a agarrou-te deveras? Não faz mal; é boa moça e sossegada. E bonita, maganão! Quanto ao que me dizes do Chico Sousa, não acho que devas ter nenhum escrúpulo; vocês não são amigos; dão-se. E depois, não há adultério. Ele devia saber que quem edifica em terreno devoluto . . .

Treze dias depois:

Está bom, retiro a expressão terreno devoluto; direi terreno que, por direito divino, humano e diabólico, pertence ao meu amigo Brotero. Estás satisfeito?

Outra, no fim de duas semanas:

Dou-te a minha palavra de honra que não há no que disse a menor falta de respeito aos teus sentimentos; gracejei, por supor que a tua paixão não era tão séria. O dito por não dito. Custa pouco mudar de estilo, e custa muito perder um amigo, como tu . . .

Quatro ou cinco cartas referiam-se às suas efusões amorosas. Nesse intervalo o Chico Sousa farejou a aventura e deixou a L . . . a; e o nosso amigo narrou o lance ao Vasconcelos, contente de a possuir sozinho. O Vasconcelos felicitou-o, mas fez-lhe um reparo.

. . . Acho-te exigente e transcendente. A cousa mais natural do mundo é que essa moça, perdendo um homem a quem devia atenções e que lhe dera certo relevo, recebesse com alguma dor o golpe. Saudade, infidelidade, dizes tu. Realmente, é demais. Isso não prova senão que ela sabe ser grata aos benefícios recebidos. Quanto à ordem que lhe deste de não ficar com um só traste, uma só cadeira, um pente, nada do que foi do outro, acho que não a entendi bem. Dizes-me que o fizeste por um sentimento de

to reread them, one by one, those of ten pages and the simple note, diving into this dead sea of erased recollections, personal or public business, a spectacle, a dance, a loan, a scheme, a new book, a speech, a trifle, a loving confidence. One of the letters, signed Vasconcelos, made him tremble:

"L....a, said the letter, arrived in S. Paulo the day before yesterday. It was quite difficult for me to obtain your letters, but I attained them, and they will be with you in a week. I carry them myself. As for what you tell me of H... in yours I reckon that you have abandoned that funereal idea; it was preposterous. We will discuss this in person."

This simple passage brought him a bunch of memories. Brotero threw himself into reading all of Vasconcelos' letters. He was a companion from the earliest years, who in that time attended the academy, and now was governor in Piauí. One of the letters, much before that one, told him:

"So then did L...a truly grasp you? It is not a problem; she is a good girl and quiet. And pretty, you scoundrel! As for what you tell me about Chico Sousa, I do not think that you should have any scruples; you two are not friends, so just get along. And then, there is no adultery. He should have known that he who builds in vacant land..."

Thirteen days later:

"All right, I take back the expression vacant land; I will say land that, by divine right, human and diabolic, belongs to my friend Brotero. Are you satisfied?"

Another, at the end of two weeks:

"I give you my word of honor that there is not the slightest lack of respect for your feelings in what I said; I joked, supposing that your passion was not so serious. The said for the unsaid. It costs little to change style, and it costs a lot to lose a friend, like you..."

Four or five letters referred to his amorous effusions. In that interval, Chico Sousa got wind of the adventure and left L...a; and our friend narrated the incident to Vasconcelos, pleased to alone possess her. Vasconcelos congratulated him, but it made him remark:

"... I find you demanding and transcendent. The most natural thing in the world is that this girl, losing a man to whom she owed attention and

dignidade; acredito. Mas não será também um pouco de ciúme retrospectivo? Creio que sim. Se a saudade é uma infidelidade, o leque é um beijo; e tu não queres beijos nem saudades em casa. São maneiras de ver . . .

Brotero ia assim relendo a aventura, um capítulo inteiro da vida não muito longo, é verdade, mas cálido e vivo. As cartas abrangiam um período de dez meses; desde o sexto mês começaram os arrufos, as crises, as ameaças de separação. Ele era ciumento; ela professava o aforismo de que o ciúme significa falta de confiança; chegava mesmo a repetir esta sentença vulgar e enigmática: "zelos, sim, ciúmes, nunca". E dava de ombros, quando o amante mostrava uma suspeita qualquer, ou lhe fazia alguma exigência. Então ele excedia-se; e aí vinham as cenas de irritação, de reproches, de ameaças, e por fim de lágrimas. Brotero às vezes deixava a casa, jurando não voltar mais; e voltava logo no dia seguinte, contrito e manso. Vasconcelos reprimia-o de longe; e, em relação às deixadas e tornadas, dizia-lhe uma vez:

Má política, Brotero; ou lê o livro até o fim, ou fecha-o de uma vez; abri-lo e fechá-lo, fechá-lo e abri-lo é mau, porque traz sempre a necessidade de reler o capítulo anterior para ligar o sentido, e livros relidos são livros eternos.

A isto respondia o Brotero que sim, que ele tinha razão, que ia emendar-se de uma vez, tanto mais que agora viviam como os anjos no céu.

Os anjos dissolveram a sociedade. Parece que o anjo L. . .a, exausto da perpétua antífona, ouviu cantar Dáfnis e Cloé, cá embaixo, e desceu a ver o que é que podiam dizer tão melodiosamente as duas criaturas. Dáfnis vestia então uma casaca e uma comenda, administrava um banco, e pintava-se; o anjo repetiu-lhe a lição de Cloé; adivinha-se o resto. As cartas de Vasconcelos neste período eram de consolação e filosofia. Brotero lembrou-se de tudo o que padeceu, das imprudências que praticou, dos desvarios, que lhe trouxe aquela evasão de uma mulher, que realmente o tinha nas mãos. Tudo empregara para reavê-la e tudo falhara. Quis ver as cartas que lhe escreveu por este tempo, e que o Vasconcelos, mais tarde, pôde alcançar dela em S. Paulo e foi à gaveta onde as guardara com as outras. Era um maço atado com fita preta. Brotero sorriu da fita preta;

who had given her certain importance, received the blow with some pain. Nostalgic longing, infidelity, you say. Actually, it is too much. This does not prove anything except that she knows to be grateful for the benefits received. In terms of the order that you gave her of not staying with a single rag, a single chair, a comb, nothing that was from the other man, I think that I did not understand it well. You tell me that you did it for a feeling of dignity; I believe it. But is it not also a little retrospective jealously? I believe so. If longing is an infidelity, the fan is a kiss; and you do not want kisses or longings at home. They are ways of seeing…"

Brotero was thus rereading the adventure, an entire chapter of life - not very long, it is true, but ardent and lively. The letters spanned a period of ten months; in the sixth month the lovers' quarrels, the crises, the threats of separation started. He was jealous; she professed the aphorism that jealously means a lack of trust; she even began to repeat this vulgar and enigmatic phrase: "interests, yes; jealousies, never." And she shrugged her shoulders, when the lover showed any suspicions, or made some demand of her. Then he went too far; and there came the scenes of irritation, reproaches, threats, and finally tears. Brotero at times left the house, swearing to never again return. He returned later the following day, contrite and tame. Vasconcelos reprimanded him from afar; and, with regards to the departures and returns, he once told him:

"Bad policy, Brotero; either read the book to the end or close it at once. Opening and closing it, closing and opening it, is bad because it always brings the necessity of rereading the previous chapter in order to fix the meaning, and reread books are eternal."

To this Brotero responded that yes, that he was right, that he was going to repent at once, so much that now they lived as angels in heaven.

The angels dissolved society. It seems that the angel L…a, exhausted from perpetual antiphony, heard Daphnis and Chloe singing, there below, and descended to see what it was that the two creatures could say so melodiously. Daphnis at that time wore a tailcoat and a commander's insignia, managed a bank, and used rouge; the angel repeated to him the lesson of Chloe. Guess the rest.

deslaçou o maço e abriu as cartas. Não saltou nada, data ou vírgula; leu tudo, explicações, imprecações, súplicas, promessas de amor e paz, uma fraseologia incoerente e humilhante. Nada faltava a essas cartas; lá estava o infinito, o abismo, o eterno. Um dos eternos, escrito na dobra do papel, não se chegava a ler, mas supunha-se. A frase era esta: "Um só minuto do teu amor, e estou pronto a padecer um suplício et . . . " Uma traça bifara o resto da palavra; comeu o eterno e deixou o minuto. Não se pode saber a que atribuir essa preferência, se à voracidade, se à filosofia das traças. A primeira causa é mais provável; ninguém ignora que as traças comem muito.

A última carta falava de suicídio. Brotero, ao reler esse tópico, sentiu uma cousa indefinível, chamemos-lhe o "calafrio do ridículo evitado". Realmente se ele se houvesse eliminado, não teria o presente desgosto político e pessoal; mas o que não diriam dele nos pasmatórios da Rua do Ouvidor, nas conversações à mesa? Viria tudo à rua, viria mais alguma cousa; chamar-lhe-iam frouxo, insensato, libidinoso, e depois falariam de outro assunto, uma ópera, por exemplo.

— Uma, duas, três, quatro, cinco principiaram a dizer os relógios.

Brotero recolheu as cartas, fechou-as uma a uma, emaçou-as, atou-as e meteu-as na gaveta. Enquanto fazia esse trabalho, e ainda alguns minutos depois, deu-se a um esforço interessante: reaver a sensação perdida. Tinha recomposto mentalmente o episódio, queria agora recompô-lo cordialmente; e o fim não era outro senão cotejar o efeito e a causa, e saber se a idéia do suicídio tinha sido um produto natural da crise. Logicamente, assim era; mas Brotero não queria julgar através do raciocínio e sim da sensação.

Imaginai um soldado a quem uma bala levasse o nariz, e que, acabada a batalha, fosse procurar no campo o desgraçado apêndice. Suponhamos que o acha entre um grupo de braços e pernas; pega dele, levanta-o entre os dedos, – mira-o, examina-o, é o seu próprio . . . Mas é um nariz ou um cadáver de nariz? Se o dono lhe puser diante os mais finos perfumes da Arábia, receberá em si mesmo a sensação do aroma? Não: esse cadáver de nariz nunca mais lhe transmitirá nenhum cheiro bom ou mau; pode

The letters from Vasconcelos in this period were of consolation and philosophy. Brotero remembered everything that he suffered, the imprudent acts that he practiced, the derangements that brought him that evasion of a woman who truly had him in her hands. Everything had been employed in order to get her back and everything had failed. He wanted to see letters that he wrote to her around this time, and that Vasconcelos, later, could obtain from her in S. Paulo and went to the drawer where he had kept them with the others. It was a bundle tied with a black ribbon. Brotero smiled at the black ribbon; he untied the bundle and opened the letters. He skipped over nothing, not even a date or a comma; he read everything, explications, imprecations, supplications, promises of love and peace, an incoherent and humble phraseology. These letters lacked nothing; there was the infinite, the abyss, the eternal. One of the eternals, written on the paper fold, he was not able to read, but it would be supposed. The sentence was this: "A single minute of your love, and I am ready to endure torment fo…" A bookworm had pilfered the rest of the word; it ate the forever and left the minute. It cannot be known to what to attribute that preference, whether to voracity or to the philosophy of bookworms. The first cause is more probable; everyone knows that bookworms eat a lot.

The last letter talked of suicide. Brotero, upon rereading this topic, felt something indefinable, let's call it the "shivers of the spared ridicule." Truly if he had eliminated himself, he would not have the present political and personal displeasure; but what would they not say about him in the passageways of Rua do Ouvidor, at table conversations? It would all come to the street, yet another thing would come; they would call him feeble, unreasonable, libidinous, and later they would talk of another topic, the opera for instance.

One, two, three, four, five o'clock, the clocks began saying.

Brotero gathered the letters, closed them one by one, bundled them, tied them and placed them in the drawer. While he was doing this work, and even a few minutes later, he agreed to an interesting effort: to recover the lost sensation. Having already mentally recomposed the episode, he now wanted to recompose it cordially; and the purpose was nothing other

levá-lo para casa, preservá-lo, embalsamá-lo; é o mesmo. A própria ação de assoar o nariz, embora ele a veja e compreenda nos outros, nunca mais há de podê-la compreender em si, não chegará a reconhecer que efeito lhe causava o contacto da ponta do nariz com o lenço. Racionalmente, sabe o que é; sensorialmente, não saberá mais nada.

"Nunca mais? pensou o Brotero. . . Nunca mais poderei . . ."

Não podendo obter a sensação extinta, cogitou se não aconteceria o mesmo à sensação presente, isto é, se a crise política e pessoal, tão dura de roer agora, não teria algum dia tanto valor como os velhos diários, em que se houvesse dado a notícia do novo gabinete e do casamento da viúva. Brotero acreditou que sim. Já então a arraiada vinha clareando o céu. Brotero ergueu-se; pegou da carta que escrevera ao presidente do conselho, e chegou-a à vela; mas recuou a tempo.

"Não, disse ele consigo; juntemo-la aos outros papéis velhos; inda há de ser um nariz cortado."

than to compare the effect and the cause, and knowing whether the idea of suicide had been a natural product of the crisis. Logically, it was like this, but Brotero did not want to judge from reason but from feeling.

Imagine a soldier who had a bullet take off his nose, and who, the battle finished, went searching in the field for the unfortunate appendage. Let's suppose that he finds it among a group of arms and legs; he grabs hold of it, raises it between his fingers – he looks at it, examines it, it is his own... But is it a nose or is it a cadaver of a nose? If the owner places it before the finest perfumes from Arabia, will he receive the sensation of aroma himself? No: that cadaver of a nose will never again transmit any good or bad smells to him; he can carry it home, preserve it, embalm it; it is the same. The very action of blowing one's nose, although he sees it and understands it in others, never again will he be able to understand in himself; he will not begin to recognize what effect caused the contact of the tip of the nose with the handkerchief.

Rationally, he knows what it is; sensorially, he will not know anything else.

"Never again?" thought Brotero... "Never again will I be able to..."

Not being able to obtain the extinct sensation, he pondered whether the same thing would not happen to the present sensation, that is, whether the political and personal crisis, so hard to swallow right now, would not someday have as much value as the old newspapers that had told of the new cabinet and the marriage of the widow. Brotero believed so. Already dawn came brightening the sky. Brotero rose; he took hold of the letter that he had written the president of the council, and moved it towards the candle; but he pulled it back in time.

"No," he said to himself, "We will include it with the other old papers; still, there has to be a cut nose."

Um Capitão de Voluntários

by Machado de Assis
from *Relíquias de Casa Velha*, 1906

Indo a embarcar para a Europa, logo depois da proclamação da República, Simão de Castro fez inventário das cartas e apontamentos; rasgou tudo. Só lhe ficou a narração que ides ler; entregou-a a um amigo para imprimi-la quando ele estivesse barra fora. O amigo não cumpriu a recomendação por achar na história alguma cousa que podia ser penosa, e assim lho disse em carta. Simão respondeu que estava por tudo o que quisesse; não tendo vaidades literárias, pouco se lhe dava de vir ou não a público. Agora que os dous faleceram, e não há igual escrúpulo, dá-se o manuscrito ao prelo.

Éramos dous, elas duas. Os dous íamos ali por visita, costume, desfastio, e finalmente por amizade. Fiquei amigo do dono da casa, ele meu amigo. As tardes, sobre o jantar, – jantava-se cedo em 1866, – ia ali fumar um charuto. O sol ainda entrava pela janela, onde se via um morro com casas em cima. A janela oposta dava para o mar. Não digo a rua nem o bairro; a cidade posso dizer que era o Rio de Janeiro. Ocultarei o nome

Rex P. Nielson

A Captain of Volunteers

translated by Rex P. Nielson

Leaving to embark for Europe, soon after the proclamation of the Republic, Simão de Castro made an inventory of his letters and appointments, then tore them up, leaving only the narrative you are about to read. He delivered it to a friend to publish after he had set sail. The friend ignored the instructions, believing that there was something painful in the story, and he said so in a letter. Simão responded that he could do whatever he wished; having no vain literary ambitions, he cared little whether or not the text came to light. Now that both have passed away and there is no need for qualms, the manuscript goes to press.

There were two of us, and the two women. My friend and I went there as visitors, out of habit, cheerfulness, and finally friendship. I became friends with the owner of the home. In the afternoons, over dinner—we dined early in 1866—I would go there to smoke a cigar. Sunlight still entered through the window, from which one could view a hill with houses on top. The opposite window opened to the sea. I cannot reveal the street nor the neighborhood; the city I can say was Rio de Janeiro. I will hide

do meu amigo, ponhamos uma letra, X . . . Ela, uma delas, chamava-se Maria.

Quando eu entrava, já ele estava na cadeira de balanço. Os móveis da sala eram poucos, os ornatos raros, tudo simples. X . . . estendia-me a mão larga e forte; eu ia sentar-me ao pé da janela, olho na sala, olho na rua. Maria, ou já estava ou vinha de dentro. Éramos nada um para o outro; ligava-nos unicamente a afeição de X . . . Conversávamos; eu saía para casa ou ia passear, eles ficavam e iam dormir. Algumas vezes jogávamos cartas, às noites, e, para o fim do tempo, era ali que eu passava a maior parte destas.

Tudo em X . . . me dominava. A figura primeiro. Ele robusto, eu franzino; a minha graça feminina, débil, desaparecia ao pé do garbo varonil dele, dos seus ombros largos, cadeiras largas, jarrete forte e o pé sólido que, andando, batia rijo no chão. Dai-me um bigode escasso e fino; vede nele as suíças longas, espessas e encaracoladas, e um dos seus gestos habituais, pensando ou escutando, era passar os dedos por elas, encaracolando-as sempre. Os olhos completavam a figura, não só por serem grandes e belos, mas porque riam mais e melhor que a boca. Depois da figura, a idade; X . . . era homem de quarenta anos, eu não passava dos vinte e quatro. Depois da idade, a vida; ele vivera muito, em outro meio, donde saíra a encafuar-se naquela casa, com aquela senhora, eu não vivera nada nem com pessoa alguma. Enfim, – e este rasgo é capital, – havia nele uma fibra castelhana, uma gota do sangue que circula nas páginas de Calderón, uma atitude moral que posso comparar, sem depressão nem riso, à do herói de Cervantes.

Como se tinham amado? Datava de longe. Maria contava já vinte e sete anos, e parecia haver recebido alguma educação. Ouvi que o primeiro encontro fora em um baile de máscaras, no antigo Teatro Provisório. Ela trajava uma saia curta, e dançava ao som de um pandeiro. Tinha os pés admiráveis, e foram eles ou o seu destino a causa do amor de X . . . Nunca lhe perguntei a origem da aliança; sei só que ela tinha uma filha, que estava no colégio e não vinha à casa; a mãe é que ia vê-la. Verdadeiramente

the name of my friend, let us call him by a letter, X. She, one of the two women, was named Maria.

When I entered, he was already seated in a rocking chair. The furniture of the room was sparse, the decorations few, everything simple. X offered me his large and strong hand; I went to sit by the window with one eye on the room and the other on the street. Maria either was already there or would come in from another room. We were nothing to each other, connected solely by our affection for X. We would talk; then I would leave to go home or to go out for a stroll, and they would stay and retire to sleep. Sometimes we played cards, at night, and over time it was there that I would spend most evenings.

Everything about X captivated me. First, his figure. He was robust; I was slight of build; my feminine air, feeble, disappeared in the shadow of his virile bearing, his broad shoulders, broad backside, strong thighs, and solid foot, which, when walking, firmly clipped along the ground. My mustache was fine and thin; see his wide Swiss hairs, thick and curled, and one of his frequent gestures, when thinking or listening, was to stroke his fingers over his mustache, twirling the hairs. The eyes completed his figure, not only because they were large and beautiful, but because they laughed more and better than his mouth. After his figure, his age. X was a man of forty years; I was no more than twenty-four. After his age, his life; he had lived much, in another milieu, which he had left to hide himself in that house with that woman. I had experienced nothing, not with anyone. In sum—and this dash is crucial—there was in him a Castilian fiber, a drop of blood that circulates in the pages of Calderón, a moral attitude that I might compare, without depression or smiles, to that of Cervantes' famous hero.

How had they fallen in love? It had happened much earlier. Maria was twenty-seven, and seemed to have received some education. I heard that their first encounter was at a masquerade ball, in the old Provisório Theater. She wore a short skirt and danced to the rhythm of the tambourine. She had admirable feet, and either they or her destiny was the cause of X's love. I never asked her about the origin of their union; I only know that she had a daughter, who was away at boarding school and who didn't

as nossas relações eram respeitosas, e o respeito ia ao ponto de aceitar a situação sem a examinar.

Quando comecei a ir ali, não tinha ainda o emprego no banco. Só dous ou três meses depois é que entrei para este, e não interrompi as relações. Maria tocava piano; às vezes, ela e a amiga Raimunda conseguiam arrastar X . . . ao teatro; eu ia com eles. No fim, tomávamos chá em sala particular, e, uma ou outra vez, se havia lua, acabávamos a noite indo de carro a Botafogo.

A estas festas não ia Barreto, que só mais tarde começou a freqüentar a casa. Entretanto, era bom companheiro, alegre e rumoroso. Uma noite, como saíssemos de lá, encaminhou a conversa para as duas mulheres, e convidou-me a namorá-las.

— Tu escolhes uma, Simão, eu outra. Estremeci e parei.

— Ou antes, eu já escolhi, continuou ele, escolhi a Raimunda. Gosto muito da Raimunda. Tu, escolhe a outra.

— A Maria?

— Pois que outra há de ser?

O alvoroço que me deu este tentador foi tal que não achei palavra de recusa, nem palavra nem gesto. Tudo me pareceu natural e necessário. Sim, concordei em escolher Maria; era mais velha que eu três anos, mas tinha a idade conveniente para ensinar-me a amar. Está dito, Maria. Deitamo-nos às duas conquistas com ardor e tenacidade. Barreto não tinha que vencer muito; a eleita dele não trazia amores, mas até pouco antes padecera de uns que rompera contra a vontade, indo o amante casar com uma moça de Minas. Depressa se deixou consolar. Barreto um dia, estando eu a almoçar, veio anunciar-me que recebera uma carta dela, e mostrou-ma.

— Estão entendidos? – Estamos. E vocês? – Eu não.

— Então quando?

— Deixa ver, eu te digo.

come home; her mother went there to see her. Truly our interactions were respectful, and my respect extended to the point of accepting the situation without question.

When I began visiting regularly, I did not yet work at the bank. It was only two or three months afterwards that I began my employment, and this didn't interrupt our relations. Maria played the piano; sometimes, she and her friend Raimunda would succeed in dragging X off to the theater; and I would go with them. Afterwards, we would drink tea in a private salon, and, now and then, if the moon was out, we would end the night going by carriage to Botafogo.

Barreto did not participate in these festivities, but only later began frequenting the house. Nevertheless, he was a good companion, jovial and boisterous. One evening, as we were leaving, the conversation turned to the two women, and he invited me to court them.

"You choose one, Simão, and I'll take the other."

I winced and stopped.

"That is, I've already chosen," he continued; "I pick Raimunda. I really like Raimunda. You pick the other."

"Maria?"

"Who else is there?"

The excitement this tempter caused me was such that I could find no word for refusal, no word, no gesture. It all seemed natural and necessary. Yes, I agreed to choose Maria; she was older than me by three years, but was conveniently old enough to instruct me in the arts of love. It's settled, Maria. We threw ourselves to the task with ardor and tenacity. Barreto had little to overcome; his lady elect nurtured no paramours, though recently she had suffered at the hands of a lover who had broken away against her will, proceeding to marry a young woman from Minas. She easily allowed herself to be consoled. One day over lunch, Barreto announced that he had received a letter from her, and he showed it to me.

"So you have an understanding?"

"We do. And you?"

"I don't."

Naquele dia fiquei meio vexado. Com efeito, apesar da melhor vontade deste mundo, não me atrevia a dizer a Maria os meus sentimentos. Não suponhas que era nenhuma paixão. Não tinha paixão, mas curiosidade. Quando a via esbelta e fresca, toda calor e vida, sentia-me tomado de uma força nova e misteriosa; mas, por um lado, não amara nunca, e, por outro, Maria era a companheira de meu amigo. Digo isto, não para explicar escrúpulos, mas unicamente para fazer compreender o meu acanhamento. Viviam juntos desde alguns anos, um para o outro. X . . . tinha confiança em mim, confiança absoluta, comunicava-me os seus negócios, contava-me cousas da vida passada. Apesar da desproporção da idade, éramos como estudantes do mesmo ano.

Como entrasse a pensar mais constantemente em Maria, é provável que por algum gesto lhe houvesse descoberto o meu recente estado, certo é que, um dia, ao apertar-lhe a mão, senti que os dedos dela se demoravam mais entre os meus. Dous dias depois, indo ao correio, encontrei-a selando uma carta para a Bahia. Ainda não disse que era baiana? Era baiana. Ela é que me viu primeiro e me falou. Ajudei-lhe a pôr o selo e despedimo- nos. À porta ia a dizer alguma cousa, quando vi ante nós, parada, a figura de X . . .

— Vim trazer a carta para mamãe, apressou-se ela em dizer.

Despediu-se de nós e foi para casa; ele e eu tomamos outro rumo. X . . . aproveitou a ocasião para fazer muitos elogios de Maria. Sem entrar em minudências acerca da origem das relações, assegurou-me que fora uma grande paixão igual em ambos, e concluiu que tinha a vida feita.

— Já agora não me caso; vivo maritalmente com ela, morrerei com ela. Tenho uma só pena, é ser obrigado a viver separado de minha mãe. Minha mãe sabe, disse-me ele parando. E continuou andando: sabe, e até já me fez uma alusão muito vaga e remota, mas que eu percebi. Consta-me que não desaprova; sabe que Maria é séria e boa, e uma vez que eu seja feliz, não exige mais nada. O casamento não me daria mais que isto . . .

Disse muitas outras cousas, que eu fui ouvindo sem saber de mim; o coração batia-me rijo, e as pernas andavam frouxas. Não atinava com

"Well, when?"

"Give me time; I'll tell you."

That day I felt somewhat perturbed. In effect, despite the most willing spirit in the world, I dared not express my feelings to Maria. Do not suppose there was a lack of passion. It wasn't passion, but curiosity. When I saw her handsome and fresh figure, all warmth and life, I felt moved by a new and mysterious force; but, on one hand, I had never before loved, and on the other, Maria was my friend's companion. I say this not to explain my qualms, but only to help you understand my timidity. They had lived together for some years, one dedicated to the other. X trusted me, absolute trust, he confided in me about his dealings, revealed things about his past life. Despite our age difference, we were like students in the same class.

As I began thinking more constantly about Maria, it is probable that she perceived some indication of my newfound state of mind; what is certain is that, one day, as she greeted me, I felt her fingers linger a moment longer between mine. Two days later, on my way to the post office, I met her sending a letter to Bahia. Have I not yet mentioned she was *baiana*? She was *baiana*. She saw me first and spoke. I helped her put on the stamp and we said farewell. At the door, I intended to say something else, when I saw before us, stopped, the figure of X.

"I came to send mother's letter," she hastily offered.

She said goodbye to us, and left for home; he and I headed in another direction. X took advantage of the occasion to compliment Maria. Without going into detail about the origin of their relations, he assured me that they had equally shared a deep passion, and he concluded that he was set for life.

"At this point, I won't marry; I live with her, and I will die with her." I have only one regret; it is that I am obliged to live apart from my mother. My mother knows, he said stopping. And then continuing to walk … she knows, and she has even made vague and remote allusions, but I noticed. That fact is she does not disapprove; she knows that Maria is serious and good, and seeing that I am happy, she asks for nothing more. Marriage would not give me more than this …

resposta idônea; alguma palavra que soltava, saía-me engasgada. Ao cabo de algum tempo, ele notou o meu estado e interpretou-o erradamente; supôs que as suas confidências me aborreciam, e disse-mo rindo. Contestei sério:

— Ao contrário, ouço com interesse, e trata-se de pessoas de toda a consideração e respeito.

Penso agora que cedia inconscientemente a uma necessidade de hipocrisia. A idade das paixões é confusa, e naquela situação não posso discernir bem os sentimentos e suas causas. Entretanto, não é fora de propósito que buscasse dissipar no ânimo de X . . . qualquer possível desconfiança. A verdade é que ele me ouviu agradecido. Os seus grandes olhos de criança envolveram-me todo, e quando nos despedimos, apertou-me a mão com energia. Creio até que lhe ouvi dizer: "Obrigado!"

Não me separei dele aterrado, nem ferido de remorsos prévios. A primeira impressão da confidência esvaiu-se, ficou só a confidência, e senti crescer-me o alvoroço da curiosidade. X . . . falara-me de Maria como de pessoa casta e conjugal; nenhuma alusão às suas prendas físicas, mas a minha idade dispensava qualquer referência direta. Agora, na rua, via de cor a figura da moça, os seus gestos igualmente lânguidos e robustos, e cada vez me sentia mais fora de mim. Em casa escrevi-lhe uma carta longa e difusa, que rasguei meia hora depois, e fui jantar. Sobre o jantar fui à casa de X . . .

Eram ave-marias. Ele estava na cadeira de balanço, eu sentei-me no lugar do costume, olho na sala, olho no morro. Maria apareceu tarde, depois das horas, e tão anojada que não tomou parte na conversação. Sentou-se e cochilou; depois tocou um pouco de piano e saiu da sala.

— Maria acordou hoje com a mania de colher donativos para a guerra, disse-me ele. Já lhe fiz notar que nem todos quererão parecer que . . . Você sabe . . . A posição dela . . . Felizmente, a idéia há de passar; tem dessas fantasias . . .

— E por que não?

He said many other things, which I heard without taking notice; my heart beat swiftly, my legs moved feebly. I struggled to respond suitably; the odd word I managed to speak, left me choked. After a time, he noticed my state of being and misinterpreted the cause; he supposed that his confidings bored me. I responded, serious:

"To the contrary, I am listening with interest, and you are speaking of people to whom I give all my consideration and respect."

In hindsight, I believe I unconsciously gave into a necessary hypocrisy. The age of passions is confusing, and in that situation I cannot discern well between feelings and their causes. Still, it is not beside the point that I sought to dispel any possible suspicion in X's mood. The truth is that he listened to me, appreciative. His large childlike eyes enveloped me, and when we said farewell, he shook my hand with energy. I believe I even heard him say: "Thank you!"

I did not leave panic-stricken or wounded by my earlier remorse. The first impression of confidence drained, leaving only confidence, and I felt the excitement of curiosity swelling within me. X had spoken to me of Maria, how chaste and committed she was; not one allusion to her physical gifts, but my age required no direct references. Now, in the street, I could see from memory her figure, her movements equally impassive and robust, and with each passing moment I felt more outside of myself. At home, I wrote her a long and rambling letter, which I tore up half an hour later, and then sat to eat. After dinner, I went to X's home.

It was the hour of Ave Maria.[1]He was in the rocking chair, and I sat in my usual place, eyeing the room, eyeing the hill outside. Maria came in late, after the hours had struck, and feeling so nauseated that she did not join the conversation. She sat and napped; later she played the piano a little and then left the room.

"Maria woke this morning with the idea of collecting donations for the war, he told me. I've already told her that not everyone will want to appear that … You know … Her position … Fortunately, the idea will pass; she has these fantasies …"

[1] Churches often play *Ave Maria* from the belltower t 6:00 in the evening.

— Ora, porque não! E depois, a guerra do Paraguai, não digo que não seja como todas as guerras, mas, palavra, não me entusiasma. A princípio, sim, quando o López tomou o Marquês de Olinda, fiquei indignado; logo depois perdi a impressão, e agora, francamente, acho que tínhamos feito muito melhor se nos aliássemos ao López contra os argentinos.

— Eu não. Prefiro os argentinos.

— Também gosto deles, mas, no interesse da nossa gente, era melhor ficar com o López. – Não; olhe, eu estive quase a alistar-me como voluntário da pátria.

— Eu, nem que me fizessem coronel, não me alistava.

Ele disse não sei que mais. Eu, como tinha a orelha afiada, à escuta dos pés de Maria, não respondi logo, nem claro, nem seguido; fui engrolando alguma palavra e sempre à escuta. Mas o diabo da moça não vinha; imaginei que estariam arrufados. Enfim, propus cartas, podíamos jogar uma partida de voltarete.

— Podemos, disse ele.

Passamos ao gabinete. X . . . pôs as cartas na mesa e foi chamar a amiga. Dali ouvi algumas frases sussurradas, mas só estas me chegaram claras:

— Vem! é só meia hora.

— Que maçada! Estou doente.

Maria apareceu no gabinete, bocejando. Disse-me que era só meia hora; tinha dormido mal, doía-lhe a cabeça e contava deitar-se cedo. Sentou-se enfastiada, e começamos a partida. Eu arrependia-me de haver rasgado a carta; lembrava-me alguns trechos dela, que diriam bem o meu estado, com o calor necessário a persuadi-la. Se a tenho conservado, entregava-lhe agora; ela ia muita vez ao patamar da escada despedir-se de mim e fechar a cancela. Nessa ocasião podia dar-lha; era uma solução da minha crise.

Ao cabo de alguns minutos, X . . . levantou-se para ir buscar tabaco de uma caixa de folha-de-flandres, posta sobre a secretária. Maria fez então um gesto que não sei como diga nem pinte. Ergueu as cartas à altura

"And why not?"

"What, why not! And then, the Paraguayan War, I will not say that it will not be like every war, but, I swear, it does not excite me. At first, yes, when López took the *Marquês de Olinda* I was indignant; but the moment passed and now, frankly, I think it would have been better had we allied ourselves with López against the Argentines."

"I don't. I prefer the Argentines."

"I like them too, but, in the interest of our own people, it would have been better to join with López."

"No; look, I've nearly decided to enlist as a volunteer for the country."

"Me, not even if they made me a colonel would I enlist."

I can't recall what else he said. Because my ear was sharpened listening for Maria's steps, I did not respond immediately, nor clearly, nor right away; I continued to sputter in response though always listening. But where the devil was the girl? I imagined that they were in a spat. Finally, I suggested cards, we could play a game of *voltarete*.

"We could," he said.

We moved into the study. X laid the cards on the table and went to call his girlfriend. I could hear some whispered phrases, but the only thing I heard clearly was:

"Come in! Just for half an hour."

"What a nuisance! I'm not well."

Maria appeared in the study, yawning. She told me it was only for half an hour; she hadn't slept well, had a headache, and wanted to go to bed early. She sat down, annoyed, and we began the game. I was sorry I had torn up the letter; I could remember several passages from it, which could explain well my state of mind, along with the ardor necessary to persuade her. If I had kept it, I would have given it to her then; she frequently accompanied me to the stair landing to bid me farewell and lock the door. At this moment, I could have given her the letter; it was the solution to my agitation.

After a few minutes, X got up and went to find his tobacco tin, which was on top of the desk. In that moment Maria made a movement I cannot

dos olhos para os tapar, voltou-os para mim que lhe ficava à esquerda, e arregalou-os tanto e com tal fogo e atração, que não sei como não entrei por eles. Tudo foi rápido. Quando ele voltou fazendo um cigarro, Maria tinha as cartas embaixo dos olhos, abertas em leque, fitando-as como se calculasse. Eu devia estar trêmulo; não obstante, calculava também, com a diferença de não poder falar. Ela disse então com placidez uma das palavras do jogo, passo ou licença.

Jogamos cerca de uma hora. Maria, para o fim, cochilava literalmente, e foi o próprio X . . . que lhe disse que era melhor ir descansar. Despedi-me e passei ao corredor, onde tinha o chapéu e a bengala. Maria, à porta da sala, esperava que eu saísse e acompanhou-me até à cancela, para fechá-la. Antes que eu descesse, lançou-me um dos braços ao pescoço, chegou-me a si, colou-me os lábios nos lábios, onde eles me depositaram um beijo grande, rápido e surdo. Na mão senti alguma coisa.

— Boa noite, disse Maria fechando a cancela.

Não sei como não caí. Desci atordoado, com o beijo na boca, os olhos nos dela, e a mão apertando instintivamente um objeto. Cuidei de me pôr longe. Na primeira rua, corri a um lampião, para ver o que trazia. Era um cartão de loja de fazendas, um anúncio, com isto escrito nas costas, a lápis: "Espere-me amanhã, na ponte das barcas de Niterói, a uma hora da tarde".

O meu alvoroço foi tamanho que durante os primeiros minutos não soube absolutamente o que fiz. Em verdade, as emoções eram demasiado grandes e numerosas, e tão de perto seguidas que eu mal podia saber de mim. Andei até ao Largo de S. Francisco de Paula. Tornei a ler o cartão; arrepiei caminho, novamente parei, e uma patrulha que estava perto talvez desconfiou dos meus gestos. Felizmente, a respeito da comoção, tinha fome e fui cear ao Hotel dos Príncipes. Não dormi antes da madrugada; às seis horas estava em pé. A manhã foi lenta como as agonias lentas. Dez minutos antes de uma hora cheguei à ponte; já lá achei Maria, envolvida numa capa, e com um véu azul no rosto. Ia sair uma barca, entramos nela.

describe nor paint. She raised her cards to her eyes as though to cover them, then looked at me as I sat to her left, and stared with such fire and attraction that I don't know how I resisted entering them then and there. It was only an instant. When he returned, rolling a cigarette, Maria held her cards down from her eyes, which were open wide and staring at her cards as though she were calculating. I must have been trembling; nevertheless, I, too, was calculating, with the difference that I was unable to speak. She then calmly said one of the words of the game: *pass* or *call*.

We played for around an hour. Maria, towards the end, literally dozed off, and it was X himself who said that it would be better for her to go to bed. I excused myself and went into the hallway to retrieve my hat and cane. Maria, at the door of the room, waited for me to leave and accompanied me to the front door to lock it. Before I could step out, she wrapped one of her arms around my neck, drew close, and placed her lips on my lips, giving me a kiss, full, quick, and silent. In my hand, I felt something.

"Goodnight," Maria said, closing the door.

I don't know how I didn't fall. Stunned, I walked down the front steps, the kiss on my mouth, my eyes in hers, and my hand instinctively grasping an object. I managed to distance myself from the house. At the first corner, I ran to a street lamp to see what I was holding. It was a card from a dry goods store, an advertisement, and on the back, this was written in pencil: "Wait for me tomorrow, by the ferries to Niterói at one in the afternoon."

My exhilaration was so great that for the next few minutes I cannot recall what I did. In reality, my emotions were so strong and varied and immediate that I hardly knew myself. I walked to the São Francisco de Paula plaza. I reread the card; I backtracked, then stopped again, and a nearby night patrol watched me, perhaps suspiciously. Fortunately, in spite of my commotion, I was hungry and I went to eat at the Hotel dos Príncipes.[2] I did not go to bed before daybreak; at six o'clock I was already up. Like all slow agonies, the morning passed slowly. Ten minutes before the hour, I

[2] The Hotel dos Príncipes, also known as the Hôtel des Princes, was, like most hotels at the time, frequented by a ribald clientele and known for its bohemian culture. It was located at the Praça da Constituição, today known as the Praça Tiradentes.

O mar acolheu-nos bem. A hora era de poucos passageiros. Havia movimento de lanchas, de aves, e o céu luminoso parecia cantar a nossa primeira entrevista. O que dissemos foi tão de atropelo e confusão que não me ficou mais de meia dúzia de palavras, e delas nenhuma foi o nome de X . . . ou qualquer referência a ele. Sentíamos ambos que traíamos eu o meu amigo, ela o seu amigo e protetor. Mas, ainda que o não sentíssemos, não é provável que falássemos dele, tão pouco era o tempo para o nosso infinito. Maria apareceu-me então como nunca a vi nem suspeitara falando de mim e de si, com a ternura possível naquele lugar público, mas toda a possível, não menos. As nossas mãos colavam-se, os nossos olhos comiam-se e os corações batiam provavelmente ao mesmo compasso rápido e rápido. Pelo menos foi a sensação com que me separei dela, após a viagem redonda a Niterói e S. Domingos. Convidei-a a desembarcar em ambos os pontos, mas recusou; na volta, lembrei-lhe que nos metêssemos numa caleça fechada: "Que idéia faria de mim?" perguntou-me com gesto de pudor que a transfigurou. E despedimo-nos com prazo dado, jurando-lhe que eu não deixaria de ir vê-los, à noite, como de costume.

Como eu não tomei da pena para narrar a minha felicidade, deixo a parte deliciosa da aventura, com as suas entrevistas, cartas e palavras, e mais os sonhos e esperanças, as infinitas saudades e os renascentes desejos. Tais aventuras são como os almanaques, que, com todas as suas mudanças, hão de trazer os mesmos dias e meses, com os seus eternos nomes e santos. O nosso almanaque apenas durou um trimestre, sem quartos minguantes nem ocasos de sol. Maria era um modelo de graças finas, toda vida, toda movimento. Era baiana, como disse, fora educada no Rio Grande do Sul, na campanha, perto da fronteira. Quando lhe falei do seu primeiro encontro com X . . . no Teatro Provisório, dançando ao som de um pandeiro, disse-me que era verdade, fora ali vestida à castelhana e de máscara; e, como eu lhe pedisse a mesma cousa, menos a máscara, ou um simples lundu nosso, respondeu-me como quem recusa um perigo:

— Você poderia ficar doudo.

— Mas X . . . não ficou doudo.

arrived at the ferries; Maria was already there, wrapped in a cloak and with a blue veil across her face. A ferry was about to leave, and we both got on.

The sea warmly received us. Because of the hour, there were few passengers, only the movements of other ships, and birds, and the luminous sky seemed to sing our first meeting. We spoke so impulsively, with such confusion, that I cannot recall more than a half-dozen words, and none of them was the name of X or any reference to him. We both felt we were betraying him, me my friend, and she her friend and protector. But, although we were not sorry, it is not likely that we spoke of him, so brief was the time for our infinitude. Maria appeared to me then as I had never before seen her nor suspected, speaking of me and of herself with the gentleness possible in that public place, but with all that was possible and not less. Our hands clung together, our eyes devouring each other, and our hearts beating probably in the same quick-quick time. At least, that was the sensation when I left her, after our return trip from Niterói and S. Domingos. I had invited her to disembark at both points, but she refused. On our return, I suggested we take a closed carriage: "What would people think of me?" she asked with an air of modesty that transformed her. And we bid farewell, me swearing that I would not fail to visit them that evening as usual.

Seeing that I did not take up this pen to narrate my happiness, I will skip the delightful part of the adventure, with its meetings, letters and words, along with its dreams and hopes, infinite longings, and revived desires. Such adventures are like almanacs, which, with all their changes, must bring the same days and months, with their eternal names and saints. Our almanac lasted only a trimester, without the waning of the moon or setting of the sun. Maria was a model of fine graces, all life, all movement. She was *baiana*, as I said, and had been educated in Rio Grande do Sul on the plains near the border. When I asked her about her first encounter with X at the Provisório Theatre, dancing to the sound of the tambourine, she said it was true, she had gone in Castilian costume wearing a mask; and, when I asked her to dance the same thing, minus the mask, or one of our traditional lundus, she answered me like someone recoiling from danger:

"You might go mad."

— Ainda hoje não está no seu juízo, replicou Maria rindo. Imagina que eu fazia isto só . . .

E em pé, num maneio rápido, deu uma volta ao corpo, que me fez ferver o sangue.

O trimestre acabou depressa, como os trimestres daquela casta. Maria faltou um dia à entrevista. Era tão pontual que fiquei tonto quando vi passar a hora. Cinco, dez, quinze minutos; depois vinte, depois trinta, depois quarenta . . . Não digo as vezes que andei de um lado para outro, na sala, no corredor, à espreita e à escuta, até que de todo passou a possibilidade de vir. Poupo a notícia do meu desespero, o tempo que rolei no chão, falando, gritando ou chorando. Quando cansei, escrevi-lhe uma longa carta; esperei que me escrevesse também, explicando a falta. Não mandei a carta, e à noite fui à casa deles.

Maria pôde explicar-me a falta pelo receio de ser vista e acompanhada por alguém que a perseguia desde algum tempo. Com efeito, haviam-me já falado em não sei que vizinho que a cortejava com instância; uma vez disse-me que ele a seguira até à porta da minha casa. Acreditei na razão, e propus-lhe outro lugar de encontro, mas não lhe pareceu conveniente. Desta vez achou melhor suspendermos as nossas entrevistas, até fazer calar as suspeitas. Não sairia de casa. Não compreendi então que a principal verdade era ter cessado nela o ardor dos primeiros dias. Maria era outra, principalmente outra. E não podes imaginar o que vinha a ser essa bela criatura, que tinha em si o fogo e o gelo, e era mais quente e mais fria que ninguém.

Quando me entrou a convicção de que tudo estava acabado, resolvi não voltar lá, mas nem por isso perdia a esperança; era para mim questão de esforço. A imaginação, que torna presentes os dias passados, fazia-me crer facilmente na possibilidade de restaurar as primeiras semanas. Ao cabo de cinco dias, voltei; não podia viver sem ela.

X . . . recebeu-me com o seu grande riso infante, os olhos puros, a mão forte e sincera; perguntou a razão da minha ausência. Aleguei uma febrezinha, e, para explicar o enfadamento que eu não podia vencer, disse

"But X didn't go mad."

"Even today he is not in his right mind," Maria replied laughing. "Just imagine that all I did was this ..."

And standing, with a swift swaying movement, she turned her body, causing my blood to boil.

Our trimester ended quickly, as do all trimesters of that sort. One day Maria missed our meeting. She was always so punctual that I felt disoriented when the hour came and went. Five, ten, fifteen minutes; then twenty, then thirty, then forty ... I will not say how many times I walked from one side of the room to the other, then into the hallway, on the lookout and listening, until the possibility of her coming had gone by. I'll spare you the degree of my desperation, the time I spent lying on the ground, talking, yelling, or weeping. When I was exhausted, I wrote her a long letter; I waited for her to write me as well, explaining her absence. I did not send my letter, and that evening I went to their home.

Maria could have explained her absence by her fear of being seen or followed by someone who had been pursuing for some time. In fact, she had already told me about some neighbor who had been flirting with her with some insistence; she once told me he had followed her to the door of my house. I believed her reason and so I proposed another location to meet, but she didn't think it was convenient. This time she thought it better to suspend our meetings until the suspicions had quieted down. She would not leave her house. I did not understand then that the main reason was that her initial passion had ceased. And you cannot imagine what this beautiful creature had become, she was both fire and ice, and was hotter and colder than anyone.

When I became convinced that everything had ended, I decided to stop going over, but even then I didn't lose hope; to me it was a question of effort. The imagination, which brings all past days to the present, easily led me to believe in the possibility of recovering those first weeks. After five days, I went back; I could not live without her.

X welcomed me with his large, childlike smile, his pure eyes, his strong and sincere hand; he asked why I had been absent. I alleged a mi-

que ainda me doía a cabeça. Maria compreendeu tudo; nem por isso se mostrou meiga ou compassiva, e, à minha saída, não foi até ao corredor, como de costume.

Tudo isto dobrou a minha angústia. A idéia de morrer entrou a passar-me pela cabeça; e, por uma simetria romântica, pensei em meter-me na barca de Niterói, que primeiro acolheu os nossos amores, e, no meio da baía, atirar-me ao mar. Não iniciei tal plano nem outro. Tendo encontrado casualmente o meu amigo Barreto, não vacilei em lhe dizer tudo; precisava de alguém para falar comigo mesmo. No fim pedi-lhe segredo; devia pedir-lhe especialmente que não contasse nada a Raimunda. Nessa mesma noite ela soube tudo. Raimunda era um espírito aventureiro, amigo de entrepresas e novidades. Não se lhe dava, talvez, de mim nem da outra, mas viu naquilo um lance, uma ocupação, e cuidou em reconciliar-nos; foi o que eu soube depois, e é o que dá lugar a este papel.

Falou-lhe uma e mais vezes. Maria quis negar a princípio, acabou confessando tudo, dizendo-se arrependida da cabeçada que dera. Usaria provavelmente de circunlóquios e sinônimos, frases vagas e truncadas, alguma vez empregaria só gestos. O texto que aí fica é o da própria Raimunda, que me mandou chamar à casa dela e me referiu todos os seus esforços, contente de si mesma.

— Mas não perca as esperanças, concluiu; eu disse-lhe que o senhor era capaz de matar- se.

— E sou.

— Pois não se mate por ora; espere.

No dia seguinte vi nos jornais uma lista de cidadãos que, na véspera tinham ido ao quartel-general apresentar-se como voluntários da pátria, e nela o nome de X . . . , com o posto de capitão. Não acreditei logo; mas eram os mesmos, na mesma ordem, e uma das folhas fazia referências à família de X . . . , ao pai, que fora oficial de marinha, e à figura esbelta e varonil do novo capitão; era ele mesmo.

nor fever, and to explain the unpleasantness I could not overcome, I said that my head still ached. Maria understood everything; but even so she demonstrated no affection or sympathy, and when I got up to leave, she did not accompany me to the hallway as she usually did.

All of this doubled my anguish. The idea of dying entered my head; and with a notion of romantic symmetry, I thought of getting on the ferry to Niterói where our love first began and throwing myself into the sea in the middle of the bay. I did not carry out this plan or any other. After casually meeting my friend Barreto, I did not hesitate to tell him everything; I needed someone to really speak with me. In the end, I asked for his secrecy; I should have asked in particular that he say nothing to Raimunda. That same night, she knew everything. Raimunda was an adventurous spirit, a friend of enterprises and the latest news. She did not care, perhaps, for me or Maria, but she saw in this a predicament, an occupation, and she determined to reconcile us; this is what I learned later, and is what will occupy the rest of this paper.

She spoke to Maria once and then again. Maria tried to deny it at first, but she ended up confessing everything, saying she was sorry for her blunder. They probably used circumlocutions and synonyms, vague and truncated phrases, perhaps only gestures. The only remaining text comes from Raimunda herself, who sent for me and then related all her efforts, content with herself.

"But don't lose hope," she concluded. "I told her you were capable of killing yourself."

"I am."

"Well don't kill yourself now; wait."

The next day, I saw in the paper a list of citizens who, the previous day, had gone to the armory to present themselves as volunteers, and there was the name of X, with the position of captain. I could not believe it at first, but there it was, and one page even referred to X's family, to his father, who had been an official in the navy, and there was a reference to the new captain's handsome and manly figure; it was him.

A minha primeira impressão foi de prazer; íamos ficar sós. Ela não iria de vivandeira para o Sul. Depois, lembrou-me o que ele me disse acerca da guerra, e achei estranho o seu alistamento de voluntário, ainda que o amor dos atos generosos e a nota cavalheiresca do espírito de X . . . pudessem explicá-lo. Nem de coronel iria, disse-me, e agora aceitava o posto de capitão. Enfim, Maria; como é que ele, que tanto lhe queria, ia separar-se dela repentinamente, sem paixão forte que o levasse à guerra?

Havia três semanas que eu não ia à casa deles. A notícia do alistamento justificava a minha visita imediata e dispensava-me de explicações. Almocei e fui. Compus um rosto ajustado à situação e entrei. X . . . veio à sala, depois de alguns minutos de espera. A cara desdizia das palavras; estas queriam ser alegres e leves, aquela era fechada e torva, além de pálida. Estendeu-me a mão, dizendo:

— Então, vem ver o capitão de voluntários? – Venho ouvir o desmentido.

— Que desmentido? É pura verdade. Não sei como isto foi, creio que as últimas notícias . . . Você por que não vem comigo?

— Mas então é verdade? – É.

Após alguns instantes de silêncio, meio sincero, por não saber realmente que dissesse, meio calculado, para persuadi-lo da minha consternação, murmurei que era melhor não ir, e falei-lhe na mãe. X . . . respondeu-me que a mãe aprovava; era viúva de militar. Fazia esforços para sorrir, mas a cara continuava a ser de pedra. Os olhos buscavam desviar-se, e geralmente não fitavam bem nem longo. Não conversamos muito; ele ergueu-se, alegando que ia liquidar um negócio, e pediu-me que voltasse a vê-lo. À porta, disse-me com algum esforço:

— Venha jantar um dia destes, antes da minha partida. – Sim.

— Olhe, venha jantar amanhã.

— Amanhã?

— Ou hoje, se quiser – Amanhã.

Quis deixar lembranças a Maria; era natural e necessário, mas faltou-me o ânimo. Embaixo arrependi-me de o não ter feito. Recapitulei

My first impression was pleasure; we could be alone. She would not accompany the troops south. Then, I recalled what he had told me about the war, and I thought it strange he would enlist as a volunteer, even if X's love of generosity and cavalier spirit might explain it. Not even as a colonel, he had told me, and now he had accepted the position of captain. Then there was Maria; how could he, who loved her so much, leave her suddenly, without the strong feelings that might lead him to war?

It had been three weeks that I had not gone to their home. The news of his enlisting justified my immediate visit and would excuse me from giving any explanation. I had lunch and went over. I composed my face appropriate to the situation and entered. X came into the room, after a few minutes of waiting. His face disavowed his words; the latter endeavoring to be happy and light, while the former was closed and grim, as well as pale. He extended his hand, saying:

"So, you've come to see the captain of volunteers?"

"I came to hear it denied."

"Denied? It is the pure truth. I don't know how it happened, I believe the most recent reports must have … Why don't you come with me?"

"But then it's true?"

"It is."

After a few moments of silence, half sincere, because I truly didn't know what to say, half calculated to persuade him of my consternation, I murmured that it was better not to go, and I mentioned his mother. X responded that his mother approved; she was a military widow. He made an effort to smile, but his face continued to be one of stone. Our eyes strayed from each other and generally seemed not to see anything. We spoke little; he stood up, alleging he needed to resolve some business affair and asked me to come again to see him. At the door, he said with some effort:

"Come and dine soon, before my departure."

"Yes."

"Look, come and dine tomorrow."

"Tomorrow?"

"Or today, if you wish."

a conversação, achei-me atado e incerto; ele pareceu-me, além de frio, sobranceiro. Vagamente, senti alguma cousa mais. O seu aperto de mão tanto à entrada, como à saída, não me dera a sensação do costume.

Na noite desse dia. Barreto veio ter comigo, atordoado com a notícia da manhã, e perguntando-me o que sabia; disse-lhe que nada. Contei-lhe a minha visita da manhã, a nossa conversação, sem as minhas suspeitas.

— Pode ser engano, disse ele, depois de um instante – Engano?

— Raimunda contou-me hoje que falara a Maria, que esta negara tudo a princípio, depois confessara, e recusara reatar as relações com você.

— Já sei.

— Sim, mas parece que da terceira vez foram pressentidas e ouvidas por ele, que estava na saleta ao pé. Maria correu a contar a Raimunda que ele mudara inteiramente; esta dispôs-se a sondá-lo, eu opus-me, até que li a notícia nos jornais. Vi-o na rua, andando: não tinha aquele gesto sereno de costume, mas o passo era forte.

Fiquei aturdido com a notícia, que confirmava a minha impressão. Nem por isso deixei de ir lá jantar no dia seguinte. Barreto quis ir também; percebi que era com o fim único de estar comigo, e recusei.

X . . . não dissera nada a Maria; achei-os na sala, e não me lembro de outra situação na vida em que me sentisse mais estranho a mim mesmo. Apertei-lhes a mão, sem olhar para ela. Creio que ela também desviou os olhos. Ele é que, com certeza, não nos observou; riscava um fósforo e acendia um cigarro. Ao jantar falou o mais naturalmente que pôde, ainda que frio. O rosto exprimia maior esforço que na véspera. Para explicar a possível alteração, disse-me que embarcaria no fim da semana, e que, à proporção que a hora ia chegando, sentia dificuldade em sair.

--Mas é só até fora da barra; lá fora torno a ser o que sou, e na campanha, serei o que devo ser.

Usava dessas palavras rígidas, alguma vez enfáticas. Notei que Maria trazia os olhos pisados, soube depois que chorara muito e tivera grande

"Tomorrow."

I wanted to send my regards to Maria; it would have been natural and necessary, but I didn't have the nerve. Inside, I regretted not having done so. I took up the conversation again, I found myself tongue-tied and uncertain; he seemed to me not only cold but proud. Vaguely, I felt something more. His handshake both at my entrance and departure did not give me the usual sensation.

That evening, Barreto came to visit, stunned by the news of the morning, and asking me what I knew; I told him I knew nothing. I recounted my visit from the morning, our conversation, omitting my suspicions.

"It could be a trick," he said, after a moment.

"A trick?"

"Raimunda told me today that she had spoken with Maria, that she denied everything at first, but then confessed and refused to resume relations with you."

"I already know."

"Yes, but it seems that the third time they spoke, they were perceived and overheard by him, he was next door in the sitting room. Maria ran to tell Raimunda that he had changed entirely; she was willing to investigate, but I opposed any action, until I read the news in the paper. I saw in him in the street, walking; he was not his usual serene self, but his step was strong."

I was dumbfounded by the news, which confirmed my impression. But even so I did not fail to go over for dinner the next day. Barreto wanted to come too, but I realized it was only to be with me, and I refused.

X had said nothing to Maria; I found them in the drawing room, and I cannot recall another situation in life in which I felt more strange to myself. I shook their hands, without looking at her. I believe that she also turned away her eyes. He undoubtedly did not observe us; he struck a match and lit a cigarette. Over dinner, he spoke as naturally as he could, though still coldly. His face expressed even greater effort than the prior day. To explain this possible change in his countenance, he said that he

luta com ele, na véspera, para que não embarcasse. Só conhecera a resolução pelos jornais, prova de alguma cousa mais particular que o patriotismo. Não falou à mesa, e a dor podia explicar o silêncio, sem nenhuma outra causa de constrangimento pessoal. Ao contrário, X . . . procurava falar muito, contava os batalhões, os oficiais novos, as probabilidades de vitória, e referia anedotas e boatos, sem curar de ligação. Às vezes, queria rir; para o fim, disse que naturalmente voltaria general, mas ficou tão carrancudo depois deste gracejo, que não tentou outro. O jantar acabou frio; fumamos, ele ainda quis falar da guerra, mas o assunto estava exausto. Antes de sair, convidei-o a ir jantar comigo.

--Não posso; todos os meus dias estão tomados.

--Venha almoçar.

--Também não posso. Faço uma cousa; na volta do Paraguai, o terceiro dia é seu.

Creio ainda hoje que o fim desta última frase era indicar que os dous primeiros dias seriam da mãe e de Maria; assim, qualquer suspeita que eu tivesse dos motivos secretos da resolução, devia dissipar-se. Nem bastou isso; disse-me que escolhesse uma prenda em lembrança, um livro, por exemplo. Preferi o seu último retrato, fotografado a pedido da mãe, com a farda de capitão de voluntários. Por dissimulação, quis que assinasse; ele prontamente escreveu: "Ao seu leal amigo Simão de Castro oferece o capitão de voluntários da pátria X . . . " O mármore do rosto era mais duro, o olhar mais torvo; passou os dedos pelo bigode, com um gesto convulso, e despedimo-nos.

No sábado embarcou. Deixou a Maria os recursos necessários para viver aqui, na Bahia, ou no Rio Grande do Sul; ela preferiu o Rio Grande, e partiu para lá, três semanas depois, a esperar que ele voltasse da guerra. Não a pude ver antes; fechara-me a porta, como já me havia fechado o rosto e o coração.

Antes de um ano, soube-se que ele morrera em combate, no qual se houve com mais denodo que perícia. Ouvi contar que primeiro perdera um braço, e que provavelmente a vergonha de ficar aleijado o fez atirar-se

was going to embark at the end of the week, and that as the hour drew closer, he felt it more difficult to leave.

"But it will only be until the sail is set; out there, I will return to be what I am, and during the campaign, I will be what I ought to be."

He used these rigid words, almost emphatically. I noted that Maria's eyes were darkened; I learned later that she had wept greatly and had had a great argument with him the day before to prevent him from leaving. She had only learned of his decision from the papers, evidence that his motive was more private than patriotic. She did not speak at the table, and her pain could explain the silence, without any other cause for personal embarrassment. In contrast, X spoke at length, recounting information about the battalions, the new officers, the probabilities of victory, and he referred to anecdotes and rumors, without tying them together. At times, he wanted to laugh; to this end he said he would naturally come back a general, but he became so hard-faced after this jest that he did not try any other. The dinner ended coldly; we smoked; he still wanted to talk about the war, but the topic was exhausted. Before leaving, I invited him to dine with me.

"I cannot; I'm busy every day."

"Come for lunch."

"I'm afraid I can't. I'll do one thing; on my return from Paraguay, the third day is yours."

I believe even today that the intention of this last affirmation was to indicate that the first two days belonged to his mother and to Maria; thus, any suspicion that I might have had of his secret motivations should be allayed. But even this was not all; he asked me to choose a gift to remember him by, a book, for example. I preferred his last portrait, a photograph taken at his mother's request, wearing the uniform of a captain of volunteers. Out of pretense, I asked him to sign it; he promptly wrote: "Offered to his loyal friend Simão de Castro by the nation's captain of the volunteers, X." His marble face was harder then ever, his look even more grim. He twirled the hairs of his moustache, with a compulsive gesture, and we said farewell.

On Saturday he embarked. He left Maria with enough resources to live here, in Bahia, or in Rio Grande do Sul; she preferred Rio Grande, and

contra as armas inimigas, como quem queria acabar de vez. Esta versão podia ser exata, porque ele tinha desvanecimentos das belas formas; mas a causa foi complexa. Também me contaram que Maria, voltando do Rio Grande, morreu em Curitiba; outros dizem que foi acabar em Montevidéu. A filha não passou dos quinze anos.

Eu cá fiquei entre os meus remorsos e saudades; depois, só remorsos; agora admiração apenas, uma admiração particular, que não é grande senão por me fazer sentir pequeno. Sim, eu não era capaz de praticar o que ele praticou. Nem efetivamente conheci ninguém que se parecesse com X... E por que teimar nesta letra? Chamemo-lo pelo nome que lhe deram na pia, Emílio, o meigo, o forte, o simples Emílio.

left herself three weeks later to wait for him to return from the war. I was unable to see her before; she had closed the door to me, just as she had closed her face and heart.

Within a year, I learned he had died in combat, having acted with more courage than skill. I heard that he had first lost an arm, and that probably the shame of being crippled had caused him to throw himself against the enemy fire, like one who wished for death all at once. This version may be correct, because he had a vanity for beauty; but the reason was complex. They also told me that Maria, on her return from Rio Grande, died in Curitiba; others say she died in Montevideo. Her daughter did not live past the age of fifteen.

I here have remained in my regrets and longing; later, just regrets; and now merely admiration, a private admiration, which is not so great as it makes me feel small. Yes, I was not capable of doing what he did. Nor in effect have I met anyone who was like X. And why do I fear this letter? Let us call him by his given name, Emílio, kind, strong, simple Emílio.

Anedota do Carbriolet

by Machado de Assis
from *Relíquias da Casa Velha,* 1906

— Cabriolet está aí, sim senhor, dizia o preto que viera à matriz de S. José chamar o vigário para sacramentar dous moribundos.

A geração de hoje não viu a entrada e a saída do cabriolet no Rio de Janeiro. Também não saberá do tempo em que o cab e o tilbury vieram para o rol dos nossos veículos de praça ou particulares. O cab durou pouco. O tilbury, anterior aos dous, promete ir à destruição da cidade. Quando esta acabar e entrarem os cavadores de ruínas, achar-se-á um parado, com o cavalo e o cocheiro em ossos esperando o freguês do costume. A paciência será a mesma de hoje, por mais que chova, a melancolia maior, como quer que brilhe o sol, porque juntará a própria atual à do espectro dos tempos. O arqueólogo dirá cousas raras sobre os três esqueletos. O cabriolet não teve história; deixou apenas a anedota que vou dizer.

— Dous! exclamou o sacristão.

Cabriolet Anecdote

translated by Glenn Alan Cheney

"Cabriolet is here, yes sir," said the black who had come to St. José cathedral to call the vicar for the last rites of two dying people.

Today's generation hasn't seen the entrance and the exit of the cabriolet in Rio de Janeiro. Nor will it know of the time when the cab and the tilbury came into the ranks of our private and livery vehicles. The cab didn't last long. The tilbury, the first of the two, promises to go to the destruction of our city. When the city's done for and the excavators of ruins arrive, they'll find one stopped, with the horse and the coachman in bones, waiting for the usual customer. Rain or shine, the patience will be the same as today, the melancholy greater no matter how much the sun shines, because it will bring together the now and the specter of time. The archeologist will say exceptional things about the three skeletons. The cabriolet had no history. It left only the anecdote I'm going to tell you.

"Two!" the sexton exclaimed.

— Sim, senhor, dous, nhã Anunciada e nhô Pedrinho. Coitado de nhô Pedrinho! E nhã Anunciada, coitada! continuou o preto a gemer, andando de um lado para outro, aflito, fora de si.

Alguém que leia isto com a alma turva de dúvidas, é natural que pergunte se o preto sentia deveras, ou se queria picar a curiosidade do coadjutor e do sacristão. Eu estou que tudo se pode combinar neste mundo, como no outro. Creio que ele sentia deveras; não descreio que ansiasse por dizer alguma história terrível. Em todo caso, nem o coadjutor nem o sacristão lhe perguntavam nada.

Não é que o sacristão não fosse curioso. Em verdade, pouco mais era que isso. Trazia a paróquia de cor; sabia os nomes às devotas, a vida delas, a dos maridos e a dos pais, as prendas e os recursos de cada uma, e o que comiam, e o que bebiam, e o que diziam, os vestidos e as virtudes, os dotes das solteiras, o comportamento das casadas, as saudades das viúvas. Pesquisava tudo: nos intervalos ajudava a missa e o resto. Chamava-se João das Mercês, homem quarentão, pouca barba e grisalho, magro e meão.

"Que Pedrinho e que Anunciada serão esses?" dizia consigo, acompanhando o coadjutor.

Embora ardesse por sabê-los, a presença do coadjutor impediria qualquer pergunta. Este ia tão calado e pio, caminhando para a porta da igreja, que era força mostrar o mesmo silêncio e piedade que ele. Assim foram andando. O cabriolet esperava-os; o cocheiro desbarretou-se, os vizinhos e alguns passantes ajoelharam-se, enquanto o padre e o sacristão entravam e o veículo enfiava pela Rua da Misericórdia. O preto desandou o caminho a passo largo.

Que andem burros e pessoas na rua, e as nuvens no céu, se as há, e os pensamentos nas cabeças, se os têm. A do sacristão tinha-os vários e confusos. Não era acerca do Nosso- Pai, embora soubesse adorá-lo, nem da água benta e do hissope que levava; também não era acerca da hora, – oito e quarto da noite, – aliás, o céu estava claro e a lua ia aparecendo. O próprio cabriolet, que era novo na terra, e substituía neste caso a sege, esse mesmo veículo não ocupava o cérebro todo de João das Mercês, a não ser na parte que pegava com nhô Pedrinho e nhã Anunciada.

"Yes, sir, two, *nhã* Anunciada and *nhõ* Pedrinho. Poor *nhô* Pedrinho! And *nhã* Anunciada, poor thing," the black said, continuing to moan, walking back and forth, afflicted, out of himself.

For anyone who reads this with a soul confused with doubts, it's natural to ask if the black really felt that way or if he wanted to pique the curiosity of the curate and the sexton. I believe that everything can be agreed on in this world as in the other. I believe he really felt that way. I don't disbelieve that he anxiously desired to tell some terrible story. In any event, neither the curate nor the sexton asked him anything.

It wasn't that the sexton wasn't curious. Actually, he was a little more than that. He knew the parish by heart, knew the names of the worshippers, their lives, the lives of their husbands and their parents, the endowments and resources of each, and what they ate and what they drank and what they said, their clothes and their virtues, the dowries of the unmarried girls, the behavior of the married couples, the pining of the widows. He looked into everything. In the intervals, he helped with mass and all the rest. He was called João das Mercês, a man in his forties with thin beard, graying, thin, a man of average height.

"Which Pedrinho and Anunciada are they?" he said to himself, walking with the curate.

Though the sexton was burning to know, the presence of the curate would preclude any question. The curate walked so piously and quietly, heading for the church door, which compelled the sexton to show the same silence and piety. Thus they walked. The cabriolet awaited them. The coachman removed his hat and some neighbors and passersby kneeled as the priest and sexton got in and the vehicle wound down Rua da Misericórdia. The black strode back along the same route.

Let donkeys and people walk the streets, clouds, if any, walk the skies, and thoughts, if any, walk through heads. The sexton's head had several, and they were confusing. They weren't about the Our Father, though he knew how to offer it, nor about the holy water and aspergillum he was carrying. Nor was it about the time – 8:15 p.m. – and anyway, the sky was clear and the moon was appearing. The cabriolet itself, which was new

"Há de ser gente nova, ia pensando o sacristão, mas hóspede em alguma casa, decerto, porque não há casa vazia na praia, e o número é da do Comendador Brito. Parentes, serão? Que parentes, se nunca ouvi . . . ? Amigos, não sei; conhecidos, talvez, simples conhecidos. Mas então mandariam cabriolet? Este mesmo preto é novo na casa; há de ser escravo de um dos moribundos, ou de ambos."

Era assim que João das Mercês ia cogitando, e não foi por muito tempo. O cabriolet parou à porta de um sobrado, justamente a casa do Comendador Brito, José Martins de Brito. Já havia algumas pessoas embaixo com velas, o padre e o sacristão apearam-se e subiram a escada, acompanhados do comendador. A esposa deste, no patamar, beijou o anel ao padre. Gente grande, crianças, escravos, um burburinho surdo, meia claridade, e os dous moribundos à espera, cada um no seu quarto, ao fundo.

Tudo se passou, como é de uso e regra, em tais ocasiões. Nhô Pedrinho foi absolvido e ungido, nhã Anunciada também, e o coadjutor despediu-se da casa para tornar à matriz com o sacristão. Este não se despediu do comendador sem lhe perguntar ao ouvido se os dous eram parentes seus. Não, não eram parentes, respondeu Brito; eram amigos de um sobrinho que vivia em Campinas; uma história terrível . . . Os olhos de João das Mercês escutaram arregaladamente estas duas palavras, e disseram, sem falar, que viriam ouvir o resto – talvez naquela mesma noite. Tudo foi rápido, porque o padre descia a escada, era força ir com ele.

Foi tão curta a moda do cabriolet que este provavelmente não levou outro padre a moribundos. Ficou-lhe a anedota, que vou acabar já, tão escassa foi ela, uma anedota de nada. Não importa. Qualquer que fosse o tamanho ou a importância, era sempre uma fatia de vida para o sacristão, que ajudou o padre a guardar o pão sagrado, a despir a sobrepeliz, e a fazer tudo mais, antes de se despedir e sair. Saiu, enfim, a pé, rua acima, praia fora, até parar à porta do comendador.

Em caminho foi evocando toda a vida daquele homem, antes e depois da comenda. Compôs o negócio, que era fornecimento de navios, creio eu, a família, as festas dadas, os cargos paroquiais, comerciais e eleitorais,

there, replacing in this case the chaise, that same vehicle wasn't occupying João das Mercês's whole brain, except for what he'd caught about nhô Pedrinho and nhã Anunciada.

"They must be new people," the sexton was thinking, "but hosted in some house, for sure, because there are no empty houses on the beach, and the house number is that of Commander Brito. Relatives, perhaps? What relatives if I've never heard of them . . . ? Friends, I don't know; acquaintances, maybe, just acquaintances. But then would they send a cabriolet? This same black man is new to the house. He must be a slave of one of the dying, or of both."

João das Mercês went on cogitating, and not for long. The cabriolet stopped at the door of a big two-story house, precisely that of Commander Brito, José Martins de Brito. There were already some people down below with candles. The priest and sexton got out and climbed the stairs, accompanied by the commander. At the landing his wife kissed the priest's ring. Grown-ups, children, slaves, a hushed hubbub, low light, and the two dying people waiting, each in a bedroom in the back of the house.

Everything went as it ordinarily does on such occasions. Nhô Pedrinho was absolved and given unction, and so was nhã Anunciada, and the curate excused himself from the house to go back to the church with the sexton. The latter did not say good-bye to the commander without asking to his ear whether the two were relatives of his. No, they weren't relatives, Brito answered; they were friends of a nephew who lived in Campinas, a terrible story . . . João das Mercês's wide-open eyes heard these two words, and they said, without speaking, that they would come back to hear the rest – maybe that same night. It was all quick because the priest was descending the stairs, and it was necessary to go with him.

The stylishness of the cabriolet was so short that this one probably never took another priest to people dying. What remained was the anecdote, which I'm about to finish, so skimpy it was, an anecdote about nothing. It doesn't matter. Whatever the size or importance, it was always a slice of life for the sexton, who helped the priest put away the holy bread, to take off his surplice, and do everything else before saying good-bye and

e daqui aos boatos e anedotas não houve mais que um passo ou dois. A grande memória de João das Mercês guardava todas as cousas, máximas e mínimas, com tal nitidez que pareciam da véspera, e tão completas que nem o próprio objeto delas era capaz de as repetir iguais. Sabia-as como o padre- nosso, isto é sem pensar nas palavras; ele rezava tal qual comia, mastigando a oração, que lhe saía dos queixos sem sentir. Se a regra mandasse rezar três dúzias de padre- nossos seguidamente, João das Mercês os diria sem contar. Tal era com as vidas alheias; amava sabê-las, pesquisava-as, decorava-as, e nunca mais lhe saíam da memória.

Na paróquia todos lhe queriam bem, porque ele não enredava nem maldizia. Tinha o amor da arte pela arte. Muita vez nem era preciso perguntar nada. José dizia-lhe a vida de Antônio e Antônio a de José. O que ele fazia era ratificar ou retificar um com outro, e os dous com Sancho, Sancho com Martinho, e vice-versa, todos com todos. Assim é que enchia as horas vagas, que eram muitas. Alguma vez, à própria missa, recordava uma anedota da véspera, e, a princípio, pedia perdão a Deus; deixou de lho pedir quando refletiu que não falhava uma só palavra ou gesto do santo sacrifício, tão consubstanciados os trazia em si. A anedota que então revivia por instantes era como a andorinha que atravessa uma paisagem. A paisagem fica sendo a mesma, e a água, se há água, murmura o mesmo som. Esta comparação, que era dele, valia mais do que ele pensava, porque a andorinha, ainda voando, faz parte da paisagem, e a anedota fazia nele parte da pessoa, era um dos seus atos de viver.

Quando chegou à casa do comendador, tinha desfiado o rosário da vida deste, e entrou com o pé direito para não sair mal. Não pensou em sair cedo, por mais aflita que fosse a ocasião, e nisto a fortuna o ajudou. Brito estava na sala da frente, em conversa com a mulher, quando lhe vieram dizer que João das Mercês perguntava pelo estado dos moribundos. A esposa retirou-se da sala, o sacristão entrou pedindo desculpas e dizendo que era por pouco tempo; ia passando e lembrara-se de saber se os enfermos tinham ido para o céu, – ou se ainda eram deste mundo. Tudo o que dissesse respeito ao comendador seria ouvido por ele com interesse.

leaving. He left, in the end, on foot, up the street, along the beach, until halting at the the commander's door.

Along the way he recalled the whole life of that man, before and after the command. He built his business, which was supplying ships, I believe, the family, the parties, the parochial, commercial, and electoral posts, and from here the rumors and anecdotes were no more than a step or two away. João das Mercês's big memory stored all things, maximum and minimum, with such detail that they seemed to be from yesterday and so complete that not even the subject of the memories was able to repeat them the same way. He knew them like the Our Father, that is, without even thinking about the words. He prayed just as he ate, chewing on the prayer, which left his jaws without being felt. If the rule was to pray three dozen Our Fathers in a row, João das Mercês would say them without counting. It was the same way with other people's lives. He loved to know them, to look into them, to memorize them, and they never left his memory.

Everyone in the parish wished him well because he neither got entangled nor spoke badly of others. He loved the art for art's sake. Often it wasn't even necessary to ask anything. José would tell him about Antônio's life, and Antônio about José's. What he would do was ratify or rectify one with the other, and the two with Sancho, Sancho with Martinho, or vice-versa, everyone with everyone. That's how he filled the empty hours, which were many. One time, at mass, he remembered an anecdote of the evening before, and at first started asking God's pardon. But he stopped asking when he realized that he hadn't missed one word or gesture of the holy sacrifice, the two were so consubstantiated within him. The anecdote he had relived for an instant was like a swallow that flies over a vista. The vista remains the same, and the water, if there is any water, murmurs the same sound. This comparison, which was his, was worth more than he thought because the swallow, still flying, is part of the vista, and the anecdote became in him part of the person. It was one of his acts of living.

By the time he arrived at the commander's house, he had gone over the litany of the commander's life. He stepped in with this right foot so as to not step out badly. He had no thought of leaving early, no matter how

— Não morreram, nem sei se escaparão, quando menos, ela creio que morrerá, concluiu Brito.

— Parecem bem mal.

— Ela, principalmente; também é a que mais padece da febre. A febre os pegou aqui em nossa casa, logo que chegaram de Campinas, há dias.

— Já estavam aqui? perguntou o sacristão, pasmado de o não saber.

— Já; chegaram há quinze dias, – ou quatorze. Vieram com o meu sobrinho Carlos e aqui apanharam a doença . . .

Brito interrompeu o que ia dizendo; assim pareceu ao sacristão, que pôs no semblante toda a expressão de pessoa que espera o resto. Entretanto, como o outro estivesse a morder os beiços e a olhar para as paredes, não viu o gesto de espera, e ambos se detiveram calados. Brito acabou andando ao longo da sala, enquanto João das Mercês dizia consigo que havia alguma cousa mais que febre. A primeira idéia que lhe acudiu foi se os médicos teriam errado na doença ou no remédio, também pensou que podia ser outro mal escondido, a que deram o nome de febre para encobrir a verdade. Ia acompanhando com os olhos o comendador, enquanto este andava e desandava a sala toda, apagando os passos para não aborrecer mais os que estavam dentro. De lá vinha algum murmúrio de conversação, chamado, recado, porta que se abria ou fechava. Tudo isso era cousa nenhuma para quem tivesse outro cuidado, mas o nosso sacristão já agora não tinha mais que saber o que não sabia. Quando menos, a família dos enfermos, a posição, o atual estado, alguma página da vida deles, tudo era conhecer algo, por mais arredado que fosse da paróquia.

— Ah! exclamou Brito estacando o passo.

Parecia haver nele o desejo impaciente de referir um caso, – a "história terrível", que anunciara ao sacristão, pouco antes; mas nem este ousava pedi-la nem aquele dizê-la, e o comendador pegou a andar outra vez.

João das Mercês sentou-se. Viu bem que em tal situação cumpria despedir-se com boas palavras de esperança ou de conforto, e voltar no dia seguinte; preferiu sentar-se e aguardar. Não viu na cara do outro nen-

afflicted the occasion became, and fortune helped him out. Brito was in the front room talking with his wife when they came to tell him that João das Mercês was asking about the state of the dying. The wife left the room, the sexton entered, asking pardon and saying it was for a short time; he was passing by and remembered to find out if the sick ones had gone to heaven, or if they were still of this world. He would listen with interest to everything said regarding the commander.

"They haven't died, nor do I even know if they will survive; she, at least, I think will die," Brito concluded.

"They look pretty bad."

"She, mainly. She's also the one suffering most from the fever. The fever hit them here in our house, just after they arrived from Campinas a few days ago."

"They were already here?" the sexton asked, astonished that he hadn't known.

"They were, for fifteen days, – or fourteen. They came with my nephew Carlos and caught the illness here . . . "

Brito interrupted what he was saying, or so it seemed to the sexton, who put on his face the full look of someone waiting for the rest. However, since the other was biting his lips and looking at the walls, he didn't see the expression of expectation, and both remained silent. Brito ended up walking up and down the room while João das Mercês said to himself that it must be something more than fever. The first thought that came to him was whether the doctors had erred in the illness or the remedy. He also thought that it could be some other hidden problem that was called fever to hide the truth. His eyes followed the commander as he walked back and forth all around the room, softening his footsteps so as to not bother the people inside anymore. From inside came whispered conversation, a call, a message, a door opening or closing. All of this would be nothing to anyone who was worried about something else, but our sexton now wanted nothing other than to know what he didn't know. At least the sick people's family, status, current state, some page of their life, anything that could be known no matter how far removed from the parish.

hum sinal de reprovação do seu gesto; ao contrário, ele parou defronte e suspirou com grande cansaço.

— Triste, sim, triste, concordou João das Mercês. Boas pessoas, não? – Iam casar.

— Casar? Noivos um do outro?

Brito confirmou de cabeça. A nota era melancólica, mas não havia sinal da história terrível anunciada, e o sacristão esperou por ela. Observou consigo que era a primeira vez que ouvia alguma cousa de gente que absolutamente não conhecia. As caras, vistas há pouco eram o único sinal dessas pessoas. Nem por isso se sentia menos curioso. Iam casar . . . Podia ser que a história terrível fosse isso mesmo. Em verdade, atacados de um mal na véspera de um bem, o mal devia ser terrível. Noivos e moribundos . . .

Vieram trazer recado ao dono da casa; este pediu licença ao sacristão, tão depressa que nem deu tempo a que ele se despedisse e saísse. Correu para dentro, e lá ficou cinqüenta minutos. Ao cabo, chegou à sala um pranto sufocado; logo após, tornou o comendador.

— Que lhe dizia eu, há pouco? Quando menos, ela ia morrer; morreu.

Brito disse isto sem lágrimas e quase sem tristeza. Conhecia a defunta de pouco tempo. As lágrimas, segundo referiu, eram do sobrinho de Campinas e de uma parenta da defunta, que morava em Mata-porcos. Daí a supor que o sobrinho do comendador gostasse da noiva do moribundo foi um instante para o sacristão, mas não se lhe pegou a idéia por muito tempo; não era forçoso, e depois se ele próprio os acompanhara . . . Talvez fosse padrinho de casamento. Quis saber, e era natural, – o nome da defunta. O dono da casa, – ou por não querer dar-lho, – ou porque outra idéia lhe tomasse agora a cabeça, – não declarou o nome da noiva, nem do noivo. Ambas as causas seriam.

— Iam casar . . .

— Deus a receberá em sua santa guarda, e a ele também, se vier a expirar, disse o sacristão cheio de melancolia.

E esta palavra bastou a arrancar metade do segredo que parece ansiava por sair da boca do fornecedor de navios. Quando João das Mercês lhe

"Ah!" Brito exclaimed, stopping short.

He seemed to have an impatient urge to report an affair, – the "terrible story" he had mentioned to the sexton a little earlier. But he didn't dare ask for it, nor did the other dare to tell it, and the commander took to pacing again.

João das Mercês sat down. He saw perfectly well that the situation called for him to excuse himself with some good words of hope or comfort and to come back the next day. He preferred to sit and wait. He didn't see any signs of disapproval on the other man's face; to the contrary, he stopped in front of him and sighed with great weariness.

"Sad, yes, sad," João das Mercês agreed. "Good people, no?"

"They were going to get married."

"Get married? They were engaged to each other?"

Brito confirmed with a nod. The tone was disconsolate, but there was no sign of the terrible story, and the sexton waited for it. He noted to himself that it was the first time he had heard something about people absolutely unknown to him. Their faces, seen just a while ago, were the only sign of these people. Not even for that did he feel less curious. They were going to marry . . . It could be be that this was the terrible story. In truth, hit by something bad on the eve of something good, the bad must have been terrible. Engaged and dying . . .

They came to bring a message to the owner of the house, who asked the sexton to be excused so quickly that there was no time to say good-bye and leave. He ran into the house, and there he remained for fifty minutes. Finally he arrived at the room in suffocating tears; then, soon, the commander turned.

"What did I tell you just a while ago? At least she's going to die. She died."

Brito said this without tears and almost without sadness. He'd known the dead woman a short time. The tears, he said, were for the nephew from Campinas and for a member of the dead woman's family, who lived in Mata-Porcos It took the sexton but an instant to go from that to imagining that the commander's nephew had liked the dying man's fiancée, but the idea

viu a expressão dos olhos, o gesto com que o levou janela, e o pedido que lhe fez de jurar,— jurou por todas as almas dos seus que ouviria e calaria tudo. Nem era homem de assoalhar as confidências alheias, mormente as de pessoas gradas e honradas como era o comendador. Ao que este se deu por satisfeito e animado, e então lhe confiou a primeira metade do segredo, a qual era que os dous noivos, criados juntos, vinham casar aqui quando souberam, pela parenta de Mata-porcos, uma notícia abominável . . .

— E foi . . . ? precipitou-se em dizer João das Mercês, sentindo alguma hesitação no comendador.

— Que eram irmãos.

— Irmãos como? Irmãos de verdade?

— De verdade; irmãos por parte de mãe. O pai é que não era o mesmo. A parenta não lhes disse tudo nem claro, mas jurou que era assim, e eles ficaram fulminados durante um dia ou mais . . .

João das Mercês não ficou menos espantado que eles; dispôs-se a não sair dali sem saber o resto. Ouviu dez horas, ouviria todas as demais da noite, velaria o cadáver de um ou de ambos, uma vez que pudesse juntar mais esta página às outras da paróquia, embora não fosse da paróquia.

— E vamos, vamos, foi então que a febre os tomou . . . ?

Brito cerrou os dentes para não dizer mais nada. Como, porém, o viessem chamar de dentro, acudiu depressa, e meia hora depois estava de volta, com a nova do segundo passamento. O choro, agora mais fraco, posto que mais esperado, não havendo já de quem o esconder, trouxera a notícia ao sacristão.

— Lá se foi o outro, o irmão, o noivo. . . Que Deus lhes perdoe! Saiba agora tudo, meu amigo. Saiba que eles se queriam tanto que alguns dias depois de conhecido o impedimento natural e canônico do consórcio, pegaram de si e, fiados em serem apenas meios irmãos e não irmãos inteiros, meteram-se em um cabriolet e fugiram de casa. Dado logo o alarma, alcançamos pegar o cabriolet em caminho da Cidade Nova, e eles ficaram tão pungidos e vexados da captura que adoeceram de febre e acabam de morrer.

didn't hold for long; it wasn't forceful, and later, if he himself had accompanied them . . . Maybe he'd have been the best man at the wedding. He wanted to know, as was natural, the name of the dead woman. The owner of the house – either for not wanting to give it, or because he now had another idea in his head – did not state the name of the bride or the groom. It could have been both of those causes.

"They were going to marry . . . "

"God will receive her into his holy care, and him, too, should he come to expire," the sexton said, full of sorrow.

And that word was enough to extract half the secret that seemed eager to leave the mouth of the supplier of ships. When João das Mercês saw the expression in his eyes, the movement with which he raised the window, and the request he made to swear – he swore by all his loved-one's souls that he would listen to it all and not talk about it. He wasn't a man to expose the confidentialities of others, much less those of people as noted and honored as the commander. At which the commander said he was satisfied and enthused, and he then confided the first half of the secret, which was that the two lovers, raised together, had come here to get married when they heard, from a relative in Mata-porcos, abominable news . . .

"And it was . . . ?" João das Mercês hastened to say, sensing a certain hesitation in the commander.

"That they were brother and sister."

"Brother and sister how? Really siblings?"

"Really. Siblings on the part of the mother. It was the father who wasn't the same. The relative didn't tell them everything nor was clear about it but swore that's the way it was, and they were thunderstruck for a day or more . . ."

João das Mercês was no less shocked than they. He resolved to not leave until he knew the rest. He heard the clock strike ten, and he would hear all the other hours struck that night, would watch over the cadavers of one or both, as long as he could add this page to the other pages of the parish, even though it wasn't of the parish.

"Let's go, let's go, so it was the fever that took them . . . ?"

Não se pode escrever o que sentiu o sacristão, ouvindo-lhe este caso. Guardou-o por algum tempo, com dificuldade. Soube os nomes das pessoas pelo obituário dos jornais, e combinou as circunstâncias ouvidas ao comendador com outras. Enfim, sem se ter por indiscreto, espalhou a história, só com esconder os nomes e contá-la a um amigo, que a passou a outro, este a outros, e todos a todos. Fez mais; meteu-se-lhe em cabeça que o cabriolet da fuga podia ser o mesmo dos últimos sacramentos; foi à cocheira, conversou familiarmente com um empregado, e descobriu que sim. Donde veio chamar-se a esta página a "anedota do cabriolet."

Brito clenched his teeth to not say any more. But when people came to call him inside the house, he responded quickly, and half an hour later he was back with the news of the second passing. The weeping, this time weaker in that it was more expected, now no longer having anyone to hide it from, delivered the news to the sexton.

"There went the other, the brother, the groom . . . May God forgive them! Now you can know everything, my friend. Know that they wanted each other so much that a few days after learning of the natural and canonical obstacle to the union, they did some thinking and, satisfied that they were only step-siblings, not full siblings, they jumped into a cabriolet and fled from home. The alert soon went out, and we caught up with the cabriolet on the road to Cidade Nova, and they became so remorseful and ashamed with the capture that they took ill with fever and ended up dying."

What the sexton felt as he heard about this affair cannot be written. With difficulty he kept it to himself for a while. He learned the names of the people from the newspaper obituary, and he matched the circumstances he'd heard from the commander with others. In the end, without considering himself indiscrete, he spread the story, but hiding the names and telling it to a friend, who passed it on to another, and he to others, and everyone to everyone. He did more. He got it into his head that the cabriolet they fled in was the same as that of the latest sacraments. He went to the coach house, chatted with an employee, found out yes. Which led to this page being called, "cabriolet anecdote."

Maria Cora

by Machado de Assis
from *Relíquias de Casa Velha*, 1906

Capítulo Primeiro

Uma noite, voltando para casa, trazia tanto sono que não dei corda ao relógio. Pode ser também que a vista de uma senhora que encontrei em casa do comendador T . . . contribuísse para aquele esquecimento; mas estas duas razões destróem-se. Cogitação tira o sono e o sono impede a cogitação; só uma das causas devia ser verdadeira. Ponhamos que nenhuma, e fiquemos no principal, que é o relógio parado, de manhã, quando me levantei, ouvindo dez horas no relógio da casa.

Morava então (1893) em uma casa de pensão no Catete. Já por esse tempo este gênero de residência florescia no Rio de Janeiro. Aquela era pequena e tranqüila. Os quatrocentos contos de réis permitiam-me casa exclusiva e própria; mas, em primeiro lugar, já eu ali residia quando os adquiri, por jogo de praça; em segundo lugar, era um solteirão de quarenta anos, tão afeito à vida de hospedaria que me seria impossível morar só. Casar não era menos impossível. Não é que me faltassem noivas. Desde

Maria Cora

translated by Luciana Tanure

First Chapter

One, coming home, I was so sleepy that I didn't wind the clock. It might also be that the sight of a certain lady I met at the house of *comendador* T . . . had contributed to this forgetfulness, but these two reasons destroy one another. *Cogitation takes away sleepiness, and sleepiness impedes cogitation.* Only one of the causes should be true. Let's say neither and remain on the main point, which is, the clock was stopped in the morning when I woke up, hearing ten o'clock on the house clock.

I lived, then (1893), in a boarding house in Catete. By that time this kind of residence was already flourishing in Rio de Janeiro. That one was small and quiet. The four hundred *contos de réis* afforded me my own exclusive house, but, in the first place, I was already living there when I acquired the money in the *jogo de praça*, and secondly, I was a forty-year-old old bachelor so accustomed to the boardinghouse life that it would be impossible for me to live alone. To marry was no less impossible. Not that I lacked

os fins de 1891 mais de uma dama, – e não das menos belas, – olhou para mim com olhos brandos e amigos. Uma das filhas do comendador tratava-me com particular atenção. A nenhuma dei corda, o celibato era a minha alma, a minha vocação, o meu costume, a minha única ventura. Amaria de empreitada e por desfastio. Uma ou duas aventuras por ano bastavam a um coração meio inclinado ao ocaso e à noite.

Talvez por isso dei alguma atenção à senhora que vi em casa do comendador, na véspera. Era uma criatura morena, robusta, vinte e oito a trinta anos, vestida de escuro; entrou às dez horas, acompanhada de uma tia velha. A recepção que lhe fizeram foi mais cerimoniosa que as outras; era a primeira vez que ali ia. Eu era a terceira. Perguntei se era viúva.

— Não; é casada.

— Com quem?

— Com um estancieiro do Rio Grande. – Chama-se?

— Ele? Fonseca, ela Maria Cora.

— O marido não veio com ela?

— Está no Rio Grande.

Não soube mais nada; mas a figura da dama interessou-me pelas graças físicas, que eram o oposto do que poderiam sonhar poetas românticos e artistas seráficos. Conversei com ela alguns minutos, sobre cousas indiferentes, – mas suficientes para escutar-lhe a voz, que era musical, e saber que tinha opiniões republicanas. Vexou-me confessar que não as professava de espécie alguma; declarei-me vagamente pelo futuro do país. Quando ela falava, tinha um modo de umedecer os beiços, não sei se casual, mas gracioso e picante. Creio que, vistas assim ao pé, as feições não eram tão corretas como pareciam a distância, mas eram mais suas, mais originais.

Capítulo II

De manhã tinha o relógio parado. Chegando à cidade, desci a Rua do Ouvidor, até à da Quitanda, e indo a voltar à direita, para ir ao escritório do meu advogado, lembrou- me ver que horas eram. Não me acudiu que o relógio estava parado.

girlfriends. Since the end of 1891 more than one lady – and not of the least beautiful ones – looked at me with soft and friendly eyes. A daughter of the *comendador* treated me with particular attention. I didn't string any of them along, celibacy being my soul, my vocation, what I was used to, my only happiness. I would love loosely and jovially. One or two adventures per year were enough for a heart half inclined to sunset and night.

Maybe because of that I gave some attention to the lady I had seen in the house of the *comendador* on the evening before. She was a brunette creature, robust, twenty-eight to thirty years old, dressed in dark. She came in at ten o'clock, accompanied by an old aunt. The reception they gave her was more ceremonial than for the others. It was the first time she had gone there. It was my third. I asked if she was a widow.

"No, she's married."

"With whom?"

"With a rancher from Rio Grande."[1]

"What's his name?"

"Him? Fonseca, her, Maria Cora."

"The husband didn't come with her?"

"He's in Rio Grande."

I didn't know anything else, but the lady's appearance interested me for her physical graces, which were the opposite of what romantic poets and seraphic artists might dream of. I talked to her for a few minutes about indifferent things – enough to hear her voice, which was musical, and know that she had republican opinions.[2] It vexed me to confess to her that I would not profess those opinions whatsoever; I declared myself vaguely for the future of the country. When she spoke, she had a way of moistening her lips. I don't know if it was casual, but it was gracious and spicy. I think that, seen face to face, her features were not as right as they appeared from a distance, but they were more hers, more original.

[1] Rio Grande do Sul, Brazil's southern-most state. At the time of this story, it was in revolt against interference by the federal government.

[2] Brazil had become a democratic republic in 1889, but in the year of this story, some were still calling for a return to a monarchy.

— Que maçada! exclamei.

Felizmente, naquela mesma Rua da Quitanda, à esquerda, entre as do Ouvidor e Rosário, era a oficina onde eu comprara o relógio, e a cuja pêndula usava acertá-lo. Em vez de ir para um lado, fui para outro. Era apenas meia hora; dei corda ao relógio, acertei-o, troquei duas palavras com o oficial que estava ao balcão, e indo a sair, vi à porta de uma loja de novidades que ficava defronte, nem mais nem menos que a senhora de escuro que encontrara em casa do comendador. Cumprimentei-a, ela correspondeu depois de alguma hesitação, como se me não houvesse reconhecido logo, e depois seguiu pela Rua da Quitanda fora, ainda para o lado esquerdo.

Como tivesse algum tempo ante mim (pouco menos de trinta minutos), dei-me a andar atrás de Maria Cora. Não digo que uma força violenta me levasse já, mas não posso esconder que cedia a qualquer impulso de curiosidade e desejo; era também um resto da juventude passada. Na rua, andando, vestida de escuro, como na véspera, Maria Cora pareceu-me ainda melhor. Pisava forte, não apressada nem lenta, o bastante para deixar ver e admirar as belas formas, mui mais corretas que as linhas do rosto. Subiu a Rua do Hospício, até uma oficina de ocularista, onde entrou e ficou dez minutos ou mais. Deixei-me estar a distância, fitando a porta disfarçadamente. Depois saiu, arrepiou caminho, e dobrou a Rua dos Ourives, até à do Rosário, por onde subiu até ao Largo da Sé; daí passou ao de S. Francisco de Paula. Todas essas reminiscências parecerão escusadas, senão aborrecíveis; a mim dão-me uma sensação intensa e particular, são os primeiros passos de uma carreira penosa e longa. Demais, vereis por aqui que ela evitava subir a Rua do Ouvidor, que todos e todas buscariam àquela ou a outra hora para ir ao Largo de S. Francisco de Paula. Foi atravessando o largo, na direção da Escola Politécnica, mas a meio caminho veio ter com ela um carro que estava parado defronte da Escola; meteu-se nele, e o carro partiu.

A vida tem suas encruzilhadas, como outros caminhos da terra. Naquele momento achei-me diante de uma assaz complicada, mas não tive tempo de escolher direção, – nem tempo nem liberdade. Ainda agora não sei como é que me vi dentro de um tílburi, é certo que me vi nele, dizendo ao cocheiro que fosse atrás do carro.

Chapter II

In the morning, my clock had stopped. Arriving in the city center I walked down Rua do Ouvidor to Rua da Quitanda, and I was going to turn right, to go to the office of my attorney, when I remembered to check what time it was. I didn't notice the clock was stopped.

"What a pain!" I exclaimed.

Fortunately, on that same Rua Quitanda, to the left, between Ouvidor and Rua do Rosário, was the shop where I had bought the clock, and I had to fix the pendulum. So, instead of going to one side, I went to another. It was only half an hour. I wound the clock, set it, exchanged a few words with the clerk behind the counter, and as I was going out, I saw, at the door of a novelty shop across the street, nothing more or less than the lady in dark whom I had met in the house of the comendador. I greeted her. She responded after some hesitation, as if she had not recognized me immediately, and then she went on down Rua Quitanda, still on the left side.

As I had some time ahead of me (a little less than thirty minutes). I went on following Maria Cora. I'm not saying a strong urge was pushing me, but I cannot hide that I gave in to some impulse of curiosity and desire: it was also the remainder of my passed youth. On the street, walking, dressed in dark as on the previous night, Maria Cora seemed to me even better. She stepped strongly enough, neither fast or slow, to let one see and admire her beautiful shapes, much more fine than the lines of her face. She went up Rua do Hospício as far as an eyeglass shop, where she entered and stayed for ten or more minutes. I let myself be at a distance, covertly watching the door. She then left, continued on her way, and turned onto Rua dos Ourives, went to Rua do Rosário, where she went up as far as Largo da Sé. From there she moved on to Largo de São Francisco de Paula. All these reminiscences must seem like unnecessary if not boring details. To me they cause a strong and private feeling. They're the first steps of a long, hard pursuit. Besides, you will see here that she was avoiding taking Rua do Ouvidor, which anyone else would look for to go to Largo de São Francisco de Paula. She went on around the Largo in the direction of the Escola Politécnica, but halfway

Maria Cora morava no Engenho Velho; era uma boa casa, sólida, posto que antiga, dentro de uma chácara. Vi que morava ali, porque a tia estava a uma das janelas. Depois, saindo do carro, Maria Cora disse ao cocheiro (o meu tílburi ia passando adiante) que naquela semana não sairia mais, e que aparecesse segunda-feira ao meio- dia. Em seguida, entrou pela chácara, como dona dela, e parou a falar ao feitor, que lhe explicava alguma cousa com o gesto.

Voltei depois que ela entrou em casa, e só muito abaixo é que me lembrou de ver as horas, era quase uma e meia. Vim a trote largo até à Rua da Quitanda, onde me apeei à porta do advogado.

— Pensei que não vinha, disse-me ele.

— Desculpe, doutor, encontrei um amigo que me deu uma maçada. Não era a primeira vez que mentia na minha vida, nem seria a última.

Capítulo III

Fiz-me encontradiço com Maria Cora, na casa do comendador, primeiro, e depois em outras. Maria Cora não vivia absolutamente reclusa, dava alguns passeios e fazia visitas. Também recebia, mas sem dia certo, uma ou outra vez, e apenas cinco a seis pessoas da intimidade. O sentimento geral é que era pessoa de fortes sentimentos e austeros costumes. Acrescentai a isto o espírito, um espírito agudo, brilhante e viril. Capaz de resistências e fadigas, não menos que de violências e combates, era feita, como dizia um poeta que lá ia à casa dela, "de um pedaço de pampa e outro de pampeiro". A imagem era em verso e com rima, mas a mim só me ficou a idéia e o principal das palavras. Maria Cora gostava de ouvir definir-se assim, posto não andasse mostrando aquelas forças a cada passo, nem contando as suas memórias da

adolescência. A tia é que contava algumas, com amor, para concluir que lhe saía a ela, que também fora assim na mocidade. A justiça pede que se diga que, ainda agora, apesar de doente, a tia era pessoa de muita vida e robustez.

there a coach was stopped in front of the school. She got in, and the coach departed.

Life has its crossroads, just like the other roads of Earth. At the moment I saw myself facing a complicated situation, but I had no time to choose a direction – neither the time nor the freedom. Still now I don't know how I saw myself inside a tilbury. It is certain that I saw myself in it, telling the horseman to follow the carriage.

Maria Cora lived in Engenho Velho.[3] It was a nice house, solid though old, on a large lot. I saw she lived there because one of her aunts was at the window. Then, leaving the coach, Maria Cora told the horseman (my tilbury was passing by) she would not go out again that week and for him to come back on Monday at noon. After that she went into the property as its owner and stopped to talk with the caretaker, who explained something to her with a gesture.

I returned after she went inside, but only way down the street did I remember to check the time. It was almost one-thirty. I came at a fast trot as far as Rua da Quitanda, where I got off at the laywer's door.

"I thought you wouldn't come," he said.

"I'm sorry, Doctor, I met a friend who held me in a long and boring conversation.

It wasn't the first time in my life I was lying, nor would it be the last.

Chapter III

I met with Maria Cora, first in the house of the *comendador*, and then in others. Maria Cora did not live in absolute reclusion. She went out a few times and paid some visits. She also hosted visitors, but not on certain days, just once in a while, and only five or six close friends. The general feeling was that she was a person of strong feelings and austere habits. Add to that her spirit, an acute, bright and virile spirit. Capable of endurance and hardship, as well as violence and fighting, she was made of, as a poet who used to go to her house said, "One piece of the *pampa* and another of the

[3] A district in Rio de Janeiro.

Com pouco, apaixonei-me pela sobrinha. Não me pesa confessá-lo, pois foi a ocasião da única página da minha vida que merece atenção particular. Vou narrá-la brevemente; não conto novela nem direi mentiras.

Gostei de Maria Cora. Não lhe confiei logo o que sentia, mas é provável que ela o percebesse ou adivinhasse, como todas as mulheres. Se a descoberta ou adivinhação foi anterior à minha ida à casa do Engenho Velho, nem assim deveis censurá-la por me haver convidado a ir ali uma noite. Podia ser-lhe então indiferente a minha disposição moral, podia também gostar de se sentir querida, sem a menor idéia de retribuição. A verdade é que fui essa noite e tornei outras, a tia gostava de mim e dos meus modos. O poeta que lá ia, tagarela e tonto, disse uma vez que estava afinando a lira para o casamento da tia comigo. A tia riu-se; eu, que queria as boas graças dela, não podia deixar de rir também, e o caso foi matéria de conversação por uma semana; mas já então o meu amor à outra tinha atingido ao cume.

Soube, pouco depois, que Maria Cora vivia separada do marido. Tinham casado oito anos antes, por verdadeira paixão. Viveram felizes cinco. Um dia, sobreveio uma aventura do marido que destruiu a paz do casal. João da Fonseca apaixonou-se por uma figura de circo, uma chilena que voava em cima do cavalo, Dolores, e deixou a estância para ir atrás dela. Voltou seis meses depois, curado do amor, mas curado à força, porque a aventureira se enamorou do redator de um jornal, que não tinha vintém, e por ele abandonou Fonseca e a sua prataria. A esposa tinha jurado não aceitar mais o esposo, e tal foi a declaração que lhe fez quando ele apareceu na estância.

— Tudo está acabado entre nós; vamos desquitar-nos.

João da Fonseca teve um primeiro gesto de acordo; era um quadragenário orgulhoso, para quem tal proposta era de si mesma uma ofensa. Durante uma noite tratou dos preparativos para o desquite; mas, na seguinte manhã, a vista das graças da esposa novamente o comoveram. Então, sem tom implorativo, antes como quem lhe perdoava, entendeu dizer-lhe que deixasse passar uns seis meses. Se ao fim de seis meses, persistisse o sentimento atual que inspirava a proposta do desquite, este se faria. Maria Cora não queria aceitar a emenda, mas a tia, que residia em Porto Alegre e fora

Pampero."[4] The image was in verse and rhyme, but only the main idea of the words stuck with me. Maria Cora enjoyed hearing herself defined this way, even if she wasn't showing such strength at every step or speaking about the memories of her adolescence. Her aunt would tell us some of the memories, with love, to conclude she had gotten that from her, who was also like that in youth. Fairness would have us say that, even now, though ill, her aunt was a person of much life and robustness.

I soon fell in love with her niece. It doesn't hurt for me to confess that it was on the occasion of the only page of my life that deserves particular attention. I will narrate it briefly. I am telling neither tales nor lies. I liked Maria Cora. I did not tell her about my feelings right away, though it's likely that she knew or guessed, as all women do. If her discovery or divination was prior to my going to the house in Engenho Velho, she still should not be blamed for having invited me to go there one night. She may have been indifferent to my moral disposition. She might also have liked to feel wanted, without the slightest idea of reciprocation. The truth is that I went there that night, and I went back other times. Her aunt liked me and my ways. The poet who was there, garrulous and daft, once said he was tuning his lyre for the wedding of her aunt with me. The aunt laughed, and I, who wanted her good graces, could not help but laugh as well, and the affair was the subject of conversation for a week. But by then, my love for the other had reached its peak.

I learned shortly afterwards that Maria Cora lived apart from her husband. They had married eight years before, in true love. They lived happily for five. One day, an adventure befell her husband and destroyed the couple's peace. João da Fonseca fell in love with a character from the circus, a Chilean, Dolores, who did acrobatics on horseback, and he left the ranch to go after her. He returned six months later, cured of love but cured by force because his adventureress became enamored of a newspaper editor who didn't have a cent, and she abandoned Fonseca and all his silver. His wife had vowed not to accept her husband again, and such was the statement she made when he appeared at their ranch.

[4] The *pampa* is the flat, rolling terrain typical of southern South America, the *pampero* its inhabitant.

passar algumas semanas na estância, interveio com boas palavras. Antes de três meses estavam reconciliados.

— João, disse-lhe a mulher no dia seguinte ao da reconciliação, você deve ver que o meu amor é maior que o meu ciúme, mas fica entendido que este caso da nossa vida é único. Nem você me fará outra, nem eu lhe perdoarei nada mais.

João da Fonseca achava-se então em um renascimento do delírio conjugal; respondeu à mulher jurando tudo e mais alguma cousa. Aos quarenta anos, concluiu ele, não se fazem duas aventuras daquelas, e a minha foi de doer. Você verá, agora é para sempre.

A vida recomeçou tão feliz, como dantes, – ele dizia que mais. Com efeito, a paixão da esposa era violenta, e o marido tornou a amá-la como outrora. Viveram assim dous anos. Ao fim desse tempo, os ardores do marido haviam diminuído, alguns amores passageiros vieram meter-se entre ambos. Maria Cora, ao contrário do que lhe dissera, perdoou essas faltas que aliás não tiveram a extensão nem o vulto da aventura Dolores. Os desgostos, entretanto, apareceram e grandes. Houve cenas violentas. Ela parece que chegou mais de uma vez a ameaçar que se mataria; mas, posto não lhe faltasse o preciso ânimo, não fez tentativa nenhuma, a tal ponto lhe doía deixar a própria causa do mal, que era o marido. João da Fonseca percebeu isto mesmo, e acaso explorou a fascinação que exercia na mulher.

Uma circunstância política veio complicar esta situação moral. João da Fonseca era pelo lado da revolução, dava-se com vários dos seus chefes, e pessoalmente detestava alguns dos contrários. Maria Cora, por laços de família, era adversa aos federalistas. Esta oposição de sentimentos não seria bastante para separá-los, nem se pode dizer que, por si mesma, azedasse a vida dos dous. Embora a mulher, ardente em tudo, não o fosse menos em condenar a revolução, chamando nomes crus aos seus chefes e oficiais; embora o marido, também excessivo, replicasse com igual ódio, os seus arrufos políticos apenas aumentariam os domésticos, e provavelmente não passariam dessa troca de conceitos, se uma nova Dolores, desta vez Prazeres, e não chilena nem saltimbanca, não revivesse os dias amargos de outro tempo. Prazeres era ligada ao partido da revolução, não só pelos sentimen-

"It's all over between us, let's get a *disquite* separation."[5]

João da Fonseca made a first gesture of agreement. He was a proud men in his forties for whom such a proposal was itself an offense. For a night he dealt with the preparations for the separation, but the next morning the sight of his gracious wife moved him. So, without a pleading tone, but rather speaking as someone who forgave her, he then told her to let some six months pass. If after six months the actual feeling that inspired the proposal of the *disquite* persisted, it would be done. Maria Cora would not accept the resolution, but the aunt, who lived in Porto Alegre[6] and was there for a few weeks, spoke out with good words. Within three months they were reconciled.

"João," his wife said on the day after the reconciliation, "you should see that my love is greater than my jealousy, but let it be understood that this affair of our life is the only one. You will neither do this to me again, nor will I forgive you again.

João da Fonseca was then living a revival of the marital delight; he answered his wife, avowing everything and much more. At forty, he concluded, one doesn't have two of those adventures, and mine was painful. You will see, now it's forever.

Life resumed as happily as before – even more so, he said. Indeed, his wife's was impetuous, and her husband loved her as before. They lived like that for two years. By the end of that time, the husband's ardor had subsided. Some passing loves got between them both. Maria Cora, contrary to what she had said, forgave these failings which, incidentally, did not have the length or the shape of the Dolores adventure. Displeasures, however, appeared, and they were large. There were violent scenes. It seems that more than once she threatened to kill herself, but since she lacked the necessary courage. She did not make any attempt, and it hurt to leave the very cause of evil, which was her husband. João da Fonseca realized this and exploited the fascination he exerted on his woman.

---

[5] A *disquite* was a legal separation. Divorce (complete dissolution of a marriage) was not possible in Brazil until 1977.

[6] Capital of the state of Rio Grande do Sul.

tos, como pelas relações da vida com um federalista. Eu a conheci pouco depois, era bela e airosa; João da Fonseca era também um homem gentil e sedutor. Podiam amar-se fortemente, e assim foi. Vieram incidentes, mais ou menos graves, ate que um decisivo determinou a separação do casal.

Já cuidavam disto desde algum tempo, mas a reconciliação não seria impossível, apesar da palavra de Maria Cora, graças à intervenção da tia; esta havia insinuado à sobrinha que residisse três ou quatro meses no Rio de Janeiro ou em S.Paulo. Sucedeu, porém, uma cousa triste de dizer. O marido, em um momento de desvario, ameaçou a mulher com o rebenque. Outra versão diz que ele tentara esganá-la. Quero crer que a verídica é a primeira, e que a segunda foi inventada para tirar à violência de João da Fonseca o que pudesse haver deprimente e vulgar. Maria Cora não disse mais uma só palavra ao marido. A separação foi imediata, a mulher veio com a tia para o Rio de Janeiro, depois de arranjados amigavelmente os interesses pecuniários. Demais, a tia era rica.

João da Fonseca e Prazeres ficaram vivendo juntos uma vida de aventuras que não importa escrever aqui. Só uma cousa interessa diretamente à minha narração. Tempos depois da separação do casal, João da Fonseca estava alistado entre os revolucionários. A paixão política, posto que forte, não o levaria a pegar em armas, se não fosse uma espécie de desafio da parte de Prazeres; assim correu entre os amigos dele, mas ainda este ponto é obscuro. A versão é que ela, exasperada com o resultado de alguns combates, disse ao estancieiro que iria, disfarçada em homem, vestir farda de soldado e bater-se pela revolução. Era capaz disto; o amante disse-lhe que era uma loucura, ela acabou propondo-lhe que, nesse caso, fosse ele bater-se em vez dela, era uma grande prova de amor que lhe daria.

— Não te tenho dado tantas?

— Tem, sim; mas esta é a maior de todas, esta me fará cativa até à morte.

— Então agora ainda não é até à morte? perguntou ele rindo.

— Não.

Pode ser que as cousas se passassem assim. Prazeres era, com efeito, uma mulher caprichosa e imperiosa, e sabia prender um homem por laços

A political circumstance came to complicate this moral situation: João da Fonseca was in favor of the revolution.[7] He associated with several of its leaders and personally hated some of the opponents. Maria Cora, because of family ties, was averse to the Federalists. This opposition of sentiments would not be enough to separate them, nor it could be said that that, by itself, would sour the lives of the two of them. Although the woman, fiery about everything, not the least of which would be to condemn the revolution, called its chiefs and officers crude names. Although her husband, also excessive, would replicate their political tiffs with equal hatred, which would only increase their domestic tiffs, they would probably not have gone beyond this exchange of ideas if a new Dolores, this time Prazeres, and not a Chilean or an acrobat, didn't revive the bitter days of another time.[8] Prazeres was linked to the party of the revolution, not only by her feelings but by her relationship with a Federalist. I met her shortly after. She was beautiful and graceful. João da Fonseca was also a gentle and seductive man. They could love each other strongly, and so they did. There were incidents, more or less severe, until a decisive one determined the couple's separation.

They had been dealing this for some time, but the reconciliation would not be impossible despite Maria Cora's word, thanks to the intervention of her aunt, who had suggested that her niece go live in Rio de Janeiro or São Paulo for three or four months. Something ensued, however, sad thing to say. The husband, in a moment of madness, threatened the woman with a whip. Another version says that he tried to strangle her. I want to believe that the first is true and the second was invented to take out what could be depressing and vulgar from the violence of João da Fonseca. Maria Cora did not say another word to her husband. The separation was immediate, and the woman came with her aunt to Rio de Janeiro after financial interests were amicably arranged. Besides, the aunt was rich.

João da Fonseca and Prazeres were living a life of adventures that is not a matter to be written about here. Only one thing matters directly to my narration. A while after the couple's separation, João da Fonseca was

[7] This was the uprising in southern Brazil, 1892-1894. The revolutionaries were of the Federalist Party, opposing the Republican Party.

[8] Her name means "Pleasures."

de ferro. O federalista, de quem se separou para acompanhar João da Fonseca, depois de fazer tudo para reavê-la, passou à campanha oriental, onde dizem que vive pobremente, encanecido e envelhecido vinte anos, sem querer saber de mulheres nem de política. João da Fonseca acabou cedendo; ela pediu para acompanhá-lo, e até bater-se, se fosse preciso; ele negou-lho. A revolução triunfaria em breve, disse; vencidas as forças do governo, tornaria à estância, onde ela o esperaria.

— Na estância, não, respondeu Prazeres; espero-te em Porto Alegre.

Capítulo IV

Não importa dizer o tempo que despendi nos inícios da minha paixão, mas não foi grande. A paixão cresceu rápida e forte. Afinal senti-me tão tomado dela que não pude mais guardá-la comigo, e resolvi declarar-lha uma noite; mas a tia, que usava cochilar desde as nove horas (acordava às quatro), daquela vez não pregou olho, e, ainda que o fizesse, é provável que eu não alcançasse falar; tinha a voz presa e na rua senti uma vertigem igual à que me deu a primeira paixão da minha vida.

— Sr. Correia, não vá cair, disse a tia quando eu passei à varanda, despedindo-me. – Deixe estar, não caio.

Passei mal a noite; não pude dormir mais de duas horas, aos pedaços, e antes das cinco estava em pé.

— É preciso acabar com isto! exclamei.

De fato, não parecia achar em Maria Cora mais que benevolência e perdão, mas era isso mesmo que a tornava apetecível. Todos os amores da minha vida tinham sido fáceis; em nenhum encontrei resistência, a nenhuma deixei com dor; alguma pena, é possível, e um pouco de recordação. Desta vez sentia-me tomado por ganchos de ferro. Maria Cora era toda vida; parece que, ao pé dela, as próprias cadeiras andavam e as figuras do tapete moviam os olhos. Põe nisso uma forte dose de meiguice e graça; finalmente, a ternura da tia fazia daquela criatura um anjo. É banal a comparação, mas não tenho outra.

listed among the revolutionaries. Political passion, although strong, would not have led him to take up arms if this weren't a kind of challenge on the part of Prazeres; that is what was discussed among his friends, but even this point is unclear. The version is that she, exasperated with the outcome of some battles, told the rancher that she would, disguised as a man, wear the uniform of a soldier and fight for the revolution. She was capable of it. Her lover told her that this was crazy, and she ended up proposing that in that case, he should go fight in her place. This would be a great proof of love that he would give her.

"Have I not given you so many?"

"Yes, you have, but this is the greatest of all. This will make me captive unto death."

"So it isn't already unto death now?" he asked, laughing.

"No."

It's possible that things happened that way. Prazeres was, in fact, a capricious and imperious woman, and she knew how to get a man into iron chains. The Federalist, whom she separated from to follow João da Fonseca, after doing everything to get her back, went to the eastern campaign, where they say he lived poorly, grizzled and aged by twenty years, without wanting anything to do with women or politics. João da Fonseca ended up relenting. She asked to accompany him and even join the fight if necessary. He refused. The revolution would triumph soon, he said. Once the government forces were defeated, he would come back to the ranch, where she should wait for him.

"Not at the ranch," Prazeres replied." I will wait for you in Porto Alegre."

Chapter IV

It isn't important to mention the time I spent at the beginning of my passion, but it wasn't long. The passion grew fast and strong. After all, I felt myself so taken by her that I could no longer keep it to myself, and I decided to declare it to her one night; but the aunt, who used to go to sleep at nine o'clock (she woke up at four), that time didn't sleep a wink, and even if she

Resolvi cortar o mal pela raiz, não tornando ao Engenho Velho, e assim fiz por alguns dias largos, duas ou três semanas. Busquei distrair-me e esquecê-la, mas foi em vão. Comecei a sentir a ausência como de um bem querido; apesar disso, resisti e não tornei logo. Mas, crescendo a ausência, cresceu o mal, e enfim resolvi tornar lá uma noite. Ainda assim pode ser que não fosse, a não achar Maria Cora na mesma oficina da Rua da Quitanda, aonde eu fora acertar o relógio parado.

— É freguês também? perguntou-me ao entrar.

— Sou.

— Vim acertar o meu. Mas, por que não tem aparecido?

— E verdade, por que não voltou lá à casa? completou a tia.

— Uns negócios, murmurei; mas, hoje mesmo contava ir lá.

— Hoje não; vá amanhã, disse a sobrinha. Hoje vamos passar a noite fora.

Pareceu-me ler naquela palavra um convite a amá-la de vez, assim como a primeira trouxera um tom que presumi ser de saudade. Realmente, no dia seguinte, fui ao Engenho Velho. Maria Cora acolheu-me com a mesma boa vontade de antes. O poeta lá estava e contou-me em verso os suspiros que a tia dera por mim. Entrei a freqüentá-las novamente e resolvi declarar tudo.

Já acima disse que ela provavelmente percebera ou adivinhara o que eu sentia, como todas as mulheres; referi-me aos primeiros dias. Desta vez com certeza percebeu, nem por isso me repeliu. Ao contrário, parecia gostar de se ver querida, muito e bem.

Pouco depois daquela noite escrevi-lhe uma carta e fui ao Engenho Velho. Achei-a um pouco retraída; a tia explicou-me que recebera notícias do Rio Grande que a afligiram. Não liguei isto ao casamento e busquei alegrá-la; apenas consegui vê-la cortês. Antes de sair, perto da varanda, entreguei-lhe a carta; ia a dizer-lhe: "Peço-lhe que leia", mas a voz não saiu. Vi-a um pouco atrapalhada, e para evitar dizer o que melhor ia escrito, cumprimentei-a e enfiei pelo jardim. Pode imaginar-se a noite que passei, e o dia seguinte foi naturalmente igual à medida que a outra noite vinha. Pois, ainda assim, não tornei à casa dela; resolvi esperar três ou

had, it is likely that I wouldn't have dared to speak out. My voice was stuck, and in the street and I felt dizzy, just as I had felt with the first love of my life.

"Mr. Correia, don't fall," her aunt said as I went to the porch, saying good-bye.

"Let me be, I won't fall."

I felt sick that night. I had a bad night. I couldn't sleep more than two hours, and before five I was up.

"This has to end!" I exclaimed.

In fact, I could not seem to find in Maria Cora anything other than benevolence and forgiveness, but that was what made her appetizing. All the loves of my life had been easy. I hadn't met resistance in any, none had I left with pain. Some shame, possibly, perhaps some longing. This time I felt gripped by iron hooks. Maria Cora was all of life. It seems that when she entered, the very chairs would walk, and the figures in the carpet moved its eyes. Add to that a heavy dose of sweetness and grace. And finally the tenderness of her aunt made that creature an angel. This comparison may seem vulgar, but I have no other.

I decided to nip the evil in the bud by not going back to Engenho Velho, so I didn't for a few long days, two or three weeks. I sought to distract myself and forget about her, but in vain. I started to feel her absence like that of a dearly beloved; nevertheless, I resisted and did not go back there for a while. But, as my longing grew, the evil also grew, and I finally decided to return there one night. Yet it may be that I wouldn't have gone had I not found Maria Cora in the same shop at Rua Quitanda where I had gone to fix my stopped clock.

"Are you also a customer?" she asked me when she came in.

"I am."

"I came to fix mine. But why haven't you been around?"

"It's true. Why didn't you come back at the house?" her aunt added.

"Some business matters," I muttered, "but just today I was planning on going there."

"Not today; go tomorrow," said the niece. "Today we are going to spend the night out."

quatro dias, não que ela me escrevesse logo, mas que pensasse nos termos da resposta. Que estes haviam de ser simpáticos, era certeza minha; as maneiras dela, nos últimos tempos, eram mais que afáveis, pareciam- me convidativas.

Não cheguei, porém, aos quatro dias; mal pude esperar três. Na noite do terceiro fui ao Engenho Velho. Se disser que entrei trêmulo da primeira comoção, não minto. Achei-a ao piano, tocando para o poeta ouvir; a tia, na poltrona, pensava em não sei que, mas eu quase não a vi, tal a minha primeira alucinação.

— Entre, Sr. Correia, disse esta; não caia em cima de mim.

— Perdão . . .

Maria Cora não interrompeu a música; ao ver-me chegar, disse:

— Desculpe, se lhe não dou a mão, estou aqui servindo de musa a este senhor.

Minutos depois, veio a mim, e estendeu-me a mão com tanta galhardia, que li nela a resposta, e estive quase a dar-lhe um agradecimento. Passaram-se alguns minutos, quinze ou vinte. Ao fim desse tempo, ela pretextou um livro, que estava em cima das músicas, e pediu-me para dizer se o conhecia; fomos ali ambos, e ela abriu-mo; entre as duas folhas estava um papel.

— Na outra noite, quando aqui esteve, deu-me esta carta; não podia dizer-me o que tem dentro?

— Não adivinha?

— Posso errar na adivinhação. – É isso mesmo.

— Bem, mas eu sou uma senhora casada, e nem por estar separada do meu marido deixo de estar casada.

O senhor ama-me, não é? Suponha, pelo melhor, que eu também o amo; nem por isso deixo de estar casada.

Dizendo isto, entregou-me a carta; não fora aberta. Se estivéssemos sós, é possível que eu lhe lesse, mas a presença de estranhos impedia-me este recurso. Demais, era desnecessário; a resposta de Maria Cora era definitiva ou me pareceu tal. Peguei na carta. e antes de a guardar comigo:

— Não quer então ler?

I seemed to read in those words an invitation to love her at once, just as the first word had carried a tone I pressumed to be of longing. Indeed, on the next day I went to Engenho Velho. Maria Cora welcomed me with the same good will as before. The poet was there, and in verses he told me about the sighs her aunt had given over me. I went back to visit them again, and I decided to declare everything.

I have already stated above that, like all women, she probably noticed or guessed what I felt. I mean in the first days. This time she surely noticed, but she didn't even spurn me for that. Rather, she seemed to like to see herself held dear, desired – and desired a lot.

Shortly after that night I wrote her a letter and went to Engenho Velho. I found her slightly withdrawn. Her aunt said that Maria Cora had received news from Rio Grande that distressed her. I didn't connect that to the marriage and sought to cheer her up. I only got a polite response. Before I left, near the veranda, I handed the letter to her. I was going to say: "I beg you read it," but the voice didn't come out. I saw her a bit awkward, and to avoid saying what was written, I said good night and left through the garden. You can imagine how I spent that night, and the next day was the same. I waited for the next night to come. Well, even with this feeling I didn't return to her house. I decided to wait three or four days. I hoped not that she would write back soon but that she would think about the phrasing of her response: It had to be friendly, I was sure of that; her ways, recently, were more affable. To me they seemed inviting.

I couldn't wait, however, for four days. I could barely wait three. On the night of the third, I went to Engenho Velho. If I tell you I went in trembling because of my initial emotion, I wouldn't be lying. I found her at the piano, playing for the poet to hear. Her aunt, in the armchair, was thinking about I don't know what, but I hardly saw her, such was my first hallucination.

"Please come in, Mr. Correia," she said, "but don't fall over me."

"Forgive me . . . "

Maria Cora didn't interrupt the music. When she saw me coming in she he said:

— Não.

— Nem para ver os termos?

— Não.

— Imagine que lhe proponho ir combater contra seu marido, matá-lo e voltar, disse eu cada vez mais tonto.

— Propõe isto? – Imagine.

— Não creio que ninguém me ame com tal força, concluiu sorrindo. Olhe, que estão reparando em nós.

Dizendo isto, separou-se de mim, e foi ter com a tia e o poeta. Eu fiquei ainda alguns segundos com o livro na mão, como se deveras o examinasse, e afinal deixei-o. Vim sentar-me defronte dela. Os três conversavam de cousas do Rio Grande, de combates entre federalistas e legalistas, e da vária sorte deles. O que eu então senti não se escreve; pelo menos, não o escrevo eu, que não sou romancista. Foi uma espécie de vertigem, um delírio, uma cena pavorosa e lúcida, um combate e uma glória. Imaginei-me no campo, entre uns e outros, combatendo os federalistas, e afinal matando João da Fonseca, voltando e casando-me com a viúva. Maria Cora contribuía para esta visão sedutora; agora, que me recusara a carta, parecia-me mais bela que nunca, e a isto acrescia que se não mostrava zangada nem ofendida, tratava-me com igual carinho que antes, creio até que maior. Disto podia sair uma impressão dupla e contrária, – uma de aquiescência tácita, outra de indiferença, mas eu só via a primeira, e saí de lá completamente louco.

O que então resolvi foi realmente de louco. As palavras de Maria Cora: "Não creio que ninguém me ame com tal força" – soavam-me aos ouvidos, como um desafio. Pensei nelas toda a noite, e no dia seguinte fui ao Engenho Velho; logo que tive ocasião de jurar-lhe a prova, fi-lo.

— Deixo tudo o que me interessa, a começar pela paz, com o único fim de lhe mostrar que a amo, e a quero só e santamente para mim. Vou combater a revolta.

Maria Cora fez um gesto de deslumbramento. Daquela vez percebi que realmente gostava de mim, verdadeira paixão, e se fosse viúva, não casava com outro. Jurei novamente que ia para o Sul. Ela, comovida, estendeu-me a mão. Estávamos em pleno romantismo. Quando eu nasci, os meus não

"Forgive me if I don't offer you my hand, I'm here serving as a muse to this gentleman."

Minutes later she came to me and held my hand with such graciousness that I read in it her response, and I was about to give her my thanks. Some few minutes passed, fifteen or twenty. At the end of this time, she mentioned a book that was on top of the piano and asked me to tell her if I knew it. We both went over, and she opened it for me. Between two pages there was a piece of paper.

"The other night, when you were here, you gave me this letter. Couldn't you tell me what's inside?"

"Can't you guess?

"I can go wrong in guessing."

"Your guess is right."

"Well, I am a married woman, and just because I separated from my husband doesn't mean I quit being married. You love me, don't you? Let's suppose that, for the best, I love you too, but even so, I am still married."

That said, she handed me the letter. It had not been opened. Had we been alone, it's possible that I would have read it to her, but the presence of outsiders kept me from doing so. It was also unnecessary. Maria Cora's response was final, or so, at least, it seemed.

I took the letter, and before I tucked it away:

"Don't you want to read it?"

"No."

"Not to see what it says?"

"No."

"Imagine that I propose to go fight with your husband, kill him, and come back," I said, increasingly dizzy.

"Do you propose that?"

"Imagine."

"I don't think anyone loves me with such force," she concluded, smiling. "Look, they're noticing us."

acreditavam em outras provas de amor, e minha mãe contava-me os romances em versos de cavaleiros andantes que iam à Terra Santa libertar o sepulcro de Cristo por amor da fé e da sua dama. Estávamos em pleno romantismo.

Capítulo V

Fui para o sul. OS combates entre legalistas e revolucionários eram contínuos e sangrentos, e a notícia deles contribuiu a animar-me. Entretanto, como nenhuma paixão política me animava a entrar na luta, força é confessar que por um instante me senti abatido e hesitei. Não era medo da morte, podia ser amor da vida, que é um sinônimo; mas, uma ou outra cousa, não foi tal nem tamanha que fizesse durar por muito tempo a hesitação. Na cidade do Rio Grande encontrei um amigo, a quem eu por carta do Rio de Janeiro dissera muito reservadamente que ia lá por motivos políticos. Quis saber quais.

— Naturalmente são reservados, respondi tentando sorrir.

— Bem; mas uma cousa creio que posso saber, uma só, porque não sei absolutamente o que pense a tal respeito, nada havendo antes que me instrua. De que lado estás, legalistas ou revoltosos?

— É boa! Se não fosse dos legalistas, não te mandaria dizer nada; viria às escondidas. – Vens com alguma comissão secreta do marechal?

— Não.

Não me arrancou então mais nada, mas eu não pude deixar de lhe confiar os meus projetos, ainda que sem os seus motivos. Quando ele soube que aqueles eram alistar-me entre os voluntários que combatiam a revolução, não pôde crer em mim, e talvez desconfiasse que efetivamente eu levava algum plano secreto do presidente. Nunca da minha parte ouviu nada que pudesse explicar semelhante passo. Entretanto, não perdeu tempo em despersuadir-me; pessoalmente era legalista e falava dos adversários com ódio e furor. Passado o espanto, aceitou o meu ato, tanto mais nobre quanto não era inspirado por sentimento de partido. Sobre isto disse-me muita palavra bela e heróica, própria a levantar o ânimo de quem já tivesse tendên-

Chapter V

I went to the south. The battles between the legalists and revolutionaries were continuous and bloody, and the news of them helped to enthuse me. As no political passion encouraged me to join the fight, however, I must confess that for a moment I felt weak, and I hesitated. It wasn't fear of death. It could have been love of life, which is a synonym, but either way, it wasn't enough to make my hesitation last long. In the city of Rio Grande I found a friend to whom I had said in a letter from Rio de Janeiro, privately, that I was going there for political reasons. He wanted to know which.

"Naturally, they are private," I said, trying to smile.

"Well, but I think one thing I might know, just one, because I don't quite know what you think about this, there is nothing prior to inform me. Which side are you on, legalist or rebel?"

"Good question! If I weren't on the legalists side, I wouldn't tell you anything, I would come secretly."

"Do you come with some secret commission of the marechal?"

"No."

He wasn't able to get anything else from me, but I couldn't help but entrust him with my plans, albeit without telling him my motives. When he learned that those plans were to enlist myself among the volunteers who fought for the revolution, he couldn't believe me, and maybe he suspected that I actually had some secret plan coming from the president. He had never heard anything from me that could explain such a step. However, he wasted no time in persuading me. He was personally a legalist and spoke of the adversaries with hatred and fury. When his astonishment passed, he accepted my decision, all the more noble as it wasn't inspired by feelings for a political party. About this he spoke a lot of beautiful and heroic words, enough to lift the spirits of those who already had an inclination to fight. I had none besides my private reasons; these, however, were far greater at the moment. I had just received a letter from Maria Cora's aunt, giving me some news from them and regards from her niece, all with vague generality and genuine sympathy.

cia para a luta. Eu não tinha nenhuma, fora das razões particulares; estas, porém, eram agora maiores. Justamente acabava de receber uma carta da tia de Maria Cora, dando-me notícias delas, e recomendações da sobrinha, tudo com alguma generalidade e certa simpatia verdadeira.

Fui a Porto Alegre, alistei-me a marchei para a campanha. Não disse a meu respeito nada que pudesse despertar a curiosidade de ninguém, mas era difícil encobrir a minha condição, a minha origem, a minha viagem com o plano de ir combater a revolução.

Fez-se logo uma lenda a meu respeito. Eu era um republicano antigo, riquíssimo, entusiasta, disposto a dar pela República mil vidas, se as tivesse, e resoluto a não poupar a única. Deixei dizer isto e o mais, e fui. Como eu indagasse das forças revolucionárias com que estaria João da Fonseca, alguém quis ver nisto uma razão de ódio pessoal; também não faltou quem me supusesse espião dos rebeldes, que ia por-me em comunicação secreta com aquele. Pessoas que sabiam das relações dele com a Prazeres, imaginavam que era um antigo amante desta que se queria vingar dos amores dele. Todas aquelas suposições morreram, para só ficar a do meu entusiasmo político; a da minha espionagem ia-me prejudicando; felizmente, não passou de duas cabeças e de uma noite.

Levava comigo um retrato de Maria Cora; alcançara-o dela mesmo, uma noite, pouco antes do meu embarque, com uma pequena dedicatória cerimoniosa. Já disse que estava em pleno romantismo; dado o primeiro passo, os outros vieram de si mesmos. E agora juntai a isto o amor-próprio, e compreendereis que de simples cidadão indiferente da capital saísse um guerreiro áspero da campanha rio-grandense.

Nem por isso conto combates, nem escrevo para falar da revolução, que não teve nada comigo, por si mesma, senão pela ocasião que me dava, e por algum golpe que lhe desfechei na estreita área da minha ação. João da Fonseca era o meu rebelde. Depois de haver tomado parte no combate de Sarandi e Cochila Negra, ouvi que o marido de Maria Cora fora morto, não sei em que recontro; mais tarde deram-me a notícia de estar com as forças de Gumercindo, e também que fora feito prisioneiro e seguira para Porto Alegre; mas ainda isto não era verdade. Disperso, com dois camaradas,

I went to Porto Alegre, enlisted, and marched off to the campaign. I didn't say anything about myself that might pique anyone's curiosity, but it was hard to conceal my condition, my origin, my journey with the plan to go fight the revolution.

There was soon a legend about me. I was a former republican, very rich, enthusiastic, willing to give the Republic a thousand lives if I'd had them, and was determined not to spare one. I let them say this and more, and I went on. As I inquired of the revolutionary forces where João da Fonseca would be, someone wanted to see personal hatred as a reason; there were also those who had guessed I was a spy for the rebels who would be in secret communication with them. People who knew of his relations with the woman Prazeres thought that I was a former lover of hers who wanted revenge for his love. All of those suspicions died, so my political enthusiasm was all that remained. The suspicion of my spying was hurting me and it thankfully didn't go beyond two heads and one night.

I was carrying a portrait of Maria Cora with me. I had gotten it from her one night, just before my departure, with a little ceremonial dedication. I have already said that I was in full romance at that moment, and after I had taken the first step, the others came naturally. And now add to this self-love, and you will understand that from a simple and indifferent citizen from the capital came a tough warrior of the Rio Grande campaign.

And not because of this do I tell of battles or write to tell of the revolution, which, in itself, had nothing to do with me, except for the opportunity it was giving me, and for some act that I performed within the narrow area of my combat. João da Fonseca was my rebel. After taking part in the fighting at Sarandi and Cochila Negra. I heard that Maria Cora's husband had been killed. I don't know where. Later I received news of him being with the Gumercindo forces, and also that he had been taken prisoner and sent to Porto Alegre, but even this was not true. One day, detached with two comrades, I found a regiment that was in defense of the Encruzilhada, recently invaded by a Federalist force. I introduced myself to the commander and followed them. Then I learned that João da Fonseca was part of that force. They gave

encontrei um dia um regimento legal que ia em defesa da Encruzilhada, investida ultimamente por uma força dos federalistas; apresentei-me ao comandante e segui. Aí soube que João da Fonseca estava entre essa força; deram-me todos os sinais dele, contaram-me a história dos amores e a separação da mulher.

A idéia de matá-lo no turbilhão de um combate tinha algo fantástico; nem eu sabia se tais duelos eram possíveis em semelhantes ocasiões, quando a força de cada homem tem de somar com a de toda uma força única e obediente a uma só direção. Também me pareceu, mais de uma vez, que ia cometer um crime pessoal, e a sensação que isto me dava, podeis crer que não era leve nem doce; mas a figura de Maria Cora abraçava-me e absolvia com uma bênção de felicidades. Atirei-me de vez. Não conhecia João da Fonseca; além dos sinais que me haviam dado, tinha de memória um retrato dele que vira no Engenho Velho; se as feições não estivessem mudadas, era provável que eu o reconhecesse entre muitos. Mas, ainda uma vez, seria este encontro possível? Os combates em que eu entrara, já me faziam desconfiar que não era fácil, ao menos.

Não foi fácil nem breve. No combate da Encruzilhada creio que me houve com a necessária intrepidez e disciplina, e devo aqui notar que eu me ia acostumando à vida da guerra civil. Os ódios que ouvia, eram forças reais. De um lado e outro batiam-se com ardor, e a paixão que eu sentia nos meus ia-se pegando em mim. Já lera o meu nome em uma ordem do dia. e de viva voz recebera louvores, que comigo não pude deixar de achar justos, e ainda agora tais os declaro. Mas vamos ao principal, que é acabar com isto.

Naquele combate achei-me um tanto como o herói de Stendhal na batalha de Waterloo; a diferença é que o espaço foi menor. Por isso, e também porque não me quero deter em cousas de recordação fácil, direi somente que tive ocasião de matar em pessoa a João da Fonseca. Verdade é que escapei de ser morto por ele. Ainda agora trago na testa a cicatriz que ele me deixou. O combate entre nós foi curto. Se não parecesse romanesco demais, eu diria que João da Fonseca adivinhara o motivo e previra o resultado da ação.

me a full description of him. They told me the story of his loves and his separation from his wife.

The idea of killing him in the maelstrom of a combat was something of a fantasy. I didn't even know if duels like that were possible on such occasions, when the strength of each man has to add up to one whole single force obedient under one command. It also seemed to me, more than once, that I was going to commit a personal crime, and the feeling that it gave me, you can believe, was neither light nor sweet. But the image of Maria Cora embraced me and absolved me with a blessing of happiness. I threw myself to the task at once. I didn't know João da Fonseca. Beyond the descriptions they had given me, I had only the memory of a picture I had seen of him at Engenho Velho. If his features had not changed, it was likely that I would recognize him among many. But, once again, would this meeting be possible? The battles in which I had entered led me to suspect that it was not easy, to say the least.

It was neither easy nor quick. At the Encruzilhada battle I believe I was there with the necessary boldness and discipline, and I must note here that I was getting used to the life of civil war. The voices of hatred I heard were actual forces. On one side and the other they thundered with ardor, and the passion I felt for my side was taking hold of me. I had read my name on the orders of the day, and I received first-hand praise which I could not help but feel was fair, and even now I assert the same. But let's get to the main point, which is to get it over with.

In that fight I found myself somewhat like Stendahl's hero in the Battle of Waterloo.[9] The difference is that the space was smaller. Therefore, and also because I don't want to retain things that are easily remembered, I will say only that I had occasion to kill João da Fonseca in person. The truth is that I escaped from being killed by him. Even now I bear on my forehead the scar he left me with. The fight between us was short. If it wouldn't sound too romantic, I'd say João da Fonseca had guessed my motive and anticipated the outcome.

[9] In Stendahl's novel *The Charterhouse of Parma*, a young Italian uses a French uniform to join French ranks at Waterloo, a battle he describes as utter chaos.

Poucos minutos depois da luta pessoal, a um canto da vila, João da Fonseca caiu prostrado. Quis ainda lutar, e certamente lutou um pouco; eu é que não consenti na desforra, que podia ser a minha derrota, se é que raciocinei; creio que não. Tudo o que fiz foi cego pelo sangue em que o deixara banhado, e surdo pelo clamor e tumulto do combate. Matava-se, gritava-se, vencia-se; em pouco ficamos senhores do campo.

Quando vi que João da Fonseca morrera deveras, voltei ao combate por instantes; a minha ebriedade cessara um pouco, e os motivos primários tornaram a dominar-me, como se fossem únicos. A figura de Maria Cora apareceu-me como um sorriso de aprovação e perdão; tudo foi rápido.

Haveis de ter lido que ali se apreenderam três ou quatro mulheres. Uma destas era a Prazeres. Quando, acabado tudo, a Prazeres viu o cadáver do amante, fez uma cena que me encheu de ódio e de inveja. Pegou em si e deitou-se a abraçá-lo; as lágrimas que verteu, as palavras que disse, fizeram rir a uns; a outros, se não enterneceram, deram algum sentimento de admiração. Eu, como digo, achei-me tomado de inveja e ódio, mas também esse duplo sentimento desapareceu para não ficar nem admiração; acabei rindo. Prazeres, depois de honrar com dor a morte do amante, ficou sendo a federalista que já era; não vestia farda, como dissera ao desafiar João da Fonseca, quis ser prisioneira com os rebeldes e seguir com eles.

É claro que não deixei logo as forças, bati-me ainda algumas vezes, mas a razão principal dominou, e abri mão das armas. Durante o tempo em que estive alistado, só escrevi duas cartas a Maria Cora, uma pouco depois de encetar aquela vida nova, – outra depois do combate da Encruzilhada; nesta não lhe contei nada do marido, nem da morte, nem sequer que o vira. Unicamente anunciei que era provável acabasse brevemente a guerra civil. Em nenhuma das duas fiz a menor alusão aos meus sentimentos nem ao motivo do meu ato; entretanto, para quem soubesse deles, a carta era significativa. Maria Cora só respondeu à primeira das cartas, com serenidade, mas não com isenção. Percebia-se, – ou percebia-o eu, – que, não prometendo nada, tudo agradecia, e, quando menos, admirava. Gratidão e admiração podiam encaminhá-la ao amor.

Within minutes of the hand-to-hand struggle in a corner of the village, João da Fonseca fell flat. He still wanted to fight, and certainly did struggle a bit, but I was the one who did not consent to the revenge, which could have been my own defeat, if that's what I was thinking; I don't think so. Everything I did was blinded by the blood in which I left him bathed, and deafened by the clamor and tumult of the battle. They killed, shouted, won. In a short time we were the masters of the field.

When I saw João da Fonseca had really died, I returned briefly to the fight. My drunkenness had ceased a little, and the primary motives returned to dominate me, as if they were the only ones. The figure of Maria Cora appeared to me with a smile of approval and forgiveness; everything was fast.

You probably read that three or four women were seized there. One of them was Prazeres. When it was all over, Prazeres saw the corpse of her lover. She made a scene that filled me with hatred and envy. She grabbed at him and lay down to embrace him. The tears she shed and the words she uttered made some laugh. Others, if not softened, were given a sense of wonder. Me, as I say, I found myself overcome with envy and hatred, but this double sensation also disappeared, and not even admiration remained. I ended up laughing. Prazeres, after honoring with pain the death of her lover, was the Federalist she had already been. She wore no uniform, as she had said to João da Fonseca to defy him, and she wanted to be a prisoner with the rebels and follow with them.

Of course I didn'tt leave the forces immediately. I still fought a little more, but my main purpose dominated me and I left the army. During the time I was enlisted, I only wrote two letters to Maria Cora, one shortly after I started that new life, the other after the Encruzilhada battle. In that one I didn't tell her anything about her husband, nor about his death, nor even that I had seen him. I only announced that it was likely that the civil war would end soon. In neither of them did I make the slightest allusion to my feelings or the motives behind my actions. However, for someone who knew about those feelings, the letter was meaningful. Maria Cora only answered the first of my letters, with serenity but not with evasion. It was felt – or I

Ainda não disse, – e não sei como diga este ponto, – que na Encruzilhada, depois da morte de João da Fonseca, tentei degolá-lo; mas nem queria fazê-lo, nem realmente o fiz. O meu objeto era ainda outro e romanesco. Perdoa-me tu, realista sincero, há nisto também um pouco de realidade, e foi o que pratiquei, de acordo com o estado da minha alma: o que fiz foi cortar-lhe um molho de cabelos. Era o recibo da morte que eu levaria à viúva.

Capítulo VI

Quando voltei ao Rio de Janeiro, tinham já passado muitos meses do combate da Encruzilhada. O meu nome figurou não só em partes oficiais como em telegramas e correspondências, por mais que eu buscasse esquivar-me ao ruído e desaparecer na sombra. Recebi cartas de felicitações e de indagações. Não vim logo para o Rio de Janeiro, note-se; podia ter aqui alguma festa; preferi ficar em S. Paulo. Um dia. sem ser esperado, meti-me na estrada de ferro e entrei na cidade. Fui para a casa de pensão do Catete.

Não procurei logo Maria Cora. Pareceu-me até mais acertado que a notícia da minha vinda lhe chegasse pelos jornais. Não tinha pessoa que lhe falasse; vexava-me ir eu mesmo a alguma redação contar o meu regresso do Rio Grande; não era passageiro de mar, cujo nome viesse em lista nas folhas públicas. Passaram dous dias; no terceiro, abrindo uma destas, dei com o meu nome. Dizia-se ali que viera de S. Paulo e estivera nas lutas do Rio Grande, citavam-se os combates, tudo com adjetivos de louvor; enfim, que voltava à mesma pensão do Catete. Como eu só contara alguma cousa ao dono da casa, podia ser ele o autor das notas; disse-me que não. Entrei a receber visitas pessoais. Todas queriam saber tudo; eu pouco mais disse que nada.

Entre os cartões, recebi dous de Maria Cora e da tia, com palavras de boas-vindas. Não era preciso mais; restava-me ir agradecer-lhes, e dispus-me a isso; mas, no próprio dia em que resolvi ir ao Engenho Velho, tive uma sensação de . . . De quê? Expliquem, se podem, o acanhamento que me deu a lembrança do marido de Maria Cora, morto às minha mãos. A sensação que ia ter diante dela encheu-me inteiramente. Sabendo-se qual

felt – that without promising anything, she was grateful for all, and at least admired all. Gratitude and admiration could bring her to love.

I have not said – and I don't know how to mention this point – that at the Encruzilhada, after the death of João da Fonseca, I tried to behead him, but I did not want to do it, and I really did not do it. My object was something else, and romantic. Forgive me, there is also a bit of reality in this, and this is what I did, in accordance with the state of my soul. What I did was to cut a swatch of hair off him. This was the receipt for the death that I would take to the widow.

Chapter VI

When I returned to Rio de Janeiro, many months had already passed since the Encruzilhada combat. My name figured not only in official parties but also in telegrams and correspondence, even with my seeking to avoid the noise and disappear in the shadows. I received letters of congratulations and inquiries. Note that I didn't come straight back to Rio de Janeiro. They might have had a party here. I preferred to stay in São Paulo. One day, without being expected, I got on the train and went into the city. I went to Catete's boarding house.

I didn't look for Maria Cora right away. It seemed wiser that she would know of my coming through the newspapers. I had no one to report it for me, I felt embarrassed to go myself to some newsroom to tell of my return from Rio Grande. I was not a sea passenger, whose name would be listed on public notices. Two days passed. On the third, opening one of those notices, I saw my name. It said that I came from São Paulo and I had been in Rio Grande, fighting. They cited the battles, all with adjectives of praise, and, finally, that I had returned to the same Catete boardinghouse. As I had only told a thing or two to the owner of the boardinghouse, he might be the author of the news. He told me he wasn't. I started to receive personal visits. They all wanted to know everything, and I said little more than nothing.

Among the cards I received, two were from Maria Cora and her aunt, with words of welcome. No more was needed. I had to go thank them, and I

foi o móvel principal da minha ação militar, mal se compreende aquela hesitação; mas, se considerares que, por mais que me defendesse do marido e o matasse para não morrer, ele era sempre o marido, terás entendido o mal-estar que me fez adiar a visita. Afinal, peguei em mim e fui à casa dela.

Maria Cora estava de luto. Recebeu-me com bondade, e repetiu-me, como a tia, as felicitações escritas. Falamos da guerra civil, dos costumes do Rio Grande, um pouco de política, e mais nada. Não se disse de João da Fonseca. Ao sair de lá, perguntei a mim mesmo se Maria Cora estaria disposta a casar comigo.

"Não me parece que recuse, embora não lhe ache maneiras especiais. Creio até que está menos afável que dantes . . . Terá mudado?"

Pensei assim, vagamente. Atribuí a alteração ao estado moral da viuvez; era natural. E continuei a freqüentá-la, disposto a deixar passar a primeira fase do luto para lhe pedir formalmente a mão. Não tinha que fazer declarações novas; ela sabia tudo. Continuou a receber-me bem. Nenhuma pergunta me fez sobre o marido, a tia também não, e da própria revolução não se falou mais. Pela minha parte, tornando à situação anterior, busquei não perder tempo, fiz-me pretendente com todas as maneiras do ofício. Um dia. perguntei-lhe se pensava em tornar ao Rio Grande.

— Por ora, não.

— Mas irá?

— É possível; não tenho plano nem prazo marcado; é possível.

Eu, depois de algum silêncio, durante o qual olhava interrogativamente para ela, acabei por inquirir se antes de ir, caso fosse, não alteraria nada em sua vida.

— A minha vida está tão alterada.. .

Não me entendera; foi o que supus. Tratei de me explicar melhor, e escrevi uma carta em que lhe lembrava a entrega e a recusa da primeira e lhe pedia francamente a mão. Entreguei a carta, dous dias depois, com estas palavras:

— Desta vez não recusará ler-me.

Não recusou, aceitou a carta. Foi à saída, à porta da sala. Creio até que lhe vi certa comoção de bom agouro. Não me respondeu por escrito, como

was willing to do so, but on the day I decided to go to Engenho Velho I had a feeling of . . . of what? You explain to me, if you can, the timidity that the memory of Maria Cora's husband gave me, dead by my hands. The feeling I was going to have before her filled me completely. Knowing the main motive of my military activity, one barely understands that reluctance, but if you consider that, as much as I defended myself from the husband and killed him so as not to die, he would always be her husband, and you would understand the malaise that made me postpone the visit. Fianlly, I got hold of myself and went to her house.

Maria Cora was in mourning. She received me with kindness and repeated to me, as her aunt also did, the written congratulations. We spoke of the civil war, of the customs of Rio Grande, some politics, and nothing more. No one said anything about João da Fonseca. When I left there, I wondered if Maria Cora would be willing to marry me.

"It doesn't seem to me she'll refuse, although I don't see anything different about her I even think she's less amiable than before . . . might she have changed?"

I thought so, vaguely. I attributed the change to the state of mind of widowhood. It was natural. And I continued to visit her house, willing to let the first stage of grief pass so I could ask her hand formally. I didn't have to make new declarations of love; she already knew everything. She continued to host me well. She posed no question about her husband, nor did her aunt, and of the revolution itself nothing more was spoken. For my part, going back to the previous situation, I tried not to lose time. I became a suitor with all manners of the craft. One day I asked her if she thought of making her way back to the Rio Grande.

"For now, no."

"But will you?"

"It's possible. I have no plan nor have I a set a date. It's possible."

After some silence during which I looked questioningly at her, I finally asked whether, before she went, if she went, she wouldn't change anything in her life.

"My life is already so changed . . . "

esperei. Passados três dias, estava tão ansioso que resolvi ir ao Engenho Velho. Em caminho imaginei tudo; que me recusasse, que me aceitasse, que me adiasse, e já me contentava com a última hipótese, se não houvesse de ser a segunda. Não a achei em casa; tinha ido passar alguns dias na Tijuca. Saí de lá aborrecido. Pareceu-me que não queria absolutamente casar; mas então era mais simples dizê-lo ou escrevê-lo. Esta consideração trouxe-me esperanças novas.

Tinha ainda presentes as palavras que me dissera, quando me devolveu a primeira carta, e eu lhe falei da minha paixão: "Suponho que eu o amo; nem por isso deixo de ser uma senhora casada". Era claro que então gostava de mim, e agora mesmo não havia razão decisiva para crer o contrário, embora a aparência fosse um tanto fria. Ultimamente, entrei a crer que ainda gostava, um pouco por vaidade, um pouco por simpatia, e não sei se por gratidão também; tive alguns vestígios disso. Não obstante, não me deu resposta à segunda carta. Ao voltar da Tijuca, vinha menos expansiva, acaso mais triste. Tive eu mesmo de lhe falar na matéria; a resposta foi que por ora, estava disposta a não casar.

— Mas um dia . . . ? perguntei depois de algum silêncio. – Estarei velha.

— Mas então . . . será muito tarde?

— Meu marido pode não estar morto.

Espantou-me esta objeção.

— Mas a senhora está de luto.

— Tal foi a notícia que li e me deram; pode não ser exata. Tenho visto desmentir outras que se reputavam certas.

— Quer certeza absoluta? perguntei. Eu posso dá-la.

Maria Cora empalideceu. Certeza. Certeza de quê? Queria que lhe contasse tudo, mas tudo. A situação era tão penosa para mim que não hesitei mais, e, depois de lhe dizer que era intenção minha não lhe contar nada, como não contara a ninguém, ia fazê-lo, unicamente para obedecer à intimação. E referi o combate, as suas fases todas, os riscos, as palavras, finalmente a morte de João da Fonseca. A ânsia com que me ouviu foi grande, e não menor o abatimento final. Ainda assim, dominou-se, e perguntou-me:

She hadn't understood me. That's what I supposed. I tried to explain myself better and wrote her a letter in which I reminded her of the delivery and refusal of the first letter, and I frankly asked for her hand. I delivered the letter two days later with these words:

"This time you won't refuse to read me."

She didn't refuse. She accepted the letter. It was on my way out, at the living room door. I believe I even saw some commotion of good wishes. She did not answer it in writing, as I expected. After three days I was so anxious that I decided to go to Engenho Velho. On the way I imagined it all – that she refused me, accepted me, deferred me, and I was content with the latter hypothesis over the second. I didn't find her at home; she had gone to spend a few days in Tijuca. I left upset. It seemed to me that she absolutely did not want to marry, but then it was easier to say it or write it. This consideration brought me some new hopes.

I still had with me the words she said when she returned the first letter and I told her of my passion: "I suppose I love you, but even so I can't stop being a married woman." It was clear then that she liked me, and even now there was no decisive reason to believe otherwise, although her appearance was somewhat cold. Lately, I had come to believe that she still liked me, a bit out of vanity, a bit out of sympathy, and, I don't know, maybe in gratitude, too. I had some traces of it. Nevertheless, she gave me no reply to the second letter. Returning from Tijuca, she was less outgoing, perhaps sadder. I really had to talk to her about the matter, and her answer was that, for the moment, she was not willing to marry.

"But some day . . . ?" I asked after some silence.

"I will be old."

"But then . . . will it be too late?"

"My husband may not be dead."

This objection amazed me.

"But you 're grieving."

"That was the news that I read and they gave me. It may not be exact. I have seen others disproved that were taken as certain."

"Do you want absolute certainty?" I asked. "I can give it to you."

— Jura que me não está enganando?

— Para que a enganar? O que tenho feito é bastante para provar que sou sincero. Amanhã, trago-lhe outra prova, se é preciso mais alguma.

Levei-lhe os cabelos que cortara ao cadáver. Contei-lhe, – e confesso que o meu fim foi irritá-la contra a memória do defunto, – contei-lhe o desespero da Prazeres. Descrevi essa mulher e as suas lágrimas. Maria Cora ouviu-me com os olhos grandes e perdidos; estava ainda com ciúmes. Quando lhe mostrei os cabelos do marido, atirou-se a eles, recebeu-os, beijou-os, chorando, chorando, chorando . . . Entendi melhor sair e sair para sempre. Dias depois recebi a resposta à minha carta; recusava casar.

Na resposta havia uma palavra que é a única razão de escrever esta narrativa: "Compreende que eu não podia aceitar a mão do homem que, embora lealmente, matou meu marido". Comparei-a àquela outra que me dissera antes, quando eu me propunha sair a combate, matá-lo e voltar: "Não creio que ninguém me ame com tal força". E foi essa palavra que me levou à guerra. Maria Cora vive agora reclusa; de costume manda dizer uma missa por alma do marido, no aniversário do combate da Encruzilhada. Nunca mais a vi; e, cousa menos difícil, nunca mais esqueci de dar corda ao relógio.

Maria Cora paled. Certainty. Certainty of what ? She wanted me to tell her everything, but everything. The situation was so painful to me that I did not hesitate more, and after telling her that it was not my intention to tell her anything, as I had not told anyone, I would do it only to obey her demand. And I mentioned the fight, all of its phases, the risks, the words, and finally the death of João da Fonseca. The eagerness with which she heard me was great, and no less her languor in the end. Still, she pulled herself together and asked me:

“Do you swear you're not lying to me?”

”Lie to you for what? What I have done is enough to prove that I am sincere. Tomorrow I will bring you another proof, if any more is needed.”

I took her the hair I had cut from the corpse. I told her – and I confess that my intention was to irritate her against the memory of the deceased – I told her of Prazeres’s despair. I described this woman and her tears. Maria Cora listened to me with eyes wide and lost. She was still jealous. When I showed her her husban’s hair, she lunged at it, snatched it away, kissed it, crying, crying , crying . . . I understood it was better for me to leave and leave forever. Days later I received the response to my letter, and she refused to marry.

In the response there was a word that is the only reason for me to write this narrative:

"You understand that I could not accept the hand of the man who, however loyally, killed my husband."

I compared it to that other in which she had told me before, when I proposed to leave to the war to kill him and come back: "I do not think anyone loves me with such force." And it was that word that led me to war. Maria Cora now lives in seclusion. She usually orders a mass for the soul of her husband on the anniversary of the battle of Encruzilhada. I never saw her again and, a less difficult thing, I never again forgot to wind the clock.

Glossary

adeus	good-bye
baiana	a woman from the state of Bahia
botequim	a small bar or restaurant
carioca	a person from Rio de Janeiro
casa de comércio	a workingmen's restaurant
contos / contos do rey (or rei)	A conto was equal to a thousand milréis. At the exchange rate of 1884, one conto was worth 420 U.S. dollars or 21 grams (a little less than an ounce) of gold, which in 2014 would cost about US$ 880. So 30 contos would be worth about US$ 26,400 today. The value of the conto dropped precipitously through the end of the century.
comendador	an honorary title in Portugal entitling an individual to certain benefits

Comércio Mercantil	a business-oriented newspaper
disquite	a legal marriage separation that was possible when divorce was still not allowed in Brazil
D.	abbreviation for Dona
Dona	a title of respect for a woman
Diário do Rio	a newspaper, literally the Rio Daily
jogo de praça	any game typically played by men in a downtown square or park, such as checkers, dominoes, or a card game, commonly involving bets. It could also be the famous jogo do bicho numbers game, which was invented about ten years before the story Maria Cora appeared in print. Given the amount of money the narrator of that story raised — enough to buy a house — he may have been involved on the administrative side of the jogo do bicho.
Jornal do Comércio	a business-oriented newspaper, literally the Journal of Commerce
marechal	the highest rank of the army, above that of general.
milreis (or mil-réis)	see réis and contos

mucama	a domesic slave woman
nhã	same as nhanhã
nhanhã	a slave's term of address for a mistress, derived from senhora, in the U.S. possibly translated as Missy or M'am.
nhô	same as sinhô
réis	plural of real, a unit of currency from 1790 to 1942. Due to inflation, réis became measured as milreis, i.e. a thousand réis. For the sake of abbreviation, milreis were often referred to as réis. In the 1880s, one milreis was worth about half of a U.S. dollar but declining to about half that by the end of the century.
pampa/Pampeiro	the rolling plains of soiuthern South America and the person who inhabits them
pataca	a silver Brazilian coin (or a copper Portuguese peso), also known as a patação
Patações	plural of patação (see pataca)
sinhô	A slave's term of address for his master (derived from senhor).
opa	an overcoat or sleeveless frock

voltarete	a card game that involves bidding, trump, and tricks, similar to bridge, but with three players and forty cards. The two who lose the bidding form a team against the winner of the bidding.
tentos	chips or other tokens used to keep track of points in a game

Translators and Editors

Laura Cade Brown, Ph.D., is a Professorial Lecturer of Spanish and Portuguese at the George Washington University. She received her Ph.D. in Spanish from Vanderbilt University in 2013. Her current book manuscript, *Stating the Self,* examines Latin American autobiography and self-writing in the context of authoritarianism.

Krista Brune is a Ph.D. candidate in Luso-Brazilian literature and culture at the University of California, Berkeley. A Fulbright scholar to Brazil in 2007, her current research examines how translation, travel, and transnational journalism inform visions of the Brazilian nation circulating at home and abroad during the late 19th and late 20th centuries. Recent work has appeared in *ellipsis*, *Asymptote*, *Mester*, and *Lucero*.

Glenn Alan Cheney is an executive editor with New London Librarium. He has Master's degrees in Communication from Fairfield University, English from the Universidade Federal de Minas Gerais, and creative writing from Vermont College. He learned Portuguese while living in Brazil. He served as the U.S. liason of the Federação das Indústrias do Estado de Minas Gerais and is a court interpreter in Connecticut. The author of over 20

books, his recent titles include Journey on the *Estrada Real: Encounters in the Mountains of Brazil* and *Promised Land: A Nun's Struggle against Landlessness, Lawlessness, Slavery, Poverty, Corruption, Injustice, and Environmental Devastation in Amazonia.* His comprehenve history of Brazil's Quilombo dos Palmares will be published soon.

David George is a professor of Spanish, Portuguese and Latin American Studies at Lake Forest College. He has also taught at the Chicago Newberry Library, Middlebury College, and the Universidade Federal de São Paulo. He has published five books and dozens of articles on Latin American culture, as well as six volumes of literary translation. His latest scholarly book, published in 2010, is titled *Nelson Rodrigues and the Invention of Brazilian Drama.* His most recent translation is *Instantâneos/ Instantaneous,* a bilingual edition of "sudden fiction" by Edla van Steen, published in 2013.

Rachel Kopit, a native of Brazil, is a psychologist with academic interests in transcultural texts, language, and literature. Her company, Ophicina de Arte e Prosa, works with writers to expand concepts, edit text, and prepare for publication.

Linda Ledford-Miller, Ph.D., has a Master's in Comparative Literature from Pennsylvania State University, a Master's in Luso-Brazilian literature from the University of Texas, Austin, and her Ph.D. in Comparative Literature from the University of Texas, Austin, specializing in literature of the Americas. She has published on Jorge Amado, Almeida Garrett, Lilia Momplé, and Dalton Trevisan. Her latest translation from the Portuguese is from *O Ano Sabático of João Tordo, Palabras: Dispatches from the Festival of la Palabra.* She teaches Spanish and Portuguese at the University of Scranton.

Ana Lessa-Schmidt, Ph.D., a linguist and translator, lectures on Brazilian literature and cultural studies and Portuguese. She is doing post-doctoral

research, at the University of Nottingham, on cultural and social relations between Angola, Brazil and Portuguese through their cinematographic representations. She is also a Visiting Lecturer at the Universidade Federal de Amazonas, where she teaches both Portuguese and English. Her career and research focus on literature, cinema and music.

John Maddox is Assitant Professor of Spanish at the University of Alabama at Birmingham and a candidate in Vanderbilt University's combined Ph.D. in Spanish and Portuguese. His articles on the Hispanic Caribbean and Brazil appear in the *Revista Brasileira do Caribe, CR: The New Centennial Review,* and *Caribe*, and he has a forthcoming article in *Hispania* on the Afro-Reggae movement in Brazil. He is completing his dissertation on contemporary Latin American historical novels about slavery.

Adam Morris is a Ph.D. candidate in Spanish & Portuguese at Stanford University. He is the translator of Hilda Hilst's *With My Dog-Eyes.*

Rex P. Nielson, Ph.D., is an Assistant Professor in the Department of Spanish and Portuguese at Brigham Young University. He researches a variety of issues related to Luso-Brazilian literature, culture, and film, especially in the fields of Gender Studies and Ecocriticism. He has published articles in *Espelho: Revista Machadiana, Ometeca, Hispanic Issues, Portuguese Studies,* and *Luso-Brazilian Review*, and he is working on a monograph on representations of masculinity in Brazilian literature. He is also the translator of *A Mother's Cry: a Memoir of Politics, Prison, and Torture under the Brazilian Military Dictatorship*, by Lina Sattamini, edited by James N. Green.

Leila Osman, a graduate of Universidade Fernando Pessoa, in Porto, is a translator and interpreter of Portuguese, English, and Italian. She lives in Italy, where she teaches Portuguese in private schools. Her translation of "L'Ospite" ("The Host"), by Giampeitro Stocco, appeared in *Stories in Anarchy Time Yarns.*

Nelson López Rojas, Ph.D., is a Visiting Professor of Spanish at Marquette University. His interests range from Translation Studies to Latin American Studies. Dr. López Rojas earned a Ph.D. in Translation Studies from Binghamton University in New York and works in English, Spanish and Portuguese. His translation *Tales of Clay by Salarrué* sold out after its review in the Los Angeles Times. He has most recently published are *Mindgames/ Juegos de la Memoria,* a bilingual poetry collection, and *Semos Malos,* a biomythography. He is currently working on a translation of *El Salvador in the Aftermath of Peace.*

Marissel Hernández Romero is a Ph.D. candidate in Hispanic and Luso-Brazilian Literature with a specialization in Brazilian Literature at The Graduate Center, CUNY. She has worked providing translation services to international business and academic journals, and she has collaborated as reviewer for *LL Journal.* She has organized and moderated panels with writers and scholars from Brazil and Puerto Rico, where she has also worked as a language coach in the film industry. Her scholarly interests range from language history and acquisition to the connections between literature and culture in Latin America and the Caribbean.

Steven K. Smith, Ph.D., is a former contract interpreter for the U.S. State Department and interprets and translates for a wide variety of clients. He taught Portuguese at the University of Wisconsin-Madison, where he received his doctorate in lusophone language and literature. He holds a Masters in International Affairs from Columbia University. He is the author of *Palcos Políticos: Activist Theater in São Paulo, Brazil, at the Turn of the Millennium* and has published translations of works by Plínio Marcos and Fernando Pessoa. He is currently Associate Director of Global Studies at UW-Madison.

Lisandra Sousa, a native of Portugal, is completing a Ph.D. in Iberian and Latin American Studies at Queen Mary, University of London. The title of

the thesis is "Protean Ulyssisms in Portuguese Modernism: Reconceptualizations of Nationhood and Interactions with Brazil." Some recent publications include the book reviews "Gilberto Freyre: Social Theory in the Tropics" by Peter Burke and Maria Lúcia G. Pallares-Burke; and "The Other Within: the Marranos, Split Identity and Emerging Modernity" by YirmiyahuYovel. She has presented papers at conferences in UK, Portugal, and Canada.

Luciana Tanure is a linguist and translator (Portuguese/English/German) with an M.A. in Latin American Studies from the University of Texas at Austin. Her work in Belo Horizonte, Brazil, has included translation, editing, cinema production and photography. She is the translation editor of the bilingual literary magazine *FACTA: Revista de Gambiologia*, curator and production coordinator at CentoeQuatro arts center, senior editor at Editora Fogão de Lenda, and founding partner of Access Group.

Nelson H. Vieira, Ph.D., University Professor and Professor of Portuguese & Brazilian Studies and Judaic Studies at Brown University, is American founding editor of the literary journal, *Brasil/Brazil.* Besides numerous articles on Brazilian fiction, some of his major publications are: *Contemporary Jewish Writing in Brazil: Introduction & Trans*; *Anonymous Celebrity* by Ignácio de Loyola Brandão, Trans.; *The Prophet and Other Stories* by Samuel Rawet [Intro & Trans.]; *Jewish Voices in Brazilian Literature: A Prophetic Discourse of Alterity*; *Construindo a imagem do judeu: algumas abordagens téoricas; Brasil e Portugal: a Imagem Recíproca; Roads to Today's Portugal*; and *The Promise* by Bernardo Santareno, Trans.

www.ingramcontent.com/pod-product-compliance
Lightning Source LLC
Chambersburg PA
CBHW030540310726
48979CB00010B/1981/J

* 9 7 8 0 9 9 8 2 7 3 0 1 3 *